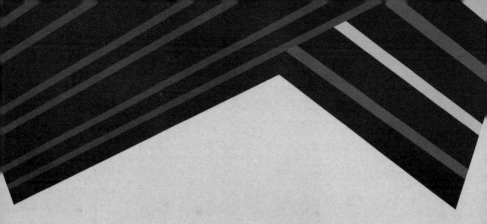

壮家女儿情

褟佩娟　著

作家出版社

目　录

1

序 情到浓时文自菁

邓 咏

　　散文，向来强调抒情。其实，文学作品哪能离得开一个"情"字？作为以散体语言绘景、叙事、写人的散文就更离不开抒情。"婉转附物，怊怅切情"，言"无邪"之情志，即抒写健康、真实、向上的思想感情，以达"顺美匡恶"的目的。

　　我也算是写了多年散文的老作者，基本体会也是情不到浓时，难有提笔心绪。写作"灵感""感兴"无由，写不出动人篇章；观镜水，悟世识人，情动于衷，"神与物游"，志思蓄愤，感物写志，吟咏情性，有些体验的人要提笔行文就是很自然的了——正如土话说的"烟瘾发了"，不吐不快。因为感动了自己，写出来的文辞也会感动读者；能感动读者，哪怕只引起与作者有共同阅历的读者共鸣，也应列为好文章。

　　初读褟佩娟老师的第四部散文集《壮家女儿情》，静静反思，觉得我的"体验"被再次印证了。其实，褟老师自己在"后记"中也说得很明白：文集中的文字"有对故乡、亲人的眷恋，有对以往岁月的追忆，有对防城港边山海自然景观、人物风情、建设发展的描绘等，字字句句皆是心血情感之结晶"，是作者怀恋、感念、感恩、赞美情绪的抒发宣泄！

　　褟老师这个集子中，写乡愁的一辑给我的印象特别深。她出生成长于海边的乡村，经历过我们这代人（据说属于"中国最勤劳的一代"）共同经历的特殊时期，农家的贫穷，生活的寒素，感

1

受真切，体味深刻。如今，作为城里人、中学教师的壮家女儿已步入暮年，社会进步了，生活也有了翻天覆地的变化。作为当年"赤脚走过"（作者曾有散文力作《赤脚走过的岁月》）的人，住在城里的高楼上，怀想起故乡的泥土、地塘月光、烂漫的稻花和油茶花，遥闻当年舂米的踏臼声，大哥唱的采茶调，甚至一度令人害怕的报丧鸟——猫头鹰的嗷嗷悲歌，禁不住要在阳台上倚栏"望月思故乡"了。作者每想起养育自己的故土，一种像小姑娘依偎慈母温暖怀抱的情感就涌上心头。

难怪，住上城里的教师宿舍楼之后，作者还舍不得丢掉那个在儿女看来实在太土太旧太不入时的书桌；乡下嫂子装番薯芋头"送我的小竹篮"一直留着。为什么？因为土书桌就是引领村妹子走进科学殿堂的无言的"导师"呀；小小的竹篮，装满了乡愁呀——能让作者"想起故乡青青的翠竹"——这是自古迄今"诗文都离不开它"而乡村生活更离不开它的绿色。作者善于在故乡的青山绿水、旷野田畴、山歌俚语、鸡鸣鸟唱中发现与捕捉动情点，淡淡的绵绵的甜甜的乡思便有了寄托与宣泄的突破点。

乡愁或者说乡思，核心是人。因父亲参加十万大山游击队，祖父被关进国民党的监牢。大伯被抓壮丁当了国军十四年之久，是个于国有功的抗日老兵，先后参加过淞沪会战、台儿庄战役、武汉保卫战和长沙保卫战。退役后，为不连累亲属，大伯只身到异国挖煤度日，"忍受着乡愁的痛苦煎熬"——此岂非人生之大悲耶？让作者略感安慰的是，"历史终于翻过了那令人遗憾的一页，作为晚辈的作家，终于可以大声说：我有一个抗日的好大伯！"好，让我们为作者高兴。这是历史的发展，人情的回归。作者的乡愁篇，浓浓的人情——历尽风雨沧桑后的人情体验，是十分动人的。难能可贵的是，作者总以一种感恩的心态反顾人生来路，看待眼前的生活，更多是"感悟"，而非"记恨"，文章的内涵就积蓄了更多颂歌尘寰的"正能量"。

集子中"人物画廊""防港风采""游踪屐迹"诸篇章,无论写景、记事还是写人,都灌注了作者浓浓的情思。自己家乡防城港面貌的日新月异,诸多时代弄潮儿的先进事迹——如从防城港志愿到大山深处办幼儿园的师大女毕业生(作者的小师妹)的故事——在作者笔下,都有真情的描绘与歌吟。而且能"超乎事物本身",站在时代高度去抒写观潮阅世的感受,努力表达作者的人生体悟。应该说,《壮家女儿情》是一部接地气、有热度、富于人情的散文集。

文如其人,文风朴素不失优美,诚实恬淡中透着机智与文采。一些篇章常见传统的卒章显志的旧影,但因为前文娓娓道来,水到渠成,一样令人觉得自然,传统手法也能给人以新鲜感。凤凰花开的母校校园,让人忆起艰辛的青春岁月;大学毕业后,作者居然回到母校任教了。反顾当年师长对自己的教导与培养,"激起的自然是发扬传统、努力工作的热情"。踏访海滩的红树林,有感于红树在潮涨潮落中的从容不迫、本真不改,作者由衷地颂赞红树林恬淡的处世精神,这显然也是作者人生态度的写照。客观与主观相融合,"物以情观,故词必巧丽",言与志一,文菁语丽,可读性当然就强了。

这是我初读褐老师新散文集子的一点体会,写出来与褐老师共勉。至于读者诸君,以为愿意赏读《壮家女儿情》的,获得美的享受与情之熏陶,一定比我更真切。

边山红梅一两点。在共和国成立七十周年的伟大历史时刻,褐老师又一部新作问世,无疑是值得庆贺的!

2018 年 12 月 23 日

邓咏,原名邓向农,中学特级教师,散文作家,广西壮族自治区第六届文艺创作"铜鼓奖"获得者。

第一辑

故乡情恋

青青翠竹

我家有个精致的竹篮子，像个漂亮的花篮，这是大哥编织的。数年前，嫂子用它装东西来给我，我把它当艺术品般珍藏着。看到它，自然想起故乡的青青翠竹。

过去，我们村子，家家户户房前屋后，都会植上几丛竹子。竹子生长快，繁殖力强，"一节复一节，千枝攒万叶"，蓬勃茂盛，挺拔秀逸，"叶扫东南日，枝捎西水云"，风摇青玉枝，婀娜多姿，仪态万方，竹竿咿咿呀呀唱着欢乐的歌，引得林子里的鸟雀兴奋地跟着引颈高歌。难怪苏轼说"可使食无肉，不可居无竹"。

竹子的种类主要有簕竹、筀竹、撑篙竹（也叫石竹）。之所以种这几种竹子，是因生活和生产的需要。它们可以美化环境，可以抵挡风暴，最重要的是能编制生活器具和生产用具。

簕竹，茎高竿大，枝节横生锐利硬刺，材质厚实坚硬。村里的扁担、瓦房的桁桥（檩子）桷子（椽子）、打鱼的竹筏，还有男人的烟筒、女人的织针等，皆取材于它。筀竹，给人秀逸的感觉，节正而修长，中空皮薄，材质韧性强，为上等的"篾"用竹种，可供精细编织，如篮子、箩筐、筛子、簸箕、笪箕等。撑篙竹，株丛生，无刺，茎直立，高达十五米，径六厘米，修长劲挺，

3

材质厚而坚实，可做棚架、草杠、船筏撑篙等。因其具有撑篙的特殊作用而得名。

村子里，很多男人女人都是编制竹器的能工巧匠。耕作之余，要编织器具，砍下箪竹，削枝去叶，平头除尾，理顺竹节，把修理好的竹子，破分成若干细细的篾条，又把篾条破成薄薄的篾片，用破布包住篾片，来回拉动几次，把篾片磨光滑。接着坐到矮脚凳子上，篾片便在手里怀里跳动，不久，魔术般出现他们想要的东西：或竹凳或竹椅或竹席或竹饭罩或竹篮或竹筐……

我们家，大哥编的竹篮子最好看，他用破得像熟面条般柔软细腻的青篾条，在圆形的篮子边缘绕出花瓣形的花边，在篮子的周围编织出花纹或鱼鸟等图案。提手用两股细篾丝扭结成麻花状，精致美观，几乎称得上工艺品。大哥曾是大队"采茶"艺术队的骨干，剧中丫鬟小姐拿的精美的小篮子，都是大哥编织的。有时用篮子送东西给亲友，他们往往连篮子都留下了。

编制承重力较大的器具用具，如做竹床、竹桌子、竹躺椅、竹门，扎竹筏，建瓦房等大用具的人家，得用到籁竹和撑篙竹。扎竹筏、建房砍籁竹的场面最为热闹。因尖锐的竹刺犬牙交错牢固交织，形成一种强大的凝聚力，难以对付。且这些工程需要的竹子多，自家人手不够，得请几个身强力壮的男子来帮忙。把竹从根部砍断后，由下往上削去部分刺枝，接着像拔河一样，几个人依次手握竹竿，扎牢马步，一个站在外面指挥喊口令，"一——二——三——拉！"双手往外用力一拨。"嗨！"大伙齐喊一声同时发力，竹拉出了一大段。这样重复两三次，才把砍伐的长长竹子从竹丛巨大的阻力中拉出来。砍竹比伐木困难多了，每砍下碗口大的一竿竹，都要大费工夫。竹子砍够数量，按使用长度截断修理好后，剩下许多长长短短的竹头竹尾。一些姑娘媳妇各自捡走一节可修织针的竹头；一些叔叔伯伯每人捡走一截可做水烟筒的材料。村里姑娘媳妇大多有几副长短织针，短的织袜子、手套，长的打毛衣。籈竹修的织针，坚硬光滑耐用。吸烟的叔伯，他们截出长度、粗厚适宜的一段竹子，打通里面的竹节，底部一节保留，在竹筒外面中间位置钻个孔，安上个往上偏斜的竹嘴儿，就成了水烟筒，大多数人家里都有一个。开会或聚在一起聊天时，他们不时"吧嗒吧嗒"地吸一会儿长长的水烟筒，怡然自得。

竹器用途很广，除日用外，还能用来传情表意。我的一位姐姐，有次特别用心地编制了一顶笠帽，帽子上面用破成韭菜般薄细的篾片编织，还在它周围用篾丝穿绕出几颗五角星，有点像当年红军戴的竹笠帽。帽子底面用修得光溜溜的硬朗的撑篙竹片编织，中间夹进排得整齐厚实遮阳挡雨的葵叶，帽的带子为蓝白相间条纹丝带。帽子编制好，她用淡黄色的光油把帽子表面刷染得润泽光亮，一顶多么结实漂亮的帽子！姐姐第一次戴它去赶集，村里人看到，都夸她帽子好看。傍晚姐姐归来，奇怪，帽子不见了。母亲问她："帽子哪里去了？"她说，回来乘船，帽带没系稳，风吹到江里了。后来才知道，她把帽子送给了心上人，其实她是特意为他编制的。

小伙子们有时喜欢用较小的竹管做洞箫，或用编织器具剩下的材料编织一些小动物、小饰物，喜欢上某位姑娘，就找机会悄悄送给她。一次我在赶集的路上遇到了一位好朋友，我看到她挂在肩上的布包，袋口的一侧缀着一个精致可爱的饰物，那是一个用染上几种颜色细如发丝的篾丝编织成的彩色蝴蝶，若不认真看，还以为是丝线织的呢。我惊讶地问她哪里来的，她陡然脸生红云，贴着我的耳朵小声告诉我。哈？我惊喜得跳起来，抱住她说："好啊，你将成为我嫂了了。"竹蝴蝶原来是我一个堂哥送给她的。

正是竹篾牵红线，喜结连理枝。

我们村私人种的竹子不算多，每家就那么三两丛，每年都得砍下一些，畚箕、挑筐、竹耙等生产工具易破损，得去旧换新。生活困窘时，还得编制些竹器去卖。有时用竹较多，竹丛变得疏疏落落。但到来年春风起，一场细雨过后，竹根下争先恐后钻出尖尖的绿箭头，"一夜抽千尺，万竿龙孙发。"竹子生生不息，岁岁葳蕤秀云天。那些年，父老乡亲，衣食住行用，处处竹相随，绵绵竹之情。现在故乡正大踏步走向城市化，以后怕是难觅竹之影了。

青青故乡竹，在我的心中永不褪色。

2017 年 11 月

故乡的泥土

我家养的几小盆花木，长到一定程度，叶子渐渐萎黄掉落，盆小泥少，阻碍了它们的生长，得赶快换大盆移植。花盆不成问题，可以买得到，但泥土哪里找呢？到处是钢筋水泥的建筑和街道，找点泥土比登天还难。

一天，晚饭后外出锻炼，看到临街的一排房檐下，有两个人在往新砌的长条形花池里填土种花，我好奇地走近去问他们哪里弄来的泥土。他们说是买来的，第一次听到买泥土，甚为惊讶。继而问："到哪里去买？"他们说请拖拉机运，按说定的运量给钱。

我只移种几盆花，用土不多，无须小题大做，但却为寻不到土而苦恼。我猛然想起故乡，乡与土是分不开的。但我的故乡也差不多被钢铁丛林占据了。我怀着侥幸之心，打电话给故乡的一个姐姐，跟她说："我想种几盆花，老家还有没有可种东西的泥土？"她说："我先看看，若找到带去给你。"我急切地期待着。

翌日，姐姐用摩托车给我驮来两半袋泥土，用旧米袋盛的。我高兴地把泥土从车后架上卸下来，搬进屋里。她说："幸好我们家自留地还有一小角未被建筑工程推土填满。""啊，这是自留地的泥土？"我迫不及待打开袋口，抓起一把，放在鼻子下嗅闻，一种久违的气息直透肺腑，那是泥土、粪肥、汗水、各种作物气息混合的馥郁之气，觉得任何香水都无法与此相比。凝视那泥土，粉末状，松软细腻，黑黝黝的。这种泥土，我们叫"熟土"，是常种庄稼施肥而成的好泥土。我轻轻地抚摸，温暖感像电流迅速传遍全身。

自留地，是集体化时期生产队按人口分给各家各户耕种的有限坡地，收获归私人所有。我们家的自留地，也仅有六七分。曾听母亲说："原来的土质是较粗的浅黄色含小石子的沙土，地瘦，起初种庄稼收获不大。后来经过几次增加肥泥、改良土壤及种植管理时施足基肥，收成才逐渐好起来。"种自留地的肥料，主要是农家肥，包括粪水和家禽粪便（猪粪除外，生产队统一收集使用）混合的灰土肥。积肥是一项长期而辛苦的工作。童年时，晴天的早晨，我一手拿着个小粪箕，一手拿着个长柄粪铲，这是大哥特意为我做的拾粪工具，穿田埂，过山道，越阡陌，绕林边，去拾狗粪、牛粪。寒冬，赤脚走在结霜的道上，针扎般地痛，浑身发抖，手脚冻得红肿。每次拾到差不多上学时才回来，把粪倒进粪坑里沤粪水，以提高粪水的肥效。家里每年积一次土肥，选在秋末冬初，雨水少的时节，母亲带领能干活的几个哥哥姐姐（后来我长大了，也加入到这个行列）扛着锄头到野外山坡找一片草盛的地方，挖草坯，俗称为"打草坯"，锄头绕圆周不深不浅斜着挖下去，挖完带泥翻转，就是一块圆锥形的厚实的草坯。挖到一定的数量，让它们在原地晒两三天，干得差不多，就在旁边堆起一大堆早已准备好的干芒萁（蕨类植物，割下晒干，可用来烧火做饭。过去是当地农村煮饭的主要燃料），把草坯从下到上沿着芒萁堆层层贴放上去，直到把草堆封密，用铲子的背面把草坯往里砸结实，从基底里面点燃芒萁。烧上几天，烧到烟熄为止，草坯就被烧酥，用锄头背一砸，即崩塌如粉，成了一堆灰土。待到热量散尽，便用粪箕挑回家，放进鸡鸭屋里，让它们栖息踩踏。平时煮饭烧的柴草灰也不时清理放进去。到种庄稼前一天，把它挑出门前场院浇上一桶半桶尿，搞匀，摊开来晒，晒干，做下种前的基肥。肥足土沃庄稼才长得好。

我们村的自留地每年主要种三种作物，春种玉米、夏种黄豆、秋种番薯（也叫红薯），每年应时而种。玉米、番薯是两大杂粮，用肥最多，特别是玉米，种植时，在起畦整平如纸的地上，按一定的规格距离用锄头开出条条小沟，先淋上粪水，待粪水干后，等距离放上育出芽笋的玉米种子，再在玉米种子之间放上一把灰土粪，然后把沟两边的浮土用双脚拨进沟里覆盖平整，才算大功告成。种番薯，得起垄，用一种两人合作的人力小沙耙，一个握掌耙柄，一个在对面拉绳索，把泥拉起垄成若干条长龙状的垄，先隆起一边，接着用锄头沿着顶部开出一条小沟，撒进灰土肥，再将另一边土隆起合拢，最后沿着基肥的顶部栽插薯苗。玉米和番薯在生长过程中还得数次淋粪水。黄豆用肥较少，种法与玉米差不多，只是下种前不用淋粪水，下种后只放灰土肥就行了。生长过程，不用再施什么肥，像其他作物一样除草、松土培土一两次就可以了。

作物一茬茬播种，一次次收获。每次收获后，得重新犁地翻土，耙碎。再用锄头打碎、打细。土地平整后，根据所种的作物，任你去勾画。年复一年，精耕细作，勤管理，勤施肥。泥土越来越细柔，越来越黝黑，收获也越来越丰。

我家的自留地，与三四家的相邻。种自留地时，哪家人手不够，大家都互相帮忙。劳作之余，各家的主人，不时到自家的坡边地头站一站，看一看庄稼的长势，还与别家的比较，看谁家的长得好。若比不上别人，就虚心请教，再努力加劲。小时候，我常跟母亲到自留地边巡看庄稼，不同季节各个生长期的作物显示出不同的风姿。有几幅画面印象特别深。玉米长成林的时候，密密剑叶交织成美丽的青纱帐，高大强壮的茎干在里面悄悄地孕育着无数顶端带着一束胡须的玉米棒胎。胡子先是短短向上的一小束，随着时间的脚步日渐伸长，长到往下倒垂，颜色由鹅黄到淡青到翠绿，直到变成紫黑色时，玉米棒籽粒就长足长圆，饱满、充实，株株玉米秆像挺着足月的大肚子，该到分娩的时候了。黄豆，将近收获之时，叶子像金片，在熏风中日渐掉落，稀疏得掩盖不住一丛丛橙黄色鼓胀的豆荚。番薯藤产薯的时候，一排排像绿浪起伏的番薯垄，隆起的泥土被簇拥的番薯挤裂开条条缝隙，隐约看到番薯白胖胖的身影，甚是可爱。看到这些透着丰收信息的画面，母亲的脸上洋溢着喜悦，我也感到无比高兴。

自留地，承载着一家人的汗水、播种的希望和丰收的喜悦。

现在，这两半袋泥土，也许是自留地剩下的最后泥土了。我把这些具有生命力和饱含亲情乡情的泥土留在花盆里，留在鲜花绿叶中，留在心灵深处。有故乡的泥土相伴，从此不寂寞。

感谢姐姐，给我送来无价之宝！

2017 年 10 月

米　气

　　我特别喜欢稻米的气味，闻之通体舒畅，精神焕发。因而对它特别敏感。

　　平时我是很少喝茶的，爱喝白开水。对茶不感兴趣，只是待客时，陪着喝点做做样子。一次到东兴百果香山庄采风，庄主用茶招待我们，茶水斟到杯里，浓郁的米气扑鼻而来，满室生香，顿觉神清气爽。大家十分惊讶，"这茶是用米泡的？"我脱口而问。庄主说："不是。泡绿茶时，摘几片糯米茶叶放进去。""有糯米茶？我第一次听到。什么样子？"他指指室外山脚下一排种着像芍药叶状的绿色植物的花盆说，"那些就是。"我真想问他要一棵，但不敢开口。我端起茶杯，牛饮，一连喝了几杯。沁心润肺，口舌生津，感觉非常惬意。米气诱人哪！

　　去年，学友聚会，本市那良镇六市村的一位同学，送我一大瓶米酒，盛酒的是一个雪碧瓶。他说："是自己家里酿的，给你尝尝。"我不会喝酒，从来滴酒不沾。我那口子有时也喜欢喝些米酒，曾有一次，我试着啜一点点，天哪，又苦又辣，比中药还难喝，呛咳得涕泪俱下，此后打死我也不敢喝了。真奇怪，男人为什么喜欢喝这些东西。我把那瓶米酒带回家，放进餐柜里。翌日，家里来了两位客人，是丈夫以前在外地工作单位的同事老友。吃饭时，丈夫打开了这瓶米酒。米香盈鼻，氤氲绕梁，"石根泉眼新汲将，面米酿出春风香。"我不禁和他们一同举起酒杯，品尝这米气香醪。这是我第一次喝酒，丈夫好生奇怪。

南方人是离不开米气的。一位同事曾惊奇地告诉我："昨晚自修下班，觉得周身不舒服，去看校医，黄医生把了一会儿脉，就说，你没一点米气了，不用开药，回去好好吃饭。回到家，赶紧吃饭，吃饱，什么事都没有了。你说神不神？"我笑道："确实不可思议！你真的昨天一天没吃东西？""吃了，但没有吃饭。昨天周日，和几位朋友一早就去野游，喝酒吃菜，粒米不沾。回来直奔学校上自修。看来不吃饭是不行的。"她大彻大悟般说。

十年前，我的一位学生，考上东北的一所大学，那里是以面食为主粮的，她吃不惯，每餐强逼自己咽下一点点。入学一周就病倒了，住院检查，医生说虚脱了。学校本着以人为本的爱生宗旨，把她转到北京的一所大学就读。闻到米气，什么问题也没有了。

现在生活越来越好，物质丰富，粮食充裕，餐桌丰盛，胖人阶层不断壮大。一位朋友在微信上发感叹：由瘦入胖易，由胖入瘦难。看后忍俊不禁。有些人为了减肥，饭越吃越少，甚至闻到米气都怕起来。聚餐或吃酒席，大多人是不吃饭的。我是绝对离不开米的，吃饭时，不管什么场合，酒菜多香多盛，来碗饭再说，少了米气，其他食物皆感索然无味。也许是过去饿怕了的缘故。

我的青少年时期，正值饥馑年代，过着半饥不饱的生活，每年的四月至六月青黄不接之时最为难熬，吃的是玉米、番薯、木薯等杂粮，几乎闻不到米气。杂粮也不多，只能勉强度日。记得八岁那年，夏收，生产队第一次分谷。翌日，母亲挑到河边一条村子的水磨去磨，回来把米糠混杂的两个箩筐放在厅屋中，香气瞬间便弥漫开来，我贪馋地深深吸纳，气贯丹田。"今晚有米粥吃了"，高兴得像过大年一样。母亲用筛子和簸箕细心地将米糠分离开来，我在旁边陪着看。一个箩筐盛着糠，一个箩筐盛着雪白的米，我走近米箩，捧起一捧凑近鼻子，一种无法形容的香气渗透五脏六腑，铭心刻骨，挥之不去，似有脱胎换骨之感。沉浸在这米气里，幸福得就像太阳底下的安琪儿。真的，我觉得米的香气是无与伦比的，没有词语能够言喻。把米放下，手上沾着一些白面似的粉末（俗称为"米尘"），像沾着饼屑，香喷喷的，馋得我用舌尖舔。米未下锅，心先醉了。难怪当年贫病中的陆游闻到久违的米气时，有如此深的感触："未论炊熟香生甑，已觉抄来雪满匙。"

米气，就是生命之气，甚至能起死回生。曾听母亲说起过一件事，有一年，天气奇旱，庄稼歉收，真是雪上加霜，村里闹饥荒，野地、山上凡能吃的野菜、野果等植物都找来充饥。一位大叔，他家人多口多，吃饭时尽量多让给老的小的，他自己因劳累饥饿一病不起。一天傍晚，他家里响起了凄惨的哭声，他怕是不行了。十几户近邻，好不容易，凑得一小半碗米，送到他家，准备为其办丧事之用。邻居把米放在他的枕边，已没有气息的他，鼻翼微微翕动起来，一会儿紧闭的双眼缓缓睁开。"他闻到米气了，快快快，把米煮了。"大伙急叫。他的妻子把煮熟的一碗米粥喂给他，他竟奇迹般好起来了。母亲说完这个故事，叹道："粮食是人的命根子。人哪，无论什么时候都要珍惜粮食，珍惜土地。古人话，'国之宝，谷米与贤才'。"

我立业成家后，生活条件改善了，却始终难忘故乡的米气。女人怀孕，口味特怪，大多挑食、厌食，但对某种食物特别嗜好。我怀孩子的整个过程，像生了一场大病，口淡得厉害，见到食物就想吐。一日中午，放学归来，推开家门，一股久违的香气扑鼻而来，看到桌子上放着半筲箕的新鲜糯米，我快步靠近，低头细闻，香气沁心润肺，说不出地舒畅，忍不住抓起一把，津津有味地嚼起来。丈夫回来看到，吃了一惊，"你怎么吃生米？忍一忍，你喜欢吃这米，我就下这米煮饭。"他以为我饿急了。"哪里来这些米？""是外婆托人捎来的。待你坐月子做甜酒吃。"其实他不说，我也闻出了故乡的米气。那顿饭，我狼吞虎咽足足吃了两碗。

近年来，我们这个城区，很多人喜欢本地农村米，说农村米新鲜、环保、香。有些人在墟日（每月逢一、四、七为赶集日，称为墟日，这是当地农村的传统习惯）跑到老远的农贸市场去买农民家的米，我也喜欢到那里买。乡土的米气总是那么令人依恋，令人敬畏。但愿乡土米气长盛不衰。

2016 年 7 月

远去的"舂臼"声

每到"七月十四"节，我仿佛能听到那欢快的吱吱呀呀嘣嚓嘣嚓交响乐般的"舂臼"声，能闻到那香喷喷的蒸糕味儿。那是从我绵长的眷恋中飘来的乡音乡味。

在碾米机出现之前，我的故乡，将稻谷脱壳成米是用一种叫"踏脚臼"的工具，家家户户都有。它制作简单，"断木为杵，掘地为臼"。运用杠杆原理，用一条原木做杵，中间横向凿通一个洞孔，楔入一条横轴，把它放在一对高矮恰好的木支架上。整条杵，木头在前，木尾在后，头重尾轻。前端装有垂直向下的铁锤头木柄，铁锤头对准嵌入地里的大石臼。后端木尾为脚踏，稍稍削平顺些。脚踏下面是一个稍浅些的土坑，操作时省力。踏脚臼一般靠墙根而安装，是为了踏臼时，人能站得稳，且可手扶墙壁助力。用踏脚臼把稻谷脱壳成米的劳作过程，就叫"舂谷"。踏脚臼除"舂"谷外，还可"舂"玉米、狗尾粟等谷物杂粮，作用可大哩。

操作时，把要"舂"的东西放进石臼里，用力踩动脚踏，铁锤头起起落落，不断撞击石臼里的东西。"舂"东西时，一般要两人合作，一个踩脚踏，一个蹲在石臼旁，趁着每次臼锤升落的间隙，用手快速麻利地在石臼内翻动东西，以免"舂"不均匀，同时把臼锤落下挤出石臼旁的东西拨下去。舂好时，一人把脚踏一踩到底，并用力紧紧压住，让踏脚臼前端升起。另一个人用一截带叉的木头撑住固定。整个操作过程，两人要默契配合，稍不合拍，翻动东西的那个人，就会有被"臼锤"砸到手的危险。

稻谷是主粮，以臼"舂谷"不容易。"舂"一担谷子，两人要大半天时间。若一个人干，时间会更长。人们白天忙农活，"舂谷"一般在晚上进行。过去，我母亲常一个人"舂谷"，我父亲在外工作，哥姐尚小，帮不上忙。"舂谷"对母亲来说，寻常而艰苦。白昼劳碌了一天，晚上点起一盏煤油小灯放在踏脚臼旁，于是舂臼声响起，她边用力踩脚踏，边拿一条长棍子翻动石臼里的谷物，一个人同时做两个人的工作。母亲动作娴熟，这是经过无数次的艰难苦痛练就的，不知多少次长棍子被锤头击断震疼过她的手臂。石臼可盛谷物四五斤，一箩筐谷子得分好几次"舂"，每"舂"完一次，得吃力地抽起沉重的"踏脚臼"前端，才能用木叉撑住。把一箩筐谷子"舂"完，还得用筛子、簸箕把糠和米分开。在筛和簸扬中会出现一些残留的谷子。筛簸完后，把残余的谷子继续放进石臼里"舂"。舂好，再筛簸，再"舂"。如此反复两三遍，忙过大半夜，才能完成，母亲几乎筋疲力尽。炎热的夏天，母亲每次"舂谷"，都是汗流浃背，衣服能捏出水来。真正是"汗滴禾下土"，"舂谷"汗浸衣。米来之不易啊！

20世纪60年代末，我们公社有了碾米机服务站，农民可挑谷到那里机米，终于能从繁重的"舂谷"劳动中解放出来。但全公社农家，都到那里机谷，人山人海，排队得老半天。我们村子距镇七八公里，有谁要挑谷去机，都相约几人一同去，鸡啼就出发，踏着朦胧的月色赶路，争取早到那里排队。我懂事的时候，哥哥姐姐都长大了。有的出嫁，有的自立门户。剩下我和顶头的一个姐姐与父母同住。母亲上了岁数，家里很多重活都落到姐姐的肩上，担水、打柴、碾米等都是她干。姐姐每次去碾米，都要挑着沉重的担子，往返十几公里的路程，回到家，满脸通红，气喘吁吁，身上汗水淋漓，衣服像雨淋过一般，放下担子，人瘫软在凳子上。母亲端来一碗水，她接过，咕嘟咕嘟地一口气喝光。远道挑谷去机，也不是一件容易的事。

到了20世纪70年代中期，我们大队有了碾米机，碾米机房设在大队部里。我们村距大队部不远，只隔一个田垌，站在家门可看得见。碾米方便多了。

踏脚臼不用"春谷"了。但它并不能闲下来，玉米等一些杂粮，是要"春"碎去糙皮的。玉米是第一大杂粮，一季玉米，每次掺和少许米煮，可吃大半年。"春"玉米次数最多，玉米收获后的数个月，几乎天天"春"。"春"一次，吃一天。一般是用中午收工的时间"春"。我十岁那年，就和姐姐配合着"春"。姐姐踩脚踏，我帮着翻动石臼里的玉米。开始姐姐怕铁锤头砸着我的手，给一截小棍子叫我拿着翻动，我也是胆战心惊的，铁锤头升起的瞬间，急忙伸棍子进石臼搅搅，赶快把手缩回来。稍慢点，棍子就被砸断。砸断的棍子积起来足有一大捆。工多手熟。后来，可丢开棍子用手自如翻动石臼之物了。再后来就可和姐姐轮流踩脚踏了。劳动伴着我成长。

"春臼"，最令人高兴莫过于"七月十四"节。此节，是当地的一个传统节日。我们村有蒸水糕的节庆习俗。蒸水糕的种类一般有米糕和玉米糕，味道有咸有甜。把米粉或玉米粉倒进一个大盆里与冷水和均匀，浓稠适度，然后用勺子渐次舀进锅中的"竹托"里，每次舀进不能太多，且要相隔一定的时间，待前面舀进的蒸得差不多，再舀进新的，依次进行，直到把"竹托"填满，最上一层撒上五花肉碎混合花生、芝麻、蒜泥等调料。蒸熟，香气扑鼻，令人垂涎欲滴。蒸水糕的精细粉末得预先春好。"春"

前，须得把白米或玉米用清水浸泡软。

那天早餐后，村里就陆续响起了"舂臼"声，那种特殊的熟悉的声音，格外悦耳动听。声势越来越大，后来响成了一片，成了激动人心的大合奏。人们喜气洋洋，家家户户踏臼的踏臼，筛粉的筛粉，刷锅的刷锅，劈柴的劈柴，忙得不亦乐乎。孩子们更是乐坏了，他们蹦蹦跳跳在踏脚臼旁边绕来转去。

晌午，所有的"舂臼"声停止。蒸糕的香气逐渐弥漫开来，熏香整个村庄。不久，村中的大晒场上，一群孩子每人手里拿着一大块数层的蒸糕，叽叽喳喳，像快乐的小鸟，边玩边吃。有时相互剥下一层蒸糕，交换着品味。村里充满热烈温馨的节日气氛。

后来，故乡有了多功能碾米机，碾、碎、磨等俱全。踏脚臼彻底退出了生活的舞台，"舂臼"声湮灭在时间的长河里了。

2016 年 8 月

老宅簕竹墙

"簕竹，其上生刺，南人谓刺为簕。"(《岭外代答》)簕竹自古有之，多产南方。我的故乡老宅的西边，有一段很显眼的簕竹带，长十来米，宽数米，高耸入云，很有气势。枝节皆横生出长长的尖锐棘刺，相互交错，密密匝匝，牢不可分，锋芒森然，坚固如铜墙铁壁。小时候，我就见它威严地立在那里，没有谁能进得去，连那些小鸡小鸭也望而却步。

我们村庄，过去屋角、坡头、山塘旁、水渠边，都有一丛丛簕竹。簕竹，大多是野生的，也有种植的。曾听我母亲说，我们家旁边的那段簕竹带，就是种植的，难怪与众不同，显得整饬而气派。

老宅建于20世纪40年代初期，在一座岭脚下长满灌木的荒坡辟地而建，三间泥砖瓦房，离群而居，单门独户。为了防贼也为了防风，祖母在房子的周围种上簕竹。此种竹生长速度快，繁殖能力极强，两三年就干茎拔翠，雄姿英发，茂密森幽，棘刺锋芒如剑矛。簕竹，除了生长和繁殖能力强之外，一身坚硬的棘刺是它自卫的武器，抵御人的随意砍伐和牲畜的损害，能顺利生长，繁衍壮大，日益增高增厚，自然形成了一圈牢固的绿色围墙，家人称之为"竹墙"，围出了一个宽阔的大院落。在房子前竹墙之间的出入通道口，父亲设置了一扇大木门，门扇为数条碗口粗的原木钉制成，异常坚固，称为院门。门后安有闩臼，用一条粗壮的原木做门闩。院门一闩，真有"一夫当关，万夫莫开"之势，猪鸡鹅鸭等家禽也不用担心跑到哪里去。此门一般是昼开夜闩。

那时我们村子地处偏僻，人口不多，只有十几户人。在那个社会动荡不安，民不聊生的年代，夜晚村里不时闹贼，有好几家东西被盗。一个伸手不见五指的漆黑子夜，我家的两条大黑狗突然对着院门汪汪狂吠起来，母亲被惊醒了，腾地跃起，战战兢兢点亮油灯，抓起个大海螺，准备随时吹响求救。祖母也被吓醒了，一骨碌起床，拿起一根扁担，颤抖地来到母亲的身旁，"今晚狗为什么吠得这样凶呀，是不是贼来了？"母亲用手势示意她不要出声。她们屏住呼吸竖起耳朵静静地听院门的响动，空气凝固了，彼此能闻到对方"怦怦"的心跳声。狗吠越来越厉害，感觉它们正张牙舞爪扑向院门，准备与来者决一死战。随即听到门外仓皇跑离的杂沓脚步声。不久，脚步声消失了，狗吠声慢慢停了下来，一切重归于平静。母亲和祖母终于吁了一口气，心中的一块大石落地。多险啊！那天家里全是妇孺，母亲、祖母和两个年幼的哥姐。农闲时，父亲、祖父跟村里的一些青壮年常外出打工。有时距家远，晚上就不能回来。

幸好，经过此次惊险，后来盗贼不敢涉足。原因何在？村里人分析，说我家的簕竹墙牢不可破，门前有大木栅门，门旁有两条忠实的护家狗。盗贼不敢进，进去被发现无处逃，也无处躲。同时，他们不由得嗟叹自家没有簕竹墙。他们是几户或多户住在一起的，受地形等条件的限制。簕竹墙真这么厉害？真能御贼？我曾半信半疑。

后来，从一些古籍中得到印证。《岭表录异》中说簕竹，"其竹枝上刺，南人呼为刺簕。自根横生枝条，展转如织，虽野火焚烧，只燎细枝嫩条。其笋丛生，转多牢密。邕州旧以为城（城墙）。蛮蜑来侵，竟不能入。"《岭外代答》对簕竹有如此记载："种之极易密，久则坚基，新州无城（城墙），以此竹环植，号曰竹城。交趾外城，亦种此竹。"《竹谱》曰："棘竹（簕竹）生交诸州郡……枝节皆有刺，彼人种以为城，卒不可攻。"这些古籍皆有植簕竹为城（城墙），不可攻的记载。簕竹墙确曾有防守护卫之功。

簕竹家族庞大，根系发达，深扎地下，盘缠纠结，牢固如磐石。枝条交织，携手并肩，紧密团结，众志成城，凝聚成巨大的力量，临危不惧，勇敢抗衡。每次强台风过后，村里一片狼藉，不少树木被吹折，有的甚至被连根拔起。好多房子不同程度被掀开瓦面，屋里水积成洼。有些猪圈顶上的茅草全被掀开，吹散得无影无踪。我家的房舍却安然无恙，簕竹墙依然雄劲挺拔，不折不弯，岿然不动，强盛不衰。飓风骤雨"浑不怕，挺然相斗一千场"。有簕竹墙做屏障，我家风雨无忧。

我家的簕竹墙，新中国成立后，在集体化时期，生产队开荒扩种农作物，砍去了绝大部分，只剩下西边的一段。社会治安好了，不要也无妨。它虽然失去了围墙的作用，仍有很大的使用价值。

簕竹，空心细，肉厚，"大者二尺围，肉厚几于实中。"竹质坚韧，古代"夷人破以为弓"。我们村里的扁担都是簕竹做成的，弹性好，坚韧耐用，越用越光滑，轻便，不像木扁担那样粗重硌肩。建房子，用它做桷子最耐久。姑娘媳妇手中的织针，也是用它修削成的。

我家的那段簕竹墙，还成就了一对好姻缘呢。一日，吃过早饭，大哥兴冲冲地戴上手套，扛梯、拿刀、带锯、搬斧走到簕竹墙前，巡看了一会儿，选中外层的一根。小心翼翼先用短柄小锯，由下而上一点点锯断竹刺和横枝，手够不着了，就登上长长木梯子继续往上锯。竹子长得高，登上梯子也不能把竹刺和横枝全部锯掉，剩下的只能等竹子砍断后，靠人力拖拽出来。大哥把竹砍断后，便去找来几个身强力壮的好伙伴，依次站好，握牢竹身，像拔河一样，大声喊"一二三"，同时发力，如此重复数次，才能把这根竹子从竹墙强大的拉力中拖离出来。再把其余竹刺和枝条削掉，弄得手脚多次被竹刺划花刺伤。家里没有什么要修补的，大哥费这么大的劲砍簕竹干什么？大家感到奇怪。更令人惊诧的事还在后头呢。过了个把月，这条放置在檐下的簕竹干透了，大哥从竹头往上，依次锯下几节，每节破分开数小片。一个堂堂的男子汉，居然像大姑娘一样，非常精心细致地修起织针来，并且一连修了好几副。母亲看到了，脸上露出了惊喜的笑容。原来大哥是给一位心仪的姑娘修的，后来这位姑娘成了我们的嫂子。那是"簕竹"牵的红线。

老宅的这段簕竹墙，至今依然立在那里，密织着岁月，深藏着故事。却没有多少人去理会它。知道它、了解它的人没几个了。现在生活好了，村里全是水泥楼房，"风雨不动安如山"，且迅速向城市转型。此段簕竹墙很快就会消失的，将彻底完成大自然赋予它的历史使命。但它的根已深深地扎进了我的心中，剪不断，理还乱。

2016 年 9 月

一张旧书桌

搬了几次家，每次都丢弃一些旧物，但有一张用了四十多年的书桌，我始终不离不弃，爱如珍宝。它不是用什么名贵的木料做成，更谈不上精湛工艺，极其普通朴实，杉木质，米黄色，不加任何油漆，纯粹是原木颜色。没有柜橱，只有两个抽屉。桌脚框架有些粗糙，但很坚固。桌面用砂纸打磨得很平滑。女儿多次强烈要求我把它换掉，说太旧太老土，与现代家具不相称，大煞风景。我想，是该让她知道这张桌子的来历了。

我少年时，正值物资匮乏的年代，家里兄弟姊妹多，生活窘迫。我上学，回家做作业，没有书桌。起初是坐在地上，趴着一张矮脚四方小凳子写，凳面小，放不下书，只好打开放到地上，边看边写。冬天坐在泥地上，感觉很冷，手发抖。母亲心疼，用干稻草编了个垫子让我坐，这样暖和多了。过了一段时间，坐到小凳子上，趴在一张四方高脚凳子上写，凳面只放得下手腕，手臂在凳面外，很不舒服。再过一段时间，是坐在高凳子上，趴着一个盛稻谷的大瓦缸面写，缸是圆形的，双脚得弯曲着，不能向前伸动，时间长了，膝盖发麻发痛，很难受。那时我多么渴望有一张书桌啊。

我上小学五年级的那年，一天晌午，大哥从生产队部开会回来，风风火火，又是砍木又是锯板，挥刀抡斧乒乒乓乓做起木工来，这么急，做什么用具呢？大哥用了半天时间，做出了一张简易的小书桌，桌面是小半截旧门板，面积半平方米左右，桌子的四条腿是用新砍的四根小树干做的。大哥把这张桌子搬进厅屋，在靠正面墙壁中央的地方放下，桌面用一张红纸铺盖，上面整整齐齐摆上毛泽东主席的红文四卷和语录本，桌子正中墙上挂上一帧毛主席像。这张桌子叫"宝书台"。大哥一再叮嘱我们，"宝书台不能弄脏，不能碰坏，要小心保护。近几天，上面有人来检查、评比。厅屋天天要打扫干净，保持清洁。"那时，哥哥是大队干部，生产队副队长。那天村里家家户户都忙着做"宝书台"或布置"宝书台"。

　　我第一次看到家里出现一张书桌，觉得无比新鲜无比漂亮，绕着"宝书台"一遍又一遍地看，多想把自己的书包也放上去，在这里做作业温习功课。但哥哥有言在先，约法三章，我连碰也不敢碰，怕一不小心把盖桌面的红纸弄皱弄破。

　　往后的一段时间，先后有几批人到我们村检查、评比、参观，可热闹了。说我们村"宝书台"家家有，布置得都很好，被评为学习毛主席著作先进村。村里人喜气洋洋，皆感脸上有光。

　　这股热潮过后，村里复归平静。大哥对"宝书台"管得不那么严了。我晚上偷偷在"宝书台"上学习，起初是提心吊胆的，怕被大哥看到。有一次真的被他看到了，吓了一跳，赶紧站起来，慌忙收拾书本离开。大哥微微一笑，"不怕，你可以在这张桌子上学习。"当时，惊喜的心情难以言喻，我终于能安心地使用这张桌子了。虽然这张桌子很窄小，但当时已是难得的宝贝。

　　好景不长，这张桌子用了不到一年，一次姐姐把晒干收回的一大筲箕玉米顺手放在桌子上，准备放进瓦缸里储藏。她刚转身想抽开缸面，把玉米倒进去。"嘭"的一声，书桌塌了，玉米撒了一地，桌面断成两截，散落好些木粉。桌子本来就是用虫蛀过的旧门板做的，不耐用。桌脚是用刚砍下的小树干做的，干后收缩，榫头自然松动，是承受不了重压的。没有木料，要做一张桌子是不容易的。没了书桌，一下子接受不来，我哭得很伤心，姐姐感到很愧疚。无奈，我只能恢复在稻谷缸面学习。

那年春节，在外地工作的父亲放假回家过年，看到我弯腰弓背吃力地趴在稻谷缸面学习的情形，深深地叹了一口气，说："孩子，委屈你了！"

过了几个月，听说父亲从车站托运回一张书桌和一把椅子，我以为是给五哥结婚用的。五哥去车站扛了回来，放到原来放"宝书台"的地方。那天放晚学回家，我一眼瞥见，十分惊讶。母亲指着对我说："这是你爸爸指定给你学习用的。"啊，我终于有了自己的书桌，高兴得跳起来，欣喜若狂，向书桌奔去，把书包端端正正地放到桌子的右上角，然后坐到靠背椅子上，感觉非常舒服。桌椅散发出的杉木味儿，清香扑鼻，沁心润肺，异常舒心惬意。我双手轻轻地来回抚摸平滑的桌面，看清晰漂亮的木纹图案，有的像直线，有的像波纹，有的像云朵，有的像连绵的峰峦，有的像浪涛，姿态各异，气象万千，像一幅生动有趣的画。拥有一张书桌，就像拥有了整个世界，我心里乐开了花。"这一桌一椅得来不易，你要好好学习。"妈妈的声音，在我的背后响起。那时，妈妈去探望爸爸才回来几天。

妈妈给我说了这一桌一椅的来历。父亲为了买木料给我做这副书桌和椅子，每天少吃一顿饭（那时父亲的单位是集体开饭的），他用几个月节省下的饭钱，买回了木料和一些简单的工具，利用休息时间，拉线弹墨，锯、削、刨、凿、锤，不辞辛劳，自己动手做起书桌来。正逢三伏酷暑，父亲常干得汗流浃背，脸上汗珠如下雨般往下掉。不几天，父亲两眼浮肿起来，肿得眼睛成了一条线，也许因为天气炎热，也许因为过度疲劳，也许因为吃不饱体质虚弱，也许这些原因俱有。父亲病了，没有歇息一天，一心想把桌子尽快赶出来。只用两周的时间，就把桌椅做好寄回。这一桌一椅凝聚着父爱深情，寄托着父亲对我的殷切期望。它变成了我学习的巨大动力，我暗下决心，一定以优异的成绩报答父母之恩。

从此，我更加努力学习，天天晚上伏案灯下，孜孜不倦。抽屉里"三好学生"奖状渐渐增多。这张书桌伴我读完初中，伴我考上高中、考上大学。

我结婚时，什么嫁妆也不要，只要这张书桌。它一直伴我到现在，我在桌上备课、批改作业、读书、写书，在求知的道路上，从未停止脚步，因为有父爱相伴。

这张书桌，已与我的生命连在一起，难舍难分。

2016 年 11 月

回乡迷路

　　清明期间，回乡扫墓。那天早晨，挤不上公交车，改搭三轮车。

　　渐近故乡，驾车的大嫂问："转往哪条道？"我探头出车厢往东边看，高楼大厦毗连成市，宽阔的横街有几条，我仔细辨认，寻找老家后面的那条道。前年这个时候，我回过一次，一条新路基正由西往东朝我故居后面推进，旁边的山树，看一眼就能认出。但现在已不见昨日的形貌，一条漂亮的大道望不到头，一时难以辨别。车开到城南小学，有了参照物，我才猛然醒悟，急叫："走过了，快往回开。"

　　车转进了那条四车道的崭新大道，我细瞧，中间有绿化带，树翠草青花艳，两旁有白色的护栏，路面平坦，笔直向前。走一会儿，驾车的大嫂问："这里有个路口，是在这里停吗？"我往外看了看，说："不是。"车继续往前，不多时，又到了一个路口，她又如前所问，我又往外看了看，摇摇头。车继续前进，过了一阵，停在一大片新推出的平地前，她说："再往前开，护栏就没有出口了，前面是上高速路的。你很久没回乡了吧。"奇怪，我生于斯，长于斯，这里的一切已烙在心里，难道今天迷路不成？"我先下车看看。"不好意思地跳下了车。

车外雨线密织，我撑着雨伞，走到护栏外举目环顾，寻找记忆中的熟悉景物。我家后面有一个大山塘，夏天，塘水丰盈清澈，村里一些男孩喜欢跳进塘里游泳嬉水，蛙泳、仰泳、潜泳等无师自通，有时他们比赛着游，奋臂击水，雪花绽放，快乐无比；每天收早工吃过饭后，居住在山塘附近的人家，陆续提着衣服到山塘洗，砧衣声声，水花飞扬，笑语喧哗，好不热闹。山塘储水量大，终年没有干涸过的。冬天，山塘旁边种起块块蔬菜，每日天色微明，山塘响起乒乒乓乓的木桶装水声和挑水浇菜的杂沓脚步声。菜地青葱翠绿，生机勃勃，犹如翡翠绕山塘。

塘坝旁有一棵巨干华盖的橄榄树，每到夏天，树上缀满橙黄色的橄榄，那是长足了的颜色。村里，有些怀孕的嫂子，嗜吃鲜橄榄，她们从树下经过，都忍不住叫人摘些来吃。听说，吃过这棵树所结橄榄的孕妇，大多生男孩。因此，村人把这棵橄榄树称为"男孩树"，十分喜爱。

收获橄榄时，几个男青年爬上树去，用手摘，用竹竿打，一群孩童提着篮子在下面捡拾，把拾到的拢在一起，然后由大人平均分配。橄榄用踏脚臼舂碎，拌上山姜泥和生盐腌制。过一段时日，用来焖鱼特好吃。

塘坝下面距橄榄树不远，有一口"爱民井"，这是我们村子北面的第一口井。过去居住在北面的人家，吃水都要到山沟下一个水潭里挑，下雨天四面的水都流进去，很不卫生。潭里还有蚂蟥。20 世纪 60 年代的一个夏天，我们大队来了一连支农的解放军，有几位分到我们生产队。他们帮住户挑水时发现了以上的情况，便商量决定建井，他们捐出津贴买水泥，带领村里的青壮年男子上山凿石，到距村很远的河边挑沙。军民共同奋战十余天，一口带着宽阔井台的坚固漂亮的水井建成了，从此，我们便吃上了清澈纯净的地下泉水。为了牢记解放军的爱民情，村人把这口井命名为"爱民井"，并在井台上用瓷片嵌出一行字："中国人民解放军六八零四部队九二分队建于一九六八年十月"。近几年，我们村子通了自来水，井水不用了。但井台上的这行字依然完好无损，清晰如昨。以前每次回家，我都到井边伫立一会儿。

山塘东西北三面环山岭。东面的岭上向南有一大片草坡，春风一吹，柔嫩的秀草，茵茵如绿毯铺开，上面点缀着红黄蓝紫各种野花，簇新而美丽。孩提时和一群小伙伴到那里放小鹅，在草地上翻跟斗，打风车，有时还打上几个滚，乐不可支。熏风一起，草坡野果飘香，覆盆子，扁圆的鲜红果子，像举着一个个点亮的小灯笼，口感肉质味儿像桑葚。墨蓝果，一粒粒宛若精致的蓝宝石，口感像海棠果粒，吃起来满嘴墨黑，像吃槟榔。还有许多叫不出名字的野果，小巧玲珑，大多可吃。西北风一刮，草坡枯草萎靡萧疏，倒成了好晒场，有些食物需要晒干腌制保留的，如萝卜条、菜瓣、红薯片、木薯块等，体积比较大，晒的时间较长，容易捡收的，均撒到草坡上晒，山高，日照足，四面通风，且没有家禽来损毁。晒个十天八天，干了才来收。此时节的草坡，像披上了色彩斑斓的秋衣。

山塘西面的岭上，靠近房屋的是一大片茂密的树林，修竹灌木乔木翁郁苍翠，有一棵出类拔萃的参天梧桐树，宽叶粗枝潇潇洒洒腾游四方，酷肖一把遮天巨伞。老远就能看到，梧桐树下就是我的老家。有句俗语道："家有梧桐树，引来金凤凰。"梧桐是吉祥之树，据说凤凰非梧桐不栖，非楝实不食。这棵梧桐不知是否有凤凰飞临？少小时，我们常看到许多漂亮的鸟雀在它上面引吭高歌，有着雪裘绒衣高贵小姐般的白鹭，有黄袍加身的黄鹂，有穿着棕红底黑色条纹装绅士派头十足的伯劳，有满身花衣活泼灵巧的百灵等等。歌声有清脆的，有洪亮的，有高亢的，有婉转的，有甜润的……唱出不同的旋律和音高，各尽其妙，悦耳动听。这棵梧桐树，无疑是一棵音乐之树，它的歌声常在我的耳际回响。

这些熟稔于心的景物，前年回家时，大多都在。现在全不见了踪影。大道两旁，摩天大楼拔地而起。莫不是真的走错路了？迷惘中，一辆小车在我的身旁停下，"七姑，迷路了？上车我送您回去吧。"侄子打开车门叫我。我付了三轮车费，坐上侄子的车，回头从第二个路口进村。

如今，山塘填平了，多半成了路基，周围的山岭已夷为平地，相继立起一栋栋大楼。大道边那片新推出的平地，就是村子新宅居地。下次回乡，又该迷路了。

2007 年 4 月

猫头鹰欢乐的歌声

前不久，从乡下来了一位姐姐。在聊谈中，她脸带忧戚地说："近段时间，深夜常听到'猫头鹰'在家旁的竹丛上叫，怪吓人的，心里总感到不安。""怕什么？它像夜莺一样在歌唱，只是音质不同而已。我真想再听听猫头鹰的叫声。""你不要说大话，还记得吗？你小时候听到猫头鹰叫，吓得拉被盖过头，颤抖如筛糠，大气也不敢出。""那时无知。"我哈哈大笑。

猫头鹰（别称"枭""鸮""鸱鸺"），鸮形目，头宽大，喙短而粗壮，前端成钩状，眼的四周羽毛呈放射状，形成面盘，脸形肖猫，故称为"猫头鹰"。它周身的羽毛淡褐色，散缀黑斑点，稠密而松软，飞行时无声。腿较短。黄眼，黑瞳仁，圆大而明亮，黑夜双目射出手电筒般的光芒。昼伏夜行，叫声低沉厚重阴郁。迷信的人厌恶其声，认为是一种不吉祥的鸟。《说苑·鸣枭东徙》中有载："枭（猫头鹰）与鸠遇，曰：我将徙，西方皆恶我声……"恶其声之人，看来古已有之。

小时候，我家周围绿环翠拥，树林葱郁，百鸟翔集，白天，歌声不绝于耳，唧唧啾啾、叽叽喳喳、叽叽咕咕、滴滴呖呖……各尽其妙，声势浩大，好不热闹。晚上倦鸟栖枝，树林渐渐静了下来。劳累了一天的人们，也进入了梦乡。一天深夜，我从梦中惊醒，听到了一种声音，"唔——唔——唔"像重症患者的痛苦呻吟，我以为是邻居家有谁得了急病，正想叫醒母亲和姐姐时，她们已醒了。"是什么东西叫？"姐姐声音颤抖地问母亲。"先听听。"母亲强作镇定地说。我们凝神细听，声音像从后面一户邻居家旁发出，在这万籁俱寂的深更半夜，听起来特别阴森凄怆。那东西在原地呻吟了好一会儿，然后似朝通往后山的那条小径缓缓走去，渐行渐远，声音逐渐变弱，直至消失。我们都意识到，肯定不是人，若是哪家有人病了，需要及时送往医院，少不了人声嘈杂，忙乱一会儿。那是什么？是鬼怪？幽灵？陡然恐惧感像魔爪紧紧攫住了我，背脊发凉，浑身哆嗦，急忙缩进被中，不敢露出头来。

没过多久，又一次在岑寂的深夜听到这样的声音。我的两位成年哥哥，为了弄清楚这到底是什么东西发出来的，每人抄起一根扁担，拿起一支手电筒，开门循那声音悄悄走去，走近，两支手电同时摁亮，一个黑影一闪，"扑棱"一声飞走了。两位哥哥回来把真相告诉我们，哦，原来是猫头鹰，恐惧感顿时烟消云散。以后听到这种声音就不怕了，鸟的叫声有什么好怕的？

但我不喜欢猫头鹰，只喜欢那些羽毛漂亮，歌声悦耳动听的鸟儿。我们村林子多，鸟儿众，稻谷成熟时，常有鸟儿飞来啄食。其中有我喜爱的鹧鸪、斑鸠、麻雀等，真后悔错爱了它们。但从未见猫头鹰糟蹋过庄稼粮食，我对它心生好感。

可时隔不久，我们又畏惧起它来了，这与一件突发性的悲哀事情有关。一日，凌晨三四点钟左右，一家邻居骤然爆发出凄惨的哭声，把我们从熟睡中惊醒，急忙起床，走出去。几家邻居大人小孩都纷纷走出来，大家聚集到那家的门前，看看是什么事情，能否帮上忙。原来是那家的一个小女孩，因急病不治而殁。她是我们的好伙伴，白天还玩得好好的，现在她已到另一个世界去了，再也见不到她了。我们几个与她要好的小伙伴，忍不住呜呜痛哭起来。大人们都抹起泪来。有的深深叹息，"一个活蹦乱跳健康可爱的孩子，怎么说没就没了呢？可惜啊！"有些小声议论起来，"近来晚上老是听到猫头鹰在她家屋后叫。""这是一种逐魂鸟、报丧鸟，不吉利呀！""古话说，猫头鹰叫，准没好事。"我们听得害怕起来。

此后，村人对"猫头鹰"更加深恶痛绝。夜晚，猫头鹰在哪家屋边叫，哪家的男人就出来掷石头驱赶，以消灾除难。久而久之，猫头鹰销声匿迹，老鼠却逐渐多起来。我们村子玉米、红薯种植面积大，产量高，每到收获季节，家家户户玉米、红薯堆成山，无法用器具收藏。晚上老鼠大闹天宫，放肆啃咬。虽然每户都养有猫，却无法伏鼠。我母亲睡前，在床前搁着一根长竹棍，听到老鼠"咔嚓咔嚓"的嚼吃声，就猛敲竹棍把它们吓跑。但过不了多久，啃嚼声又响起来，我母亲一次次敲响竹棍，夜不成眠。说来也巧，一日半夜，突然听到猫头鹰在我家旁边的树林里叫，我父亲和两个哥哥都在外地工作，家里全是妇孺，更深人静，不敢出门驱赶，是祸任福任由它叫吧。一听到猫头鹰的叫声，老鼠立即噤若寒蝉，莫不是它们也怕得躲藏起来了？猫头鹰连续几夜在我家旁边叫，老鼠不敢出来行动，我母亲能安心睡个囫囵觉。

半年过去了，一年过去了，我们全家安然无恙。那些苦于鼠害夜难安枕的人家，唉声叹气。我母亲把猫头鹰的情况跟他们说了，后来我们村没有人再驱打猫头鹰了，毕竟保粮要紧，吉不吉利，暂且不去多想。老鼠不敢张狂胡作非为，并逐渐减少。

我隐隐约约感到，猫头鹰并非像迷信的人说的那样。

若干午后，我终于从书上知道，猫头鹰是捕鼠能力最强的鸟类，它听觉神经发达，一个体重只有三百克的猫头鹰，约有九万个听觉神经细胞。它视觉敏锐，火眼金睛，在漆黑的夜晚，能见度比人高出一百倍以上。它嗅觉灵敏，很远就能闻到老鼠的气味。一只猫头鹰每年可以吃掉一千多只老鼠，相当于为人类保护了数吨粮食，功莫大焉。猫头鹰其实是益鸟、福鸟。莎士比亚在《爱的徒劳》剧作中，把猫头鹰的叫声赞为"欢乐的歌声"。

猫头鹰已属国家二级保护动物，宝贵着呢。

那些对猫头鹰不甚了解的人，很容易错误地产生种种可怕的联想，以讹传讹。天下本无事，庸人自扰之。看物或阅人，若只凭外表和个人的好恶，主观臆断，草下结论，往往适得其反。

看来，我得向我那位姐姐好好科普一下猫头鹰的知识了。

2017 年 5 月

火盆融融

进城工作，许多年没烤过火了，没有火盆的冬天，总觉得冷清。寒气侵肌时，自然想起故乡的火盆，想起火盆旁一张张熟悉的脸庞。

寒冬腊月，地里庄稼已收获完毕，一年的农事已基本忙完，年关将至，也需要准备一些过年的东西，生产队通常在这个时候放假。这是一段难得的清闲日子。其实，农村过年是很简单的，特别在物资匮乏的年代，没多少东西准备，甚至根本不用准备。闲下来了，或北风呼啸的晚上或冷雨潇潇的白天，家家户户都生起一盆炭火，全家大小老幼，围着火盆烤火。女人做些针线活儿，男人不时拿起竹烟筒，"咕噜咕噜"吸几口，然后昂起头，慢慢地从嘴里鼻孔里喷出袅袅的烟雾来，小孩蹦跳其间。一家人开开心心，和和融融。

人们还喜欢互相串门，哪家来了串门的客人，主人就热情接待，即刻搬出凳子，连声"请坐"，给火盆添柴或加炭，把火烧得旺旺的。有的还在火盆上放上一个铁架子，架子上面顶着个沙煲，煮红豆糖水，煮糯米糖粥什么的，招待来客。大家围着火盆聊天，拉家常，谈笑风生，平时有什么龃龉，在火盆旁都烟消云散，火光映红张张笑脸。

大人串门，小孩也跟着去。孩提时，火盆边的乐趣可多了。我们相邻几家常聚在一起烤火，不是在我家，就是在你家。火盆边，我们一群小伙伴玩得乐不可支。有时一边烤火，一边烤花生、烤番薯，我们各自拿着一根长棍子，不时翻动火中之物。烤熟了，香气弥漫，大家吃得津津有味。我们常弄得满脸灰不溜秋，个个活像小花猫，不时引起大人的一片笑声。

我们在火盆边，常听大人讲故事，《孙悟空三打白骨精》《武松打虎》《关云长过五关斩六将》《刘三姐》《牛郎织女》《董永与七仙女》……一个个生动的故事源源不断地流进耳朵，引起许多美丽的遐象。

有个比我们大几岁的哥哥，好耍小聪明，常常在火盆边让我们猜谜语。谜语大多是他即兴想出来的，如：东边拉木过西边（打一字："一"字）；跳蚤扛烫耙（打一字："下"字）；一间屋子窄窄，刚好入得五个客（打一物：鞋子）等等。出谜的、猜谜的，各自绞尽脑汁，有趣极了。

姑娘们喜欢结伴串门，她们在火盆边织袜子，织毛衣，有说有笑，有时兴致来了，也唱唱歌。

记得有一次，我从学校里刚学会了一首新歌，晚上，村里的几位女青年来邻居家玩，我也跟姐姐过去玩。在火盆边我不由自主地把那首新歌哼唱起来，大家说这支歌好听，要我教，我便高兴地教起来，她们认真地逐句跟着我唱，清脆悦耳充满青春激情的歌声从火盆边响起，在月朗星稀的夜空激荡。

小伙子，自有他们的玩法。他们也常凑在一起，有时在火盆边玩扑克，输了，用冷火炭在脸上画一横。玩扑克，没有常胜将军，谁都有输有赢，结果大家都变成了唱京剧的大花脸，你指着我，我指着你，哄然大笑。有时他们也下象棋或军棋，下棋只有两人执棋子对弈，其余围观，看棋的比下棋的还急，有时忍不住指手画脚，帮着出谋献策，不知不觉分为两大阵营。他们的心情跟着棋子走，时而为下错一步，跺脚叹息，时而为棋高一着欢呼叫好，一片热闹景象。

玩累了，他们围着火盆坐下来谈天说地，谈见闻逸事，谈哪本小说哪部电影好看，有时也谈论哪个村子哪个姑娘长得漂亮。有时有人拉二胡，有人吹笛子，其他人大多静静地坐着，侧耳聆听，饶有兴味。

老年人有老年人的乐趣，在火盆边有回忆不完的往事，有道不完的古老传说，还有孙儿们绕膝的快乐。

故乡的火盆炽热、温暖，充满快乐，令人难忘。

最近，收到一位侨居海外的儿时伙伴来信。她说，冬天，室内虽然有暖气，但觉得总比不上家乡的火盆温暖。

是的，多少年，故乡的火盆在我们的梦里、心里燃烧。只要不数典忘祖，都会感受到它的温暖。

2015 年 12 月

稔花烂漫

　　走近故乡，眼前忽然灿亮起来，前面高高的山坡上一树树、一丛丛、一簇簇的稔子花，蓬勃绽放，鲜亮明艳，像村姑美丽的笑靥，嫣然动人。我恨不能即刻变成蜜蜂，变成蝴蝶，飞上山坡，吻遍每一朵花瓣。

　　那片芳菲，曾斑斓过我童年的梦。

　　某天早晨，一觉睡醒，走出门来，不经意向远处扫了一眼，目光还有些惺忪，有些迷离，仿佛对面的山坡上闪耀着一片云霞。定睛细瞧，那是稔子树绽开的笑脸。它们像突然遇到天大的喜事，喜不自胜，一夜之间，笑逐颜开。"稔子开花了。"我惊呼起来，心花也随之怒放。

　　我们村子附近的山岭，稔子树不是很多。但不知是不是老天爷的特意安排，只有村前不远处的那座高山，对着村子的那面山坡，长满密密匝匝的稔子树，似乎将别处的稔子树都集中到这里了。

　　稔子是一年生草本植物，长在山岭上，枝干灰白，叶子翠绿厚实。树不高，枝叶婆娑，五月开花，六月果熟，肉质细嫩，味道甜美。

每年稔子开花，那面山坡自然成了一个大花园，美丽了我们的视野，温馨了我们的心头，甜蜜了我们的梦。

稔花的魅力像磁场一样吸引着我们，令我们心旌摇动，忍不住要扑向它。一天，我们一群小伙伴兴冲冲登山看稔花。

这座山虽然离村子不远，但山高林密，很难爬。稔花开在高高的山坡上，山坡以下全是茂密的荆棘灌木，我们人小，只能像猴子一样穿、钻，蒺藜划破手脚，伤口渗出丝丝缕缕的血也浑然不觉。夏季黄蜂、蛇类特别活跃。有时前面带路的那位碰到了黄蜂巢，"嗡"的一声，黄蜂铺天盖地像轰炸机群吼叫着朝头顶压过来。大家即刻抱头蹲下，敛声屏气，等黄蜂飞走了，才悄悄地站起来，另寻路径。走着走着，我的脚面感到凉飕飕的，低头一看，一条青蛇正从上面爬过，我失声惊叫，口大张着，却发不出声音。背脊发凉，起了一身鸡皮疙瘩。现在想来，这是造物主特意设置的障碍吧，也只有这潜伏种种危险的密匝匝的荆棘丛莽，才能保护上面的那片娇红。想到达美的境界是要付出艰辛，战胜险阻的。

我们穿过密林，爬上山坡时，仿佛一下子进入了天堂，满坡的花朵像云锦一样在眼前铺开，沁心润肺的芳香扑鼻而来，途中的惊骇疲倦顿时烟消云散。

我们在花间徜徉，尽情观看，花的颜色有绯红，有粉红，有淡红，像画中仙女的脸蛋，张张都好看。还有许多大大小小含苞待放的花蕾，像支支美丽的箭镞。蜜蜂蝴蝶扇着薄薄的羽翅，翩翩起舞。不时有鸟儿落到花枝上叽叽喳喳唱上一会儿，又高兴地飞向远方。我们乐不可支，扯开嗓子唱起歌来，想到什么唱什么，声音有高有低大声乱唱。我们还玩起捉迷藏、抓特务等游戏，欢声笑语萦绕花间。

花底是软绵绵的草地，踩上去，就像踩在簇新的毡子上，舒服极了。草地上有星星点点叫不出名字的小野花，它们在挤眉弄眼。玩累了，我们便横七竖八地躺在草地上，睡在花丛中，仰望花蕾绽放，聆听花开的声音，妙不可言。

忽然有人提议上山顶看看，我们便一窝蜂奔上去。伫立山巅，清风拂面，心旷神怡。极目远眺，千山万岭，像大海的波涛起伏涌动。我们村子横横竖竖，疏疏密密的房屋，像航船散漫地停泊在港湾里，条条连接村子的白色小路，像船头犁开的雪浪。屋顶上升腾的柱柱炊烟，像桅杆上高扬的片片风帆。片片绿色的稻田，就像蔚蓝平静的海水。想不到从高处俯瞰的景色，特别美丽。

我们乐不思归，不知玩了多久，等听到各自母亲呼唤的声音，才知道该吃晚饭了。

回来时，有人想采花，刚伸出手，就被领头的那个喝住了。他说，大人告诫过，结果的花是不能采的，采了就结不出果子来了。

我们恋恋不舍地看着满坡烂漫的鲜花，仿佛闻到稔子的甜味，看到缀满枝头的紫红色果实。我们期待着下一次冒险的经历和收获的欢乐。

我想，要是有位神仙来把山坡以下的杂树荆棘全部砍光，路就好走了。听大人说，那片树林真的消失过。那是在"大跃进"年代，村里大量伐木炼钢，连那片稔树也砍光。结果，炼出了一堆堆无用的黑疙瘩，山秃，人更穷。若这样，还是山青林密的好。我害怕看到秃子般的山岭。

想不到几年后，我们大队有几个村子建起了砖瓦窑，窑顶冒烟的时候，就像张开大口的饿狼，疯狂地吞噬燃料。因此，这几个村子只得向外大量收购柴草。那时，村民穷，无处赚钱，这是一个可换油盐钱的好机会，大家磨刀霍霍向山岭进军。不久，我们村子周围的山岭，个个像和尚一样被剃光了头，我们再也看不到那片稔子花，吃不到清甜的稔果，也随之失去了许多欢乐。

但山坡上那片烂漫的稔花，总走不出我的梦境，走不出我的童年、我的记忆。

今天，又见稔子花开，故乡的山青了，林茂了，弥漫了花果的芳香。

但愿我的故乡，山常青，花常开。

2007 年 8 月

十七岁的馈赠

　　现代生活质量提高了，大大激活了城市女人的爱美之心，涂脂抹粉，描眉染指，戴首饰，烫发，染发，拉发，蹬高跟鞋，穿吊带裙、低腰裤、紧身衣……爱怎么打扮，就怎么打扮。时尚属于女人，美丽属于女人。

　　平时工作忙，我不怎么打扮。一次，有位亲戚请我送新娘，按传统风俗，送亲的人员是要讲究仪表穿着的。何况当今在城里，送独生千金出嫁，万万马虎不得，看来我得认真打扮一番了。那天送亲前，为了郑重其事，女儿硬拉我进美容院，经过美容师的一番精心拾掇，走出门时，女儿大叫："哇，妈妈好漂亮！像个十七岁的姑娘。""如果我现在正当十七岁，不就成娃娃了？"我笑着用手指轻轻戳了一下她的脑袋，"尽拿老妈开玩笑。""呵，对了，您十七岁时什么样？"女儿的话，勾起了我深深的回忆。

　　我十七岁那年，高中毕业，正赶上知识青年上山下乡的大潮，便从教室一下子推进农田，接受贫下中农再教育，别无选择。升学或进城工作，两年后由生产队、大队、公社三级推荐。从此，前途、命运已不由自己掌握，唯有拼命劳动，以感动上苍。

　　七月的村庄，是早稻收割和晚稻插秧的双抢季节，我像一个未经训练的新兵，拿起武器就立即进入最严峻最激烈的战斗。割禾、插秧、挑粪、犁田、耙地……队里叫干什么就干什么，不敢有丝毫懈怠，再苦再累也得挺住。

初学驾牛，一次耙田，牛欺生，任你怎么吆喝、鞭打，总是要走不走的。突然看见田埂旁有丛绿茸茸的青草，牛就发疯似的狂奔过去，弄得我措手不及，被它拖着跑。前面是一截将要崩塌的田埂，有几根木桩护着。牛跑了上去，耙的一角撞在木桩上反弹回来，耙齿全是铁的，一根尖利的耙齿刮过我的右脚面，撕开了长长的一道口子，鲜血直冒。幸好我还不忘把缰绳死死拽住，终于止住了牛。不然，后果不堪设想。

惊魂甫定，即刻感到疼痛钻心，在没膝深的泥浆里跋涉，如履刀刃，额上冷汗直冒。

"像个白鹤探水，太娇气了，快点。"不知什么时候，生产队长巡行到田边，不满意地向我催促。那时在知青的眼里，队长就是圣上。挨队长骂，就等于皇帝降罪，还了得？我咬咬牙，频频飞鞭催牛，大声吆喝，拼命跋涉，身体忍受着巨大的疼痛。

收工回到家，两腿泥巴，一脚血迹，摇摇晃晃走进房间，伏在桌子上，忍不住失声痛哭。妈妈和姐姐闻声赶来，见状，陪着我一同流泪。

开工的哨子响起，擦干眼泪，跛着脚，又得下田。且从此不再戴帽。

三伏天，骄阳似火。在毒焰下暴晒，衣服上的汗水湿了又干，干了又湿，被烤出层层盐渍。一天下来，脸上满是水泡，如出牛痘，火烧火燎地痛，晚上用芭蕉心瓣敷，才勉强能睡。母亲心疼地说："实在不行，就戴帽吧，不能这样糟蹋自己。""不行，皮肤晒不黑，不像农民。"我恨不能一夜之间，变成非洲黑人。

烈日残酷，不知晒脱几层皮。有时把你炙烤够、蒸腾够了。

便魔幻似的，从天边浮起一线灰色，须臾间黑色的大幕遮蔽了整个天空，一阵电闪雷鸣，一阵疾风横扫，随即倾盆大雨就兜头盖脸直砸下来，打得抬不起头，睁不开眼，冷得浑身发抖。我想小树能挺得住，小草能挺得住，我也能挺得住。

我凭着一股韧劲，天天素面朝天，任风吹日晒雨淋。经过半年艰苦磨炼，终于脱胎换骨，完全变成了一个皮肤黝黑、筋骨坚硬、能干的名副其实的农村姑娘。两年后，在生产队推荐上大学的会议上，我获百分之九十八的最高票数得以向上推荐。

十七岁的女孩，正处花季，是最喜打扮，最爱美的时候。但是时代不同，环境不同，美的内涵不同，对美的追求也不同。

风和日丽的春天，百花应时绽放，姹紫嫣红，千娇百媚，是一种幸福的美。冰天雪地的严冬，梅花灿烂绽放，笑傲风雪。苦寒之于梅，何尝不是一种财富呢？一个人，通过承受苦难而获得精神价值，同样是一笔特殊的财富。它来之不易，自然不会轻易丧失。十七岁的风雨磨砺，锻造了一双坚硬的翅膀，使我始终能昂首挺胸，挑战人生的风风雨雨。

听了我一席话，女儿颤声说："妈，您的十七岁，给了我许多启迪。"

2015 年 7 月

水渠桥

乡下有位同学儿子结婚，请我去喝喜酒。那天，城里被邀请到的同学驾车一起前往。

我坐的这辆车子走错了道，开到了一条长长的跨江水渠旁，办喜事的那位同学家刚好在河对面。司机没有柯受良的飞车本领，我们也不敢玩命，只好弃车徒步。

这条水渠是钢筋混凝土筑造的，高高地架在宽阔的河面上。长四五十米，内径四十厘米左右，渠两边有十七八厘米的狭窄路面，仅容得下两只脚，供人过江行走，胆小的人是不敢走的。它是河两岸人们来往的唯一通道，既是水渠，又是桥梁。

时值深秋，水渠干涸，渠底凝结着一层凹凸不平的泥土。我跳上水渠的人行道，信步而过。到了水渠的这边，回头看，跟着我走人行道的两位男同学离此岸还有一段路，余下的女同学全都在渠底里小心翼翼，如履薄冰，走走停停，缓缓移动，还没有走到一半。走过来的两位男同学，惊讶地看着我，有个微微喘着气说："连我们都有点怕，想不到你这么大胆。"我笑笑说："胆量是练出来的呀。"

这条水渠，我不知走了多少回。

小时候，我总喜欢把这条水渠看作桥。

我老家在距离这座桥几里地的东边。上小学时，暑假常和村里的一群伙伴过桥到对面的沙滩采螺。我们第一次来到桥头，水渠里盛满了水，两边窄窄的桥面像两条长长的铁轨伸向对岸，桥下清幽幽的江水深不可测。我们不敢走桥面，卷起裤脚走水渠，水渠里长满滑溜溜的青苔，像沾满油的石板。走着走着，有个脚打滑，身子一歪，篮子掉到江里去了，幸好后面的那个眼疾手快，立即扶住她，才不至连人也掉下去。她惊得哭起来，吓得大家心头噗噗直跳，用力扎稳脚跟，步步小心行走。过了桥，提到嗓子眼的心才算落下来。

　　蹚水过桥几次，大伙便想试着走桥面，但不敢独立行走，叉开两脚各踏水渠的一边，一点点往前挪，活像老爷爷老奶奶颤巍巍的外八字步，样子非常滑稽可笑。我们走到桥中间，忽见对面桥头有两条大水牛跑进水渠，正朝这边奔过来，跟在后面的牧童大叫"快跑"。吓得我们魂飞魄散，乒乒乓乓跳进水渠，跌跌撞撞往回跑，掀起一路水花。跑出老远，还不敢止步。幸好跑得及时，要不，桥面窄，无法躲闪，且个个是旱鸭子，掉进河里，后果不堪设想。

　　有时，大人也加入我们的采螺队伍。有次过桥，一位婶子拉起我的手说："不怕，我带你走，你只管朝前看就行了。"我战战兢兢走上桥面，和她各走一边，手拉手慢慢向前。我目不转睛盯着前方看，提心吊胆，摇摇晃晃，如走钢丝。由于精神高度紧张，走到中间，眼睛看累了，往旁边稍稍瞥了一眼，江水绿幽幽，黑森森的，像有无数水怪张牙舞爪隐藏其中，我不禁打了一个寒战，身子往外倾，她立即用力拉了我一下，"不要分散精神，朝前看，快到了。"我惊出一身冷汗，不敢再往旁边看了，在她的携带下，我终于走到了对岸。第一次从桥面走过，心里就像考试获得一百分那样高兴。

　　此后过桥，我不再走水渠了，可以和人手拉手走，有时拉拉放放，有意识练胆独立行走，渐渐胆子大了，后来终于能稳稳地从桥面走过。

轻便一身走桥面还可以，挑着沉重的担子过桥就不那么容易了。在高中毕业回乡的艰难岁月里，为了赚些油盐钱，我和村里人一样，利用工余时间割草（俗称芒萁）挑到河对面村庄的砖瓦窑卖。不怕割草难，也不怕路远挑担吃力，最怕过桥。走水渠吧，肩挑重担，水底滑，站立不稳，无法行走，只能走桥面。过桥时，怕担子互相碰撞，前后得拉开一定的距离，一个个依次上桥。桥上只能用一边肩膀挑担，不能两边转换，再难受也得顶住，铆足劲，一口气走过。开始我不敢过，等姐姐过去了，放下担子，再回头帮我挑。有次，姐姐走得太急，也许太累，返回到桥头时，重重地摔了一跤，差点掉到河里去，膝盖磕破了，渗出了殷红的鲜血。我非常惭愧，痛恨自己的怯懦。那次，我坚决不让她挑，咬咬牙，走上了桥。带着歉意，带着心痛，与自己赌着气，终于安然无恙地过了桥。

风平浪静，挑着重担过桥尚如此艰难，遇到刮风下雨，更是难上加难。一次，我们走到桥上，突然天黑地暗，电闪雷鸣，狂风大作，吹得肩上的两捆草摇摇摆摆，差点站不住脚，一时不能前进，也不能后退，我们跨着弓步，稳住身子，像举重运动员举起重量前的姿势，与狂风对峙着。等风势稍微减弱些，我们继续往前走。抓住风停的间歇走走停停，万般小心。稍不留神，就有被刮进江里去的危险。当时，我脑子一片空白，什么也不想，豁出去了，只知道站稳脚跟，机械地朝前走，跟上别人的脚步。

走过风风雨雨，走过惊涛骇浪，走过艰难险阻，脚步越走越坚定。久而久之，终于能在桥上来去自如。

这座承载过我们多少脚印多少汗水的桥，今天，我又一次走过，心中情思如江澜。

2016 年 12 月

月光光照地堂

　　每次回老家，我都不由自主地到屋后的小晒场上站一站，熟悉的邻居看到了，热情地打着招呼，围拢过来，说说笑笑，大人小孩站满一地。融融的乡情，便像春潮涌满心间。

　　晒场，我们俗称"地堂"。这个小晒场是我们家的，已弄不清是哪代老祖建造，只是代代继承下来。晒场是用小石子、黄泥、沙子、石灰混合铺成，长方形，平滑光洁，面积大约七八十平方米。到了我父亲这一代，晒场出现了一些小裂缝，经过修补，照样平整坚固。晒场是用来脱粒庄稼和晒谷子、玉米、花生、豆子等物。晒场虽属我们家，但一直和邻近几家合用，不分彼此。

　　村子很少有集体活动的场所，生产队的大晒场离我们住的地方太远，晚上，我们家的小晒场自然成了相邻几家乘凉、歇息、聊天之地，也是小孩们玩耍之所。

　　夏天，月明星稀的晚上，人们忙完了一天的活儿，洗漱完毕，有的拿着葵扇，有的拿着水烟筒，走出闷热的屋子，慢慢踱到晒场，坐一会儿，纳纳凉。男人们凑在一起，把个水烟筒轮流吸得噼噼啪啪响，粗声大气地谈论季节、耕种、收成……还不时交谈些道听途说的新闻。女人们聚在一块，谈论生孩子，包粽子做年糕，喂养猪、鸡、鹅、鸭……姑娘们团坐一圈，有时嘻嘻哈哈说得很开心，有时挨近一堆悄悄耳语，不知嘀咕些什么秘密。小孩子蹦蹦跳跳做着各种游戏，穿梭其间，叽叽喳喳像小鸟，快乐无比。月光皎洁，像泻落一地水银。凉风习习，四周林木翁郁，树影婆娑，夜色很美，气氛和谐乐融。

小时候，我非常喜欢这样的夜晚，我和小伙伴们可以在地堂上尽情撒欢。家里有什么好吃的，我们都悄悄留下一些，晚上到地堂分着吃。大人们谈大人们的事情，我们玩我们的，玩捉迷藏，玩老鹰抓小鸡，玩跳飞机（在地上画架飞机，跳格子）……有时边玩边唱"月光光照地堂"那首古老的童谣。玩腻了，就缠着大人讲故事。这样，《牛郎织女》《董永七仙女》《梁山伯祝英台》《月亮上的桂树》《田螺姑娘》《孙悟空三打白骨精》……一个个美妙神奇的故事便源源不断流进耳朵，引起多少美丽的遐想。我们有时躺着，望着缀满星星的大海般深邃的天空，一会儿寻找阻隔牛郎织女的那条银河，恨不能插翅飞上去把它填平；一会儿凝视月亮，想看清故事中睡在桂树枝杈上的那个懒汉，心里默默告诫自己：做个勤劳的人，千万不要像他那样丢人现眼；一会儿寻找北斗星，细数组成它的星座有多少颗星星。想象辽阔的天空有美丽善良的仙女，有孙悟空采摘的蟠桃园，有天帝住的金碧辉煌的宫殿，有雷公，有雨神……想着想着，不知不觉进入了梦乡。

大人们常到地堂商量事情。某家有困难，某家有矛盾，其余几家大人就聚在地堂想法子帮助解决。

有一次，一位大伯想去部队看望刚从援越抗美前线回国的儿子，那时他儿子的部队在南宁做短期休整。他不识字，不会讲普通话，未出过远门，害怕迷路，但想儿心切，抑制不住。一晚，在地堂上，他把自己的心思告诉大家。大家便认真商量，帮他出主意。由一个写字漂亮的小伙子执笔，把他儿子的名字、部队、连队的称号、父亲探儿请多关照的内容工工整整地写在一张纸上，叫他拿好。叮嘱他到南宁专挑解放军问，人家听不懂白话，就拿纸条给人看。他按这个主意去做，终于顺利见到了他的儿子。他回来的当晚，在地堂上把从儿子那里带回的礼物分给大家并激动地讲述见儿子的经过。大家听得津津有味，由衷地为他感到高兴。

地堂有我们的欢乐，也有我们的悲哀。一天子夜，突然从一家爆出凄惨的哭声，原来是那家的小女孩得急病死了。帮不上忙的邻居都到地堂上静静地伫立着，朝着那家方向看。大人们悄悄地抹眼泪，我们失去了一个友好的小伙伴，忍不住呜呜地哭起来。那一晚，月光惨白，夜很长，霜很冷，大家久久地站着。

我们慢慢长大了，不再玩小孩子游戏，常在地堂上交流学习方法，讨论解答疑难问题，谈学校开展的活动，谈老师哪个严厉哪个和善，谈升学，谈理想，谈前途……

地堂也有寂寞的时候，那就是"文革"武斗那段令人心惊胆战的日子。村子里，晚上时有扔石头砸屋顶、踢门等骇人事件发生。家家户户，晚上太阳还未完全下山，就早早把门关严，并且都上了大木闩，以防不测。人人自危，晚上哪里还敢到地堂聊天，真个活活把人憋死。

"文革"结束后，我们都长成了青年。我儿时的伙伴，他们娶亲的娶亲，嫁人的嫁人，剩下我孤身一人去参加高考。

我上大学离家的前天晚上，地堂又热闹了起来。月亮还未出来，邻居们就陆续来到地堂，和我一起长大的小伙伴们不久也都到齐了。家家拿出一些好吃的东西塞给我，有粽子，有蒸糯米糕，有炒花生，有爆玉米花，等等，好像过大年一样喜气洋洋。他们用这种方式为我饯行，说了许多赞扬和勉励的话。我仰望天空高挂的一轮明月，热泪盈眶。

地堂，记录着我们成长的脚步，记录着我们的喜怒哀乐，承载着沉甸甸的乡情。

进城工作后，住进了由防盗门、防盗网严密包围相互隔绝的火柴盒般的套间里，寂寞时，我常常抱肩站在阳台望月思故乡。想起故乡，就想起地堂，想起地堂，耳际就回响起那首熟悉的童谣：

月光光照地堂，
风儿吹叶儿荡。
大人话稻麻桑，
小孩玩捉迷藏。

2016 年 8 月

怀念祖父

晌午，秋阳从湛蓝的天空洒下明丽的光辉。家门前通向生产队大晒场的那条弯弯曲曲的田塍小径，缓缓走来一位高个子清朗的老者，这是哪家的来客呢？在院子树下玩耍的我，呆呆地看着。他一步步朝我们家走来，可我们家后面还有几户邻居呢，谁知道他进哪家门。母亲从厨房提着一桶泔水出来，向猪圈走去，偶然朝门前田垌一瞥，猛地立住，定睛细看了一会儿，"啊，阿公来了！"她惊喜地大喊，兄弟姊妹嫂子纷纷从屋里走出来，喜笑颜开站在院门前迎接。"阿公！"我高兴得一阵风似的飞到祖父跟前，拉起他的手，眼睛瞪得大大的，仰望着他，祖父穿一套半新旧的黑色唐装，上衣对襟、立领、连袖，胸前扣着一排长长的布纽扣，朴素而整洁。深邃的瞳仁透着智慧和神采。他一脸慈祥，弯腰爱抚地摸了摸我的头，微笑着说："你是七孙女吧？"我点点头。"你这双眼睛很有灵气，能读书，将来会有出息的。"祖父的这句话，在我以后的求学道路上起过很大的激励作用。这是我们爷孙第一次见面的情景，那年，我八岁，祖父八十四岁。他身板硬朗，脊梁坚挺，不用拐杖，走了八九公里的山路来看望我们。

祖父不和我们住在一起，很早就被迫离乡背井逃荒他乡。祖父是单丁，起初靠耕种祖传的几亩水田和坡地，生活还算过得去。后来结婚成家，孩子渐渐多起来，人口多，田地少，粮食奇缺，生活日益困窘。虽然祖父千方百计外出打工，做过挑夫、码头搬运工、江滩拉船工，给镇上阔人家淘粪池等苦力，什么脏活重活都干过，一年忙到头，但收入微薄，杯水车薪，难以维持一家人的生活。生存受到严重威胁，必须另觅出路。

20世纪30年代，国民党陆军上将陈济棠（防城人）主政广东，拨款在沙潭江出海口处筑堰拦海造田一万多亩，由其兄陈维周经营管理，出布告招雇佃农，祖父闻讯即刻赶去应招，到那里一看，报名场地排着数条长龙般的队伍，来报名的人很多，祖父等了大半天，好不容易才报了名。报名后，回家等公榜。去看榜的那天，路上遇到不少亲戚的落选者，祖父忐忑不安，怕招不上。想不到，公布的第一批佃户名单，就有祖父的名字。据说东家看上祖父的原因，是他为人诚实，儿子多，劳动力强。那时，我祖父有六男一女，包括儿媳妇、孙子，全家共有十几口人。

1936年3月的一天早晨，这是祖父一生难忘的时刻，除留我父亲住守故居之外，率领其余子孙搬迁到沙潭江水涧头村。大家肩挑手提破旧的家什和劳动工具，赶着一头耕牛，衣衫褴褛，走向一个前途未卜的陌生地方。迈出家门的一瞬，哭泣声骤起，大人失声痛哭，小儿、幼孙也跟着呜呜哭起来。留守的，离家的，依依惜别，泪如雨下。离开祖祖辈辈生活的故乡城南大塘村，祖父心如刀剜，一步一回头，眼中泪水模糊。自古黎民百姓安土重迁，可为了生计，迫不得已啊。

到达水涧头村，先在地主免费提供的一间十余平方米的干打垒泥土屋落脚，这是第一批佃户才能享受的优惠。祖父人口多，住不下，后来搭了几间茅草房，才勉强安身。

祖父租得二十亩长满芦苇杂草的滩涂地。这哪是田呀！祖父率领全家老少，开始了拓荒造田的浩大艰巨的工程。割苇除草，拉直线把地分成若干块，修筑田埂，挖排水沟，翻土，运来熟土肥泥，改良土壤，蓄淡水泡地等一系列繁重的劳作，经过几个月的苦战，硬是把这片荒地变成了水田。

祖父以为，有这么多亩田耕，只要勤劳，是饿不着的。可是地租不断提高，地租以稻谷代替，若欠租，计时利滚利。开头三年主要是垦荒造田阶段，地主与佃户按一比九收租。第四年地主按百分之四十收租。六年之后，按百分之六十收租，且不断加码。前三年，没有水利配套，全靠天下雨种田，加上盐碱土质，稍微少雨，禾苗大多枯黄，几乎颗粒无收。迫于无奈，佃农自发集体在沙潭江源头兴修一座小型水库，开渠引淡水灌溉稻田。第四年始，种下的水稻才有收成，但产量不高，交了地租，所剩无几。碰上年头不好，不得不欠租，一欠就还不清了，利滚利债台高筑。一年到头拼死拼活地干，依然难以养家糊口，生活照旧痛苦不堪。

幸好祖父懂得针线活，且手艺越来越精湛。那时是用手工缝制衣服的。祖父此手艺，是曾祖传给他的，他虽然没有文化，但头脑聪明，心灵手巧。农闲时，头戴竹笠帽，肩挎一个布袋，里面装有尺子、针线盒、熨斗等裁缝工具，手持一条赶狗棍，走村过寨，给人家缝制衣服，以挣些收入维持家庭生活。祖父四十五岁那年，祖母因病无钱医治而撒手人寰。祖父不再续弦，尽管多次有人登门做媒，都被他婉言谢绝了。他的心全放在子孙的身上，既当爹又当妈，既是爷爷又是奶奶，一家大大小小的衣服全是他一针一线缝制的。工多手熟，日去日来，他的缝制手艺更加炉火纯青。他能准确地量体裁衣，针法细密，精缝、细挑、巧锁，绣花栩栩如生、结扣结实玲珑，一手出色的绝活，成为远近闻名的裁缝高手。附近村寨陆续有人慕名来请他去做衣服。那时是到主人家去做的，主家包吃，工钱另给。生意很好，一年四季都有活干。人们都尊称他为"裁缝师爷"，以致后来很多人忘掉了他的真实名字褥迪存。现在我们家族还保存有祖父的一件唐装衫，我看过，堪称传统的手工艺术精品。

祖父心地善良，不怕别人抢他的饭碗，有青年要求拜他为师，他都热情给予传教，他曾带过十多个学徒，都是免费的。祖父的人品更受到人们的敬重。

1939 年 11 月 15 日，日本侵略者从北部湾企沙镇西南海面沿岸登陆，次日防城沦陷。日寇占领防城一年，所到之处杀人放火，奸淫掳掠，无恶不作，民不聊生。祖父很长时间没有针线活干，失去了重要的生活来源，家里的生活日趋窘迫。翌年年关将至，全家人每天只能吃一餐稀粥，这样也维持不了多久，很快就要断炊了。祖父心急如焚。一日，一位财主找上门来，请祖父上门去为他一家大小做新衣过年。天开眼了，祖父欣喜地立即答应。可祖父在不久前，因劳累过度跌倒，左脚板骨折还未痊愈，家人都不忍心让他去。可是，就是十条牛也拉不住他。财主居住的禾夏村距这里有二十多里，皆是田径山间羊肠小道，他背上工具袋，挂着拐棍，趔趄地迈出了家门。家人含泪送他出门，目睹一拐一颠的瘦削背影渐行渐远。

十五天后，他挣回了一笔工钱，解救了一家人的困厄。

祖父是全家的顶梁柱，不管压力多大，他的脊梁始终不折不弯，顶天立地。

祖父虽然是一介平民，但懂得有国才有家之大义，懂得是非曲直，懂得只有共产党才能救中国这个理儿。在抗日战争和解放战争时期，支持两个儿子参加共产党领导的十万山游击队。

1948 年的一天，防城国民党反动当局，五花大绑把祖父抓去，投进监狱，威逼祖父说出两个在游击队的儿子的行踪和同伙。祖父缄口不言，反动警察丧心病狂，把他吊起来毒打，反复审讯，残酷折磨，坐老虎凳，灌辣椒水，等等，无所不用其极。祖父当年已六十八岁，死也不吐一个字，坚强不屈。在监狱里，祖父受尽酷刑，被折磨得奄奄一息。乡亲们联名上书并一起到国民党当局要求保释，指着在场的大伯说："禢迪存的大儿子禢祖辉曾经是国民党正规军军人，在抗日战争中，英勇杀敌，多次负伤，在保家卫国中做出了巨大的贡献，你们不能这样对待一位抗日勇士的老父亲。"复员回乡两年余的祖辉大伯，那天特意穿上军装，他愤怒地脱下上衣，身上露出抗战时留下的累累伤痕，义愤填膺地大声斥责："我在战场上与日本鬼子拼杀留下一身伤疤，难道今天连自己的老父亲也保不了？儿大不由爹，你们有本事去抓他的儿子，拿一个老人家来撒气算什么能耐。你们不放人，我跟你们没完！"反动当局认为祖父快不行了，允许取保释放。乡亲们用担架把他抬回来，经救治，他终于奇迹般活了过来。历尽磨难，生命如沙漠胡杨般坚强。

新中国成立后，人民真正当家做主，拥有自己的土地，安居乐业。祖父两个参加革命的儿子，一个在县公安局工作（我父亲），一个在部队工作（九叔）。祖父家成了"光荣之家"，大家为之自豪。九叔成家后，曾带祖父去跟他们住了十几年。祖父离家去部队时，我还没有出生。祖父八十四岁那年，不管九叔一家如何挽留，他一定要回水涧头村和六叔居住，那是落叶归根之思。他回来的第二天，就到大塘故居来看望我们，我才第一次见到祖父。

祖父年事已高，以后回来过两三次。我和父母每年春节都去探望他。每次见面，他都问起我的学习情况，我把成绩告诉他，每次都得到他的夸奖和鼓励。我感受到他对我的殷殷期望。祖父九十三岁那年，听说我母亲身体不好，父亲接她进城养病。家里只有我和六姐，其他哥姐都结婚各有了自己的家庭。那年我刚高中毕业，赶上知识青年上山下乡的年代，回乡务农不久。祖父担心我们姐妹的生活，念叨着要来看望我们。他拄着拐杖几次走出家门试行一段路，看还能不能走回到大塘。岁数终究牵制了祖父的脚步。祖父曾多次叨咕："现在的高中毕业生为什么不能直接考大学呢？"他是为我的前途担忧啊。

祖父驾鹤西去之时，我正在公社冬季水利大会战的工地上奋战。过后，父亲才告诉我，我泪流满面，责怪父亲当时不通知我，不能见祖父最后一面。祖父享年九十五岁。一生经历过清朝、中华民国、中华人民共和国三个时代，始终清清白白踏踏实实做人。

祖父走后三年，恢复高考，我一举成功，榜上有名。我没有辜负祖父的期望，要是祖父还活着，不知该有多高兴。不，祖父是活着的，他一直活在我的心中，活在他的子子孙孙的心中。

2016 年 12 月

我的抗日大伯

今年清明节，我多想带上一大抱鲜花敬献给我的大伯禤祖辉，可是他远离家乡，不知葬在广东的哪座山上。

大伯在世时，我只见过他一面。1984年的一天，我到乡下参加一个堂侄的婚礼庆典，经一位堂哥介绍，我才知道他是我的大伯。那时，他已接近耄耋之年，可一点也没有老态龙钟的样子，身材高挺，腰板硬朗，精神矍铄，一双眼睛炯炯有神。以前我对他知之甚少，从父母的口中只听说他和八叔在1949年以前就侨居越南，直到1978年，他们才回国。大伯一家被安排在广东一个华侨农场工作。在越期间，中华人民共和国成立后，八叔回来过几次，不知什么原因大伯一次也没有回来过。初次见面，出乎意料，他对我就有所了解，和蔼地说："七侄女当中学老师了，有出息。你大伯大字不识一个，是个睁眼瞎呀！"语气中有着深深的感慨。我心一颤，感动中带着怜悯，但不知说什么好。想不到，这是大伯最后一次回乡，是我最初也是最后一次见到他。翌年，他就去世了。过去他虽然背井离乡，过着颠沛流离的生活，但总有归家之时，这次他真的与故乡与亲人永诀了。

我对大伯有较深的了解，是一次偶然的机会。去年，我去广西大学探望年迈的晚叔，把新出版的一本散文集送给他。他接过书，翻动浏览，认真地看着《一个抗日老兵的情怀》，看完，抬头对我说："你大伯也是一个英勇的抗日战士呀！""啊？以前为什么没听说过？"我异常惊讶。他喟然叹道："唉！以前是有原因的。"接着他深情地给我讲起了大伯的故事。

大伯1906年生于广东省防城县（那时防城县属广东省管辖）防城镇大塘村，因家里生活困窘，未能进过学堂。童年就开始干农活，十七八岁长成了一个英俊健壮的小伙子，娴熟各种农活，是一把种庄稼的好手，为弟弟妹妹与父母一起支撑这个家。他勤劳踏实，心地宽厚善良。

1931年，大伯二十五岁，一天上午，当地政府派出抓壮丁的兵来到大塘村，他们首先看中在地里干活，身强力壮的大伯，就五花大绑，像犯人般把他抓走了。家里亲人闻讯哭喊着追出来，他新婚的妻子更是哭得死去活来。大伯心如刀剜，母亲已去世，父亲日渐衰老，自己一走，丢下这老老少少八口之家，如何活呀。他忍不住泪流满面。当年我父亲（兄弟姐妹中排行第四）十六岁，飞跑着追上去，拉着带队保长的手，恳求让他替哥哥去当兵，说："家里不能没有哥哥，他是全家的顶梁柱。"保长一把将我父亲推开，凶狠地说："你若再闹，连你一块抓了。"大伯见状大声呵斥四弟回去，他不能让弟弟替他当兵，更怕弟弟吃眼前亏。

大伯当兵编入十九路军，军长为蔡廷锴。新兵入伍要进行半年的军事训练，训练非常艰苦，要求极其严格，必须人人掌握射击、投弹、刺杀三大基本技术。我大伯出身贫寒，能吃大苦，经受得起磨砺，且胆大心细，虽没文化，但头脑聪明、领会能力快。投弹三十米及格，大伯能投到五十米。步枪、轻重机枪、步炮（60炮、81炮）等各种武器精通使用，枪法准。每项军事训练成绩都排名第一，令人刮目相看。训练结束，大伯被编入该军60师138

团当列兵。部队驻苏州、常州一带。

1931年，"九一八"事变后，十九路军调防上海。1932年，日军制造"一·二八"事变，进犯上海。那天入夜日本海军陆战队以铁甲车为前锋，兵分五路进攻闸北，十九路军奋起抵抗，迎头痛击。日军发动了四次总攻，均被击退。十九路军与前来增援的第五军，共同奋战月余，在闸北、江湾、吴淞、曹家桥、庙行、浏河、八字桥一带展开了多次阻击战，予敌以重创。

我大伯所在的连队，在坚守八字桥的一次激战中，伤亡达百分之八十以上，战斗异常惨烈。最后只剩下我大伯和十余名战士，在班长何友宽重新集结带领下，他们坚守阵地，殊死战斗。大伯是初上战场的新兵，虽然以前连架也没打过一次，但现在面对强悍凶狠的日军，一点也不害怕。他眼中喷火，牙齿咬得咯咯响，心中只有一个念头，要为阵亡的将士报仇。他和战友们勇敢无畏机智灵活地击退敌人的一次次进攻。大伯枪法准，熟练使用多种武器，手中的枪打完了子弹，在战壕里拿到什么武器就用什么武器，拿到机枪用机枪，拿到手榴弹用手榴弹，拿到步炮用步炮，弹无虚发，鬼子以为阵地里还有很多人，不敢随意妄动。大伯在战斗中小腿中弹负伤，鲜血染红了裤腿，他早把生死置之度外，何惧负伤，一直坚持战斗，不下火线。他和战友们在阵地上顽强地坚守了三天三夜，后来增援部队赶到，把鬼子打得落花流水。

"一·二八"事变最后通过外交谈判解决。十九路军调防福建。1933年11月，十九路军将领发动"福建事变"，公开宣布与蒋介石集团决裂。事变失败，十九路军番号被取消，保留原有部队为军，范汉杰任军长。

1937年"八·一三"淞沪会战打响，中日双方共约八十万军队投入战斗，战役持续了三个月。当时我大伯在146师机炮团第七连当重机班班长，是重机枪正射手。在保卫上海的大战中，英勇杀敌。国军在淞沪口一带布防阻击日军登陆。一日，大伯所在部队的一个步兵团，与登陆的日军激烈交战，日军凭借陆海空三军优势兵力和精良武器装备，气焰嚣张，蔑视中国军队。步兵团在武器装备落后的情况下，英勇无畏，誓死血战到底，最后全部将士壮烈牺牲。大伯所在的机炮团奉命立即上阵，迅速进入前沿防守阵地暗堡（地堡），阵地上面用草皮、树叶、松枝伪装好，蒙蔽敌人。这是一个极为重要的守备据点，周围有隐蔽好的步兵保护。我大伯使用一挺德式重机枪，别名"水龙重机"，配有五个弹药兵，帮搬运弹药。阵地里暗堡的机枪眼是弧形的，重机枪固定水平位置射击，可来回横扫。日军蜂拥，狂妄地向大伯他们的阵地冲来，"他娘的！日本强盗，叫你们有来无回。"大伯狠狠地骂了一句。扣动扳机，"突突突"，机枪像火龙，来回猛扫，喷发出愤怒的火焰，日本鬼子一片片倒下，尸横满地。战士们高兴地大呼："禤祖辉打得好，打得解恨！"据弹药兵统计，三天时间，伯父的机枪就射出了三千多发子弹，打死的鬼子难计其数。

淞沪会战三个月，日军依靠强大的火力突破中国军队防线。

抗日战争时期，大伯随部队南征北战，转战多地抗日，历经危难。

一次，大伯与两位战士执行任务归队的途中，刚走进一个山谷口，一眼看到山谷那头大约相距五六十米，迎面走来一小队日本鬼子，狭路相逢，勇者胜。敌众我寡，情况危急。大伯走在前面，反应灵敏，先发制人，未待敌人反应过来，他闪电般投出了手榴弹，后面的两位战士立即把手榴弹递给他。他们每人身上只有一颗手榴弹，战士知道大伯投弹远、准，都给他投。大伯边接手榴弹边命令他俩往山上跑，抢占制高点。大伯的两颗手榴弹接连在敌群中炸响，他趁着浓烟，往山上转移，追上前面的两位战士，一同登上山巅。他们居高临下，观察敌情，鬼子这支小队大约有七八个人，死的死，伤的伤，鬼哭狼嚎。大伯他们化险为夷。大伯手上还握着一个手榴弹，他知道投出两个，足够鬼子受的了。他留下一颗以防不测。那两位战士对大伯非常敬佩。

一个黑夜，大伯所在的连队去袭击鬼子的一个据点，大伯的班作为前锋，走在最前面，距连队有一定的距离。他们经过一条村庄，准备悄悄从村边走过，忽然听到前面道边靠山的一个民宅里传出几个女子撕心裂肺的呼救哭喊声。按部队的纪律，袭击前不能泄露机密，不能让鬼子发觉。谁违反，军法处置。如何是好？充耳不闻走过，于心何忍？不能见死不救。管不了那么多了，救人要紧。大伯命令一个士兵回头向连队反映情况，他带领其余士兵，告诫他们有行动不能开枪，用匕首。分两路从两侧悄悄接近那所民宅，看到门口两个守卫的日本兵正兴致勃勃地蹲着耳语、窃笑。大伯和一位战士从背后给他们一人一刀。然后和战士们以迅雷不及掩耳之势冲进去，看到三个日本鬼子赤条条饿狼般狰狞地扑向墙角惊骇发抖的三个女子，大伯和战士们怒火中烧，一刀一个，不声不响，宰了这几个畜生。大伯他们不违反纪律，又救了人。那晚，连队偷袭大获全胜。原来大伯他们结果的几个畜生，就是从据点里出来发泄兽性的，其中一个就是队长。

大伯后来又参加了台儿庄战役、武汉大会战、长沙保卫战等重大战役，可谓身经百战，历尽千难万险，出生入死。

大伯的为人和过硬的军事本领，深受本班战士的敬佩和拥戴，也得到连里许多战士的称赞。

抗战胜利后，大伯所在的部队调到广东韶关驻防。1945 年 11 月，大伯申请复员，解甲归田。

大伯当兵十四年，一直都在正规军里。离开部队的那天，从韶关步行到广州，坐船到江门，搭车到湛江，坐船到北海，没钱搭车了，从北海走一百多公里路回防城。风尘仆仆回到家，一眼看到六十五岁的老父亲，就双膝跪下，失声痛哭，想到自己当兵离家十几年，回家身无分文，两手空空，只有背后破竹篓里装着的几套旧军装，无以报答老父亲，惭愧伤悲。祖父流着泪，双手把他扶起，说："你参加抗战，英勇杀敌，保家卫国，是我的好儿子啊！我们以为见不到你了，回来就好，回来就好！"他的妻子出来看了一眼，悲喜交集，捂着脸转身跑回房里呜呜哭起来。一个十四岁的男孩，从外面回来，看到家里的情形，呆住了。祖父对他招招手说："德隆，快过来，叫爸爸。""这就是我十几年来日思夜想的爸爸？"男孩眼泪哗地流了出来，一声"爸爸"扑了过去。大伯一怔，"儿子都这么大了，今天才能见到！"他把儿子搂进怀里，父子俩抱着痛哭了一场。

大伯重新搬起犁耙种起地来。两年后，因生计所迫，去越南打工，后来侨居越南。他是越南鸿基煤矿工人，在越期间，没回过一次家。他是忌怕自己曾当过国民党兵的履历，影响家里的亲人。大伯离家多年，想回而不能回，忍受着乡愁的痛苦煎熬。过去，也许受到历史条件的局限，我的父辈对他的那段历史也讳莫如深，所以晚辈都不知道。

今天，我可以骄傲地大声说，我有一个抗日的好大伯。大伯，我虽然未能到你的墓前祭拜，但我在心里，已为你点燃了一炷檀香。大伯，我们永远怀念您！

2018 年 4 月

第二辑　防港风采

山青海蓝"交东"美

交东村有两座特别的山，山不算高，也不算大，却非同一般。一座坐落在村子东面的大坑水库一隅，到大坑水库景区，起初没注意到它。先被湖上风光吸引，风雨桥载着一条古色古香的房子横跨水面，半圆形白玉色的拱桥像月亮从水面露出半边脸，湖中凉亭鲜花翠竹点缀，乐声悠扬，岸边观水步道若飘带环绕，一派水上仙境。

游完了湖上的景点，漫步观水步道，看湖光山色。水库周边的山大多种植桉树，干高叶朗。只有西面的一座小山，是自然生长的杂木林，各种树木汇集竞翠，蓊郁葳蕤。乍看，与我故乡的小树林没有多大差别，走近，待看到林边竖立着的一块牌子，才大为惊讶，那是国家一级保护植物野生金花茶园。缓步细看，林木间，金花茶的碧叶秀枝，时隐时现，风姿绰约，有的干细叶嫩，像初长的豆苗；有的潇潇洒洒，伸枝展叶；有的婆婆雍容，枝繁叶茂。大大小小，各具形态。这无疑是一个天然的金花茶家族，岁月悠久，生生不息。

高高的水库大坝，遮挡了它的绝大部分身姿。这座山椭圆形，南北走向，长三四百米，东西宽约百来米。走下大坝，一条枣红色的木栈道伸入林中，沿着栈道往前走，林密山幽，气清神爽。山中蝴蝶特别多，大多为褐底白点的花蝴蝶。脚步走过，道旁不时簌簌飞起一大群，从头顶，从身旁掠过，刚举起相机，它们已飞入后面的树林，落在远处的金花茶枝叶上。金花茶花期刚过，余香犹在，蝴蝶留恋不去。

在一处朝东的山脚下，有一口石围的金花古井，圆形，井不深，井口较宽，像一个浅水潭，水清澈见底，井下五彩缤纷的落叶历历在目，井上自在纷飞的蝴蝶翩翩展翅，倒映在水中纤毫毕现，美若电影《五朵金花》中的蝴蝶泉。此井，过去是交东村饮水井，井水虽浅，但泉眼多，流量充沛，源源不断，井水从来没有干涸过。泉水来源金花茶山，故名为"金花茶泉"，水质特优，据说喝此井水，健康长寿。这口井，历史悠久，不知养育了交东村多少代人。

穿过栈道，走到南面山脚，一棵千年古榕赫然入目。树干硕大无朋，不知要多少个人才能合抱得住，巨柯龙枝在空中腾云驾雾般向四方伸展，树冠如一把碧绿色的撑天巨伞，荫蔽出一方偌大的场地，像个小广场，树下分布着好多条典雅的秋千凳，皆坐满游客，秋千摇荡，欢声笑语飞扬。

有人说，这棵千年古榕是金花茶的守护神，为金花茶遮风挡雨，以感恩金花茶泉的滋养。树与山，感情深厚。

与金花茶园相距一公里多的村子西南面，有一座海拔约十米，水平距离东西三十米、南北五十米、面积一千五百平方米的小山丘，称为社山。山上长着杂木修竹，当地许多小山，都长着这样的植被。

但它不是一座普普通通的泥土石块堆积而成的山林，它是由贝壳层层叠叠堆积而成，别具特质。村民曾不经意间掀开了它的一角，让古老的文明彰显于世。

1958 年，村民在此山边建猪舍牛栏挖墙基时，发现地下尽是厚积的贝壳。后来大量挖掘，用贝壳烧灰抹房子，做肥料。1960 年，中国著名的考古学家贾兰坡教授来到此地考察，从出土的一批石斧、石锤、骨器、夹沙绳纹陶片、动物化石中鉴定，这是五千多年前新石器时代的遗物。自 1958 年至 1978 年，广东、广西两省（区）博物馆文物普查组多次来此考察，反复论证，经鉴定，确定为新石器时代人类生活遗址。这座山被命名为"社山遗址"（又称交东贝丘遗址）。1980 年它被列入广西壮族自治区重点文物保护单位，1983 年当地政府立碑保护。

社山，曾被挖开的一隅，现已镶上两个大玻璃保护罩，走近细瞧，里面有许多散落地面的贝壳，有白螺、沙螺、泥蚶、钉螺、牡蛎等大大小小形状各异的螺壳，还有兽骨、鱼骨等。显露的山体截面，贝壳层层叠叠，密密匝匝，如丰厚深奥的文字，述说着五千年前的人类文明。这是一部古老厚重的史书，我细细品读，不知不觉踏进了五千年前的时空。

莽莽蛮荒，原始森林遮天蔽日。北部湾碧波浩瀚，水天相连。山青海蓝，依山傍海，这是一方蕴藏着丰富食物的养生之地。

一群迁徙的人，肤色黧黑，身披麻布或兽皮。他们来到这里，用睿智的眼光，发现了这片富庶之地，便在林间搭棚定居。打猎赶海，安居乐业。

大海潮涨潮落，大片的红树林、沙滩时隐时现。退潮时，沙滩上，大海边，男男女女，老老少少，手中各自拿着麻网、石锤、石叉、骨针等简陋的工具，在弯腰弓背捕鱼、捞虾、捡螺、捉蟹、敲牡蛎……

月黑风急的夜晚，豺狼虎豹张牙舞爪，呼啸咆哮，朝棚房奔袭而来。棚中一声号令，人们举着火把，拿着木棒、石叉，呐喊着围捕野兽。

篝火旁，他们载歌载舞，共享猎获之物。

他们凭着勇敢、智慧、勤劳、乐观，依靠自然，认识自然，战胜自然，在这方水土，顽强生存繁衍，生生不息，薪火相传。

连接两座山的是一条一千五百米长的村子主干道，路面平坦宽阔，路旁朱槿花绽放，绿树成荫，太阳能路灯等距离挺立其间。路的北边是一栋栋漂亮的别墅洋楼，楼房前皆带有一个小庭院，荔枝、龙眼、菠萝、杨桃等果木秀逸其中。村前是一片绿色田园，隆起的垄垄墨绿藤叶的"红姑娘"红薯，远看像一排排碧浪涌动。田园基围的外面，就是北部湾海域。

村子西头的海边，矗立起一座望海楼，登上顶层，放目远眺，翡翠般的红树林望不到边，像苍郁幽邃的大森林，磅礴壮观，树林下，不知有多少海底生物在潜滋暗长。这是国家级生态红树林，面积四千多亩，视力难穷其极。近处，红树林上空有白鹭翩翩来去，树下有白色的海鸭悠然觅食。靠近海的一处地方，分布着许多波光粼粼的镜湖，那是村民的鱼塘、虾塘，有些塘中建有小屋，别具韵致，呈现出一派海水养殖业的兴旺景象。

交东村历史悠久，五千年来一脉相承，继往开来。今天的交东村成为一个特色鲜明、环境优美，生活富裕和谐，具有现代城市气息的社会主义新农村，曾获"全国文明村镇""百佳村屯"等荣誉称号，也是一个人气极旺的人文生态边海旅游胜地。

2018 年 5 月

明天，还会珠耀的海湾

　　白龙珍珠港未见其貌，早闻其名，它曾以盛产优质珍珠而名扬中外。1980年白龙珍珠在美国国际珍珠评比会上，以圆润、光滑、凝重、晶莹、璀璨获得"第一珠"的殊荣，同年在日本博览会上被评为世界第一流珠品，誉满全球，令人瞩目。那时我想，出产名珠的地方，一定神奇美丽，脑子里曾想象出这样的图景：天蓝海碧，采珠姑娘笑靥如花，珍珠堆成山，光彩赛日月；养殖场热火朝天，欢声笑语随风扬，珠架多似水中城，满城嵌珠宝。一个以珍珠冠名的港湾，不说别的，单名字就充满了诱惑力，让人产生丰富瑰丽的想象。

　　我的目光终于与珍珠港亲密接触。

　　站在珍珠港金黄色的沙岸上，骤雨初晴，光线柔和，清风凉爽，纵目骋怀，舒适惬意。港湾碧蓝的海面上，呈现出一幅既现代又古朴的画面，一片玲珑的木板房建在竹排或木排上，像海上街市。许多黑色的桩柱像长龙，像篱笆，排列出各种形状。无数个方形的、圆形的巨大图案，是由铁条、钢管、浮桶围成的，有的像泳池，有的像戏台，有的像圆月……远处的海面上横着一些大大小小的轮船、渔船，如在云中漾。

白龙村人洪永德，曾是广西南珠集团公司白龙珍珠养殖基地主任。他指着海面上的图画，给我们一一介绍，我们才知道，哪些是养鱼的，哪些是养虾的，哪些是养蟹。这些养殖场阵容都很大。奇怪，养殖珍珠的面积为何这么有限？那些黑色的桩柱都是往年珍珠养殖架遗留下的？洪主任无限感慨地给我们讲述珍珠的养殖历史。

　　白龙珍珠港有得天独厚的地理优势，它位于防城港市江山半岛西侧，面积约七十平方千米，三面环陆，只南面与北部湾相连，是天然的深水避风良港。这一带海水咸淡适宜，最适宜珍珠的孕育生长，自古以来是我国主要的珍珠产地之一，素有"珍珠之乡"的美称。古籍《汉书·孟尝传》里有记载："孟尝迁合浦太守。郡不产谷实，而海出珠宝，与交趾比境，常通商贩，贸籴粮食。"汉代，钦州、防城一带属合浦郡管辖。这一带海域曾是汉代的采珠区域。

　　有句俗语道："西珠不如东珠，东珠不如南珠。"我国北部湾一带所产的珍珠，皆属于南珠范畴，白龙珍珠港就是南珠的主要生产基地。南珠被誉为"珠宝中的皇后"，从古到今深受人们喜爱。据历史文献记载，镶在英国女王伊丽莎白一世皇冠上那颗硕大耀眼的珍珠，就是产自北部湾的南珠。东汉建武年间，统治者因贪欲南珠，上演了一出"南珠冤案"。名将马援，于光武帝建武二十年平定交趾叛乱班师还朝时，用马拉一车薏苡归去。薏苡是治瘴疠的良药，岭南瘴气弥漫，马援南征，军中将士大多被染成疾，"常饵薏苡实，用以轻身省欲，以胜瘴气。南方薏苡实大，援欲为种"。不料，有贪官奸臣以小人之心度君子之腹，向皇帝进谗，说马援从南方运回一车珠宝，皇帝信以为真，未见马援进贡朝廷，私自独享，此是大逆不道，龙颜震怒。后有意找茬儿，降罪给他。从这件事可看出，光武帝对这一车"南珠"欲求未得而耿耿于怀以致泄愤，也体现出南珠异常珍贵，非同一般。从唐朝开始，南珠成为进贡朝廷的一大珍品。南珠在历史上久负盛名。

珍珠港产珠历史悠久，有源远流长的南珠文化。白龙村人，继往开来，发展人工海水珍珠养殖业。1958 年我国人工海水珍珠在白龙珍珠港培育成功，从这年算起，白龙珍珠养殖至今已有五十多年的历史，在人工育苗、珍珠插核、母贝养殖等方面积累了丰富的经验，熟练地掌握了一套珍珠的养殖技术，曾创造出辉煌的业绩。白龙珍珠成为"世界第一珠"，名震中外。1992 年至1994 年是珍珠养殖的鼎盛期，每斤珍珠卖到八千多元，创下一年为财政增加两亿多元税收的纪录。那时，白龙村家家户户都投入到珍珠养殖业中。全市珍珠养殖单位和个体户达三百多个，养殖面积约二百二十公顷，年产珍珠约八千斤。珍珠吊养木架搭满港湾，恢宏壮观，气势磅礴，珍珠养殖业如火如荼。现在，从海面上那些残留的桩柱和岸边积满落叶、长满青苔的废弃房屋，可以想象出当时的盛况。

近年来，市场珍珠价格跌落，每斤由以前的八千多元跌到五千元。又因边境贸易煤矿在这里转运，海水受到一定程度的污染，水质发生变化，以前插一万个母贝，可收三到四斤珍珠，如今最多只能收到两斤，收获率只有百分之十几。成本费与收入款相当，赚不到钱，珠民陆续改弦更张，开始养鱼养虾。现在，白龙村继续从事珍珠养殖的只有两户，洪主任是其中一户。我纳闷，这两户人家，不蠢不傻，明知养殖珍珠赚不到钱，为什么还矢志不渝地坚持着？我正想问问洪主任，有个记者不谋而合先问了。洪主任说："我们知道，现在养殖珍珠的确比不上养鱼养虾，珍珠一年只能收获一次，整个养殖过程繁累，请人工多、技术要求高，从育苗、插珠到育珠，哪个环节稍有一点差错都不行。养殖时间太长，承担的风险也大。村里大多数人转行养对虾，对虾养殖三个月就可以收获，'短平快'，效益大。我们坚持养珠，就是不想让南珠绝迹，我们不能被动地等'珠还合浦'，我们要尽力把南珠留住。"说毕，他瞻望前方，目光坚定。我们为之动容。

此次白龙珍珠港之行，虽然没有看到我想象中的情景，我却被一些东西感动了。南珠的根还在，在海里，在挚爱者的心中，牢固地扎着。

听说，政府为了发展当地旅游业，计划取消在白龙珍珠港转运贸易煤矿项目，让河清海蓝，给珍珠养殖产业提供有利条件。这是一个令白龙人振奋的消息。

我坚信，已成为北部湾历史品牌的南珠，不会式微下去，它定会重振雄风；曾闻名中外的白龙珍珠港南珠生产基地，定会生机勃发，珠耀港湾，重放华彩。这一天，相信为期不远。

2015 年 5 月

诗情画意红沙湾

几年前，我们去大龙参观红沙村村民安置新区，一片别墅式的新楼拔地而起，时尚壮观，排列有序，布局有致。新区内草坪绿树点缀，中心区域建有宽阔的运动场和一个花坛式的大舞台，环境优美，休闲娱乐等生活设施配套齐全，条件很不错。红沙村原来是以农业为主、渔业为辅的，他们为了核电建设，离开了祖祖辈辈耕耘的土地和熟悉的家园，从住了两三年的临时安置点搬迁到这里不久。

光阴荏苒，几度春秋，如今，红沙村民的生活怎么样了呢？

最近，我们来到红沙湾，站在平坦宽阔的水泥码头上，放目远眺，立即被一幅如火如荼、气势磅礴的奇丽画面所吸引。碧蓝的海面上，蚝排、网箱、木屋，毗连成条条长街，一望无际，与天相连，像海中渔村，又像水上古城，恢宏壮观，令人惊叹！

这是红沙湾海水养殖基地，面积达一点六万多亩，养殖户有五百多户。养殖品种主要是大蚝和鱼。鱼用网箱养殖，这是近年才发展起来的一个养殖新模式，发展势头强劲，养殖规模逐年扩大。网箱养殖的品种有鲈鱼、美国红鱼、金鼓鱼、石斑鱼等。去年大蚝年产量达六点二万多吨，产值约二点七一亿元。海水鱼类网箱养殖年产量约两千一百吨，产值七千多万元。大手笔，大气象，大豪情，大收成！

红沙湾海水养殖基地位于港口区光坡镇红沙村附近海域，该海域属亚热带季风海洋气候，海湾东西两面有青山绿岛翼护，东北面为钦州港，可以清晰地看到码头上吊机的红色长臂此起彼落。红沙湾具有良好的避风条件，海水水质纯净无污染，微生物丰富，非常适宜海水养殖。2004年，红沙大蚝养殖基地被定为自治区级大蚝无公害养殖示范区。凭借这一得天独厚的区域优势、产业优势和丰富的海洋资源，近几年，港口区委区政府又积极引导当地群众，特别是那些失地农民大力发展"一村多品"特色海水养殖业，由单一的大蚝养殖拓展出多种鱼类养殖，奔上更广更新的致富路。在党和政府的关怀支持下，红沙村民斗志昂扬意气风发地描绘着辉煌壮丽的生活画卷。

现在，红沙湾海水养殖基地已成为港口区现代特色海洋渔业（核心）示范区，红沙村的海水养殖成为村里的支柱产业和村民收入的主要来源。红沙村民生活富足，心情舒畅，精神饱满，干劲十足。

我们沿着一条连着码头的木制栈道往下走，准备乘游船参观养殖基地。在栈道旁边的一片网箱吊架上面，托举着数间橙黄色亮丽的木板房，房子之间有走廊相连，房子前面有一条漂亮的木板桥与栈道相接。带队的同志领我们先进去参观。正对着桥面的是一座敞亮气派的大房子，蓝顶、灰檐、翘角，前后两边墙壁安装有两排宽大的玻璃窗，大门前有伸出的亭子，上面挂着"红沙湾渔家乐"的醒目牌匾。这是一家海上餐馆，里面是大餐厅，摆着十多张餐桌。在这里可以吃到从海里即起即煮的最原始最生猛的海鲜。餐馆前面竖起一排坡顶凉亭，游客可在其中悠然品茗、聊天、观鱼，那该是多么舒心惬意啊！听说节假日到这里旅游观光的人很多。"红沙湾渔家乐"右边为"红沙网箱养殖协会支部委员会",里面设有宽敞的会议室、办公室。可见红沙湾海水养殖基地是有组织、有计划,科学有效地开展生产的。从"红沙网箱养殖协会支部委员会"再往前走,是"海上渔家书屋"和"阅览室"。书屋里,井然有序地立着几个摆满书籍的高大书橱,足有上千册。我绕着书橱扫视了一遍书脊,种类丰富,文学、艺术、社会科学、自然科学等,各门类的书籍皆有。书屋里的书,当地村民可以借阅,也可以在阅览室里看。阅览室里摆放有桌椅,窗明几净,是开卷阅读的好地方。听图书管理员说,晚上或劳作之余,常有来此借书或阅读的人。书声随着海风传送,红沙湾散发出浓郁的书香。物质文明与精神文明相得益彰。

从"海上渔家书屋"出来,我们乘上了游船,游览红沙湾。微风细浪,海水碧蓝,游船行驶在蚝排或网箱吊架之间的水道上,就像行驶在蓝缎铺就的街衢中,木屋玲珑,街市古朴典雅,感觉奇妙,如梦如幻。不时看到蚝排、网箱吊架上有忙碌的身影,喂鱼、察看大蚝长势、放养、收获。间或有载着生活用品或鱼饲料的小船在海面摇动,撑篙摇橹的男人女人满面春风,怡然自得。

开游船的那位中年大叔,乐滋滋地向我们介绍养殖基地的情况。他指着一处说:"那是我家的养殖排。""啊?我以为你只做游客生意。"我有点惊讶。他微微一笑:"近年来,随着核电项目的推进,养殖基地的交通、水电等设施日渐完善,公路直达养殖区。政府又引导我们开发旅游,你们看,我们红沙湾有奇崛的火山岛,海中还散落一些仙景般的小岛,有非常丰富的旅游资源。我们村已从传统的单一养殖模式向综合型经济模式转换,致富道路越走越宽广。当初土地被征用的时候,一下子不知道干什么好,担心生活没着落。现在终于放心了。"

游船在一个名为白沙墩的小岛前停下,几位文友跳下船登了上去。岛上白沙如银，洁白若雪，在阳光下闪闪发光，岛名由此而来。岛上长满高大浓密的鲁古树，剑叶交织，树干虬曲纠缠，盘根错节。林子古老，与岛同生共存。林中挂果甚丰，果的形状像地菠萝，许多已熟透，显出金黄色，郁香扑鼻。林密进不去，文友们只能在外边手够得着的地方摘下几个。成熟的鲁古果可观赏，也可吃。

山青海蓝，这里确实是一个天然的生态养殖基地，也是一个景色殊美诱人的旅游景区。难怪来自广西民族大学的黄国春副院长深有感触地说："防城港太漂亮了，红沙湾太美了，以后一定多带学生来这里考察观光。"

我伫立白沙墩，俯瞰海面，蚝排十里展宏图；两百多亩五万多只网箱格子式的吊架立在海面上，宛若铺开巨大的蓝色方格稿纸，红沙村村民正豪情满怀，在上面挥发聪明才智，谱写壮美的诗篇。

红沙湾，明天会更美！红沙人，明天会更神气！

2015 年 7 月

海中琵琶

　　企沙镇沙耙墩三面临海，北面有一条长长的海堤与陆地相连，翠绿的树林，金黄色的沙滩，酷肖一把美丽的琵琶，镶嵌在蔚蓝的海面上。我不知道它名字的由来，也许因形冠名，约定俗成，像"沙耙"这种带长柄的赶海工具吧。

　　在地理属性上，沙耙墩归于大陆岛的范畴，如一片古朴清真的处女地。面积约两百亩，与企沙镇隔海五百余米。

　　岛上树林郁郁葱葱，木麻黄、相思树、榕树，还有许多叫不上名字的杂树，密密匝匝，蓊郁幽深，波涛暗涌，满目葳蕤。这里是海鸟演唱的"翡翠大厅"，鸟雀欢闹，啁啾婉转。林中野花闪闪烁烁，隐隐约约，"犹抱琵琶半遮面"，矜持羞赧。最惹眼的是开在林子边的"海藤花"，青藤碧叶上绽开紫红色的花朵，小酒杯大，喇叭状，一丛丛一片片地开着，皆是集体行动，开得豪爽热烈、气派绚丽，张开一个个小喇叭，对着这片海天纵情高奏生命的乐章。一群赶海的渔家姑娘说说笑笑从我们身旁走过，情绪高涨，精神昂扬，看到她们黑里透红的笑靥，美赛过蓬勃绽放的"海藤花"。

　　小岛的东南面，袒露着一片洁净的沙滩，面积不大，像铺开的金黄色地毯。沙滩与大海之间分布着多姿多彩的礁石，像丹青妙手挥动彩笔着意点染。有些像银花绽放，闪闪发光，耀眼夺目，走近细瞧，才知道是凿采后留下的蚝蛎底壳；有些像窑变出来的艺术精品，云霞朵朵，流光溢彩，石罅石缝红线缠络，像大大小小红色的血管，充满生命力；有些像女娲炼就的五色石子凝聚而成。在它们的部落中，有一块较大的突兀隆起，石顶面较平，朝海的立面凹进去的地方被波浪冲刷得干净平整，可以清晰地看出它的内部结构，多为青灰色的较大的长形石块，其中夹杂有白色、黄色、紫色、褐色等各种石子，大多晶莹润泽，石质坚硬。我们当中的一位大学教授认真察看后说："这不是海礁石，像是火山喷发的堆积物。"这些堆积物从何而来？火山口在哪里呢？是不是就在岛上面？我们的目光不约而同朝树林看去，被一处景物所吸引，立即朝它靠拢。

林子旁边像墙壁一样竖立着一块天然巨石，石板上半部中央洞开一个大圆孔，像桂林的月亮岩。阳光照进去，像镜子一样，亮亮的，人在里面探头往外看，面朝大海，背靠幽林，就是一幅绝妙的画。听说，过去附近渔村热恋中的姑娘，思念出海的心上人，夕阳照红海面的时候，她们结伴来到沙耙墩，眺望海中，盼望归帆。有时看到渔船近了，她们害羞，便躲进月亮岩的后面，偷偷注视。看到心上人，便装作捡拾柴火，手里拿着一些干树枝，红着脸从林子里羞答答地走出来，与情郎暗送秋波。

林子旁边怎么会有这么一块大岩石？也许这里原来是一座大山，火山喷发后，变成了小岛。自然造化，奇妙莫名。

月亮岩的位置确是观海的最佳角度。大海碧蓝苍茫，烟波浩渺，水天相连处，几条船影横在白云中。近处海面，退潮的层层浪花，如雪如银，绵延成线成排，像大海飘逸的裙裾，恋吻着沙滩礁石，留下道道痕迹。

小岛的东北面，沙滩宽阔潮湿，低洼处闪烁着水光。一些头戴竹笠帽，手拿长柄工具的村姑村妇散于其间，时而低头徐徐行走，时而弯腰弓背猛挖。视线渐近才看清，她们在挖沙虫。一位老大娘距岸较近，我们便走近去看。她走走挖挖，发现沙虫洞口，迅速飞动铁锹，三下两下，把沙虫翻出。沙虫非常警觉机灵，自我保护意识特强。动作稍慢，它就逃遁得不见踪影。挖沙虫，既要讲技巧，也要有体力。大娘的篮子里已收获有三四斤沙虫。沙虫，动物学称为"方格星虫"，产于沿海泥沙中，国内盛产于北部湾。形状像蚯蚓，粉红色，表面有横竖交错的清晰纹路。虽其貌不扬，营养价值和食疗价值非常高，含有人体需要的十七种氨基酸和十二种微量元素，具有滋阴降火、清肺补虚、降血压血脂、抗病毒等功效，因而获"海洋虫草"的美誉，为海产珍品。沙虫可以吃鲜，但大多是晒干后卖，味道更为甜美。在市场上十分畅销，价格比较昂贵。

　　沙虫生长，对海水环境要求极高，素有"海洋环境标志生物"之称。有沙虫生长的沙滩，美丽纯洁；有沙虫生长的海域，虾欢鱼跃。

　　离沙滩不远的海湾，竖起一圈像篱笆支柱状的竹竿。干什么用的呢？同行中有的知道，说是用来围网捕鱼的，叫"渔箔"。"渔箔"一般设置在海沟、海湾上，围成个大网袋，只在地势较高的一面留个缺口，海上动物随着涨潮而来，退潮时，进入"渔箔"的鱼虾蟹等，就束手被俘了。若能亲眼看到"渔箔"主人收获的情景，该是多么有趣的事情。不过，眼前的这片海上篱笆，足够令人童心再起。

　　小岛的西面濒临渔港。这是广西第二大渔港，港池宽阔深长，两边的海堤，像双龙奔海。近年来，渔港平均年产海产品十六万吨，远销国内和西欧国家。海货生意火爆，商贾云集，热闹非凡。

正值休渔季节，港湾整齐有序地停满了渔船，多是几百匹马力两层楼高的大船，船上焊装有铁管棚架，挂满大灯泡，也叫"灯光捕鱼船"。渔船之间有大大小小的水道相通，像一座水中城，大街小巷四通八达，小船小艇是主要的交通工具。有些船上晒着床单、被子，有些船上坐着织网的男人或女人。渔民利用休闲时间或洗洗刷刷搞搞卫生，或检查修补渔具。渔港安静而又富有生活气息。

渔港彼岸就是企沙镇了，高楼大厦鳞次栉比，时尚亮丽，呈现出一派和谐富庶的气象。企沙镇历史悠久，是与越南、海南、广州通商的老口岸。现在已成为国家一类口岸，渔业、商业发展迅猛，前景辉煌。

沙耙墩，景色醉人，视野开阔，极目四方，气象万千，心旷神怡。海风酣畅，凉爽惬意，身后的树林飒飒有声。啊，沙耙墩，这把绿色的琵琶奏响了欢乐的颂歌，美妙的旋律在海天间荡漾。

2015 年 10 月

五彩斑斓蝴蝶岛

　　防城港市港口区企沙镇西南海边有一片美丽的沙滩，叫"天堂滩"。距天堂滩不远的海面上，有一个翠绿的小岛，因形状肖展翅的蝴蝶，故称之为"蝴蝶墩"，又叫"蝴蝶岛"。岛体呈西北—东南走向，长约三十米，宽约二十米，玲珑别致。涨潮时，天堂滩与蝴蝶岛隔海相望，退潮后，此岸彼岸相连，"天堑变通途"。去天堂滩，想登蝴蝶岛，得择时而来。我曾两次到天堂滩，都未能尽兴而游，皆因望海兴叹，未能登蝴蝶岛而留下遗憾。

　　最近的一天，我的一个QQ群发出组织"登蝴蝶岛活动"的公告，我毫不犹豫立即报名参加。第三天，我们兴致勃勃出现在天堂滩，来得真适时，正值大海退潮，看来组织者预先把潮期算得很准。沙滩露出道道湿润的纹路，那是波浪归去的足迹。浪迹次第呈现，沙滩渐渐变宽。蝴蝶岛靠近天堂滩的海面，出现了一条淡黄色的带子，似乎逐渐变大。

　　我们沿着沙滩，朝着那条淡黄色的带子走去，走了大概四五百米，来到跟前，它已变成了一条较宽的连接两岸的通道，海水温顺谦恭地往两边退让。我们仿佛穿海而过，顿生浪漫之感，脚步轻快起来，一阵风似的登上蝴蝶岛。

岛上山体隆起成岭，称为"蝴蝶岭"。上面树林葱茏，幽邃蓊郁。我们先从西南面绕着岭脚环岛而行，五彩斑斓千姿百态的石景相继在眼前展开。

　　"快来看，这里有丰盛的宴席。"走在最前面的那位姑娘突然惊喜地大叫。大伙快步跟上去，"哇！"响起一片惊叹声，并纷纷往石面指点着说：这是牛肉，这是五花肉，这是百果拼盘……哦，旁边还有一块姹紫嫣红的百花大地毯呢，是供客人坐的吧。我朝周围看了看，几个海龟在水边抬头张望，即将爬上岸来。海马、海狮、海豹、海豚等欢天喜地在岸上跳跃。不远处，一条巨大的鳄鱼刚刚爬上海滩，兴奋地昂首而视。这些海族，都是来参加宴会的吧。是哪位神仙在这里举行盛宴？这片石之形貌，惟妙惟肖地呈现出一场宴会盛况，逼真得不可思议。

　　往前走，我们好像来到了一座古宫城遗址。几面大石壁，像几道断墙立着，石壁方格形的纵横裂缝，像块块方砖的砌痕。砖是彩色的，红黄紫相间，斑驳陆离。一根白玉般的圆柱形断石，像宫殿廊柱。一座矗立的金黄色石峰，形状像埃及的金字塔，闪闪发光。一条一米余宽十来米长伸向海面的赭色杂橙黄斑纹的龙岩，中间裂开了一道大缝，深幽幽望不到底，有网友称之为大裂谷。这条龙岩，像是残存的古城围墙。此处古意氤氲，似乎透露出岛上远古的人居气息。

　　距"古宫城遗址"不远，想不到满是参差错落、嶙峋峥嵘的石滩，临海处竟出现一方较大的石面平台，约有十几平方米。石面有规格地自然裂开，像精心铺设的同一型号的青灰色地砖，令人叫绝。

　　平台旁边的礁石皆呈灰黑色，有的像大炮，有的像战马，大多像持戟肃立的古代将士。他们英姿威武，严阵以待，随时消灭来犯之敌。在石壁一侧，较宽的石隙底面，我们看到了一些石纹构成的奇异图案，有的像鳞片层层的铠甲，有的像铜质烙花盾牌，有的像刀剑，有的像弓箭，有的像手雷……

这里像一个古兵阵，平台像阅兵台，但又分明杂有近代武器的样貌，是此地守岛卫国的历史缩影吗？

蝴蝶岭一带，确实有抵御外侮，抗击侵略的历史。清康熙五十六年（1717年），倭寇在防城沿海一带频繁骚扰挑衅。为了加强沿海防守，清政府便下令在钦州（当时防城属钦州管辖）沿海一带修筑了数座炮台，蝴蝶岭上就修了两座。这两座炮台日夜俯瞰大海，让倭寇闻风丧胆。但强盗改变不了贼性，总觊觎着别人的东西，1939年11月15日凌晨，日寇数十艘舰艇闯入企沙镇西南海面，日军密密麻麻，凭着精良的武器装备，穷凶极恶虎啸狼嗥般地从疏鲁和蝴蝶岭一带沿岸强行登陆。当时国民革命军新编19师56团在企沙防守的兵力只有一个连，分几处防守，在蝴蝶岛一带防守的兵力不到一个排。守军不畏强敌，勇敢抗击，殊死血战。终因寡不敌众，武器装备悬殊，防线被突破。当地流传着许多抗日的英勇故事。

走出"兵阵"，跨过一条峡谷沟壑，爬上巨石迭连的山脊，仿佛站在天堂之上，眼前五彩缤纷，云蒸霞蔚，一摊熔岩，赤橙黄绿青蓝紫，像无数宝石在闪烁，流光溢彩，绚丽斑斓。一朵硕大的红莲绽放其间，鲜艳夺目，勾魂摄魄，好似观音的莲座。坐在花瓣中照相，顿有"坐地日行八千里，巡天遥看一千河"的飘飘欲仙之感。

自然造化，鬼斧神工，在这个岛上别出心裁地塑造出海滩杰作，内容丰富，蕴涵深厚。绕岛一周，就像参观了一圈栩栩如生的石塑展，无不为之折服。我像读了一部人文史书，若有所悟。造化总是有意给人们创造些奇妙的东西，让你去发现、深思、领悟。

游览了石滩奇景，我们从东南面一处较平缓的草坡登上蝴蝶岭。这面山坡顶巅，矗立着一座灯塔，每当夜幕临海，灯光闪耀，照亮周围宽阔的海面，蝴蝶岭成了一只会发光的海蝴蝶，更加亮丽夺目。晚上归航的渔船，看到了灯塔，看到了蝴蝶岛，我想船上的人定会产生一种快到家的温暖感和喜悦感。

灯塔位于蝴蝶岭的最高端，伫立灯塔旁，游目骋怀，四周景色尽收眼底。东南海面一望无际，水天一色，渔船在云水间游弋。北面金川镍铜项目建筑物气派壮观，像一座新城坐落在海岸边。

夕阳下的天堂滩热闹起来了，洁白干爽的沙滩，什么时候长出了一大片紫色的蘑菇？定睛细看，不是蘑菇，是游客来过夜的帐篷。一些人在帐篷旁边的沙滩上搭着柴堆，准备举办篝火晚会。在沙滩附近的海面，许多人像鱼儿一样自由自在戏水弄波。

落日熔金，晚霞流丹，把蝴蝶岛映照得更加绮丽斑斓，令人流连忘返。

2015 年 11 月

江山半岛，一个响亮的名字

北部湾畔，有一个美丽的半岛，叫江山半岛，面积二百零八平方千米，海岸线长七十八千米，是广西最大的半岛。因其形肖龙，潮涨潮落，岛前海面波浪如雪，把它映照得银光闪耀，故又名"白龙半岛"。它不但形肖，还真的与龙有关。

2002年8月的一天，白龙珍珠湾畔，一位游客漫步细赏，走到潭蓬运河西端出海口附近，在一处海陆相接的小山脚下，突然眼前一亮，弯腰拾起一块奇异的石块，疑为恐龙腿骨化石，惊喜得如获至宝。能有这样的眼光，可见这位游客非等闲之辈，许是考古学家。后来许多专家来此考察，发现恐龙化石十多具，每具长约十米，从龙头至龙尾均保存完好，分布排列在珍珠湾畔。据专家考证，江山半岛发现的恐龙化石为侏罗纪恐龙化石，距今一亿三千万年。2002年12月11日，新华社发布消息说，广西江山半岛发现恐龙化石，这些化石是迄今为止在我国大陆最南端发现的首例侏罗纪恐龙化石，并指出这一发现的重大意义。江山半岛一下子名扬神州。

江山半岛以其神奇的色彩和深厚的历史潜藏，吸引了无数探访者的脚步。最近，我又一次登上白龙半岛。

在珍珠湾附近的一处公路旁,往东登上一条曲折向上杂树夹道的山间小路,不多时,眼前豁然开朗,一湖浩然碧波迎面而来。此乃万松水库。站在芳草萋萋、野花闪烁的高高大坝上,游目远近,两边峰岭连绵,林木葱郁,滴翠淌绿,汇成了这一湖玉液琼浆。远处,水入山间,水山一色,望不到头。湖水幽幽,深不见底。

凝望这苍茫的大湖,我仿佛听到了千年前锤钎凿击岩石震耳欲聋的叮当声,仿佛看到畅通无阻穿山而过来来往往的樯橹帆影。水库原来是一段古运河。据旧唐书《高骈传》和宋代周去非的《岭南代答》所记,公元40年,汉将马援奉命挥师南平交趾叛乱,两千多艘战船来到北部湾白龙半岛南端海面,风疾浪大、暗礁林立,安全受到严重威胁。为了开辟一条安全、隐蔽、便捷的军事航道,马援仿效秦始皇当年开辟灵渠之计,巡察到江山半岛上有一条拦腰而过的天然沟壑,若把它掘深拓宽,辟成航道,连通东西海域,就可避开岛前石、风、浪"三险",便组织人力开凿。但工程异常艰巨,两岸皆巨壁顽岩,进展缓慢,马援平叛战事紧迫,兵力有限,时间耽搁不起,无法竣工。到了公元866年,唐朝安南节度使高骈,再次募工开凿,在马援开凿的基础上,终于完成了这项浩大而艰巨的工程。运河全长一千六百米,河宽约二十五米,底宽七米,深十米。东起潭蓬村,西至潭西村,称为潭蓬运河。用极普通的工具,硬是开凿出历史性的奇迹,表现出中华民族勤劳勇敢改天换地继往开来的毅力和气魄。这条运河开通后,"舟楫无滞,安南储备不乏"。自10世纪起,这条运河逐渐被废弃。1957年,在运河的西头,筑起万松水库,灌溉两千多亩稻田。现在,运河的东段有的早已淤塞,有的填土修路,有的改作稻田。其余河段虽然淤积变浅、变瘦弱,但依然存在着,河中崖壁上的石刻还依稀可辨。它像一条神秘的长龙,静静地俯卧在密林深处,万松水库的粼粼波光，就像它闪亮的眼眸。

这条古运河现为广西壮族自治区重点文物保护单位。它的历史价值，引起了人们的重视，探访者的足迹越来越多。

白龙尾濒临大海的一个小山包，背后有条绕山向上像机耕道般的土路，走到两棵如撑天巨伞的古榕下，看到紧靠山腰有座蝙蝠状的建筑，正门高大，锁着铁门，门匾上刻着"白龙台"几个醒目大字，气势威严。大门两边厢房各开一扇小窗。整个门楼全用条石砌成，大门前有一条长长的石阶。除两边厢房新粉刷外，其余全是带着苔藓的黑灰色，透出古老沧桑。

大门里面正在维修，我们不能进去。据当地有关史料记载，大门内有地下室、通道，两侧有深六米的兵房、弹药库，再登上十八级隐蔽的坑道，便是露天炮台。我们从另一条路登上山顶，两个露天炮台呈半圆形，长约九米，宽约五米，高约零点八米，炮台均为水泥浇筑。每个炮池，架起一门火炮，旁边放着一门只剩后半截的炮弹，还有一截置于杂草上的炮身。

白龙炮台建于光绪十三年（1887年）。中法战争后，清政府为巩固海防，遣两广总督张之洞率部勘察选址，由海口营管带陈良杰督建，光绪二十一年（1895年）在江山半岛濒海的四个小山包上，建成四座炮台，分别名曰白龙台、银坑台、龙珍台、龙骧台，总称为白龙炮台。每个炮台形体、结构相同，均为水泥、海石条块砌体，相当坚固。炮台均配有英国造的大型火炮，共六门。每门火炮长约四米，重六七吨，口径约二十厘米。白龙台和银坑台为双炮座，各配两门火炮。龙珍台和龙骧台为单炮座，各配火炮一门。四座炮台在半岛前呈弧形阵势，互相呼应，虎视大海，镇守着防城江口和北仑河口之间的百里海疆。白龙炮台和企沙镇石龟头炮台形成掎角之势，历史上有"龟蛇（龙）守（锁）水口"之称。白龙炮台建成后，法军闻风丧胆，再也不敢前来骚扰，白龙半岛一带太平了数十年。

日月轮回，几经沧桑。白龙炮台的六门火炮，在"大跃进"大炼钢铁和"破四旧、立四新"期间遭到严重破坏，火炮上半部不见了，炮架也不复存在。现在白龙台两池内只剩后半截的炮为原炮，炮架为仿天津大沽口炮台同类火炮炮架复制，架在炮架上的火炮体亦是仿造物，肖形而无质，令人大有失落感。安乐不忘忧患，枕戈醒以待敌，自毁长城正是极左时代造成的遗憾。

现在，白龙炮台已成为全国重点文物保护单位，成为国防教育的重要基地。2001年10月，中央电视台播放的《聚焦沿海》节目，"白龙炮台"作为历史文物展示介绍给全国观众。江山半岛，又一次名扬天下。

我登上白龙台前面的瞭望台，伫立许久，南面一望无际，水天一色。东面是被称为"天下第一滩"的白浪滩，退潮的浪花如大海飘逸的白色裙裾，四方游客追波逐浪，喜笑颜开。沙滩上太阳伞如五颜六色的蘑菇。西面是波平浪静的珍珠港，珠排、鱼排连成海上街市，曾以盛产优质珍珠而驰名中外。1980年，白龙珍珠在美国国际珍珠评比中获得"第一珠"的殊荣，同年在日本博览会上被评为世界第一流珠品，誉满全球，令人瞩目。

江山半岛，丰富的历史文化，积聚了发展的雄厚底气，想不出名都不行。

2016年5月

大格局的沙螺寮

　　港口区光坡镇有一片临海的村庄，叫沙螺寮，民间又称"大沙寮"。一个"大"字，彰显其非同一般的气势。实际的确如此，来到沙螺寮，你会被它的大景观、大气象所震撼。

　　沙螺寮东西南三面环海，海岸线长七千五百米，已修建海堤四千两百米，堤面为宽阔的水泥道，可通旅游大巴。堤墙厚实坚固，向内的一面，依次雕刻出一幅幅海洋生物图案，栩栩如生，活灵活现，似一幅数公里长的壁画。

　　这天，风和日丽，大海涨满了潮水。我依着堤墙，纵目远近，满眼蔚蓝，海水如绸缎般轻涌起伏，层层细浪亲密地涌吻着堤墙。海面上散布着许多小船，像在梦中荡漾。船上的人，正不停地往海里抛放些什么。问陪同我们参观的村支书才知道，这些小船是从事浅海捕捞作业的，渔民利用潮起潮落的时机，潮涨放网放笼；潮退收获被网住的鱼虾蟹等海鲜，一般是今天放明天收。还有一些像篱笆墙高高围起的网池，那是养殖池，利用天然海水养殖对虾、青蟹、文蛤等。搞海水养殖的人家，养殖面积一般都有数十亩，场面宏大。远处烟波浩渺，水天一色，海平线上的渔船，像飞船在天上翱翔。

看到大海，自然想起沙滩。沙螺寮的沙滩，我是去年来采风的时候看到的。海水退到远处，裸露出金黄色的广阔沙滩，我站在村公所前面的大码头台阶上往两头看，目不能穷尽，往前望，依稀看到远方一线蓝。听说沙滩长约十公里，宽三四公里。我是第一次看到如此恢宏壮观的沙滩，情不自禁往前移步，踏进湿润的沙子，感受到海水的清凉。低洼处的积水，不时像镜子般闪光。

许多身影在沙滩上忙碌，挖泥虫，挖沙虫，采花甲螺、车螺，捉蟹，敲蚝蛎等等，人人专注，各显神通，干得热火朝天。其中采车螺、挖沙虫的人特别多，我有点好奇。与一位挖沙虫的大娘交谈得知，这里的沙虫和车螺最好卖，最受欢迎。此地沙虫受欢迎，我曾有所闻，前不久，我陪外地来的两位朋友去市场买沙虫，在沙虫摊区转来转去，不知买哪种好。后来碰上几位熟人，他们都建议我买"沙螺寮"产的，说肉厚味道鲜美。吃过后，口感果然如他们所说。此地车螺，我没有吃过，那天特意买了几斤带回家尝尝，确实非同一般，肉肥味鲜，嫩滑爽口，令人大快朵颐。我知道，这两种海产品都是好东西，营养丰富。沙虫有"海上冬虫夏草"之誉，干沙虫价格昂贵；车螺是海贝类的上品，素有"天下第一鲜"之称。此地的两种海产，以其上乘的品质，在人们的心目中自成品牌。很可惜当下是满潮时分，未能进"金滩"一游。

沙螺寮的生态环境极好，天净、海澄、地绿，没有遗憾。海堤内侧，一千多亩防风林郁郁葱葱，参天的木麻黄树、叶浓冠茂的车辕树、绿荫如盖的榕树、枝叶婆娑的相思树，各种各样的树木，雅集荟萃，争绿竞翠，蓊郁葳蕤，绿透半边天。堤内的翠绿与堤外的蔚蓝交相辉映，相得益彰。村舍隐藏在绿荫下，远望林深不见影。这里是鸟儿的天堂，百鸟翔集，白羽的、黑翅的、斑背的、红喙的、黄腹的等等，头上掠过鸟影，耳边响起鸟音，颇有闹中得静之感。

我们走进一个叫榄埠的村庄，这是沙螺寮正在打造的生态乡村示范点。在一片幽林的旁边，铺建出一个宽大的停车场。停车场正前方，立起了一座金黄色的雄伟大门，大门设计新颖独特，现代与古意相融，别具一格。门楣正中，"榄埠"两个雄劲的大字引人注目。大门右边，一湖碧水闪亮出现，湖边橙黄色的栏杆，远看像一朵绽放的巨大花瓣。这是一个人造大湖，湖中还要建造更美的景致。大门的左边，一条清粼粼的河流，已初显形貌靓影。

通常，一村一名，我原以为沙螺寮只是一个村庄。出乎意料，沙螺寮有七个自然村十一个生产组，目前有两千一百二十二人，有伦、刘、苏等姓氏。其历史悠久。据说很久以前，他们的先祖，从福建、广东等地沿海漂泊来到这里，看到此地靠山面海，海大滩阔，海产丰富，又有大片荒地，是生存的宝地，便在这里搭起茅屋（过去称为"茅寮"）定居下来，开荒种粮，下海采海鲜，过着半农半渔的生活。因这里沙虫和车螺特别多，便把村子取名为"沙螺寮"。"寮"意为"小屋"，村名包含了此地的特产和当时的住房特色。他们薪火相传，生生不息，人口逐渐增多，村子也随之多起来。

沙螺寮人勤劳勇敢，男人皆是掌舵的好手，女人更是赶海的能手。其中有个大英雄伦世祥，他的故事流传至今。当年解放海南岛的时候，解放军某部开到企沙，本地政府组织了一千八百多个大工（舵手）帮助运送解放军渡海作战，其中很多是沙螺寮人。军长想找一个航海经验丰富胆大心细的大工做领航人，广泛征求大工的意见，大工们一致推举伦世祥。军长问了他一些有关的航海问题，听了他的回答非常满意，委任他为船队队长，他的船为领头船，部队派三个战士保卫他。他带领船队，绕过狂涛巨浪、暗礁险滩，隐蔽安全到达目的地。战斗打响后，他帮助搬送弹药、抬伤员、掩埋牺牲的战士。他看到一颗手榴弹落到距他不远的一位首长身旁，眼疾手快，飞奔过去，拾起冒烟的手榴弹扔进海里。在解放海南岛的战斗中，他立了大功，被称为"大英雄"。战斗胜利后，部队想留下他当营长，征求他的意见，他婉谢了，他不慕官职，依然回家当渔民，侍奉父母。他是沙螺寮渔民的缩影，在他的身上体现了渔民勇敢无畏而又朴实的精神特质。

沙螺寮人是大海的骄子，大海给予他们丰厚的回报，生活越来越好。现在，村居全部是漂亮宏伟的水泥楼房，"茅寮"已成为遥远的历史。每个生产组都通了水泥路，路旁竹木成荫，楼房周围绿环翠拥，环境宜人，成了一个富饶美丽的大沙寮。随着旅游业的发展，农家乐相继崛起，游船、游艇也将接踵而至。大海以其丰富的资源，将为人们提供更多的致富机会，沙螺寮前景更壮美！

2016 年 10 月

渔港·沙滩大气象

　　一个天气晴好的冬日，我们来到企沙镇，踏着朝晖迎着微寒的海风，走上企沙渔港码头。

　　码头旁边的海堤上，停着很多来自各地的商贩货车，有些把刚买来的鱼虾铺冰装箱密封，有些把装好的鱼箱搬上车，有些正从海滩一箱箱往自己车边扛鱼。码头宽阔的石级上抬鱼的，拿着空筐买鱼的，上上下下，来来往往，一片繁忙。码头下面的海滩上，摆着一个个白色的泡沫箱子，装满刚从船上卸下来的鲜亮鱼虾。鱼箱的旁边围满人，讨价还价，挑鱼、过秤，人声鼎沸，热闹非凡。鱼的种类很多，有金黄底色、微红鳞片的黄鲷鱼，有通体鲜红、圆形大目的大眼鲷鱼，有黑点花衣的鲈鱼，有粗长厚实鱼雷形的金枪鱼，有银白色扁体略呈菱形的鲳鱼……鱼的价格比市场便宜多了，尽管我们很想买，但无法保鲜，只好作罢。

　　港池里，井然有序地泊满早晨归来的灯光捕鱼船。这些渔船后半部分皆建有两层白色的房子，船面搭有钢管棚架，棚架上面挂满大灯泡，远看像一座座楼房，毗连成片，极像海上街市。在纵横水道上来去穿梭的小船，就像川流不息的小车；东边树林苍郁的沙耙墩，肖若街边公园；三面防浪长堤，宛如环城大道；南面像一扇敞开的大门,面临北部湾,水天苍茫,万舸遨游。

企沙渔港位于防城港市东面,东距钦州港十一海里,西与防城港隔海相望,距越南海防市一百六十五海里,为广西第二大渔港,是防城港市最大的渔业生产基地和鱼货集散地,也是国家级边地贸易口岸。它具有三百多年的历史,明末清初初步形成一个渔港,始称"吴冲港"。1933年,更名为"企沙港"。中华人民共和国成立以来,各级政府部门极为重视企沙渔港的建设,渔港面貌日新月异,渔业生产迅速发展。特别是近十几年来,渔船越来越多,越造越大,许多四五百匹马力的大吨位楼船,造价皆在两百万元以上,有的高达四五百万元,装备越来越先进,有发电机、雷达、卫星导航仪、探鱼机、航道舵、船载电话、对讲机等现代化生产设备。船上有冷藏鱼舱,渔家有多间居室,有厅堂、厨房、卫生间,电视机、电冰箱等日常用品也如岸上人家一应俱全。一艘艘大船就像一座座漂亮的水上别墅。这些大船可以到西沙南沙远海作业。近年来,企沙渔港平均年产海产品将近二十万吨,远销粤、港、澳、台地区及西欧国家,真个是起航千船竞发,万舸争流,归来渔歌嘹亮,鱼虾满舱,商贾云集之地。

离开热闹的渔港,我们奔向天堂滩。天堂滩是一个罕见的大沙滩,风景绝佳,位于企沙镇西南面。我们来到时,刚好赶上退潮,大海露出宽阔的襟怀,沙滩呈现出不同层次的颜色,靠近岸边的是白色松软干爽的沙子,走下去,就像走过雪地,留下一行深深的脚印。再下,沙子的颜色变成浅黄色,而海水里沙子的颜色则是金黄色的。沙滩记录着海水退去的脚步和痕迹。

今天是周末,游客众多。在浅水中有一方凸起的沙丘,远看像一个从海里升起的小舞台,上面有几位男女学生开着音箱播放着音乐,面朝大海载歌载舞。这是一幅特别美妙的场面,我几乎看呆了。这几位学生是广西财经大学的,他们来自内地,第一次看到浩瀚无边的大海，看到水天一色的蔚蓝，眼界心胸顿时开阔，激情澎湃，抑制不住狂喜的心情，用歌声和舞蹈向大海致意。远处海面上横着一些大大小小的作业渔船，似乎在凝神倾听。

沙滩上散落着许多五颜六色形状各异的石子，有的像红玛瑙，有的像彩珠，有的像碧玉，有的像钻石，缤纷悦目，美不胜收。这是大海赠送给沙滩的礼物。一些游客陪着乐滋滋的孩子在低头捡拾。我被一些润泽如玉的石子所吸引，也忍不住弯腰拾了几颗，把大海的情意收藏。

我们沿着沙滩往蝴蝶岭方向漫步。不知沙滩有多长，两头看不到边，大概有数公里吧。我曾经两次来到天堂滩，但没有一次能把沙滩走完。隔海远望，蝴蝶岭像极了一只浮在碧海之上的蝴蝶，非常可爱。这座山实质上是这片海疆的一道屏障，一座关卡，一双眼睛。由于它特殊的地理位置，在这里曾发生过一些历史大事。清康熙五十六年（1717年），倭寇在防城沿海一带频繁骚扰挑衅。为了加强沿海防守，清政府下令在钦州沿海一带修筑了数座炮台，蝴蝶岭上就修了两座。1939年11月15日（农历十月初五）凌晨，日寇数十艘舰艇闯入企沙镇西南海面，凭着精良的武器装备，从疏鲁和蝴蝶岭一带沿岸登陆，中国防军的一个排进行阻击，不畏强敌，英勇杀敌，誓死血战到底，终因寡不敌众，武器装备悬殊，防军全排将士全部壮烈牺牲，为国捐躯。现在蝴蝶岭上还留有清朝炮台和抗战时期防军的旗台遗迹，这是中国军队抗击侵略者的历史见证。

蝴蝶岭北岸，有一片规模巨大的厂房，那是大型国有企业金川有色金属有限公司。这是企沙镇临海工业的一道风景线。

天堂滩风景博大雄浑，内涵丰富，看不够，思不尽。

2017 年 12 月

恬淡的红树林

十几年前，我和一群文友到东兴交东村采风，站在村头的海湾旁，朝对面眺望，一大片苍绿的森林像硕大无朋的翡翠镶嵌在海边。"那是什么地方？"我指着那里惊讶地问。站在身旁的一位本地文友说："石角红树林。""啊，石角红树林！"多么熟悉的名字！我伫立在那里，久久凝望，心想，什么时候能走进那片红树林，尽情饱览它的风采呢？

其实，那片红树林，我早就多次到过。那时，由于幼小，没有留下什么记忆。少年时，妈妈曾说起过背我到这里赶海的往事，在红树林中，妈妈遇到过好些当地赶海的妇女。她们淳朴善良，知道我们远道而来，对我们特别热情，送水送饭。有时，她们把采拾到的海鲜放进我妈妈的竹笭箸（扁瓶状有盖子的竹织物具）里。我母亲不胜感激。一次我在母亲的背上哭闹不止，一位乳房丰满的少妇问："孩子干吗哭得这样厉害？"我母亲说："奶水不足，喂不饱，大概是饿了。""把孩子解下来，我给喂喂。"少妇诚挚地说。母亲非常感谢，知道她正在奶孩子期。她抱过我，坐在旁边红树下的一块礁石上，撩起衣襟，很快甘甜充沛的乳汁让我破涕为笑。

听了妈妈的忆述，自此，那片红树林便在我脑海里深深地扎下了根，期盼能与它重逢。

最近的一天，我终于来到了它的跟前，正值退潮，眼前一片葳蕤，葱绿蓬勃在碧海蓝天之间，绵延数公里，目不能穷其极，何等恢宏壮观！有人称之为"碧海绿洲"，有人喻之为"海边绿色长城"。

一条高高在上带着亭子的观景栈桥在林中蜿蜒，适逢节日，游人很多，五颜六色的衣着，让这条巨龙变得色彩斑斓，鲜亮生动起来。我漫步其中，远观近赏。

红树林中，无数鸟儿翩翩来去，白色的、黑色的、黄色的、棕色的、斑点色的，羽衣异彩纷呈；钉形、针形、锥子形、钩形、琵琶形，长喙短喙各具形状；有些展翅列队像阅兵式飞向蓝天，不时变换着队形和姿势；有些驮着阳光遨游而归，飞入林中；有些敛翅缩颈站在枝头歇息；有些跳来跳去到处访问；有些挺胸昂首引吭高歌举行激情演唱会；有些聚集一起叽叽喳喳高谈阔论；有些在树下嬉戏觅食，千姿百态，难穷其形。林大鸟众。据有关监测数据显示，处于国际重要鸟类迁徙路线上的广西北仑河口国家级自然保护区，鸟类种数达两百五十种，其中有二百零九种是候鸟，每年经过或飞抵保护区越冬的鸟类超过十万只，包括三十七种国家保护鸟类，十一种全球性濒危鸟类。北仑河口红树林是国家级自然保护区的重要组成部分，石角红树林是北仑河口红树林中的一部分。这里的鸟儿有多少？数不清。有人赞之为"鸟类的天堂"。

这片绿色的世界，红树高大，大多三米以上，有些高达十余米，枝繁叶茂，种类众多。叶子有匙形、椭圆形、长圆形、卵圆形、狭倒卵形等等。根系发达，有些从树根、树干、树枝长出林立的支柱根，像条条铁钎往下插，每根底部又分叉出几根，像鹰爪般牢牢扎进地下。有些树的下端分生出大量呼吸根，根系向四周延伸，宽度达树冠的两到三倍，酷似一幅众志成城不畏艰险屈膝跋涉向前挺进的雄壮雕塑。有些树下大面积长满指状的呼吸根，根系的水平宽度相当于树冠的三到五倍，根根向上直指，像有千年的冤屈要申诉。有些树的底部分生出数条宽长的板根，如桨橹插进泥土。有些树呈网状的根系，匍匐裸露在地面，宛若拖三江水的婚纱长裙。红树林巨大的家族、繁茂的枝干、发达的根系、坚固的基座，使其具有抵抗狂风恶浪的强大力量，能防浪固堤，过滤海水，净化环境，成为海岸的一道天然屏障。有人夸之为"海岸卫士"。

　　红树林湿地广阔的滩涂、良好的环境和丰富的食物，不仅为水鸟提供觅食、歇息、繁衍的理想场所，也是大量底栖动物生生不息的好地方。过去曾听母亲说，红树林这里的海鲜特别多，有牡蛎、泥蚶、长竹蛏、文蛤、沙虫、泥虫、鱼、虾、螃蟹、沙蟹、鲎等等。这么多年过去了，由于保护区的工作做得好，现在的红树林，底栖动物更加丰富。红树林中，不时能看到一些赶海人，有打蚝蛎的，有采拾螺的，有捉蟹的，有捞虾捕鱼的，有挖泥虫的，等等，皆为女性。男渔民搞养殖或开机船出远海捕鱼。看到她们的身影，想起当年我们母女得到她们长辈的帮助，倍感亲切。眼前广阔的红树林，哪里是母亲当年走过的地方？哪块礁石是当年那位抱我喂奶的阿姨坐过的？游目间，蓦然看到树底下分布着许多瓦罐，这是干什么用的呢？看到一个在近处巡察瓦罐的大叔，便走近向他询问。他说："瓦罐是养殖青蟹的。""红树林可养蟹？"我十分惊诧。他自豪地说："还可网箱养鱼、吊养贝类呢！在红树林区外围养蟹、养鱼、养贝都比在其他海滩养殖高产。""哇！"我和聚在一起倾听的游客不约而同地发出了惊叹声。自然的，养殖的，红树林海产异常丰富。有人誉之为"大型底栖动物的家园"。

　　一路行走，一路赞声不绝于耳，红树林听到了吗？不见有丝毫飘飘然喜形于色的表情，完全无动于衷，依旧沉默不语，恬淡如常。它头脑清醒，不在赞扬声中迷失自我。也许它知道世间万物都有各自的功能和作用，不必沾沾自喜，保持一颗平常心。

涨潮了，红树林逐渐被海水淹没，游人走了，赶海人归家了，这里复归寂静。潮涨潮落，红树林自然生长，默默庇护一方，不改本真。

2017 年 2 月

夜游西湾环海大道

中秋佳节，月圆心欢，我们一家人坐车喜游西湾环海大道。

车子从市行政中心的滨海大道往西开，不多时，一座崭新的大型斜拉桥闯入视野。桥面上高高地矗立着一个白色的拱门形索塔，塔柱两侧向桥梁两边拉出对称的若干根钢缆斜拉索，形状极肖向下打开的两把巨扇，富有艺术感。我顿时觉得它颇有上海南浦大桥的气魄和神韵。这座桥名叫什么？女儿说，叫"针鱼岭大桥"。哦，好熟悉的名字。它就是防城港市建设的第一座大型斜拉桥，横跨防城江入海口，长八百一十二米，宽四十米，高七十二米，总投资四点八亿元。大桥从2010年开工，至2015年竣工。它是西湾环海大道的主要桥梁，把市中心区与西湾连成一片。

桥上的两排雪亮的灯光，像横拉起来的两串长长的夜明珠，璀璨夺目。两边护栏，架起一些长长的鱼竿，钓者多为中老年男性。他们有些向前倾斜着身子趴着栏杆看海，有些坐在自带的凳子上怡然乘凉，有些蹲着聊天。他们的神情悠闲自在，月色灯辉给他们镀上了满脸光泽。他们似乎不怎么在意鱼获，只注重心情的愉悦。他们成了桥上的一道独特的风景。

我下车，走上桥边的人行道，依偎着栏杆，静静地伫立了一会儿。

俯瞰桥下江海相拥的深蓝色海水，灯光倒映，波光闪烁，像无数闪亮的眼眸。一条渔船，从记忆的深处缓缓摇来，少年的我坐在船上。

1968年8月的一天，天气晴朗，我们城南大队文艺宣传队去渔万岛建设工地（那是防城港建设初期）慰问演出。九时出发，我们从距大队部不远的田畴中的一条河汊登船，这是一条中型无篷盖的划桨摇橹木头渔船，刚好坐得下十几个人。船在河汊划了好一阵，到大塘江村边进入防城江，顺流而下。河面宽阔，风平浪静。两岸绿野青山碧树翠竹野花倒映，如山水画长卷，迎面展开。男队员轮流划桨摇橹，桨声欸乃，扬雪飞珠。开始，大家心情兴奋，指点风景，笑语喧哗。时间久了，不时有人问队长："还有多远？""还没到针鱼岭。远着呢。"三四个小时后，队长突然站起来说："看，针鱼岭到了。"顿时，我们来了精神。只见一座草木葱郁的巍巍大岭屹立在江的东岸。沿针鱼岭下行，视野豁然开朗，一片碧蓝远达天际。队长指着东面的一个半岛说，我们慰问的工地就在上面，过了这个海湾就到了。我们感到既兴奋又紧张。从此针鱼岭的名字便刻进我的脑子里。但那时绝对想不到，这里会飞架起一座壮观的现代化大桥。现在我的故乡三滩、红头坝、大塘江等几个靠近防城江边的村组，有人若想去防城港，乘车沿河堤过针鱼岭大桥不到半小时就到了。变化之大，今非昔比。

我们的车子继续向前，在桥头T型平面交叉口，进入针鱼岭至李子潭的道路。路面平坦宽阔，为沥青混凝土铺设，双向四车道，车道间有明显的分界线。大道的两边设有自行车道和人行道，汽车道与自行车道之间有绿化带隔开。前不久，在欧洲一些国家，看到大街旁设有自行车道，上下班时间，骑自行车的人很多，感到惊奇。想不到，我们的家乡也有呢。大道两旁的灯柱上，光芒绽放，亮如白昼。把旁边的绿化树映照得葳蕤生光，姿容清晰。婆娑的细叶榕，感情丰富，卿卿我我，在风中絮语；挺拔俊俏的椰子树秀逸高雅，潇潇洒洒，一派君子风度。这是一条绿色的大道。道旁有骑自行车、慢跑的锻炼者，多为青壮年人，充满活力和生气。散步观景的人络绎往来，有亲朋好友三五成群边走边谈的，有扶老携幼一家人喜笑颜开缓步而行的，有手挽手的情侣并肩姗姗同步的……这里热闹、和谐、温馨、浪漫，月亮笑盈盈地俯瞰着。

西湾海面，夜色中现出一片苍茫的墨蓝，对面港城的五光十色参差错落交相辉映的繁华灯光，把旁近的海面映照得斑斓夺目。女儿惊叫："多美呀，像维多利亚港湾！"我也有同感。港城、西湾，我们并不陌生，也曾在夜色中远眺过她五彩缤纷的姿容。但只有在环海大道这样的位置这样的广角，才看到如此惊人的大美。为了看得更清楚些，我摇下车窗，习习海风扑面而来，异常惬意舒畅，放目尽赏那璀璨绚丽的万千气象。

一路风光，赏心悦目，意乱情迷。我们走了八九公里的路程，有一段是两车道的，大概是旅游公路，旁边有些人家，有山岭。没多久，银龙般的跨海大桥便在眼前闪闪发光，这时我才从沉醉中醒来，我们已经游了一圈环海大道。

西湾环海大道是由北向南走向的城市次干道，起点与针鱼岭大桥相连，终点与西湾跨海大桥南侧旅游公路相接，全长九千四百三十七米，其中四千六百六十米路面宽三十三米，四车道；四千七百七十七米路面宽十五米，二车道。整个项目总投资五点二亿元。2009年动工，2016年7月竣工。西湾环海大道的建成，把针鱼岭大桥、跨海大桥、西湾连成一体，不仅为人们提供了休闲观光的好去处，同时为整个西湾片区的开发提供更为便捷的交通条件，加速了城市现代化建设的步伐。也许，过不了多久，西湾会崛起一片令人瞩目的新城区。

2016 年 10 月

月光下的龙马广场

中秋佳节，华灯初上，阵雨过后，月亮像刚被洗涤过的大圆镜，纤尘不染，越发明亮。我踏着月色，迎着异常清新凉爽的海风，走进龙马广场。

龙马广场为龙马明珠景区的一部分，位于防城港市西湾跨海大桥西面桥头，与北面的明珠广场一路之隔，中间有地下通道相连。两个广场犹如一体双珠，是观海赏月的好地方。

月光下的龙马广场分外迷人，花树、雕塑银辉闪烁。最引人注目的是广场中央那尊高大雄壮的白龙马雕塑，高十九点九三米，龙头马身，奋蹄腾空而起，欲出西湾，越沧海，腾云驾雾壮游天地。月光给它镀上了一层荧光粉，使它更加光彩熠熠。何谓"龙马"？我国最早的史书《尚书》中有述："伏羲氏天下，龙马出河，遂则其文以画八卦，谓之河图。"传说上古时期，我们的人文始祖伏羲带领部落在黄河一带繁衍生息，一日，在孟津东部的黄河上，一匹骏逸矫健、神采飞扬、雄姿勃勃的龙马踏波而来，伏羲觉得奇异，仔细观察它背上的花纹斑点，仰观天象，俯察地理，顿然大悟。根据龙马背上的花纹，画出八卦图，称为河图。伏羲创立了最早的文字符号，结束了混沌蒙昧，开启了华夏文明。古人认为龙马是黄河的精灵，把它的出现视为一种吉祥之兆。《汉书·孔安国传》曰："龙马者，天地之精，其为形也，马身而龙鳞，故谓之龙马。"龙马集龙和马的精华于一身，上可乘风御雨，逐日追月，下可踏波踩浪，如履平地，能力非凡，自强不息，给人们带来好运和吉祥，成为人之一种精神的象征。眼前的此尊白龙马雕塑，象征防城港人什么精神呢？我想，应是昂扬奋进、腾飞发展、兴旺发达、不断开拓向前的伟大精神。

白龙马雕塑周边像众星捧月般分布着许多大小不一的雕塑，各具形态，栩栩如生，场面壮观。高高的台基上，左边为一个扇形的大珍珠贝雕塑，贝壳口绽露出一排金灿灿又圆又大的珍珠，几个可爱的光着身子的胖娃娃，竭力把它抬出水面，充满童趣童乐。台基右边为一个大海螺雕塑，是那种产于深海，阔口，锥尾，锯开尾部可以吹得"嘟嘟"响的海螺，海螺越大，吹出的声音越洪亮，传得越远。过去，在没有现代通信设备的年代，渔民出海，全靠海螺声联系。一对年轻夫妇，带着一个三四岁的孩子，在它的面前伫立仰首，那孩子指着海螺奶声奶气地问："爸爸妈妈，这个是什么？"这对夫妇一时窘迫，无法回答孩子，转身看到我刚走到他们身旁，便求救似的向我提出同样问题。我把知道的都告诉了他们。他们很感兴趣，认真仔细地观赏了好一会儿。他们大概来自内地或者北方吧。

白龙马雕塑东西两侧和后半部分的广场，八条银白色的蛟龙雕塑，从不同的位置欲腾飞出海。它们紧跟着龙马，声势浩大，磅礴壮观。白龙马雕塑背后东西两侧，坐落着两座日月雕塑，东为太阳，西为月亮。太阳神阿波罗，向身体两侧伸开强壮的双臂，一轮太阳从他左肩背喷薄而出，光焰四射；月亮女神阿耳忒弥斯，双手擎举着弯弯如小船的月亮，左腿屈起，右脚跟踮起，踩着白云即将飞升，臂上的白练与长发同在身后飘飞。日月同辉，互相映衬，喻指前途光明。还有海量石爵、云海纹样等雕塑，无不惟妙惟肖，各有寓意。

众多的雕塑，成为白龙马广场的一大特色，从这一角度艺术地凸现了防城港海洋文化的多姿多彩。

白龙马雕塑的台基前面，是一方水池，池水清莹，浸着一轮月亮。水池前面就是濒海景观带了。沿着景观带，等距离地摆着排凳，供游客休憩观看海景。坐着看景的人很多，沐浴月色，如醉如痴。我在一张排凳上坐下来，往回看，池水碧蓝，白龙马极像从海中腾起，与北面明珠广场上巨大的明珠遥相呼应，相得益彰，成为龙马明珠景区两座最具标志性的雕塑，也是蔚蓝文化两幅最具代表性的图腾。往前放目，西湾海面一片墨蓝，月色苍茫。对面港城灯光繁华璀璨，林立的高楼如火树银花，五光十色，把旁边的海水映照得色彩斑斓。坐着平视过去，海面宽阔连城，城好像从海中长出来。仙人山公园蜿蜒起伏的山脊上，亭台楼阁彩灯闪烁，五彩纷呈，仿若一条腾飞的彩色巨龙。西湾跨海大桥辉煌的华灯和各种饰灯交相辉映，流光溢彩，投射到桥下，就像无数五颜六色的蛟龙嬉戏弄波，蔚为壮观。月下的西湾风情万种，美不可言，身体强烈地感受到一种腾飞的态势，心情不知不觉也随之飞翔。

2017 年 10 月

红豆如心　心如红豆

　　到企沙簕山村采风，许多奇特的东西令我感动、心跳。

　　村前宽阔的海滩，布满铁黑色的礁石，张扬，恣肆，恢宏，乍看像古代场面宏大的兵阵，战车布列，战马嘶鸣，旌旗猎猎，铠甲粼粼，戈戟林立，面朝大海，严阵以待，准备迎头痛击来犯之敌，海天之间激荡着一种凛然不可侵犯的浩然正气。走近细瞧，又像海洋生物大聚会，海龟、海豹、海豚、海马、海鳖、海鲨……林林总总，千姿百态，穷形尽相，栩栩如生，简直是海洋生物化石博物馆，展示了神奇博大的海底世界，折射出群体的雄大力度。这些礁石被海水濯洗得非常洁净，没有锋利的蚝蛎壳，也没别的螺贝等附着物，有些表面平整光滑。我站在礁石上，感到底气很充足，遥望烟波浩渺的大海，百舸争流，鸥鸟逐云。心胸感到有一种了无极限的开朗，一种彻底的舒展，一种阳光照彻的坦荡和泰然，一种大气萦怀的豪爽。我沿着海岸线，在礁石间跳跃，那绵延数里的礁石，犹如钢铁长城，脚下铿锵有声，感受到一种坚不可摧的力量。

　　村子东南面蓊郁的社山中有一棵几百岁的古榕，没有主干，数十条巨臂般的气根相互支撑，相互依托，纠结缠拧，凝聚成一股向上的强大生命力,撑起遮天巨伞。枝丫间大大小小成百条气根如柱子、如钢钎、如箭矢从天而降,深扎入地。穿行其间,如入樯桅阵。巨柯间还有粗大的气根相连,状如工字。上上下下连成一气,顶天立地,狂风恶浪也没法动摇它的根基。我沉思,这棵古榕为何没有主干?也许是老朽了,由它的子孙来共同承担重任。也许根本就不是一棵树,是数十棵树携手并肩抵御灾难共创伟业的联盟体。

说是社山,不见有寺庙,但见古榕下,插着束束燃过的檀香根,村民把这棵古榕当作神灵祭拜。祈祷健康长寿,心齐人和,家富村旺。古榕的精神令人敬畏。

村子西面的路边有一丛簕竹,有人指着说:"你们看簕竹长得密如墙,尖刺如刀丛,人是无法穿越的,这是防盗防贼的自然卫士。"奇怪,簕竹浑身长刺,尖锐如剑锋,让人望而生畏,不敢靠近。它们却不愿遗世独立,紧紧地抱成团,凝聚成一种更强大的力量和意志,直插指云霄。大风中吱吱嘎嘎放声高歌,豪气冲天。簕山,顾名思义,这里过去一定长满簕竹,成了铜墙铁壁。现在簕竹很少了,就那么几丛。再说如今是什么年代了,还用得着簕竹防盗吗?但其竹魂尚存。

正面游览村子,外观很现代,一栋栋崭新的三四层水泥楼房,装饰得美轮美奂。浓荫掩映,绿绣成堆,碧海浩瀚,好美丽的海滨别墅群。我久久凝望,感叹不已,转身却不知大伙去向。有一群赶海归来的村民正在海堤边榕树下歇息,他们指着一个大门告诉我,你的同伴从这里进去了。我急忙追进去,像做梦一样走进了一座古堡,巷子很多,幽深狭窄,纵横交错,迂回曲折,扑朔迷离,我左冲右突,到处碰壁,找不到出路,惊惶失措,真想大声呼叫。后来听到说话声,循声寻去,才在一间祠堂里见到他们。

听当地向导李老先生介绍,簕山人姓李,祖籍陇西。他们的先祖大概在明朝时迁徙到这里，为防海盗，仿河北刘庄、李庄的格局，揉进八卦图之玄理，建造房舍、通道，陌生人进得来，出不去。村子呈方形，外面用坚硬的海礁石砌上一丈多高厚实的围墙，东西南北四角有四个岗楼，楼上开有瞭望孔和射击眼，每天早晚有人值班，村中有两百多条枪，村民同心协力保家园，自卫能力非常强。有一回，海面上出现了九艘海盗船，来势汹汹，准备洗劫村子。东门岗楼值班的青年发现了，端起枪对着海盗船"叭叭叭"三枪，三艘海盗船上的桅帆应声断落，吓得海盗仓皇逃离。此后几百年中，海盗再不敢越雷池半步。

现在围墙不见了，岗楼只残存一个，记载着簕山先辈们团结勇武的精神。

祠堂门前挂着一副木板对联，上书"柱史家声远，青莲世泽长"，令我十分震惊。这偏僻的小小的渔村，竟与唐代大诗仙有渊源，祖先文可治国，武可安邦，这是簕山人的骄傲和荣耀。

簕山，过去地处蛮荒之地，环境极其恶劣，历经几百年的风风雨雨、惊涛骇浪，薪火不灭，生生不息。如今展现在我们眼前的是一个景色秀丽的生态文明村。簕山人生存发展靠的是什么？

村子的后面海风渲染出一片绿色的世界，绿浪翻滚，绿荫蔽日，古木参天，虬枝苍劲，巨柯四处伸展，根连根、枝连枝，交结成网，茂盛苍郁，鸟语啁啾，好一个清幽静谧的神仙境界。走到一棵树下，只见地面红豆点点，我们俯首捡拾，赞叹不已。我捧起细看，惊诧得瞪圆了眼，这哪里是红豆？分明是一颗颗赤红的心，我捧着的是几十颗心啊！以前我见过的红豆都是圆形的，这里的红豆为何如此特别？无论大小，颗颗心形，且立体感非常强，鲜活得仿佛能跳动。难道树也有心吗？我抬头仰望，高高的树冠婆娑如幕，红豆串串，谁能算得清有多少颗心在汇聚呢。红豆如心，心如红豆。千千万万颗心连在一起，众志成城，还有什么困难不能战胜，什么奇迹不能创造？自然之物如此，人更是如此。这一树红豆，昭示出一个万物生存、发展、强大的哲理，不正是箬山人精神的象征吗？

箬山，令我诧异惊奇的种种事物，这一树心形红豆，解开了我心中的谜团。

2015 年 6 月

天堂滩赏月

中秋节的晚上，我们一家人来到企沙天堂滩，看海赏月。

我原以为这么一个幽僻的地方，且是节日的晚上，游客一定寥寥无几，想不到岸边的一长排海鲜大排档，灯火辉煌，座无虚席。

一轮明月从东边的海面上冉冉升起，"新月如佳人，出海初弄色。"冰颜玉容映照在海面上，波光潋滟万顷银。北面的天边，一溜红蓝绿三色霓虹依次闪烁，明明灭灭，调皮狡黠，惹人注目，我以为是港城高筑路的彩灯，后来才知道那是作业渔船的标志灯。西南方有一座状如蝴蝶的小岛，树木森森，黛色如烟，仿佛瀛洲、蓬莱，这就是名闻遐迩的蝴蝶岛。岛旁模糊现出一排渔船的轮廓，像抽象派的写意画。沙滩上人影幢幢，笑语喧哗。海面上影影绰绰，有无数人头在晃动。

我在岸边站立了一会儿，便缓缓走下沙滩。靠近岸边的沙滩上已搭起一片五颜六色的帐篷，月华如水，洒落篷面，润泽光亮，像刚刚油漆过的篷船。这片帐篷是外地游客准备过夜用的。在月色的笼罩下，头枕松软的沙子，耳闻大海的涛声，呼吸着海风吹来的淡淡腥香味儿，那是怎样的一种浪漫啊。

帐篷旁边，摆了许多桌子，人们团团围坐，有男有女，有老有少，吃着海鲜、月饼等丰盛的节日佳肴。有些桌子旁边还摆有烧烤炉，炉火正旺，炉上各种炙肉香气扑鼻。人们觥筹交错，举杯邀月，其乐融融。大多是全家人一起来的，在这月下的北部湾海边尽享天伦之乐、自然之趣。

"明月却多情，随人处处行。"沙滩上散步的人很多，三五成群，踏着柔和的月色，操着不同的口音，谈笑风生。情侣们相依相偎，窃窃私语，互诉衷情。一对皓首老者，相携相扶，披一身月光，对着苍茫海月指指点点，缓缓而行，沉浸在无限的回忆里。想必他们是"少小离家老大回"的游子吧。一群少男少女，手捧插满燃着的檀香的柚子，拜月许愿，把美好的理想、瑰丽的憧憬寄托在月亮上。

一群刚从海里戏水上来光着屁股浑身亮着水珠的小男孩，围成一圈，头碰头伏在刚退潮的沙滩上，同心协力挖沙坑。不多久，听到了他们的欢叫声："我们捉住月亮了，我们捉住月亮了。"我好奇地朝他们走去，挤近坑边，俯首只见清澈的半坑水里盛着白玉般的一轮月亮。看着他们欢呼雀跃、乐不可支的样子，我忍俊不禁。一群多么活泼聪明的孩子，一张张稚嫩乳白的圆脸，就像一个个小月亮，十分可爱。

海水像宝蓝色的锦缎，被微风吹起层层皱褶，温柔地在我的膝下亲吻。我仰望天空，不知道什么时候月亮已高悬头顶，"疑是瑶台镜，飞在青云端"，怪不得孩子们能捉住月亮。它又像一盏聚光灯，照到大海这个平展展的舞台上，照在那些戏水人的身上，可以看得见他们游泳的姿态，或蛙泳或仰泳或侧泳，好像在表演着千姿百态的精彩节目。

一会儿，五颜六色的孔明灯从沙滩上陆续升起，飘散在月亮的周围，像星星拱月。而后，"噗噗、嘣嘣"震耳欲聋的声音相继响起，海空上便绽放出璀璨夺目、五彩缤纷的花朵，把大海的月夜点缀得更加绚丽斑斓。我想，这个时候沙滩上没有一个人不仰望天空，满心欢喜。

几颗烟花在蝴蝶岛的上空绽放，树叶被映照得斑驳陆离，一群从酣梦中惊醒的水鸟，簌簌飞起。蝴蝶岛上除了树木、水鸟，还有两个旧炮台，是过去用来抵御海盗和侵略者的。1939年11月15日凌晨，日寇在企沙镇西南面疏鲁和蝴蝶岭沿岸开始登陆，突破守军防线，日寇所到之处，奸淫掳掠，烧杀抢劫，无恶不作。今夜欣欣然享受海景月色的人们，是否知道我们脚下的这片沙滩当年曾蒙受侵略者践踏的奇耻大辱？不管人们知不知道这段历史，月亮一定知道的，"今月曾经照古人"，月是最雪亮的眼眸。

咚咚、锵锵、嘭嘭、嚓嚓，沙滩上响起了欢快热烈的打击乐声。我从海边转身往回走，踩着海浪刻下的条条纹路，脚底像接受按摩一样舒服。这些纹路，在月光和岸边灯光的映照下，像版画中岩石的条纹一样清晰。这是波浪的脚印，也是大海向沙滩坦露的心迹，大海与沙滩的感情到底有多深，只有月亮知道了。

走近乐声，看到一群青年在沙滩上摆开了几种乐器，激情满怀地演奏，自娱自乐。他们的身体随着音乐的节奏优美地舞动，忘我地融入音乐里。"我歌月徘徊，我舞影零乱"，大海，明月，沙滩，绿岛，能不令人醉入音乐境界吗？伴随着乐声，一位歌者深情地唱起腾格尔的《天堂》：蓝蓝的天空，清清的湖水……我渐渐陶醉了，仿佛正在天堂里，月光异常明亮，心境异常清爽。

今夜为何有这么多人来此赏月？浩瀚的大海，幽静的海边，最能充分领略月的皎洁、月的清丽、月的妩媚、月的温柔、月的恬静、月的完美、月的蕴藉。大海无垠，月色苍茫，最能抚慰心灵，引发遐思。即使再疲惫再忧伤再浮躁的心灵，也会趋于轻松平静柔和。

"海上生明月，天涯共此时。"

2016 年 9 月

邂逅那片红树林

　　落日熔金，晚风送爽。我和几位朋友驱车去海边兜风，经过渔洲坪时，暮色已浓，我们来到港口区委区政府办公楼前，被远处一片朦胧的绿色所吸引，车子便朝它狂奔而去。

　　来到跟前，大为惊讶，那是一片红树林。远看，墨绿一片，平展展苍茫无际，与大海浑然一色，像广袤无垠的大草原。远处港城灯火，像天边繁星闪烁，"天垂平野阔"，一派祥和、静谧、温馨的景象。近看，枝叶婆娑，青葱碧绿，一棵棵静立于水中，密密的棕色根须往下垂挂，像流苏围绕。海水很盛，但很静，鱼虾都睡了吧。

　　这里的红树林，我与它结过缘。过去只有十来亩，想不到它繁衍能力这么强，壮大如此之快，变得我差点认不出来了。其实，这并不奇怪，树和人一样，都在时光中一刻不停地发生着变化。今夜邂逅，红树林能认出我来吗？

　　少年时，我常和村里人徒步十几公里到这里赶海。退潮的红树林，如仙子出浴，水淋淋若披一身珍珠，在阳光下闪着绚丽的色彩，光鲜动人，椭圆形的叶子，水灵灵碧绿欲滴，散发出蓬勃的青春气息。红树根系发达，互相交织，连成一气，坚不可摧。

底部的根被海水濯得乌黑锃亮，有的如钢筋铁骨，插进海底，有的如遒劲的鹰爪，紧紧搂抱礁石，显示出强大的生命力。红树林下呈现出一片湿漉漉的滩涂，海水退到远处，成了一线蓝。

初见红树林的时候，我惊呆了，以为陆地才有森林，想不到海上也有如此大片美丽的森林。陆地的森林里住着许多动物和鸟类，海上森林有什么呢？

红树林里蕴藏的东西可多了，任你获取。有红螺、白螺、花螺、沙螺、尖尾螺、泥蚶等形状各异的螺，有些半藏半露，"犹抱琵琶半遮面"，只待与君相遇；有些全身躲在泥沙里，只留一线细小如眉的呼吸口，得认真查看才能发现。小鱼小虾在小水洼里蹦蹦跳跳，打情骂俏。沙蟹、小螃蟹横行霸道，在滩涂上乱写乱画。最有趣的是赶沙蟹了，沙蟹走得特快，要抓，必得快跑、速擒，稍慢它们就钻进洞里，让你气炸肚皮干瞪眼。我们常用包围合房的战术，速战速决。把群群沙蟹赶至狭窄的空间，大家便头碰头抢收胜利果实。大螃蟹、大鲎都很狡猾，它们藏得很深。鲎都是成双结对的，它们总在秘密的地方幽会，躲开人们的视线，非渔村经验丰富的人，很难发现。我们当中，有谁若运气好，偶然碰到大蟹鲎的，便欣喜若狂，情不自禁发出欢叫，大家便停下活来，向他（她）投去羡慕的目光，并暗暗希望自己也有这样的好运气。靠岸边一带的红树下，有四周长满蚝蛎的礁石。采蚝蛎时，要带上一把两端尖尖的小铁凿，只要有耐心，不多时，就会采到一篮子粉白肥嫩的蚝蛎肉。累了，可拣一块顶部稍微平滑的礁石小憩，聆听大海涛声，看水鸟在红树林间嬉戏。那些不知名的海鸟，肚白黑翅，一会儿箭一般射向蓝天，翱翔于天空；一会儿，驮着白云飞回，在这片绿林上低飞盘旋，悠然自得，然后簌簌地落到树巅，叽叽喳喳，好像在争着发表新闻，十分有趣。

到这里赶海的人，有男有女，有老有少，大多来自红树林旁边叫渔洲坪的村庄。海边人，赶海有经验，本领高，有技巧。同一时间内，他们收获总比我们多得多。有次，我看见一位大娘抓到好多螃蟹，我却一个也抓不到。有意悄悄跟着她，看她有什么诀窍，偷偷学几招。她回头朝我善意地笑笑，指着棵红树下的一处淤泥对我说，你看看这里有什么不同，我弯腰低头仔细观察，没发现什么特别情况，便摇了摇头。她指着一圈稍稍隆起的淤泥说，你把手按下去，我手指一接触，便高兴得大叫，是螃蟹，一个好大的螃蟹。这是我第一次抓到螃蟹，那种高兴劲儿，就像哥伦布发现了新大陆。我非常感激那位大娘。还有许多好心的大嫂大婶向我们传授获取海鲜的方法，指出螃蟹喜欢在红树下潮湿淤泥多的地方隐伏，鲎爱在小水潭里躲藏，沙虫、泥虫、螺类喜干不喜湿，它们都是有迹可循的，教我们如何去辨认。按她们说的方法去做，果然灵验。

在红树林这片海滩里，有捕鱼捞虾的，有抓蟹捉鲎的，有捡螺凿蚝蛎的，有挖泥丁锹沙虫的……各取所需，其乐融融，充满着欢声笑语，好一幅热闹欢腾的耕海图。

红树林里，也是谈情说爱的好地方。那对对相好的青年男女，有时避开众人，到远一点的地方说上一阵悄悄话，窃窃私语一番。然后男子把自己的鱼篓里的东西倒进女子的背篓。红树林里蕴藏着爱的甜蜜。

幽会的青年恋人回到人群的时候，免不了被大伙逗笑一番，女的低着头羞红了脸，男的傻傻地笑着，憨态可掬，我们在旁边看着乐。

到这里赶海的次数多了，我们越来越喜爱这片红树林，海边人更加把它敬若神明，说红树林护海保村养人。尽管渔村烧柴十分困难，他们从来也舍不得砍下一枝一叶。如今红树林能有如此恢宏的气势，也许最主要的原因是得到人们的爱护吧。

这片红树林，给过我们许多馈赠，许多欢乐，已走进我的感情深处。

明天潮水退了，红树林里还像当年那般热闹吗？红树林旁边的那个村庄赶海的人还多吗？哦，对了，这条村庄已变成了一座海滨城。港口区把这片红树林列入自然保护区，规划建成红树林公园，把渔洲坪建成一座具有海滨特色的生态城、环保城。这片红树林一定变得更加美丽，更加壮观，成为北部湾一道令人瞩目的亮丽风景线。

我一定再来，挑白天退潮的时候，来赶海。

2016 年 6 月

又见凤凰花开

踏着夏日的晨光，迈进母校防城中学的瞬间，眼睛被火红的凤凰花耀亮了。

校道两边，数棵凤凰树竞相绽放，花团锦簇，遍布树冠，满树红艳，开得热烈盛大，富丽堂皇，灼灼如燃，绚丽如霞，耀眼夺目。我缓步徐行，昂首细观，伞状的树冠，像把把撑开的通红巨伞，照得浑身生辉；熏风吹拂，又如万千红蝶在头上翩翩起舞，心旌为之摇动。忽然脚下像生了根，凝然不动。一棵枝干粗糙，露出多处断残枯枝的老树，依然叶绿花红，且花开得格外浓，格外灿烂。这棵树，不知它树龄多高，20 世纪 70 年代上半期，读高中的第一年，也是这个时节，就看见它率先粲然开放。从此这些美丽的凤凰花，便和母校一起久久地留在我的记忆里。

凤凰树花期一般在六月至七月，凤凰花开了，学期也将近结束，暑假快到了。对于学生来说，轻松享受假期的喜悦便悄悄爬上心头，复习考试的紧迫感也随之而来。特别是毕业班，进入了争分夺秒的倒计时，紧张的学习伴着潜滋暗长的离别伤感。

校园里的凤凰花，不是每年都开得这样旺盛，也不是每年都开花的。记得高中毕业那年，我们班很想在凤凰花下照张毕业照，我们天天朝凤凰树看，盼望它红颜绽放，可是它却不动声色，叶子阴郁，迟迟不肯露出笑靥，像遇到了什么伤心事。我们把照相的日子一拖再拖，直到毕业离校的前一天，始终不见凤凰花的影子，无奈才在操场草草拍了一张。大家闷闷不乐，收拾书包铺盖，带着遗憾，恋恋不舍离开了母校，汇进了知识青年上山下乡的时代大潮。

我在日复一日单调而艰辛的劳作中，常常想起母校，怀念读书的日子，期盼再见凤凰花开。

回乡的第五年，我终于回到了母校，看到了魂牵梦萦的凤凰花。那是"文革"后恢复高考的头一年。高考前，众多考生拥进母校，拥进大礼堂，听老师高考辅导课。凤凰树以最饱满最热烈的笑靥欢迎归来的莘莘学子，给我们信心和力量，让我们深深感受到母校的关爱和温暖，产生了为母校争光的神圣使命感。

大学毕业，我当了教师，在乡镇中学工作十多年后，被调回母校。从此，我在凤凰树下送走一届届学生，收获一茬茬喜悦。

今天偶然回校，又见凤凰花开。我猛地意识到，高考将至。学校的电子屏幕上用红色的大字醒目显示，距高考仅有六天。复习备考已进入最后的冲刺阶段。

我朝高三那栋熟悉的教学楼望去。那里，曾经有我和同学们共同奋斗的身影，留下了许多难忘的记忆。此时，正是上课时间，走廊空无一人。过去，课间，我常和学生们凭栏远眺，放牧心灵，谈笑风生。这里早晚，也常是给学生个别指导和谈心的地方。有位同学曾给我来信。他在信中说："您那次在走廊和我谈话，改变了我的命运，让我考上了大学，现在有了稳定的工作。老师，永远感谢您！"从教三十余年，当班主任数十载，与学生谈话不计其数，几乎记不清。唯有那一次，我退休的前一年，一日晚自修时，我走到一位同学的身旁，轻轻拍拍他的肩头，示意他出去一下。他跟着我来到教室旁的走廊，靠着栏杆站着。他是一位来自十万山区农村的孩子，高一入学成绩不错，但近来学习不够用功，为了鼓励他，我把自己青少年时期在艰难困苦中奋发读书的经历告诉他。讲完后我说了一句，"我们农村的孩子，要改变自己的命运，唯一的出路是刻苦学习，努力拼搏，别无选择。"谈话结束时，他深有感触，真诚地感谢了我。那次谈话后，他判若两人，不再吊儿郎当，全身心投入到学习中去。那年高考，他榜上有名。高考结束离校时，他特邀我在凤凰树下合影留念。想不到那次谈话对他影响这么大，给他的印象那么深。

凝望那间曾经是高三二班的教室，想起了上最后一节课的情景。那节课，我倾尽所有的热情和智慧，声情并茂，亮点频出。学生听得特别认真，特别投入。下课的铃声响了，我泪眼蒙眬地说："同学们，这是我给你们上的最后一节课，老师退休了。我等待着你们高考的喜讯，同学们再见！"教室沉寂了一会儿，刷地，全班同学不约而同起立，旋即响起了暴风雨般的掌声。他们神情庄重，一动不动，流着泪，目送我走出教室。此刻，那掌声又在耳际回响。

我不由自主地朝高三办公室走去。每次回校，我都会忍不住走进去，看一看，和曾经并肩战斗的同事们聊一聊。我不知不觉走近办公室的后门，里面静悄悄，鸦雀无声。我驻足门旁，探头朝里一看，没有课的老师，都低头聚精会神改卷，这大概是临门一脚的精选题测试卷了。我默默伫立了一会儿，转身轻轻地离开。我能对他们说什么呢？经验？教训？曾经的努力与深切的期待？想想校道两旁的凤凰树，这百年老树就像百年老校一样，还不是承前继后，灿灿花期应时而开啊！

有句俗语说，"凤凰花盛好兆头"。当地民间也有这样的传说：防城中学有学生考上清华、北大的那年，校园里的凤凰花开得特别红火。祝愿母校防中今年高考取得更大的丰收。

2017 年 6 月

北仑村的风采

那良镇北仑村，坐落在十万大山南麓，北面为海拔一千零四十六米的巍峨高峰北仑隘，东北面为五指山。那是十万大山一条绵延起伏的山脉，经过北仑村的那段，高耸的山峰错落有致，状若巨掌伸开有力的五指，故而得名。这些高山奇峰，具有一种雄性的风骨。

山高林密，松、杉、枫、樟、桐、紫荆、红椎、黄杨木、玉桂、八角等数不清的树种争绿竞翠，参天耸云，远望一片苍郁墨黛。山中不知有多少名贵的佳木良材，玉桂八角飘香四方。

北仑村共有二十七个生产组，途中经过的村庄，绿树环拥，山坡柑橘树果实满枝，田野不时现出大片墨绿色的甘蔗林。我们参观了一个叫批蒙组的村子，北仑村支书项光胜的家就在这里。村子竹木掩映，一条山溪从村东头密林幽竹深处潺潺流出，沿着村边往南流淌，溪畔几丛野花在这晚秋时节开得热烈奔放，杯盏大的花朵烈焰般耀目。村舍大多傍山而建，我们沿着一条村道往上走，道两边荔枝树、龙眼树、菠萝树，还有一棵果实累累的木瓜树各显风姿。

我们来到支书家，支书站在门口等着领我们去参观。他体格硬朗，面容和蔼，看上去大概六十来岁。

村里，大多是钢筋混凝土楼房，水泥道路通向家家户户。唯独支书家门前还是土路，我觉得诧异，问支书，他说："资金不足，先铺乡亲们的。"一个公而忘私的好干部，难怪上级这么信任他，群众这么拥戴他。据说他已当了三十五年支书，我顿生敬意。村子地面干净，没有一点污秽垃圾，环境保持得十分整洁。支书告诉我们，村里建有垃圾池，各家各户发有垃圾桶，把垃圾统一倒进池里，有垃圾工每天清除。

村中建有一座祠堂，祠堂前面是一个宽阔的平台。支书领我们走上去，指着说："这里是当年北仑游击队起义的地址。""哈？这里就是？"出乎意料，我们十分惊讶。他给我们介绍北仑起义的历史。这个村子结构十分独特，为了防匪防盗，屋连着屋建，形成一个封闭的大围屋，只留一个大门出入，晚上关上厚重的木板门扇，在门扇后面插上几条原木横闩，坚固难破。围屋外面还设有原木栅栏，安有木门，多了一道屏障。村内建有四个三层高的炮楼，东南西北四角各一个，楼顶均有一座火炮，村人自制火药。村内小巷纵横交错，密如蛛网，形同八卦阵。陌生人进来如入迷宫一般，轻易出不去。土匪强盗望而生畏，不敢觊觎。1945年底，村里项氏家族来了两位亲戚，一个叫钟克，一个叫宋森，他们从东兴河洲徒步而来。其实他俩是中共防城县党组织派来的，他们的任务是在北仑村秘密组织游击队。他们利用村子的有利地形，选择这里作为开展工作的落脚点和起义的地点。经过他们一段时间的宣传发动，北仑村有七十六名青年踊跃参加，其中有六名是女青年。游击队经过多次开会商量，决定起义。1946年农历一月初六，游击队在这里（当时是村中央禾堂）列队举拳庄严宣誓，举行武装起义，队伍编为那良抗日游击大队第二中队，简称为"北仑中队"，中队长项世祥，副中队长项健忠，指导员项有范

（共产党员），司务长项世威。中队有三十八条枪。那良游击大队以十万大山为根据地，转战粤桂边区，配合中国人民解放军粤桂边纵队，痛击国民党反动派。北仑中队在解放战争中，英勇战斗，有九位游击队员壮烈牺牲。我仰望十万大山，那座座高耸的山峰，就像英雄的巍巍丰碑。

从批蒙组出来，我们来到北仑村委会。村委会是一栋两层的楼房，旁边是北仑小学。校园宽阔，教室整洁漂亮，可见北仑村对教育的重视。我们在村委会二楼宽敞的会议室，听支书介绍北仑村的整体情况，其中有些事情让我十分感动。村委会副主任刘荣兰，是个80后，一个三十来岁的年轻干部，面容清朗，淳厚朴实。他家在竹山组，爷爷是北仑村起义的游击队员，良好的家风家教，让他具有忠孝仁义的好品德。村里搞建设，修路、安装自来水、建球场等，需要用到他家的地，他二话没说就让地，砍菠萝树、番桃树、芭蕉树、柑橘树等果树共十几棵，还拆了一间牛栏屋，不要任何赔偿。有的农户不肯砍树让地，他就自己出钱补偿农户的损失，让农户同意砍。有一项建设，需要拆一个农户的两间牛栏屋，他发动村里的几个小伙子一起捐款给农户，然后又买火砖给他重新建了两间牛栏屋。他一心为公的精神，深得群众赞扬。

上王关组和下王关组，两个组的群众去年（2016年）集资几万元，建起了一个标准的灯光球场，球场两头立起漂亮时尚的透明篮板，球场两边立起两排高高的灯柱。还买了一套高级音响。晴天，夜幕降临，华灯绽放，音乐响起，打破山村寂静的夜。男女老少陆续来到球场，六七十人摆开队列，跟着几个领舞的女青年跳起广场舞来，健身强体，精神焕发，心情愉悦。想不到，远离城市的山村农民，也像城里人一样时髦起来了。他们的物质生活好起来了，自然追求精神生活。上平娄、竹山等组也相继建起灯光球场来。他们不服输，也要跳广场舞，以后还要举行会演比赛呢。广场舞将在北仑村风靡起来，舞出一片炫目风采。

北仑村的旖旎风光、深厚的历史底蕴、发展变化、动人的故事，写不完、道不尽。在十九大精神的鼓舞下，北仑村将绽放出更加夺目的光彩。

2017 年 11 月

扶隆风光

来到防城区扶隆乡，我第一次感觉到真正走进大山腹地，抬头见山，举目是山，四面崇山峻岭，高峰林立，层峦叠嶂，起伏绵延。扶隆乡北靠十万大山，境内海拔一千米以上的高峰就有十五座。山高水充沛，泉水叮咚，溪流淙淙，千万条山溪汇成江汇成河，蜿蜒逶迤，千回百转向南奔流不息，全长九十八公里的防城江就发源于扶隆乡北部。

说起水，田心村委会主任许明维带领我们来到了一个水库工地。一座巍巍黄色土质大坝，横亘于南北两座大山之间，高高地矗立在我们的眼前。我们从坝底沿着一条人走出的"之"字小道往上登，越往上，坡度越陡，我正担心爬不上，蓦然前面出现了一段直通坝顶的水泥梯级，这段阶梯，浇筑不久，还没有拆模板。听说这条水泥梯道将一直筑到坝底。爬上坝顶，就像爬上一座高山，累得气喘吁吁。坝顶宽阔，还没铺水泥。大坝靠里的一面，立起一排粗大的钢筋架子，不知干什么用的。站在坝顶游目环顾，水库面积很大，但正值冬季枯水期，库内盛着小半湖绿水，像镶嵌的一块偌大碧玉。

听许明维主任介绍，这个水库称为大峒水库，此项目是防城港市临海工业区供水重点项目之一，是一座以供水为主，兼有发电、灌溉等综合功能的水库。坝顶总长三百五十米，宽七米，坝高一百九十六米。水库总库容为三千三百万立方米，项目预计总投资四亿五千八百万元。

大垌水库于 2012 年 12 月正式开建，配套的一些建筑还在建设中。我们看到大坝外西南面的一个大岭已削去了一半，推土机、运土车，轰鸣忙碌，一派热气腾腾的建设场面。

大山深处建水库，高峡出平湖，琼浆玉液流百里，福泽千家万户。

扶隆的山不只水质优，也产名石。早就听说扶隆大山有一种彩石，名叫叶腊石（又称软玉石），因产于北基、田心一带的山上，也叫北基石或田心石。这种石的石质细腻，软硬适中，石色鲜艳，光洁油滑。天然颜色丰富，有玫瑰红、鸡血红、象牙白、橙黄、乳白、粉红、碧蓝等，是雕刻材料的上品，极为宝贵。利用田心石的历史悠久，据传，晚清时期黑旗军首领、抗法英雄刘永福的私人印章就是用田心的"鸡血石"刻的。刘永福出生于十万山区，其故居遗址就在田心村"沟龙隘"大山脚下。田心石被浙江、福建等外省的石商，称为"广西石"。用田心石雕刻的作品，有很高的观赏价值、经济价值和收藏价值，驰名中外。田心石已被广西壮族自治区列为重点保护石种。

田心石久闻其名，今天才能亲眼看到。我们在田心村参观了一个石雕工作室，室内面积不算大，大约十平方米，四周靠墙的桌面摆满五光十色的彩石，有完成的雕刻作品，有半成品，有些只是打磨抛光，未经雕刻的石料。摆在那里，单靠自然的花纹色彩，就自成美景，光彩照人。雕刻完成的作品有石山古刹、古屋苍松，有各种鱼、鸟、花、果，等等，其中一只黑翅黄身红喙斑点胸的鸟儿在引吭高歌，惟妙惟肖，活灵活现。所有作品皆依石的形状、天然色彩纹理构思取景，形神毕肖，栩栩如生，令人陶醉。作者是谁？未见其人。听一位本地的文友说，他名叫许禄，是本村人，今年二十三四岁，他在防城港市实验高中毕业考上大学本科，因录取的专业不是自己喜爱的，便放弃不读。卷起铺盖去浙江石雕工艺厂边打工边学雕刻。三年后，他回到家里，搞起彩石雕刻。去年，他把雕刻的作品卖出去了一些，攒了些钱，去福建石雕工艺厂继续学习提高。有志者，事竟成。田心这个盛产美玉的地方，必定能产生本土雕刻名家。

扶隆的山，林木苍郁，嘉木良材无数，尤其盛产玉桂八角。扶隆被誉为"茴桂之乡"。每年二八月是采摘八角、剥玉桂时节，寂静的山林热闹起来了，笑语喧哗，山歌互答，洋溢着丰收的喜悦。收购八角、玉桂的客商纷至沓来，一车车玉桂、八角运往四面八方，远销外地。八角、玉桂是山区村民的主要经济来源，有了大山赋予的这个稳定的收入，加上党的富民政策，村民更是放开手脚，用勤劳和智慧发展种养等多种经营，逐步摆脱贫困，走上富裕的道路。

我们走进田心村一个叫新村组的村子。村前的池塘、树林下，分别圈养有鹅、鸭、鸡等家禽，六畜兴旺。地里蔗林挺拔壮茂，芭蕉林悬挂着层层叠叠青青黄黄成熟度不一大大小小的芭蕉果，山坡片片橘林金灿灿果实满枝。一条小河蜿蜒从村中缓缓流过，河畔苇花如雪。河两边村舍靠山而建，皆是装修漂亮的钢筋混凝土楼房。有一大片房子正在建造中，我们以为是什么大企业大工厂落户这里，一问才知道，是本村许明任、许明益兄弟俩合资建的大型养猪场，我们大为惊讶。村民的日子过得有滋有味，且昂首阔步意气风发往前奔。

谁说大山闭塞，谁说山民贫穷？在新的时代，大山将万象更新，精彩纷呈。

2017年12月

幸福冲敏

防城区华石镇冲敏村，是一个美丽富饶幸福的村庄。走近它，不知不觉便被它的风姿神韵吸引。

自然生态，赋予它天生丽质。林密竹幽，龙眼树、荔枝树、菠萝树，杨桃树、桂树、榕树等各种树木，像无数巨人在村中撑起一把把绿色的巨伞。村子的西面有一大片葱郁茂密的树林，不知有多少种树木在这里繁衍荟萃，其中有名的一种叫"见血封喉"的古树群，皆是巨干耸天，龙枝翱游，树冠如盖，遮天蔽日，映照出悠长的岁月。村子的丹竹特别多，在林边，在河畔，在村中，一丛丛、一片片茁长生长，成阵成林。村子中央有一片面积特别大，千竿万竿秀逸云天。一栋栋漂亮的楼房隐藏在翠竹绿树下，远望林森不见影，走到跟前才能发现，实实在在是个森林村。

一条源远流长、蜿蜒逶迤的河流，从村子的南面静静流过，一往情深地流向防城江，流向北部湾。河水绿如蓝，把两边河岸的田野、山树润泽得碧翠欲滴。站在观水台或临江亭上，放目远眺，青山绵绵，绿水悠悠，诗情画意自然涌满心间。

冲敏村拥有绿水青山，福莫大焉。

冲敏村党支部带领群众，利用得天独厚的自然资源，凭勤劳的双手和智慧，大力发展生态观光旅游，努力创造出一个美好幸福的村庄。

生态观光，他们不是单靠自然生态，还着力打造农业生态、旅游生态、人文生态，扩大生态的内涵。家家户户有果蔬园，种有火龙果、香蕉、番桃、柑橘、莲雾等水果，还有生菜、白菜、芥菜、芥蓝、芹菜、葱、蒜等蔬菜。满园果香菜绿，具有食用价值、经济价值和观赏价值。我们在休闲农业示范区里，重点参观了"冲敏特色果蔬采摘园"。一条宽阔的铁架子长廊式的观光步道向前延伸。道旁种有各种花草，架顶上百香果的藤蔓攀爬交织，三角梅绽放着火红的花朵，绿叶鲜花密织成荫，走在下面，异常舒心惬意。步道的两边，一个个果蔬大棚毗邻相连，连成长街，"金姑娘"、圣女果、草莓、礼品西瓜、大圆香瓜、莴苣、太空椒、夏阳白等等，依次闪亮登场，千姿百态，各具特色，令人赏心悦目。在时鲜的果菜棚里，游客们快乐挑选采摘。

大棚区，还设有育苗温室大棚，里面安装有先进的育苗设施。

休闲农业示范区，有大棚种植，有田园种植，总面积大概有上千亩。配备水肥一体化设施，安装有杀虫灯。那是一个生机勃勃的现代农业科技特色生态区。

旅游项目富有生态特色。河岸上边一个数亩水面的钓鱼池，池畔一面修竹昂扬，三面番桃树枝叶潇洒。还有一个繁茂的番桃林园紧靠鱼池的东面。绿环翠拥，走廊贯通，亭台点缀。环池畔漫步或坐在池中的垂钓亭上，悠然若仙。

河畔立起两座高大的钢筋混凝土水车架，安上水车，便可看到飞珠溅玉，听到吱吱呀呀的歌声。在一条河汊的旁边，一个天然的游泳池正在兴建，这里将成为一个戏水乐园。

人文生态，是冲敏村一道最喜人的景观。村居漂亮，全是楼房，皆粉墙，坡形灰色琉璃瓦面，装修风格现代与古典元素浑然一体，美轮美奂。农村是少不了猪鸡鹅鸭等家禽的，行走村中却未见有任何粪便污秽。原来村里家家户户都建有家禽圈舍围栅，建有标准的沼气池，家禽粪便倒进池里，经三级发酵，流到田地做肥料。村民环保意识强，人人讲卫生，不乱扔生活垃圾，家家有垃圾箱。村里有四个保洁员，两部垃圾车，每天收集装运垃圾。村子清洁、卫生，给人清爽舒服宜居的感觉。

村民文化生活丰富。村里建有篮球场，篮球场一头的树荫下，安装有多种体育器械，有单杠、双杠、长方形杠、跨步式脚踏杠、旋转式脚踏杠等。距球场不远的一个较宽阔的场地，立着两部滑梯和一架秋千。大小老幼都有运动健身的场所和器具。竹丛旁，树底下，不时看到石桌石椅，石桌有长方形、多边形、圆形等，形状多样，精致雅观，每天早晚，村中的一些老大爷，在健身器械锻炼之后，走到石桌旁围着坐下饮茶休憩闲聊一会儿；有些摆开象棋，对弈起来。他们神情怡然自得。在靠近河埠头的地方，建有一个"乡村农家大舞台"，舞台带顶，两侧为两根大红圆柱。舞台后面的一条房子，为化妆室、道具放置室、换衣室、休息室、舞台器物室。看场地面用多种颜色的地砖铺出美丽的图案花纹，面积宽阔，可容纳两千多人。看台一边为长廊，一边为停车场。常有文艺演出，有区镇组织的慰问演出，有民间艺术队、舞蹈队与本村学校、村民的联欢晚会，还有电影晚会等等。文化气息浓郁，村民精神生活丰富。

村民充分享受到惠民服务。一般办事不出村，看病，村里有医务所；看书报，村委会有阅览室；办事，村委会有政务服务中心，以"农事村办，服务基层"为宗旨，开设有综合服务窗口，专为群众排忧解难。就业、社保、民政、教育、司法、金融、电商等等，都可以在村里办。有事足不出户就能办成，村委会干部上门代办。村民的脸上写满安乐和美。

过去，冲敏是一个普通的村庄，村民生活很是艰辛。近年来，在当地各级政府的关怀支持下，通过村里干群的共同努力，现在的冲敏村已发展成为办公服务、农业示范、休闲观光、餐饮服务、宣传文化、体育健身于一体的社会主义新农村。冲敏村 2010 年被自治区旅游部门评为"全区农业生态旅游示范点"，2011 年被评为"全市休闲农业示范点"，2012 年被定为自治区级生态村、自治区级森林村庄，2014 年荣获 2013—2014 年自治区清洁乡村"百佳村屯"荣誉称号。

2018 年 1 月

农家园林

　　东兴市江平镇江龙村，在众多漂亮的别墅、时尚的楼房中，有一个农家院落，叫"天地缘山庄"。乍看名字，不禁一怔，往前后放目，门前是一片广阔的田野，后面是村居，不见有山岭，何谓山庄？

　　走进大门，豁然开朗，以为走进了苏州的某个园林。左边一座矗立的假山赫然夺目，一挂雪亮的瀑布从山巅沿着崖壁披泻而下，中途冲折成两叠，酷像一匹白练，中间被风吹打了个折，哗啦啦落到湖里，催开丛丛雪莲花。这座山用料、造型别具一格，表面全是立起的各异其形的卵石，临水的一面是陡壁和参差嶙峋的山峰；背水的一面卵石比较浑圆滑顺，远看像众多的登山者人头攒动，近看又像鸟雀鹿兔等山中动物在聚会，场面热烈，若真若幻。

　　大门的右边，是一个宽阔的池塘，上面建有一座朝四个方向与地面相接的曲曲折折的水泥桥，桥中央设有一张圆形茶几，旁边围着几只凳子，橙黄色的木板木条相间的扶栏一片辉煌，远望肖一朵绽放的金花，艳丽耀目。

　　池塘对面不远处，一片湛蓝波光闪烁。那是一个漂亮的游泳

134

池，水清澈见底，池底瓷砖的花纹，看得清清楚楚。池畔的三边各摆设着数条欧洲风格的白色沙发，靠背和两边扶手皆雕有花样图案，显得洁雅美观；一边建有一个较高的平台，蓝色半圆形的台阶由小到大，由高到低依次往下扩展开去，宛若一个巨大的涟漪，波浪由小到大层层荡漾。三五成群的游客在池边徜徉，若是夏季，池里一定浪花飞溅。

连接游泳池、池塘和假山下面小湖的，是一条绿莹莹的小河，蜿蜒逶迤，仿若碧玉带。小河两边的扶栏为朱红色，栏柱像一个个服装相同等距离站立的人，双臂向两侧伸开，你攀我的肩，我拉你的手，构成巧妙的艺术造型。小河的上面建有一些小拱桥、小平桥。我偶然看到一位撑着红雨伞的姑娘，站在一座拱桥上，凭栏远眺，小桥，流水，佳人，一幅多么典雅的画面呀！我立即举起相机，留下精彩瞬间。

园里，种植有许多花草树木，多为常绿的木本草本植物。虽是隆冬时节，但可看到许多盛开的鲜花。山茶花最多，开得最灿烂，水边、道旁、草地、树下，皆见其灼灼英姿。它像一般的茶树，小枝繁密，叶子肥厚，光滑，深绿色，蜡质，有光泽。花色玫瑰红，茶杯口般大，花朵艳丽。龙船花，开得也不少，花繁叶茂，枝形美观。聚伞状花序顶生，密集紧靠的花朵，形似橙红色的绣球。一丛丛绣球，是它们报答天地的情缘吧。朱槿花开得也不赖，不管不顾地绽开火红的笑靥，开得热烈而豪放，浓绿的卵形阔叶，把它衬托得更加鲜艳火辣，站在它的旁边，感觉到被烤得热烘烘的。野牡丹，也不服输，大丛大丛绽放出紫色的花朵，花形虽小，但雍容花朵多，阵势大，升腾起一片紫气。有一种形态特别的花，不知道其名字，花树像芭蕉树，叶片像一把竖着向上打开的巨扇，长而粗壮的叶柄紧密排列，像升起的一面风帆，风帆的下面，绽开一朵冰肌玉质般的硕大花朵，两片棕色厚实一头尖的花蕾包片，分别向两头打开，形状极像一艘船，"船帆花！"我脱口而出。即兴造名，暂且这样称呼它。园里还有许多叫不出名字的花，各具形态，五彩缤纷；还有许多没有开的花，春天定然更加姹紫嫣红，芳菲烂漫。

园里，草色迷人。茵茵草坪，如毛毛茸茸的绿毯铺盖。池畔、塘边、河旁，生长着一种翡翠般的草，这种草好像墨兰，深绿色的长长剑叶，柔软，肉质，鲜嫩，仿佛一碰就会滴翠。草不只绿色，在一处草地边，我看到一种异常漂亮的彩色草，叶片阔卵形，叶面玫瑰色，叶边缘锯齿状，镶着绿色的边，像丹青妙手精心画上去一样，甚为惊奇。一位外地来的教授，正在草丛旁仔细观察，他弯腰小心地翻看叶子的底面，底面全是绿色，一直绿到叶面的边缘。经请教，我才知道，这种草叫"彩叶草"。还有绿叶红背的、绿叶带白边的、叶片全紫的等颜色。

园子里的树，种类繁多，形态优美，有矮小的灌木，有高大的乔木。在道旁、墙边、亭前点缀着许多造型各异的常绿灌木，种类有黄素梅、海桐、木槿榄、垂叶榕等，修剪的形状有矮墙形、球形、椭圆形、圆柱形、锥形、降落伞形等。在这些小灌木之间，在庭院房前屋后，有高耸挺直，树干光滑，英俊潇洒的大王椰树，有卵叶繁茂的香樟树，有大型羽状披针形叶片向四方张开的银海枣树，有扇形叶片的蒲葵树，有树叶婆娑的鸭脚木等等。其中有一种形态特别的树，有干无分枝，树端全是长长的针叶，球形呈放射性，宛若绿太阳，异常奇美。也看到结果的树，干高叶浓的蟠桃树，挂着众多秤砣大的果实，有的已长足，透出成熟的润泽光亮。

春华秋实，四季之景象在园里，同时显现。

花草树木掩映中，隐约看到一些亭台楼阁、楼房馆舍的风姿。池塘靠近大门右边的一头，坐落着一座两层吊脚木楼，楼体两面建墙，两面敞开。楼上为会议室，敞开的两面设置有格子式栏杆。楼下为活动室，一群游客正在欢乐地载歌载舞。吊脚楼对面，距游泳池平台不远处，一排带宽敞走廊和天井的餐室，房檐廊檐皆刻绘有红黄绿蓝紫五彩花纹图案，具有京派建筑风格。有两栋较为气派的楼房，一栋为园主家居；一栋准备作宾馆，新建成正在装修，高门长窗，欧洲风格。

此园占地面积不算大，比起本地那些依山傍水而建的山庄小多了。它只是一户农家的较大一点的园落，户主姓冯，我是从大门内一块"冯氏庄园"石刻知道的。在有限的空间里，凿池挖渠堆山，栽种花草树木，架桥铺路，构建亭台楼阁，创造出富有诗情画意的景观。不出家门，也能获山林之趣，林泉之乐。该园建于2012年，2013年对外开放。现在已成为集游园、娱乐、运动、饮食、住宿于一体，荣获"广西三星级农家乐"荣誉称号，每年接待的游客不少。

我曾到苏州游览过一些古典园林，皆是在有限的空间里，叠山理水，种植花草树木，配置园林建筑，不失为浓缩的自然界，身居闹市，而能享受到自然山水之乐。这些分别为历代达官富豪的私家园林。这样的家居环境，过去，对于老百姓来说，是做梦也不敢想的事情。

时代不同了，"旧时王谢堂前燕，飞入寻常百姓家"。现在，农村经济日益发展，居住条件和环境不断改善，农家乐、农家山庄、农家园林相继出现，展现一派欣欣向荣美丽幸福的社会主义新农村的风貌。

2018年2月

文化飘香的石合村广场

我又一次来到滩营乡石合村。远望，老支书廖志周家旁的文化广场，多出了一排长长的白墙蓝顶蓝窗门的崭新板房，广场变得局促起来，没有昔日的气派。这排板房是干什么用的？我有点困惑。

我曾两次到石合村采访，最近的一次距现在只有两个月，对这个广场是熟悉的。此广场，是石合村老支书廖志周三兄弟合资修建的，占地五亩，投资八十多万元，配建有舞台、旗座旗杆、篮球场，铺设、装饰时尚美观，宏阔大气。

老支书不仅是致富的带头人，而且重视文化建设。几年来，他有计划地在广场组织开展了一系列文化活动。

让电影走进广场。每月一个皎月朗照的晚上，放映队都会应邀前来。舞台上挂起雪白的衬着黑边的巨幅电影幕布，放映机正对幕布架设在广场中央。村里的男女老少拿着凳子，从四面八方喜气洋洋赶来，聚在一起，见面互相打着招呼，笑脸相迎。孩子们欢蹦乱跳，嬉戏追逐，乐不可支。放映开始了，人们一下子静了下来，皆坐到凳子上，仰首，目光聚焦布幕，先看科普片，后看故事片，看得津津有味。人们心情愉悦，气氛欢乐。

让艺术走进广场。近几年，每年的"八一"建军节，廖志周老支书都会请来艺术团举行庆祝晚会，曾经请过的艺术团体有广西歌舞团、防城区文化馆艺术队、珠河社区剧团等。石合村人不会忘记抗日老兵廖章最后参加的一次庆祝晚会。

夜幕降临，广场灯火辉煌，如同白昼，舞台布置得异常亮丽夺目，红色的金丝绒帷幕分前后两层，像瀑布直挂地面。中间垂吊着几层飘逸的帘头。内幕朝舞台的一面，贴着"热烈庆祝'八一'建军节"几个醒目的大字和光芒绽放的红五星。舞台下面坐满观众，本村的、附近几个村子的，济济一堂。坐在最前面的，是来自区乡的有关领导和数名穿着军装的复员老兵，其中一名是抗日老兵廖章（老支书的父亲）。庆祝"八一"建军节的晚会，在这里隆重举行，节目精彩，掌声阵阵。最后一个节目，当精神矍铄的六位老兵，迈着整齐的步伐走上舞台时，全场鸦雀无声。老兵们合唱一首抗日老歌《大刀进行曲》，音量虽然不够大，但歌声透出军人的底气和力量。唱毕，全场观众不约而同起立，响起雷鸣般的掌声，经久不息，表达了人们对老兵、对军人的无限敬意。

让篮球比赛走进广场。平时，遇到节假日或晚霞流彩的黄昏，球场上就会响起"嘣、嘣、嘣"的篮球声，村里的一些青壮年男子，在奔跑，角逐，腾跃，呼唤叫喊，个个生龙活虎，斗志昂扬。他们常自然分队比赛，体会激烈竞争的喜悦。为了使村里的体育运动更加活跃，让体育爱好者得到更好的锻炼、鼓舞和激励，老支书和其五弟廖志环，今年在广场举行了一期乡级篮球比赛，参赛的球队有滩营乡政府队、派出所队、中心校队、中学队、农村联队等。

比赛期间，球场外拥挤着站满兴致勃勃围观的群众。场内龙争虎斗，追着篮球，来往疾奔，拦、阻、截、抢、抛、传、带、突、投，双方不甘落后，奋勇拼搏，战况激烈。观众的呐喊声、加油声、喝彩声、欢呼声、鼓掌声响成一片，震天动地。

让科普教育走进广场。老支书在创业致富的道路上，深深懂得"科学技术是第一生产力"，发展经济，离不开科学知识。他和弟弟廖志环、廖志典商量，达成共识，决定在广场为村人办科普学习班。先后请了市农业局专家刘义明、区农牧局专家杨志、广西大学李教授等五位专家来上课，讲授种养等科学技术知识。为了刺激村人学习的积极性，凡是来签到学习的，每人每天补助误工费三十五元。近两年来，办了七八期学习班，每期有四五百人参加，不只本村的，附近村子的群众也来参加。培训的总人数达两千余人。科普教育，像春风吹遍石合村，使村子生机勃勃，果木成林，鱼戏山塘，禾苗绿田畴，六畜兴旺，新楼崛起。科学致富道路越走越宽广，人们心中鼓满风帆。

今年，廖志周老支书荣获"全国科普带头人"称号。防城港市只有两个人获得此荣誉，老支书就是其中之一。

广场已成为村里的文化娱乐中心，洋溢着浓郁的文化气息。

如今，广场为何多出了一排板房？见到老支书才知道，这是石合村小学的临时校舍，上个月才搬来上课。啊，广场又多了读书声。老支书说："宅旁能听到孩子们的读书声，心里非常欣喜。"可惜今天正值周末放假，教室静悄悄的，很遗憾听不到稚嫩清亮带着唱读韵味天籁般的朗朗书声。

石合村小学原址改建新楼。动工前，学校领导曾为搬迁的事犯愁，现在土地都是责任到户的，搭建临时校舍得向农户租地，还得推土平地铺路铺地面，工程大，经费不足，耗资不起，十分为难。廖志周老支书知道此事后，主动提出，把学校搬到广场来，有现成的活动、体育、升旗场所，不需要任何租金。还准备为新楼教室捐资购买新桌椅。学校师生和石合村群众都非常感激，说他们一家是好心人，为教育事业做了许多善事。他们资助村里五个孩子上学，其中有孤儿，有特困户的孩子。现在两个读小学，两个读初中。还有一个已大学毕业，毕业后找不到合适的工作，廖志环安排他到自己的公司上班，担任会计，生活安稳，现在已成了家。他曾对人说："我从小学到大学都是志周大叔一家资助，工作又得到志环五叔的帮助，没有他们一家，就没有我的今天。""六一"儿童节、教师节，老支书常去学校慰问学生老师。孩子们都亲热地叫他廖伯伯。他的儿子廖家那，大学毕业后当了老师，曾两次放弃进城工作的机会，坚持在石合村小学教书，为家乡教育贡献力量。

　　老支书一家为什么对家乡的文化、教育等公益事业如此热心？在与他的交谈中，我提出了这个问题。他说："我母亲去世早，父亲拖扯着一群子女艰难度日，我们三兄弟小时候得到乡亲们的许多关爱和帮助，才能上学读书，才能长大成人。这样的大恩大德，我们终生难忘，寸草难报三春晖啊！"

　　老支书一家，为家乡的文化、教育、经济发展做出了很大的贡献，令人赞叹。

　　我漫步广场，沉醉在繁花般馥郁的文化气息里。

2015 年 11 月

油菜花盛开的村庄

　　一个只有二三十户人家的偏僻小山村，因油菜花而闻名遐迩。早春正月的一个周日，我和女儿来到江平镇那漏村那一组。过了村口小桥，便闻到淡淡的油菜花香，只见两个黄色的方阵，绽开灿烂的笑靥，像两个夹道迎客的礼仪团，仪态万千，心情顿然爽快起来。

　　渐近村子中央，看到停车场、前面道旁停满了小车，游客很多。村里的两个男青年，迎着进来的车辆，打着手势，引导停放的地方。我们的车子被安排停在道旁。下车驻足游目，村子四周为山岭，中间为坡田，村舍大多傍山而建，皆是砖混结构的漂亮楼房，有许多是新建的，更加时尚美观，距我站立位置不远的前面，道路旁就矗立着一栋崭新气派的别墅式楼房。我们第一次来到这里，不知大面积的油菜花田在哪里，便朝前面人多的地方走去。走近别墅，看到长长的一段道路，像一条热闹的街市，路的一边摆着好多个摊点，摊主俱是当地的村民，卖的都是本地的农产品，有甘蔗、柑橘、香蕉、番茄、白菜等果蔬，有糯米、木薯、玉米等加工成粉做出的各种糍粑糕粔，地道的乡村绿色食物，大受青睐。摊点前簇拥着挑选、购买的游客，买到水果、糕粔的，边走边吃，啧啧称赞。我们打算返回时也买些。

我们转身，往另一边看，霎时惊呆了。此段路的下面，别墅的门前，成百亩油菜花，像铺开的硕大无朋的黄金地毯，在春日照耀下，光芒四射，夺人心魄。轻风吹过，花枝摇曳，此起彼伏，涌起层层金色的波浪，又像波澜壮阔的黄金海洋，其间人头攒动，众多游客正在那里惬意畅游。

"油菜花开满地黄，丛间蝶舞蜜蜂忙。青风吹拂金波涌，飘溢醉人浓郁香。"走进花海，浓郁的香气扑鼻而来，那种清香直透肺腑，荡胸爽气，令人容光焕发。很快，发丝、衣服，从头到脚全身生香，像沐浴在香水里，让人迷醉。蜜蜂在花间嘤嘤嗡嗡飞来飞去，忙碌不停，快乐采蜜；穿着黄、白、花点各色衣服的蝴蝶在枝头翩翩起舞，婀娜多姿，惹得孩子们追逐不停。一只黄蝶落在几个孩子旁边的一朵花上，他们蹑手蹑脚，悄悄围拢上去，轻轻伸出几双小手，缓缓靠近，眼看就挂住它的金翅，黄蝶翅膀一闪，飞走了。那几个孩子昂头茫然四顾，铺天盖地一片金黄，不知黄蝶飞往何处。真个是"儿童急走追黄蝶，飞入菜花无处寻"。

油菜花开得热烈灿烂，根茎粗壮挺拔，叶子茂盛，长势很好。花枝平胸高，徜徉花畦间的人们，一般只露出上半身。小孩子走进花田，是看不到的，有些孩子玩迷了，让其父母一番好找。游客中有许多摄影爱好者，其中有我认识的本市摄影界的几位大师。他们架起长焦距镜头，躬腰对着花海扫描；有些端着轻便的相机，流动取景；有些把小飞机放到空中，手中操作着遥控器，俯瞰航拍。一般的游客，多用手机拍照。有拍合家欢的，有拍情侣秀的；有合照，有单人照。一些年轻的姑娘，像是在拍大片，换了几套衣裙，选取不同的角度，摆出各种姿势，拍个不停，笑靥如花，花人相映。我遇到一个有趣的场面，在两条田埂相交的地方，一对老夫妇对着相机镜头，站在田头摆 pose，后面站着几位女性，热情地指点老夫妇摆出恩爱的姿势、表情。她们的认真劲，就像导演一幕电视剧。这片花姿丽容走进镜头，走进千家万户。

细看那油菜花，四片花瓣绕着花蕊呈十字形排列，花朵细小，像蘸上点黄颜料；花茎圆柱形，多分枝，花开茎梢。单棵油菜花，平凡淳朴，很不起眼，若处于姹紫嫣红的大花园中，它的身影也许会被淹没。但大面积播种，一棵棵，一畦畦，一片片，蓬勃生长壮大，汇成一片汪洋大海。惠风一吹，油菜花便成燎原之势，如朝阳喷薄，势不可当，铺天盖地，磅礴恣意，把大地染成一片金黄，耀眼夺目，美丽壮观，彰显平凡而伟大的集体力量。

"满目金黄香百里，一方春色醉千山"。置身于这片油菜花海里，游目眺望，远处山青林郁；近处一道由北往南密密匝匝秀逸云天的翠竹，宛若翡翠屏立，翠屏下面一条清澈的小河静静流淌。黄亮亮的油菜花与远山近水、绿树翠竹、楼宇别墅，构成一幅春满人间的田园风光画。

"黄萼裳裳绿叶稠，千村欣卜榨新油。爱他生计资民用，不是闲花野草流。"油菜作用很大，它是我国第一大食用植物油原料，开花后，就会结出果实，长角豆荚状，成熟后，菜籽可榨取食用油，在工业和医药等方面还有广泛的用途。

是那一组村民，以睿智的目光，看到了油菜的非凡价值，以合作社加公司运作的形式，种下了这洋洋大观的油菜花，成为吸引游客前来观光的风景。听公司经理骆世杰介绍，油菜花容易栽培，生长快，冬天在田里撒上种子，约两个月便开花。此片油菜是去年十一月播种，今年一月开花。据不完全统计，近十天时间，游客达两万多人，带动了村里农特产品的销售。他们还计划大片种植格桑花、日日红等花卉，以及樱桃小番茄、草莓等水果，把家乡建成大花园、大果园，让四季花开不败，果香不息。

2018 年 3 月

灿然绽放的"一朵金花"

　　春回大地，万木葱茏，十万大山，青峰连绵，满目苍翠。防城区大菉镇那排村金花茶种植基地，就坐落在这万绿丛中。风和日丽的一天，我们走进这片绿色的世界。

　　此种植基地属广西中港高科国宝金花茶产业有限公司"兴边富民"的一个项目，名叫"一朵金花产业示范区"，建于2017年，以金花茶种植为主要产业，以沉香、牛大力、玉桂、八角、沉香鸡以及休闲农业等为次要产业，规划种植面积将近两万亩。示范区包括那排村及周边一带，分为核心区、拓展区、辐射区，那排村种植基地为核心区。我们在公司一位负责同志的带领下，参观核心区金花茶种植基地。

　　我们随着带队同志走进一片沉香林。林下，金花茶的玉叶琼枝，金瓣玉蕊，闪亮显现，耀眼夺目。花型有杯状、碗状、盅状、盘状等，雅致多姿；花蕾浑圆，宛若一个个玲珑的小金球，流光溢彩。

　　这是沉香、金花茶立体种植区。金花茶生性喜阴，忌暴晒，需高大的树木遮挡阳光。沉香树既能遮阳挡荫，又是一种经济植物。树高五到十八米，枝叶繁茂，是热带亚热带常绿乔木，属国家二级保护植物，也是国际保护的树材。之所以名谓"沉香"，是植株在受自然界伤害或人为破坏后，由于真菌侵入，使其薄壁组织细胞内的淀粉产生一系列化学变化，最后形成香脂，凝结于木材内，即"沉香"。它自古以来便被视作一种名贵药材和天然香料，宋代已有"一两沉香一两金"的说法。现在可运用"通体结香技术"，对沉香树进行造香。沉香全身是宝，用途很广，枝叶可以提取沉香油，茎干可以做珍贵工艺收藏品、摆件、线香佛珠、根雕等。在林中，我们看到一棵挺拔伟岸、枝叶浓郁的参天大树，已有十八年树龄，是人工种植的树龄最长的沉香树。遇到一棵树身有一道深深裂缝的树，从旁边走过，闻到脉脉香气，把鼻子贴近缝隙闻，香气更浓，想必树内已怀抱沉香。

金花茶，山茶科，山茶属，发源于一亿七千万年前，第四纪冰川时期遗留下来的原始山茶遗珍，国家一级保护植物，是世界上稀有的珍贵植物。20世纪60年代，我国植物学家在十万大山首次发现金花茶，轰动世界植物学界。后随着科学技术的发展，可人工育苗种植。金花茶经现代医学权威部门及相关科学机构测定，含有多种天然养分、十几种氨基酸以及多种微量元素等，对人体具有重要的保健作用，被誉为"植物界大熊猫""茶族皇后""花中明星""植物活化石"，国际上称之为神奇的东方魔茶，身价极高。

"沉香"林下种金花，树香花艳，天香国色，相得益彰。发展林下经济，一举两得。

在树林之中，有一大片开阔地，是大棚标准化种植区，面积一千平方米，为金花茶搭建的遮阳大棚，采用钢筋、卡槽、卡簧、遮阳网、铁丝网等材料，大棚高度一般四米左右，长度和宽度按种植面积的大小而定，棚顶盖遮阳网，用卡槽、卡簧固定。还在四周封上无滴棚膜，棚区采用先进的水肥一体化灌溉系统，使用

146

杀虫灯诱杀虫害的物理防治技术，有效控制虫害和虫媒病害。同类品种的金花茶，在棚区种植的比林下种植的产量提高百分之三十，品质更优。大棚内的金花茶，已有十五年树龄，树远远高过人头，枝条抒放，叶深绿如染，光鲜润泽，叶长椭圆状披针形，尾部渐尖，叶边缘微微向背后翻卷，叶质地厚实。花盛、朵大，大多杯口大，有的盅口大，花瓣重叠，肉质肥厚，晶莹油亮，宛若涂了一层蜡，鲜艳悦目，金碧辉煌。

我们来到"一带一路·金花茶世界友谊园"园区道边，在金花茶树枝叶掩映中，隐隐约约可看到竖立的牌子。撩开枝叶细看，那是"一带一路·金花茶世界友谊园"认养卡，里面标示的内容有：认养人姓名和单位、树种、编号、认养时间、小树寄语。从卡上看到认养的单位有联讯证券广西分公司、青蓝投资公司等。园里绿树葳蕤，金花灿烂，蜂飞蝶舞，春色满园，友谊之花也在此热烈绽放。

走过叶繁花盛的茶林，前面豁然现出一方潇潇洒洒清清爽爽的林木，没有任何藤蔓灌木丛羁绊，整齐有序地立着一根根灰白色的树干，树冠浮在云天上。乍看，仿若北方的白桦林。走近才看清，那是新苗种植区，茶苗虽还矮小柔弱，但已生机盎然，用不了多久，就会蓬勃成林。

参观途中，我们还看到一些标出号数的种植区，如3号中林区、4号成林区等。金花茶品种多样，有普通种金花茶、显脉金花茶等。整个核心区种植基地，面积为三千五百亩。既是林海，也是花海。

带着一身芳香走出沉香林，路过一座长着龙眼、荔枝、玉桂、八角等树木的苍郁大山，林下长着一些枝叶蓊郁的金花茶，形状肖似婆娑的矮种荔枝树，树上金花绽笑，花蕾凝金。看到道旁一棵金花树前立着的一块牌子，眼睛骤然睁大，这是金花茶自然生长区，树龄十七年，面积一百亩。这就是原生态的金花茶？我大为惊讶。20世纪40年代，日本著名植物学家津山尚曾为寻找黄色的山茶花穷尽毕生精力，足迹踏遍整个印支半岛，却失望而归，遗憾终身。现在金花茶的真身实容，就这样不期而遇，活生生地出现在我们的眼前，怎能不惊喜震撼！

一朵金花产业示范区，秉承"在保护中开发，在开发中保护"的理念，自然生态与人工种植相辉映，以"公司＋基地＋合作社＋农户"的种植经营模式，大力发展现代特色林下经济，立体种植，综合开发，开辟更为广阔的可持续发展的绿色空间，把这里变成金山银山。

2018年3月

孔雀开屏的地方

　　孔雀向来被人们誉为"百鸟之王"，视为吉祥、善良、美丽、华贵的象征。我未尝看到过它的姿容，原以为，要看孔雀得到云南去，那里是孔雀的故乡。出乎意料，前天，听一位朋友说东兴市江平镇那漏村石江组有个孔雀园，便产生极大的兴趣，翌日就和女儿往那里奔。

　　我们来到村口停车场，下车朝村道走去，道中搭有很多彩色拱门，赤橙黄绿青蓝紫，色彩缤纷，好像穿行于一条众多道彩虹搭成的隧洞，感觉非常绚丽有趣。走过一段两三百米长的拱门村道，眼前展现出一幅恢宏壮观的多彩画面。浩然如海的格桑花恣意绽放，大红、粉红、玉白、金黄、橙黄等，异彩纷呈，争俏竞艳，宛若夜晚各种彩灯映照海面，五彩斑斓，蝴蝶蜜蜂迷醉其中，脚下斑驳陆离，犹如涌动七彩云霞。"红姑娘"特色红薯种植示范基地，冬种的红薯，东风一吹，长势猛增，藤粗叶茂，盖满垄，爬满沟，满目碧绿。一垄垄长龙般的"红姑娘"，酷似一排排海浪向天边涌动，气势磅礴。"樱桃小番茄"种植区，一畦畦番茄旁，立着一排排斜插交织的长长竹子，被番茄藤叶密密织满、织牢、织大，远望像扯起一张张绿色的巨帆，千舸云集，扬帆竞发。

翠帆的根部，结着簇簇绿白黄红圆圆的如樱桃般小巧玲珑的果实，它们成熟不一，而显出不同的颜色。熟透的红得特别可爱，像亮晶晶的红玛瑙。番茄地里，隐隐约约传出大人小孩的欢声笑语，那是游客在里面采摘，但只闻其声，不见其人。别说隔着层层翠屏，就是相隔一层，也看不到人影，他们像没入了绿色的森林。这是一方活色生香的锦绣田园。

田园周遭，一条清澈的小山溪由北往南静静流淌，一弯密密的参天翠竹浓墨重彩勾勒出它的身姿，与半围青山房舍相连。山环水抱，物阜民丰。

村中楼房绿树掩映，家家门前庭院，皆是微果园，种植着多种果树，有枝干强健、冠大荫浓的木菠萝；有小枝密叶的黄皮果；有叶厚、枝繁的番石榴；有婆娑的荔枝、龙眼；有叶长大、独茎无枝一心至顶、高舒垂荫的芭蕉；有叶碧如抹油的柠檬等本地果树。鸟雀在树上跳来跳去，叽叽喳喳，唱着欢乐的歌。树间小草铺绿毯。果园里有小径石凳，有些还立起秋千架，不时看到孩子们荡秋千的身影，听到他们愉快的笑声。

蓦然，眼前出现了一条长长的风车走廊，木质架构，廊顶和两边拉开数条串起的塑胶小风车，每条线的风车颜色都不相同，大红、玫瑰红、黄、青、蓝、紫等，五颜六色，惠风吹拂，无数风车飒飒转动起来，走进去，宛若处身于旋转的万花筒中，如梦如幻，如醉如痴。

不知不觉转到了快乐农场大舞台。舞台是露天的，台面铺着红地毯，四角立起高高的灯柱幕柱，前后两面横搭着灯架幕帘架。舞台前面是广宽的看场，场面不铺水泥和地砖，是原生态的茵茵草地，其中各种细小的野花闪闪发亮，像撒落满地星星，惠风送来淡淡的清香，"迟日江山丽，春风花草香"。看场的东南面为生态大棚采摘区，棚里种有多种应时的蔬果。看场的西北面，有数棵枝繁叶茂的荔枝树，其中有一棵出类拔萃，巨干华盖，荫翳蔽日。走近细看，树干有两三人合抱粗，靠近根部的地方，有一个椭圆形洞孔，像两棵树扭结而成。待看到树下的牌子，方知这是一棵千年鸳鸯。起初两棵小树相邻而长，历经岁月沧桑，并肩抗击风雨雷电。它们的根在土里渐渐相互交织，它们的身躯也相拥在一起，合二为一，缔结连理，成为一棵苍郁遒劲的鸳鸯树，用绿色的生命抒写出爱的传奇。

鸳鸯树枝上系着许多红丝带，一对青年恋人，正手拉手神情庄重地看着他们刚系上的那条。是表达对鸳鸯树的敬仰，还是向它祈愿？也许两者兼而有之。美好的爱情总是令人向往的。

鸳鸯树的下面就是孔雀园，面积有上千平方米，长方形，地面铺设着橘红色地砖，另一面靠近竹林。整个孔雀园用钢管搭建，四周围着铁丝网，用绿色的尼龙网罩顶。园里有数十只孔雀，头顶、颈部和胸部多为青蓝色，翅膀上的覆羽为黑褐色，尾上的覆羽为绿色。也有少数头顶、颈部呈翠绿色，胸部为灰白色，尾羽紫褐色。还有些大半身为白羽，尾部为红羽的。孔雀身大头小，头上皆有一簇高高竖立的羽毛，有绿色、白色、棕色等不同冠羽，远看像戴着一顶顶透明高贵的帽子。它们悠闲徜徉时，足显绅士派头。它们有些静立养神，有些低头觅食，有些跳上高高的木架子上，举目张望，有些在遮雨棚中缩颈憩息，有些生机勃勃，嬉戏撒欢，千姿百态。"看，孔雀开屏了！"一群孩子的欢叫声从前面传来。我即刻朝他们走去，看到一只蓝孔雀，将尾羽高高竖起、展开，像一把美丽透明的彩色大扇子，其中散布着许多近似圆形的眼状斑，这种斑是由紫、蓝、褐、黄、红等颜色组成，绚丽夺目。一会儿，又有好几只相继开屏，五彩缤纷、艳丽多姿，光彩熠熠。有时它们抖动羽屏沙沙作响，做出优美的动作，惹人注目。

孔雀不是随便开屏的，每年春季，孔雀开屏的次数最多。春天是孔雀产卵繁殖后代的季节，孔雀开屏是雄孔雀向雌孔雀求偶的表现。其他季节看到孔雀，未必能看到它们开屏。听到一位游客感慨地说："以前我几次看到孔雀，都未曾见过开屏，今天才开了眼界。"我暗自庆幸，初次看到孔雀，就能见到开屏。这是春天赐予的惊喜。

　　良禽择木而栖。宁静、优美的环境，是它们生长繁衍的乐园。孔雀尤其喜欢生活在江清竹秀树绿花香的地方。孔雀激情展屏的石江村，就是一条春色满园、生机勃勃、风景如画、气象万千、美丽恬静的村庄。

2018 年 3 月

山鹰翱翔的地方

　　我一直以为大草原才是鹰的故乡，在海边是很难看到鹰的，想不到在那梭南山我竟与鹰不期而遇。

　　南山的山势巍峨，从下往上看不到山巅，尽是云雾缭绕。进入南山，便进入林的海洋，满眼皆绿，铺天盖地。不同的树种，渲染出不同的色块，摇漾出不同的风采。碧绿细长的玉桂叶子在阳光下闪着油亮亮的光彩，流淌出特有的芳香；翠绿的促生桉树叶片像无数纸鸢迎风起舞；蓊郁葱茏的针叶松树、塔状的水杉、墨绿幽邃的野生杂树，千千万万朵绿伞聚在一起，山风吹过，如碧海涌浪，荡气回肠。南山的绿，博大而有层次，像高明的画师，将底色调配得异彩缤纷。

　　车子在林海间盘旋而上，爬到半山腰，南边一片浩然大湖映入眼帘，近观湖水如蓼蓝靛青，远观如皎月，如明镜。湖中绿色的小岛星罗棋布，若碧玉簪，似青云髻，像神妃仙子嬉戏其间，秀首微露。湖的周围幽林翠峰环抱，水泽林丰，山明水秀，湖光山色，交相辉映，美如仙湖。这湖叫什么名字呢？坐在前面的骆副部长说，叫"小峰水库"。这就是建于1977年总库容为一亿立方米，灌溉农田八万亩，年发电量为五百多万千瓦时，防城最大的小峰水库？想不到，在南山能看到它的仙姿丽影。

车子在离山巅还有十几米的地方停了下来，走出车门，乳白色的雾气扑面而来，虽是盛夏，却寒气侵肌。上蔽青天，下掩大地，"若鲸鲵出水腾波，似蛟龙潜渊吐气"，苍苍茫茫，迷迷漫漫。我们被浓雾包裹着，什么也看不清。似乎谁在故弄玄虚，先把我们的眼睛蒙住，然后再给我们一个更大的惊喜。一会儿，雾渐渐稀释透明，悠悠地随风飘去，眼前的景物渐渐清晰起来。

南山的最高峰耸立着一座直指苍穹的发射塔，发射的信号可覆盖两万多平方公里，整个北部湾可以收看到五六十个频道的电视节目。我们站在电视塔的平台上纵目四方，天地广阔，风光无限。千山万岭腾浪涌波，气势磅礴。白云悠悠，峰翠山黛，烟岚云岫。俯瞰山下，粉白的房宇像珠贝一样散落山间，一条条白色的山道纵横交错，像光带一样连接着千家万户。这些古老的山道曾经承载过游击队员的脚步和歌声。解放战争时期，钦防两县起义部队集中在此乡的炮台村整编，成立了钦防农民翻身总队，以这一带为革命根据地，开展游击战。游击队给东兴、龙门、扶隆等地的国民党反动派以沉重的打击，战绩辉煌，敌人闻风丧胆。这里流传着许多可歌可泣的战斗故事，有着更多的英雄传奇。

南山的东面，不远处有一座小水库，不像人工筑造，倒像自然天成。一池圣水如玉液琼浆，其中浸着的几个微露圆顶的小碧岭，像漆黑的瞳仁，明眸善睐，波光流转，顾盼生辉。这也许是天帝天后沐浴欢娱的瑶池。

南山的北面，迷茫处，那是浩瀚的北部湾，京族三岛隐隐约约现出模糊的轮廓，像传说中的东海瀛洲、蓬莱、方丈三座仙山那样缥缈神秘，令人遐思无穷。珍珠港、防城港苍茫若梦，那些大大小小渔船商轮在梦中摇曳。

山顶往下方圆几十米，皆是草和石的天地，树林退到远处。

草碧石奇，野花竞艳，野海棠、野芍药、野雏菊花色迷人。石头大多敦实，半截或少许埋进土里，玲珑肖物，像牦牛，像绵羊散落在青青的草地上，"食野于萍"，悠然自得。有少许高大的山石，像牧人骑马扬鞭，逍遥自在。发射塔的旁边，拔地而起的几块大山石，斜搭在一起，像座蒙古包，里面有一个长方形的石桌，我仿佛闻到酥油茶、青稞酒的香味，忽然间觉得有草原的味道。

　　我仰望天空，啊，顷刻凝住了。几只大山鹰背负青天来回翱翔，一会儿贴着峭壁，一会儿掠过林梢，一会儿蹿向高空，一会儿在我们的头顶盘旋，一会儿侧飞，一会儿滑翔，花样甚多，变化无穷，你追我逐，你嬉我闹，黛青的翅膀，时时划出优美的弧线。我看呆了。这几只大山鹰从何而来？是青藏高原？内蒙古草原？香格里拉？它们迷上了南山的风光，南山就是它们无与伦比的家园。

　　有鹰飞翔的地方，总是神奇美丽的。

2015 年 3 月

红头坝：一座气韵特别的村庄

前不久，我回了趟故乡，去三滩村探望我四姐途中，路过红头坝村。这条村子变得更美丽了，旧貌换新颜，乡村城镇化，富有时代新风貌。

我对这条村子印象特别深。少时，家里要给四姐什么东西，都叫我送去。因为我在兄弟姊妹中排行最小。去四姐家，要经过几条村庄，包括红头坝村在内。经过其他村庄走的都是田埂土道，唯独走到红头坝村，得过两座桥，最为担心。此村东西两面临江，江面较宽，各建一座桥。东面的那座，是水渠桥，中间是水槽，两边人行道很窄，只能放得下脚。胆子小的，不敢走人行道，只能挽高裤脚走水槽。每次经过，我都是走水槽，水中长满滑溜溜的青苔，得扎牢脚趾，小心翼翼缓缓移步。西面的那座桥较宽，桥面用水泥板铺盖，比较好走。但风大的时候，也得扎稳脚步，慢慢走，一不小心，就有被吹跌落江之险。那时，这两条江，两座桥，在我的感觉里几乎代表了红头坝村的形象。

正是这两条江，让红头坝村具有得天独厚的地理优势，两江之中土地平广肥沃，灌溉方便，种瓜得瓜，种豆得豆，粮食作物年年丰收。这两条江是防城江的分支，江面较宽，水深，江阔，流到大塘江村边与防城江相汇，滔滔流向防城港，融入北部湾。江与船是分不开的，江边埠头，停着大大小小的渔船，村民种地捕鱼，生活过得比别的村子好。那时，我们村庄的房子全是瓦房，墙壁一般是土墙或泥砖墙，红头坝村房子墙壁却是石条、火砖和泥砖砌成，底部为石条，中部为火砖，只有接近墙顶的少部分为泥砖，房子建得高大，比其他村子的房子显得异常美观、漂亮、气派。

红头坝村人普遍长得高，体格健壮。也许是营养足的缘故吧。

说起红头坝村，我们大队无人不知。这条村子有许多特别引人注目的东西。

自古以来，女人爱打伞，但红头坝村的小伙子却也爱打伞，墟日赶集时，喜欢结伴而行，他们长得挺拔俊健，衣着整洁，人人打着一把油纸伞，走在田埂、公路、街巷上，都是一道令人瞩目的风景，特别引起姑娘的青睐。在那个物质匮乏，缺衣少食的艰难岁月，村民劳作出行一般是戴自家织的竹笠帽，小伙子赶集，能戴上一顶从商店买的草帽已经很了不起了。能打上伞的农村小伙子，实在少见，简直是一道奇观，令人赞叹。在街上看到一群打伞的人，十有八九是红头坝的小伙子。那时，就是镇上的男青年也极少有人打伞。即使有，也是凤毛麟角，没有这样大的群体气派。不认识他们的人，还以为是上面来的考察队呢。

红头坝村的姑娘大多长得高挑苗条，容貌漂亮，勤劳善良。她们冬天喜欢扎红头巾，在丰收的田园里劳作，脑后的头巾尾随风飘动，远望像一片红花绽放，令人惊艳。

村子的名字大多有一定的来由。据说红头坝村的祖辈人，认为做人要讲究头脸，出门见众，重视头饰，出行男子打伞，女子扎红头巾，把自己打扮得光鲜精神，象征日子过得红红火火，故称为"红头坝"。

红头坝村有一个特别的传统节庆习俗，"冬至"大过"年"。春节是中华民族最隆重最盛大的传统节日，小时候，春节前一两个月，我就悄悄屈指数着日子，盼望春节快点到来。一日，我随妈妈去赶集，回来的路上，遇到好些挑着粽叶等年货担子的人，有些和我母亲打招呼。我心一怔，是不是我数错日期了，往年家里买这些东西都是在春节前两天购买，于是，急着问妈妈："春节就到了，我们家为什么还没买年货？"妈妈笑笑说："春节还有个把月才到。""他们是哪里的？他们为什么现在就买了？"我不解地问。"他们是红头坝村的，明天是'冬至节'，他们'冬至'大过'年'。"从那时起，我才知道红头坝村把冬至当作大年来过。他们探亲访友，送嫁迎娶都是在冬至节期间举行，还开展打陀螺、拔河、唱山歌、唱采茶等节庆活动，喜气盈村。此习俗，一直沿袭至现在。

　　红头坝村出过两个闻名遐迩的人物，一位名叫邓允芳，故乡人都称他"飞机邓"，在解放战争时期，他参加十万山区游击队，后编入中国人民解放军粤桂边纵队。新中国成立后，在空军部队某机场工作，听说是当官的。那时，飞机对村民来说是罕见之物，能在机场当官，是了不起的。另一位名叫邓军，他从小喜爱游泳，当然生长在河边的孩子，没有不会游泳的。但他却出类拔萃，游水潜水都比同龄的伙伴游得快潜得深。他八岁那年，一次和几个小伙伴在江边玩耍，有几个外村的小朋友从水渠桥走过，一个趔趄掉进江了，其余的哭喊"救命"。邓军听到呼救声，即刻飞身跳进江里，像箭一样疾速游向那个在江中挣扎的小朋友，一会儿就把他托着救上岸。村里的人知道这件事，都说邓军小小年纪能救人，将来一定有大作为。果不其然，后来他成为国家水球队著名的守门员，在世界水球界，被誉为中国"铁门"，为国家争得过荣誉。这是故乡人引以为傲的事情。

红头坝村还有一位德高望重的大队支书，名字叫褙德益。他虽然学历不高，却是个土秀才，拿起笔能写剧作曲，还能导演节目，当大队主任期间，组建大队文艺宣传队，搞得有声有色，多次获得公社文艺会演奖。改革开放后，被选为大队支部书记。他大公无私，一心为群众，足迹踏遍十九个村子，因地制宜，带领群众脱贫致富，深受群众拥戴。每次换届选举，皆以最高票数当选，支书一当就是三十多年。

从我懂事的时候起，就知道红头坝村有一所小学，叫"红旗小学"，校园距离两条江桥不远。我们大队共有十九个生产队，分布较广，办了三所学校，一所六年制的中心小学，两所三年制的初小，其中一所就是"红旗小学"。读完初小，到中心小学读。曾听到一些有识之士说，"靠近学校，能听到书声的地方，好学的人特别多，成才的人也多。"我想，大概是受到文化气氛潜移默化的熏陶吧。不知道是不是这个原因，红头坝村就出了好几位大学生。20世纪60年代初，红头坝村就出了第一位大学生，他在兄弟姐妹中排行第九，村里人都称他为"大学究"。他就是我可敬的初中老师邓允均。曾经和我一起在防城中学工作的两位同乡，他俩都是教导处主任，一个正，一个副。他们俱是大学毕业，同为红头坝村人。红头坝村人才辈出。

村民勤劳智慧，改革开放后，出现许多致富能手，生活越过越好。

红头坝，地灵人杰，一座了不起的村庄。

2018年6月

十万大山古商道

　　十万大山，是广西南部一座著名的山脉，东起钦州湾，西到宁明延伸至越南，向南远眺北部湾。森林面积近五百万亩，其中原始森林六十万亩。山脉东西绵延近两百公里，南北宽四十公里。最高山峰海拔一千四百六十二米，一千米以上的山峰就有数十座。十万大山成为阻隔南北的一道天然屏障。过去，这里是广东与广西的交界。

　　在交通不发达的年代，大山两边的人们相互往来，互通有无，只能攀登那些崎岖陡峭的隘路，翻过大山那边去。据说十万大山有扶隆隘、那勤隘、游扶隘、平隆隘、高雪隘等十四个主要隘口，这些隘口和沿线的道路大多修建于汉代，是古代西南沿海与内陆通商的山间小道，沿途几乎全是原始亚热带雨林，山高林密，险阻重重。这些古商道，是古代重要的经济生命线，曾承载商贾通商的艰辛脚步。

　　扶隆隘古道，就是这些穿越十万大山古商道之一，始建于明代，据说1958年以前还在使用。从前是广东与广西的通商古道，大山南面的防城过去属广东管辖，大山北面的上思属广西管辖，故称为"粤桂商道"。上思的水果、粮食等农副产品和山里的特产

160

由此道运往山南。防城靠近大海，盛产海鲜和食盐，特别是食盐需源源不断地运往缺盐的山北，此道也称"盐道"。因此道由一千多级石阶铺建，又称"千级商道"。

今年盛夏的一天，我们来到扶隆隘古道口，这里山高谷深，一条溪流从山谷深处潺潺流出，像一条银龙蜿蜒穿过丛林流向田野村边。一条石级小道，曲折盘旋伸向大山深处。昂首眺望，山腰云雾缭绕，看不到巅峰。此山最高峰"大沟龙顶"海拔一千二百六十三米，古道从"大沟龙"山垭口进入上思县地界。想想古人用最原始最简陋的工具，在这高耸入云的大山之中，开辟出这样一条"千级商道"，该有多么艰巨呀！

我们试着走一走古道。先是兴冲冲沿着古道拾级而上，道路两旁，树林翁郁，古木参天，巨蟒般的粗根比比皆是，无数大大小小参差错落的藤蔓从空中垂挂，有些纵横交织成网，在空中高悬。一些倒卧的老树被苔藓杂菌覆盖，显得斑驳陆离。头上，绿叶繁荫，遮天蔽日。脚下台阶，枯枝腐叶厚积，下面长满湿漉漉的苔藓，滑溜溜的，一不小心就会摔倒。越往上，山势越陡峭，树木越密，光线越暗，前面更加阴森幽邃。我们登山的脚步越来越沉重，才走了半个多小时，就累得气喘吁吁，汗流浃背，举步维艰了，只好望山兴叹，无奈转身返回。

我们虽然是尝试着登了一小段路，却感受到登山之艰难。过去，人们挑着沉重的生盐担子翻过大山，需要多大的意志和毅力啊！

这条"千级商道"，曾响起我父亲的脚步，走过我父亲的身影，洒落过我父亲的血汗。1910 年，父亲出生在防城南大塘村一个贫劳的农民家庭，兄弟姊妹九个，父亲排行第四。人口多，家里生活苦不堪言。父亲小时候，祖父见他聪明，想尽办法让他上了三年私塾。辍学后，父亲小小年纪就开始干农活。长到十七八岁，成了一个结实健壮的小伙子。农闲时，常和村里的一些青壮年外出打短工补贴家用。一次，听说防城镇盐商招收挑盐工，替老板挑盐去上思卖，挑一次，老板给一次工钱。父亲和村里的几位青年去报名，被吸收了。翌日，便走上了艰难的挑盐历程。

父亲他们挑盐的路线，从防城出发，到扶隆隘翻越"千级商道"，至上思县城。每一次挑盐，就是一次艰险的远征，来回得十几天，翻山越岭，风餐露宿，历尽危难。挑盐是按斤数给工钱的，挑夫们都尽力而挑。父亲挑着一百多斤的重担，赤脚跟着盐队出发，长途跋涉，在赤日炎炎的夏天，路上的石子被晒得像火炭般烫脚，把脚底烫起了血泡。由于家里太贫困，父亲没有鞋穿，平时上山下海都是赤脚，脚板虽然炼厚，可这长途负重砥砺就是铁板也会磨损。衣背上的汗水湿了又干，干了又湿，积起了层层盐渍。最难最险的是穿越这"千级商道"，道路曲折崎岖，盘山而上，大多陡峭险巇。有些路段壁立如天梯，走在前面的头顶云，跟在后面的头碰脚。肩上压着重担，咬紧牙关，一步一步往上移，额头的汗水滴落如雨下。靠近隘顶之路更陡峻，攀登更是难上加难。古语道，"往前走，莫回头，回头一望，人断魂。"无法想象其中的艰难。

翻越十万大山，不只是山高壁陡行路难，古道穿过人迹罕至的原始森林，毒蛇猛兽出没，随时威胁穿越者的生命。更可怕的是，强盗拦路抢劫十分猖獗，令人防不胜防。我父亲所在的盐队避开晚上过隘，原以为盗贼一般晚上出现。盐队一日黎明时分走上隘道，走了大约个把钟头，突然密林里跳出几个蒙脸露眼手拿刀斧的彪形大汉，吓得大伙胆战心惊。他们凶神恶煞，从头至尾逐个搜身，有钱抢钱，有粮抢粮。被抢钱物的号啕大哭，悲声载道。我父亲走在最后，他们抢完了前面的，全围住我父亲，我父亲当年才十七岁，是盐队年龄最小的，衣服补丁重叠。父亲不待他们搜身，就把盐担搁下，把扎在腰上的一个缀着补丁的布包解下来，放到地上打开给他们看，那是十几块玉米拌米糠没有一点油的煎饼，这是奶奶做给父亲途中的饭食。父亲接着把上衣解下，他们盯着父亲的双肩看，那是两个被扁担压磨得红肿破皮渗着血水的肩头。有个低头看我父亲后面石阶的血印问："这是什么？"我父亲抬起脚，让他们看脚板底，两脚底已是血肉模糊，那是血泡磨破。看了之后，其中一个挥挥手，他们默默无声地走了。也许他们看到我父亲没有什么东西可抢，也许看到我父亲的情形，动了恻隐之心。

十万山中古商道，那是充满艰难险阻的血泪之道，也是挑战生活百折不挠坚忍不拔锲而不舍的勇者之道。

中华人民共和国成立之后，随着交通事业的发展，如今一条北起上思县华兰乡，南到防城区扶隆乡的跨山公路使天堑变通途。十万山区已镇镇通路，村村通路，形成四通八达的交通路网，商品流通方便。十万大山古商道已结束了它们通商的历史使命。

但人们不会忘记它们的历史价值。近年来，这些古商道已成为广西户外活动的精品热线，每年都有近千名户外活动爱好者背着背包沿着"粤桂古商道"徒步穿越十万大山，再乘车到防城港，先观山后看海。我想他们不只是为了游山玩水，翻越十万大山定会体验、感悟、收获更多的东西。

2018 年 7 月

重进影院看电影

很多年没去影院看电影了，自从家里有了电脑，想看电影都是在网上看。最近的一个晚上，女儿强烈邀我去防城港横店电影城看一场 3D 电影。

此影城位于防城区人民路北部湾商业中心 B 座四楼，乘电梯上到四楼，售票大厅辉煌气派，距验票口不远的地方，靠墙立着一排网上购票取票机，售票系统先进。验票时，工作人员给每人发一副特制的偏光眼镜。进入验票口，一条铺着红地毯的宽敞长廊向前延伸，长廊的两边是影厅，其中有六个 3D 影厅。

我们走进的是一个小型的影厅，乍看，我以为走进了什么豪华的贵宾厅，转身想退出去，走在后面的女儿说："就是这个呀，普通的。"我惊讶得目瞪口呆，与旧影院相比，真是天壤之别啊。我最初知道的电影院是在教育路靠近防中的地方，灰黑色的水泥地面，木排椅，位置没隔开，与寻常的大礼堂没有多大区别。改革开放之后，随着城区建设规模的扩大，中心区位置的改变，电影院两易其址，每次搬迁都有很大的改观，先是放映厅面积加大，座位隔开了；后是由宽银幕替代普通银幕，并增加半层楼座。但依旧是水泥地板，木排椅。眼前的影厅，地面全铺着红地毯，大概有二三十个座位，四十五度角的阶梯式结构，无论坐在哪个位置，视觉效果都不错。正面墙上安装有超大的整壁式金属银幕。座椅是沙发式的，坐着很舒服，排与排之间距离较宽松，出入行走较方便。听说，有些放映厅，还安装有固定式豪华超宽可调节的摇摆式座椅，排间距达到一点二米，座位间距达到五十八厘米，阶梯坡度达到三十厘米。我想，再肥胖的人，也莫愁坐不下了。整个影城是按国际影城最高标准设计的，技术先进，设施高档。

开映了，人们立即戴上眼镜。放映的是张艺谋执导的《长城》，这个片名很熟悉，怎么这么巧呢，二十几年前，我在长城上看到一部同名的令我难忘的电影。1993年暑假去北京旅游，游长城时，导游说领我们去看全周电影，每场只十五分钟。首次听到"全周电影"这个名字，觉得很新鲜。进入"长城全周影院"，放映厅宽阔，可容纳六百人，没有座位，全站着看。墙上环设三百六十度的银幕，放映的电影叫《长城》，影片将万里长城的古迹、春夏秋冬四季景色、历史故事和古代战争的场面向观众展示。最令人惊奇的是，奔腾的战马，出征的军队，大漠风沙……凡是疾速向前的景物皆沿墙而过，跑了一圈，活灵活现，似乎举手就可以触摸到。放映时，无论站在哪里，只要面对墙壁，电影画面都可以看得清清楚楚，气势恢宏的画面辅以立体声音响，令人耳目一新，这是普通方块黑边银幕电影无法比拟的。那是我看到的最高级的一场电影，时间虽短，却获得超值的全新视觉享受，感觉电影技术已向前跃上一个新高度。

现在观看的这部《长城》，又有什么奥妙呢？影片展示的是这样一个故事：中国古代，有一种凶悍的吃人怪兽饕餮，每隔六十年便会集结到人类居住的地方觅食。一支中国的精英防御部队，为保卫人类，在举世闻名的长城上与怪兽多次进行生死较量，最后在都城王宫与偷袭的怪兽决战。一幅幅连贯清晰逼真的立体画面扑面而来，巨龙般的万里长城在眼前蜿蜒开去，让你仿佛置身于城中，两边披坚执锐的守城将士就在身旁，刀剑戈戟在面前闪亮。他们在与怪兽的激战中，有时一支箭、一杆尖锐的矛猛地朝你射来刺来，令你骇然一震；有时凶猛狰狞的巨大饕餮，张开血盆大口露出利剑般的牙齿吼叫着疯狂向你扑来，令你浑身发抖，欲逃不能，冷汗直冒，犹如身临其境，惊险异常。紧张中，我碰掉了眼镜，屏幕上的画面骤然变远，模糊不清，我明白了看 3D 电影佩戴眼镜的原因。戴上眼镜，重现惊心动魄的画面。随着故事情节的展开，厅中惊叫声、嘘唏声，时起时伏。

看这部电影，我感受到从未有过的视听震撼和紧张惊险的刺激，产生一种异乎寻常的新奇感。3D 电影比全周电影更先进。两部《长城》，两个里程碑。

走出影城，夜风送爽，街灯明亮，霓虹闪烁，心情异常舒畅。女儿问我："老妈，感觉如何？"我感慨道："3D 电影非比一般，想不到电影技术发展这么快。眨眼间，'轻舟已过万重山'。"女儿说："这还不是最先进的，还有比它更胜一筹的 4D 电影呢。""啊，还有 4D 电影？它怎么样？"我惊讶地问。女儿告诉我，4D 电影又称四维电影，为一百八十度环幕立体动感数码电影，是在 3D 立体电影的基础上，根据影片的情节增加下雪、下雨、闪电、烟雾、气泡、气味、坠落、振动、喷风、喷水、拍腿等特效设备，在观看电影时，随着故事情节的展开，视觉、听觉、触觉、嗅觉，全方位皆可真实地感受到与影像对应的现象。4D 电影比 3D 电影更逼真、更刺激、更前卫。影院也更高档，设备更先进。"我们这里有地方看吗？"我兴致勃勃地问。"我们这里还没有，目前在北京、上海、大连、深圳等一些大城市和发达的地方才 4D 影院。你想看，待到那些地方旅游的时候带你去看。""不用跑那么远看，过不了多久，我们这里就会有 4D 影院的。"我充满信心地说。随着防城港市经济和文化事业的发展，影像文化也将越来越精彩，令人惊喜震撼的事情多着呢。不信，等着瞧。

2017 年 1 月

防东之路越走越宽阔

防城至东兴高速路正式通车已几年了，前不久我和女儿去了趟东兴，才第一次坐车走这条高速路。

此路于2010年4月28日开建，2013年12月20日正式通车。起于防城区茅岭镇大宝坝村附近，终于东兴市东面楠木山村近旁，与中越北仑河二桥引道相接，全长五十五公里，路基宽二十六米，四车道，设计行车速度一百公里每小时。全线设置茅岭洋山枢纽、防城北、华石、江平、东兴等五处互通式立交桥。从防城去东兴快捷方便多了。

车子在平坦笔直的路上奔驰，阳光热烈，路旁景物像光谱闪过，坐在车里，吹着空调，看着扑面而来的风景，异常舒心惬意。这种怡然自得的全新感受，是以往任何一次东兴之行都无法比拟的。

过去，因爸爸在那里工作，防东之路便是亲情之路、思念之路，也是难忘之路。东兴我曾去过很多次，有几次印象特别深。

第一次去东兴，是妈妈背着我走路去的。那时，父亲在东兴公安局工作，我们家住防城城南大坡村。那年夏季的一天，听说爸爸病了，翌日，天刚蒙蒙亮，妈妈背着年幼的我，拿着一个行李包袱，带上一小瓦罐水和简便的午饭，戴上一顶能遮挡两人的大竹笠帽，从家里出发，走过本大队的几条村子，来到下三滩江边码头，坐渡船过鲤鱼江，经江山、石角渡、江平，一路经过无数村落田畴山野，薄暮时分才到东兴，见到爸爸时，妈妈已全身汗水湿透，疲惫不堪。把我从背上解下来，我前面的衣服也被她的汗水濡湿了。那天半夜，我突然发高烧昏迷不醒，大概是中暑了。幸好爸爸的单位武警连队有车，他们即刻派车送我去医院，经过好一阵抢救，才转危为安。那时我尚小，不知道当时的情形。长大之后，妈妈才告诉我。我深深感喟，当年走的是一条多么艰难之路！

我六岁那年，在东兴读中专的五哥寒假骑着一辆自行车回家，这辆自行车是跟东兴镇的一个同学借的。春节过后，寒假结束前一天，五哥离家返校时，我缠着他，要他带我去东兴看爸爸。那年春节，爸爸因工作忙，不能回家团聚。五哥同意带我去，早饭后，他把车子推出家门场院，支撑好，走到屋旁边的高高稻草堆旁，从中间拉出一把黄灿灿的干稻草垫在车后架上，抱我坐上去，教我紧紧抓牢车架与车鞍焊接的那一头铁条，若抓不牢，就抓他背后的衫尾。这次去东兴是搭五哥自行车走公路去的，线路：防城—华石—那梭—马路—东兴。路不宽，勉强过得两部车。路面全是沙石铺设，转弯、下坡得小心翼翼把稳车头，稍不留神，就有车轮滑沙，摔倒之险。有次下坡时，有一辆满载货物的大卡车嘀嘀嘀鸣着喇叭从后面开来，五哥让路，把车往路边踩，路旁有处沙石太厚，车轮"唰"的一声，往外侧滑，车头一歪，差点掉落山沟壑，幸好五哥已放慢车速，一脚迅速踩地，把车子牢牢稳住，才化危为安。

走进那梭镇，路两边的山岭逐渐变高变大，有的像巨人般矗立，有的巍峨入云，有的半空横卧，层峦叠嶂，起伏绵延。山上树木森然，路旁山溪蜿蜒，流水淙淙，碧绿透明。路越来越难走，高低起伏，上坡下坡，像在波峰浪谷中行走，非常吃力。那天，北风呼啸，天气寒冷。上坡时，有时逆风而行，风呼呼从耳边刮过，五哥把腰弯得低低的，低着头，奋力蹬车，车子像蜗牛爬行，一点点往上移，虽然是大冷天，五哥却累得满头大汗。有些坡度太高太陡，五哥踩不上坡顶，便下车推着我走。这样的路况，一直延续至马路镇。待到江平镇，道路才较为平顺。

下午五点余钟，我们到达东兴，来到爸爸宿舍门前，五哥把我从车上抱下来，我却站立不稳，坐了八九个小时的车，一个姿态，不敢动，脚麻木了。五哥把我抱进宿舍，爸爸看到了，摸摸我的头，笑笑说："你坐车都累成这样，你五哥踩车也不说累。"我知道五哥是累的，但为了节省车费，他不说罢了。去一趟东兴真不容易。

时隔两年，我坐上班车去东兴。这次是和新婚的大哥大嫂一起去探望爸爸。那天吃完午饭，我们便出发，走五六公里的路，到防城镇汽车站搭车。时值初冬，天气凉爽，心情兴奋，走到车站也不觉得累。第一次坐班车，感到很新奇，车厢像一间屋，中间为通道，两边是一排排座位，座位像人造革皮沙发，坐下去软绵绵的，很舒服。车头、车身两边开有一个个玻璃窗，光线明亮。"嘀、嘀、嘀"，班车鸣笛开行了。我透过玻璃窗看风景，街道两边的商店、房屋、行人，道路两旁的作物、青山、绿水，纷纷迎面而来，匆匆从车旁掠过，特别是那些形状各异的山岭，肖似大象、骏马、骆驼、老虎、巨熊、水牛等动物在赛跑，有趣极了。但班车开到多山路段，道路曲折崎岖，车颠簸得厉害，车往哪边转弯，人身子就倾向哪边，左右倾斜，若不抓牢前排座背扶手，就有跌撞之虞。遇到路面坎坷不平，车上下跳动，震得屁股生痛，心似乎就要跳出来。时间稍长，有些旅客受不住，相继呕吐起来。我也忍不住吐了，翻肠倒肚的，感觉很难受。嫂子怕我坐不稳跌倒，把我紧紧抱住。车走了三四个小时，到达东兴。

来到爸爸单位，很不凑巧，爸爸回防城了，途中与我们擦肩而过也不知。我们即刻连夜坐车回防城，我是在嫂子的怀中睡着回来的。回到防城车站，大哥背我回家，我昏昏沉沉的，什么也不知道。

此次坐班车去东兴，时间缩短了，可颠簸呕吐的滋味不好受。

改革开放后，随着防城港市经济的飞速发展，交通事业也突飞猛进。1995年，防东二级公路建成，线路：防城—江山—江平—东兴。路平直好走了许多，路程也缩短了不少。2011年，东兴至江山一级公路竣工。2017年12月，防城至江山一级公路建成，与江山至东兴一级公路对接，去东兴个把小时就到了。现在防东高速公路建成，更气派，更先进，更酣畅，坐小车去东兴，半个多小时就到了。防东公路越走越宽阔，车越坐越舒服，速度越来越快，大大提高了交通效率。

忆昔思今，激情飞扬。

2018年8月

天天喜闻读书声

今年九月初，回了趟故乡，走近村子，闻得琅琅书声，我惊讶得循声望去，两所崭新漂亮雄伟壮观的学校坐落在我们村子新区的旁边，正值早读，响起了一片清亮悦耳的天籁声。学校建到了家门口，令我异常惊喜。

我们的村子也许与书声有缘，学校与我们村子的距离越来越近，读书声愈来愈清晰。我们村为城南村大坡组，改革开放前"村""组"分别称为"大队""生产队"。我们大队有十九个生产队，村子多，分布广，较偏远的生产队距大队部有四五公里，为了方便孩子们上学，我们大队建有三所小学，中心小学为六年制高完小，称为城南小学，靠近大队部，坐落在一方广阔的田野之中。其余两所为初级小学，分别称为红旗小学和滩头小学。这两所分校的学生读完初小，接着到城南小学来读高小。

城南小学历史悠久。它的前身为一座庙，叫"神龙庙"，中华人民共和国成立前是当地群众用来祭神祈雨的，建造年代，民间传说不一，有说秦代，有说汉代，有说明代，莫衷一是。总之，时代久远，准确时间已无法考证。但无可置疑，此庙历经风雨没有坍塌，必经无数次修葺。后来用作私塾，往年村民沉闷的祈祷声，变成了孩子们清脆的读书声。中华人民共和国成立后，将其扩建，更名为"城南小学"，是公办学校。从此，家乡书声不绝，书香绵延。开蒙时，我最初认识的城南小学，是泥砖瓦房四合院，南面为大门，西面开一扇小门。里面有一个铺着白色小石子的长方形大院场，中央立着一根长长的旗杆，顶端飘扬着一面鲜艳的五星红旗。大门前面是平展展的球场和绿毯般的草坪，东西北三面也有宽阔的茵茵草地。草坪周边，挺立着两排秀逸的木麻黄树。学校绿环翠拥，这是它引人注目的外部特征。

我们村距城南小学不远，隔一大片坡田，站在家门外，朝南可以看到学校旁边半围树木和其掩映中校舍的一些大致轮廓。南风劲吹的时候，隐隐约约飘来阵阵的读书声和歌唱声。

小时候，我们去上学，背着书包走过弯弯曲曲的田野小道，天气晴朗时，路面干爽，我们蹦蹦跳跳快乐如小鸟，看稻海涌绿浪，看青纱帐里玉米垂须，看红薯吹开成片的紫色喇叭花，看豆荚鼓肚，看瓜藤结籽……路边四季风景万花筒般变幻着迷人的色彩。

上学路上有欢乐，也有烦恼。每逢梅雨天，路面泥泞滑溜，要小心翼翼步步扎稳脚趾，慢慢往前挪动，两脚沾满泥浆。一不留神，就摔到田里去，变成个落汤鸡。遇到下暴雨，稻田地势低，水淹没了禾苗，满眼是水，白茫茫一片如汪洋，已看不清道路，我们把手提的布袋书包放上右肩头，把袋口的两条带子牢牢扎在臂膊，以固定书包。头上戴上一顶大笠帽，挽高裤脚，手拉着手，摸索着前进，我们最担心走偏路，踩进田沟，水深把书包弄湿。那时多么希望有一条水淹不到的路直通学校啊。

我们在这条承载着苦与乐、憧憬和希望的道路上往返了七年。看到此，也许有人认为我们学习不用功，留级了。或许怀疑教学质量有问题。也难怪他们，现在小学学制六年，我们却多出了一年。事情是这样的，二十世纪六七十年代，各大队小学附设初中教育，那时从小学到高中学制为九年，小学五年，初中两年，高中两年。我们在城南小学读书七年，完成了中小学阶段的学习课程。初中毕业后，在本校考高中升学试，由教育局统一出题，防城中学老师带试卷下大队小学监考。后来，听说那次考试，我们学校在全公社考得最好。大家欢欣鼓舞，对母校深为感激。可见城南小学的教学质量相当不错。

记得1977年，恢复高考的第一年，防城公社上分数线的考生只有六个人，我们大队占了三个，录取四个，我们大队占了两个。他们从小学到高中读书时间百分之七十几是在城南小学，无可置疑，城南小学给他们打下了坚实的知识基础。

我在防城中学高中部任教的时候，每年高考发榜，我都很注意看有没有故乡的学生，一次印象特别深，那年我们学校考上重点大学名单中分数名列一二名的两位学生，俱是我们城南村的，他们同从城南小学毕业。他们一个考上中国科技大学，一个考上云南大学。他们是从故乡教育沃土里成长起来的。我为他们骄傲，为故乡的教育骄傲。

万丈高楼平地起，千里之行始于足下。城南小学，给故乡的孩子们插上理想的翅膀。从家乡走出去的将军、地委书记、市长、县委书记、工程师、医生、教师等各类人才，都从这里起步。

十几年前，因防城港南北大道（现为金花茶大道）修建需要，城南小学往我们村方向搬迁，新校建在南北大道旁边我们村入口右边的一个山坡上，全是钢筋混凝土楼房，特别惹眼的是赫然矗立的那栋雄伟气派的综合楼。地面除了花圃、绿化带、体育用地外，其余全部是水泥地面。学校场院周边有铁艺围栏，校园内花香树绿。新校教学设备齐全、先进。学习环境、条件大为改善，面貌焕然一新，学生的学习劲头更足了。

新校距我们村更近，直线距离大约三四百米，可以听到学校上下课的电铃声，书声歌声频频传来。村里的孩子们上学方便多了，村边有条大街与南北大道相连，上学走大街大道，风雨无阻，不用再蹚水过稻田，不用担心书包被弄湿了。我们童年的梦想，如今得以实现。

故乡的教育发展喜人，故乡的建设也令人感叹。现在我们村，很快由农村变成城市，由生产组变成街区，由农民变成居民。新的住宅区，道路已修好，纵横贯通，水电已接通，新楼房将相继建起。我们村的新区属于文昌社区的范畴。

在我们村新区的大街对面，就崛起两所规模宏伟、现代大气的新学校，那就是文昌小学和防城港市五中。听说城南小学不久将与文昌小学合并。我们村的孩子们读书更方便了，走出家门，就是学校，不出社区就可以学完九年义务教育课程。教学设备更先进，教学方法更科学，学习条件更好、更优越。故乡的孩子好福气，故乡的父老乡亲好开心，天天喜闻读书声。

随着防城港市教育事业的发展，我想，以后故乡崛起高中，崛起大学，也不是不可能的事情，也许已为期不远。故乡的读书声将更洪亮，教育前景更喜人，人才更是层出不穷，源源不断。

2018 年 10 月

第三辑

人物画廊

鲁原诗艺传奇中越友谊文化之碑

　　初冬，一个天高云淡，阳光明丽的日子，我们前往东兴采访退休老干部卢添源。途中听一位熟悉他的文友说，他曾经担任东兴镇党委书记、原防城县政协副主席、县边防工委副书记、东兴边贸办副主任等职务，为东兴的发展建设做出了很大的贡献。我想他一定有着领导者的气场和威严，未见其人，便生出几分诚惶诚恐之感。想不到，站在门口迎接我们的，竟是一位像自己爷爷般慈祥可亲的老者。

　　走进卢老的客厅，一股浓郁的墨香扑面而来，四面墙上，皆挂有鲁原的巨幅书法作品，其中一幅是拍摄后装裱的，上面是一个浑厚遒劲的"福"字，是鲁原乙酉年送给越南黎忠进先生的字幅照片。一张大书桌上，整整齐齐摆放着几大沓照片资料和文字资料，有卢老在东兴的一些党政工作照片，有大量有关东兴的报道，从中可以了解到东兴的一段发展历史。我仔细翻看一摞鲁原的书法照片资料，有好些作品是送给越南朋友的，这些朋友，有普通阶层的，也有中高层的，其中有一幅是送给越南人将武元甲的，他收到后，高兴地签上自己的名字，拍下照片回赠给鲁原。这些书法照片，洋溢着浓浓的中越友谊。一本红色封面的鲁原书法集《胡志明狱中日记诗抄》鲜亮地出现在眼前，那是 2003 年年底，越南人民公安出版社出版发行的。"鲁原真不简单，他是谁？"我惊奇地问。站在身边的卢老笑笑说："是我的笔名。""啊，卢老您真了不起！"我惊讶得瞪大了眼睛。接着好奇地问："您是一位从政的干部，怎样成为一位蜚声中外的书法家的？"卢老缓缓地给我们讲述了自己的书法历程。

童年逃难芒街

卢添源父母原籍广东顺德，20 世纪 30 年代初迫于生计，离乡背井，千里迢迢来到东兴讨生活。父亲做码头搬运工（俗称咕哩佬），母亲或给人当保姆或做小贩，生活十分困窘。卢添源是土生土长的东兴人，1932 年出生在一个公共厕所里。那时他的父母在距北仑河畔约五十米的一个贫民窟区租房子住，母亲临产，出租婆迷信，怕坏了她房子的风水，不准在屋内生。万般无奈，他母亲只好在厕所里生下他。卢添源命大，他前面的大哥就是在厕所生的，出生时感染破伤风，不久就夭折了。

卢添源长到七岁，其父看他聪明伶俐，是个读书的料，虽然生活异常困难，但还是咬紧牙关送他读书。能上学读书，对卢添源来说，那是一件再高兴不过的事情。但好景不长，1941 年日本飞机三次轰炸东兴，炸死近百人，伤者无数，断垣残壁触目惊心。战争的恐怖阴霾笼罩着东兴，商店关门，学校停课，家家户户关门闭户，人们四处逃难躲飞机，有钱人都逃到越南芒街去。那时，越南是法国的殖民地，法日尚未宣战，日本飞机不敢贸然轰炸；穷苦人只能逃到偏僻的乡下去。东兴几乎成了一座空城。卢添源那年八岁，三年级还未读完，就被日寇的炸弹炸断了读书之路。他的姑母把他带到芒街，有个表姐在裕丰碗厂当工人，她把卢添源带到厂里打短工，捡拾运煤车散落在厂区道路的煤球，童工是没有工钱的，每天管吃两餐饭。三个月后，这里没工打了，他只好到别处另找活儿。在街边的粥摊或米粉摊帮洗碗、抹桌、扫地，依然没有工钱，每天照样管吃两顿饭。摊主都是看他年纪小，孤苦伶仃逃难到此可怜，才照顾他的。小小的年纪，就能靠自己的双手养活自己，这是多么不容易的事情！他在芒街期间，遇到了许多好心人，交了一些好朋友。

1945 年 8 月 15 日，日本宣布无条件投降，中国人民取得了抗日战争的伟大胜利。卢添源惊喜若狂，奔进北仑河，跑起一路水花，回到了东兴，回到了家，从此结束在异国流浪的日子。他多想复学继续读书，可因家里弟妹多，实在太穷读不起了。他只好到饭店打工，用嫩小的肩膀为父母分担生活重担。

偷着识字学书法

卢添源打工经常"跳槽"，哪家饭店工钱高，他就去哪家。他打过工的饭店有好几家，但每家饭店的老板都很喜欢他，因为他聪明机灵、诚实勤快。他在复兴饭店、金谷园饭店打工时，两个老板写字都非常漂亮，客人来吃饭，先到柜台前告诉老板吃什么，老板用毛笔一一记下来，开出菜单，一式两份，一份留底，一份给厨房。卢添源站在老板旁边，帮磨墨，等菜单开好后，送到厨房给厨师。他利用这个机会，学认字，学写字。如客人说吃"鸡"，老板就写"鸡"，他就知道这个是"鸡"字，并偷偷用手在桌面上跟着老板一笔一画学写。他天天看菜单，天天学写，认识了许多字。他把废去的菜单拿回家，晚上用毛笔临摹，字慢慢写得漂亮起来。他越来越喜欢写字，喜欢写漂亮的字，不知不觉中喜欢上了书法。

那时东兴民间有个习俗，每年元宵节前，家家户户贴春联。正月初一至十五，东兴镇武庙门前，摆着几张桌子，后面坐着几位写对联的长胡子民间老书法家，他们边写边卖。买对联的人很多，来来往往，非常热闹。卢添源在东兴打工的几年，每到这段日子，他天天利用吃午饭的时间跑去看，怕被赶开，他给书法家们磨墨、用石压纸角，边干边看，看他们运腕的姿势、下笔的轻重，笔画的粗细……偷着学，偷着记。这些书法家见他热心勤快，又是个乖巧的孩子，都非常喜欢他，任由他站在旁边看，有时还给他传授一些书法技巧。

卢添源常外出给客家送餐，街道两边店铺的招牌异彩纷呈，强烈地吸引着他的视线。有些大店铺的招牌字，是从香港买过来的。他看到哪块招牌的字漂亮，就忍不住临摹，用手指在身上或腿上写。

艰难苦痛，玉汝于成

卢添源十七岁时，参军入伍，在部队，文化知识得到了很大的提高。复员后，被安排到东兴镇政府工作，任文书时，经常写介绍信、会议通知，常能练字，为书法打下良好的基础。平时看书报，发现有书法字就学写。曾托人从香港买回一本名家的字帖临摹。他写字漂亮，渐渐广为人知。

卢添源的书法在东兴扬名，有一个屈辱而又滑稽的故事。1967年，那场"史无前例"的"大革命"闹得最疯狂的时候，时任东兴镇党支部书记兼公安员的卢添源被批斗，挂牌游街达十五次之多，被斗陪斗无数次，备受屈辱。最滑稽可笑的是，在掀起"天天读"和"红海洋"热潮中，一个被造反派们叫嚣着要"批倒、批臭，再踏上一只脚，让他永世不得翻身"的走资派，居然又被他们勒令为群众摆放毛主席著作的书桌写"宝书台"的名字和两边的对联。东兴镇和郊区群众家的对联几乎都是他写的。还为机关、街道办写毛主席语录和相关的标语口号。一日，他正在聚精会神抄写毛主席语录，一群造反派闯进来，要抓他去批斗。他严肃地说："谁敢妨碍我学习、抄写毛主席语录，谁就是现行反革命。"把造反派给唬住了。他抄写时，造反派再也不敢来骚扰，他能专心致志抄写了。他每天抄写十几幅，两年时间，他用空的墨汁瓶装满了两三个大箩筐，书法得到很大提高。最重要的是他的书法被东兴的广大群众认可，心中虽苦犹乐，"祸兮福所倚"。

1986年，学历只有小学二年级的卢添源考上了中国书画函授大学，三年后以优异的成绩毕业。函授期间，他系统地学习了书法知识，涉猎了历史上许多名家的作品，大开眼界，书法日臻成熟。他博采众长，形成了自己独特的风格。他的书法在行草的基础上，揉进金文、篆书、隶书的笔意和技法，既苍劲浑厚，又灵动飘逸，畅如行云流水，动若腾空出世，稳重如山岳。他的书法名闻遐迩。

卢添源曾多次应美国、加拿大、澳大利亚、泰国、新加坡、马来西亚、越南以及港澳台友人和华侨社团的托请，写了许多唐诗、宋词以及孔孟古训等书法作品赠送给他们，在对外文化交流中做出了贡献。1993年，他被聘为广西对外友好交流书画家协会副会长。

书法作品轰动越南

1999年春节的一天，卢添源在国门街与一位迎面走来的老者目光相遇，双方一怔，互相打量了一会儿，几乎同时惊叫出对方的名字，两双手紧紧地握在一起，彼此眼中泪光闪烁。这位老者是卢添源少年时结交的越南朋友阮越。卢添源把他请进家，全家人盛情接待。两位老朋友久别重逢，倾情夜谈，共同回忆五十年前结下的深情厚谊。

卢添源少年在复兴饭店打工时，认识中共地下工作者郑永祥，受他的教育，利用自己的"伙计"身份，收集东兴国民党党部和驻军、警察、民团的一些情报，为共产党做些外围工作。在复兴饭店的对面，有一家越南人开的米粉店，这是一家越共地下交通站，有一个小伙计叫阮越，他也是为交通站做外围工作的。他与卢添源的年龄相当，又都是穷人家的孩子，秘密工作性质相同。日去日来，两人渐渐熟悉起来，成了知心朋友。

阮越现在是越南文化部的五级专员，此次来中国，是为了寻找胡志明主席早期在中国活动的足迹和《狱中日记诗抄》的创作背景及相关史料，从东兴入境，准备到柳州、桂林等地走访。

阮越早闻鲁原书法出色，现在亲眼观赏到他挂满书房四壁的书法作品，惊叹不已。于是真诚地建议他创作胡志明主席《狱中日记诗抄》书法。胡志明是越南人民的伟大领袖、越南劳动党和越南社会主义民主共和国的缔造者，是中国人民的好朋友。在抗法、抗日、抗美战争中，中越人民并肩战斗，用生命和鲜血结下了"同志加兄弟"式的伟大友谊。鲁原和东兴人民忘不了胡主席到东兴时的情景。1960年2月19日，胡志明主席跨过北仑河大桥，来到东兴桥头旁的一所幼儿园看望小朋友，他把带来的糖果和饼干分给孩子们，并抱起身边的一个孩子，和孩子们一起唱《东方红》，友谊的歌声在北仑河上空回荡。鲁原对胡志明主席非常崇敬，能为中越文化的交流做点贡献，是非常荣幸和有意义的事情，他欣然同意好友的建议。

《狱中日记诗抄》是胡志明主席在我国广西被国民党关押期间用中文所写的日记体诗集，共一百首。1942年8月，胡志明主席离开越北北坡革命根据地，从靖西进入中国，计划到重庆拜访以周恩来为首的中共代表团。不料途中在德保县被国民党乡警扣留，后被国民党反动派辗转解押广西十三个县，住了十八个监房，直到 1943 年 9 月 10 日才获释放。1960 年，人民文学出版社出版了胡志明主席的《狱中日记诗抄》。后来鲁原有幸得到一本，他视为珍宝，常敬读。

与阮越依依握别后，鲁原立即投入到胡志明《狱中日记诗抄》的书法创作中。他查阅了大量有关史料，反复研读品味《狱中日记诗抄》，深刻领会诗的意蕴，感悟这位"伟大囚人"的品格、情感、乐观主义精神、坚强的革命意志、远见卓识和非凡的气魄。他酝酿厚积的激情像井喷，飞笔而书，酣畅淋漓，自然而然达到了气韵雄浑的艺术境界，把《狱中日记诗抄》的内涵和风骨生动地表现了出来。字里行间可以看到"胡志明伟大的气魄和思想"。

2000 年 1 月 28 日，鲁原的家中又来了一位越南贵客，越南教科文协会（UNESCO）秘书长吴文惯。他以本协会全权代表的身份来与鲁原商谈签订《胡志明狱中日记诗抄》书法作品赴越展出协议书的事情。很快，双方愉快地签了字。

2000 年 9 月 2 日，越南国庆日暨纪念"八月革命"成功五十五周年之际，由联合国教科文组织越南教科文协会与承天—顺化省文化新闻厅及胡志明博物馆联合举办的以书法形式展现《胡志明主席狱中日记诗抄》的展览在顺化市胡志明博物馆举行，共展出了鲁原创作的六十余幅书法作品。作品展出的那天，参观者络绎不绝，摩肩接踵，盛况空前。在展厅的留言簿上，参观者纷纷留言赞扬鲁原的书法。越南中央级报刊、电视台等十多家媒体对此次展览做了大篇幅报道。

2001 年 9 月，为庆祝国庆，越南首都河内市胡志明博物馆举办鲁原《胡志明狱中日记诗抄》书法作品展览。展览结束后，作品在越南全国十二个胡志明馆巡回展出。鲁原的八十八幅作品在该馆常年展出，并被列为艺术珍品收藏。

2002年春节前夕，由越南民主共和国教科文协会和河内胡志明博物馆联合举办的"鲁原书法艺术研讨会"在越南首都河内举行，越南国家新闻部副部长等领导和一百余位专家、学者、教授前来参加。鲁原的书法作品反响极大，得到与会者高度评价。

2003年年底，越南人民公安出版社出版并在全国发行鲁原的《胡志明狱中日记诗抄》书法集。

鲁原的书法作品在越南展出和出版，引起了极大的轰动，深受欢迎和喜爱，广为传播。鲁原为加强中越文化交流做出了具有重要意义的贡献。他的书法作品树起了一座中越友谊的巍巍丰碑。

2003年至2007年，鲁原先后被聘为中国国际书画艺术家协会常务理事、国际羲之书画院名誉院长、中国书法家艺术创作中心终身名誉教授、国际ISQ9000A书画艺术家资格认证中心副主席。鲁原现在虽已年逾八十岁高龄，依然挥笔不已，痴心一片夕阳情。

鲁原家位于距北仑河百余米的一栋商品楼的十四层，客厅的阳台，正对着悠悠北仑河，视野异常开阔，芒街的建筑物尽收眼底，两岸一片祥和的景象。北仑河大桥人来人往。卢老年纪大了，走不上大桥，过不了芒街，但他的心中已经有一条文化交流的友谊之桥，可以时刻神游两岸。愿心中之桥永存。

2015年12月

情洒山乡夕阳红

裴铁辉先生是名退休干部，高级政工师，家居防城区江山乡冲沙村。他退休后，不留恋城市生活，并多次拒绝大儿子带他去北京居住的请求。游子思乡情切，携老伴归田园居。

他在老家旧址上建起了一座楼房，屋前屋后种瓜种菜种果，四季飘香，色彩变幻，营造出一个环境幽雅宜居的山庄。"榆柳荫后檐，桃李罗堂前。"有如此优美的景致环绕，不失为安度晚年的好方式。

少小离家老大回，乡情弥笃。冲沙村南北两边是山岭，中间为稻田，村舍皆依山傍岭而建，分居稻田的两边。暴雨天，稻田白茫茫一片，田埂深藏水下，两边的人来往很不方便，特别是小学生上学更加困难。裴先生回乡之初，看到这种情状，便出资修建了一条高于稻田厚实坚固的水泥道，长五六百米，从山这边经过田野与山那边的防东公路相接，从此，居住在稻田两边的人家来往风雨无阻。父老乡亲非常感激他，敬重他。平时，乡邻有什么困难，有什么事情找到他，他都乐于帮助。他有什么事情，乡邻也主动来帮忙。他说："和乡亲们住在一起，很融洽，很愉快。"他在村里口碑很好，人们都夸他有德有才，的确名副其实。他曾在 2009 年被评为"第二届全国百名道德模范"。

　　他还是个知名的作家呢。我第一次到他家，也是 2009 年。他没有向我们表露刚获大奖的喜悦，也没有介绍自己的身份和经历。当年他已届古稀之年，但精神饱满，身体健朗，这大概是得益于长期农事劳作。他一脸慈祥诚恳，给人亲切感。他领我们走进他的果山菜园，在累累的果实中穿行，让我们饱尝时鲜水果。我们不由得为他丰硕的劳动成果而赞叹。我们在园中陶醉了一番之后，裴先生领我们登上他家的三楼阳台，纵览远近风景。他的书房刚好在三楼，门敞开着，四面靠墙立着几个五六层高的大书柜，装满了书籍，书脊朝外，层层竖着摆放得整整齐齐，天文地理政治经济等类古今中外的书都有。我绕着书柜转了一圈，扫描了一遍书名，发现有十来本书是裴先生写的，我一本本抽出来迅速浏览一下。更令我惊讶的是，其中有六本是裴先生退休后在此书房完成的。耕种、读书，写作，充实丰富的晚年生活。

　　他的书桌上摆着一本新出版的《环北部湾裴氏族谱》，我随手翻了翻，主编为裴先生，在人物介绍章节中，有裴先生的简介。我坐下来认真地看，才对他有一个大致的了解。他曾任中国海洋石油南海西部公司文学协会会长，是中国石油作家协会会员、理事，中国作家协会会员，世界文化艺术研究中心研究员。发表出版小说、散文、诗歌、论文、纪实文学、影视文学剧本等两百多万字。其中长篇小说《凤凰树下》、电视文学剧本《大鹏湾的故事》获中国作家世纪论坛一等奖，论文《世纪的忧患》《经济一体化的前瞻后顾》获国际优秀论文奖，电视剧本《女经理的一天》被北京电影制片厂拍成电视剧，由著名电影演员谢芳主演。创作成果丰硕，是一位了不起的作家。

　　裴先生走了进来，看到我聚精会神地看《环北部湾裴氏族谱》，说："这本书是样书，出版社寄来让我检查校勘的。以后正式出版，我送一本给你。"我非常高兴地谢了他。"您写书、读书这么多，学历一定很高吧。"我恭恭敬敬地问。他笑笑说："我哪有什么高学历呢？只上过三年学。"他给我讲述读书经历。

裴先生出生于1936年，童年因家境贫寒，其父想方设法也只能供他上了三年学。他铆足劲，一年读完两年的课程，一年跳两级，三年读完六年的课程，比别人提前一半时间获得高小学历。新中国成立后在工作中边干边学，翻破了好几本字典词典，阅读了许多书籍。火热的时代，火热的激情，让他情不自禁，挥笔讴歌生活，讴歌祖国。胸有诗书，笔如喷泉，一发不可收。在写作中文学水平不断提高，一步一个台阶。

与他辞别时，他送给我一沓他著的书。后来，又亲自送一本《环北部湾裴氏族谱》到防城中学给我。不巧，我正在上课，很遗憾没有见到他。书是他托门卫转给我的，令我十分感动。

这次故地重会，时隔八年。山上的荔枝树昔年平胸高，树冠像无数精妙绝伦竞相比美的硕大绿色绣球，现在已长成撑天巨伞，须昂首仰望。山脚小道两旁，当时不起眼的数棵小杨桃树，现在巨干华盖，枝叶交织成绿色走廊。屋角古井旁的那棵枇杷树，昔日与二楼平高，现已远远高过楼顶，绿叶如云，果实满枝。

裴先生从古稀之年到了耄耋之年，脸上的皱纹多了，头发花白了。但精神矍铄，身板硬朗。他的书房，书柜上又多了几本他写的新书。其中一部巨著《山海传人》特别引人注目。这是一部反映南海石油工人创业史的长篇纪实文学，字数达五十五万字，书中写到的有名有姓的人物就有一百多个。这是一项异常艰巨而浩大的工程。此书从2010年5月动笔至2013年国庆节脱稿，历时三年零五个月。其间裴先生边采访边写作，携着老伴奔走在湛江、茂名、广州、北京、佛山、深圳、昆明等地，足迹踏遍大半个中国，去采访创业的幸存者，收集资料，抢救历史。光收集的资料就有几大箩筐。难以想象，一个七十三岁高龄的老者，付出了怎样的艰辛！也许有人困惑，为什么他不好好安度晚年，享受儿孙绕膝的天伦之乐，而偏要自找苦吃？他说："要尽平生一次最大的努力，再现南海石油工人艰苦卓绝而又辉煌自豪的创业史。以了却作为南油人的一桩心愿。"

在《山海传人》即将完稿的时候，一件意想不到的事情突然袭来。裴先生在一次例行的体检中被查出患有前列腺癌，这无疑是一声轰顶炸雷，但他没有被吓倒。医生要求他立即住院诊治。他把完成《山海传人》的写作看得比生命更重要，若书稿未完身先死，那将遗憾九泉。他没有按医生的要求做，而是足不出户，争分夺秒，夜以继日地写，与死神赛跑，争取在生命终结前把《山海传人》写完。一个多月后，书终于付梓出版，他长长地吁了一口气。这时，他才想起去医院复查病情，看看还有多长时间，还能做些什么事情。一查，癌症没了踪影。病魔被人的强大生命意志击败了。

《山海传人》是裴先生晚年奉献给广大南油工人的一份沉甸甸的礼物。"《山海传人》不仅是中国石油战线的传世经典，更是一幅全面描绘新中国社会主义建设的壮丽画卷，一部具有史诗般意义的历史丰碑。"此是著名作家王明才对《山海传人》的高度评价。

裴铁辉先生生命不息，笔耕不辍，奉献依旧。

2017 年 6 月

一个白衣天使的故事

我第一次见到她，是在十年前市作协的一次会议上，由于是新面孔，故引起了我的注意。她身材高挑，穿一件碎花白底束腰带的连衣裙，显得很素洁；说话温柔，脸带微笑，一双大眼睛绽放出青春的光芒，给人一种温暖感；走路体态轻盈，年龄大概二十出头。她是干什么工作的呢？经一位同志介绍，知道她是护士，名字叫凌莹，当时在防城区第一人民医院工作。难怪有这种气质。

后来见面的次数多了，我们慢慢熟悉起来，我曾问她："你读卫校时，上解剖课，初见尸体怕不怕？"她说："一点也不怕。有时，为了弄清楚学习中的一些疑难问题，课余我自己一个人跑到解剖室里，进行解剖练习。"天哪，一个十六岁的女孩，在空无一人寂静阴森的解剖室里与一具尸体相处，真不可思议，简直像南丁格尔一样天生具有做护士的胆量和素质。

她于1992年9月考进合浦卫校，在校期间，以刻苦、勤奋、严谨、好学的精神，钻研专业知识和技能。1995年，她以优异的成绩毕业于合浦卫校。走上工作岗位后，她满腔热情投入到工作中去，全心全意去呵护病人，去尽量减轻病人的痛苦，不管多难打的针，多难插的管，她几乎能一次成功。

曾有一位其他科室的患者，急需插胃管引流胃液，操作难度特别大，几位经验丰富的护理人员都试过，就是插不进去。折腾了许久，病人的腹部越来越胀，生命危在旦夕，病人家属情绪很激动，眼看就要发生"医闹"了。"快打电话叫凌莹。"院领导发出了指示。当时作为普通护士的凌莹下班刚回到家，接到电话，立即赶往医院，来到病房，一次就把胃管插下，当看着胃液顺利引出，病人的腹胀感慢慢减轻时，在场所有的人都松了一口气，病人家属更是感激涕零，夸她技术了得。

她不仅专业技术过硬，医德也为人称道。一天深夜，她接到医院出诊的紧急电话，立即返回医院，跟医护人员跳上一辆等候在大门口的救护车，到十几公里远的华石抢救车祸伤员。他们到达出事地点，看到地上躺着一个男人，旁边流了一摊血，已昏迷。他的身旁围蹲着几个人，一边呼唤他，一边抹泪，无疑是伤者的亲属了。医护人员立即进行抢救，用了很长时间，虽尽了力，但因伤者伤势太重，终于抢救无效。死者亲属悲痛欲绝，哭成一团。

救护车返回，得先把死者的尸体和部分亲属送回到他们的家，人多，救护车厢位置有限，还有几位伤者需要躺着，怎么办呢？大家一下子想不出更好的办法来。凌莹想了一会儿说："只能死者让位给活人了，把尸体立起来靠旁，活人就可以有位置躺下了。""尸体立起来，得有人扶呀，要不车动会倒下的。""叫死者的亲属扶吧。""但他们已哭得肝肠寸断死去活来，怎能叫他们呢？"同事在小声说着。凌莹说："我来扶。""你不怕？"同事惊讶得瞪大了眼睛。她跳上车，让大家帮着把尸体立起，死者身高一米七左右，她一路扶着尸体。那时，已是凌晨一点，他们的村庄距出事地点有十来公里远，道路崎岖，有时车转弯，高大的尸体斜压着她，她却若无其事，泰然自若。看着她洁白的燕帽长衣，光洁如玉的脸庞，俨然一位圣洁的人间天使。车上所有的人无不为之感动，赞叹她医德高尚。

曾有一位康复出院的女性，找凌莹道别，看到凌莹就一把抱住呜呜哭起来，说凌莹是她的救命恩人，是大慈大悲的天使，终生难忘。

事情经过是这样的。一天，凌莹值夜班，一位病人生命垂危，她配合医生全力抢救，抢救了很长时间，从晚上九点到凌晨三点，各种措施都用上了，但病人还是停止了呼吸。医生迈着沉重的步伐，遗憾地离开了病房。凌莹依然站在病床前，不忍离去。她不敢相信，也不愿相信，一个才三十岁的女性，生命就这样结束了。一种对生命的怜惜和敬畏之情，促使她继续抢救观察，她不知道时间过了多久，心中只有一个念头：把患者救活。也许她的爱心感动了上苍，奇迹真的出现了，她为患者做心脏按压时，忽然感受到患者心脏的轻微跳动，她的眼泪唰地流下来，为生命的回归而激动，立即拉响电铃，值班医生赶来了，院领导闻讯赶来亲自指挥和参加抢救，终于把这位患者从死神手里抢了回来。凌莹抬头朝窗外望去，晨曦已明。这位患者，就是现在这位康复出院的女性。

凌莹曾经历过一件戏剧性的事情。一日早晨，她上班路过一个包子店，把摩托车支在店门旁，进去买早餐。出来发现车后兜被撬开了，手提包不见了。包里有手机、身份证等物。她非常伤心，破财还得辛苦，身份证得尽快报失重办。中午下班走进家门，看到弟弟在等候，她有点诧异，弟弟工作这么忙，不是周末，今天怎么有空来呢？一见面，她弟弟就说："刚才接到一个陌生男子的电话，说偷了一个包，打开看到身份证才知道是你的。说你是曾经参加抢救他母亲的护士，是一位非常关心病人的好人。他悔恨交加地做了道歉，说包本应送还给你，但无脸见你，麻烦你明天去取，他会在远远的地方看着包，不会让人拿走。我的电话，是他从你的手机通讯录里知道的。"接着她的弟弟把取包的时间、地点转告了她。凌莹万万想不到，竟有如此凑巧的事情。

第二天，凌莹按时间，到约定的地点，看到自己的包端端正正放在路边一丛草面上，干干净净，一点也没弄脏，里面的东西全在，完璧归赵。她十分感慨，伫立了一会儿，环顾四周，放声大喊："兄弟，把路走好，对得起你妈妈！"周围的青山响起了雄厚的回音。

这位男子也许已经走上了正道，成为一个有为的好青年。

由于凌莹工作成绩显著，很快就被提拔，成为医院最年轻的护士长，2004年被评为首届防城港市十佳文明市民。2007年因工作需要，她调离了医院，在新的工作岗位上也做出了很大的贡献，获得广西"五一劳动奖章""全区优秀工会积极分子"等一系列荣誉，最近又被评为"市十佳孝亲人士"，获广西"最美家庭"荣誉称号。

她无论在哪个工作岗位，都以一颗天使般的心灵做着奉献。

2017年12月

创业记

风寒阳暖的一天，我们来到防城区滩营乡六用村米果组，村口道旁几棵高大茂盛的三角梅繁花似锦，红艳如火。一座钢筋结构的大门赫然矗立，弧形的门楣上有"生态农业基地"几个黑色大字，两边门柱各挂一个牌子，左为"防城港市胜源生态农业有限公司"，右边为"防城港市防城区康禾种养专业合作社"。

公司老总和合作社社长，同为一个人，名叫褟仕胜，看上去大约三十岁，肤色黝黑，憨厚诚实，一个地道的农村致富带头人。

我们跟随他走进生态农业基地。首先观看的是金花茶育苗大棚，每座大棚长约二十八米、宽约二十二米，南北两边棚布一拉到底，东西两端垂挂有门帘，防晒防风。由于金花茶喜阴湿，幼苗尤其怕太阳直晒，所以育苗棚搭得像房子。每个大棚里面井然有序地开有多畦苗床，上面整整齐齐纵向排着一列列盆栽的金花茶苗，这已是二期育苗。在这之前还有一期育苗。褟总说，用装上泥土的塑料小袋培育的幼苗，为第一期育苗。待苗长到一定程度，移到花盆继续培育，称为二期育苗。眼前的茶苗大多已长到三十厘米高，一片嫩绿，生机盎然，不久就可移种到山上了。大棚的旁边挖有水井，安装有自动喷淋机，一按开关，白雾弥漫，枝叶落珠滴露，水鲜水亮。良好的育苗设施和育苗技术，使茶苗生气勃勃，欣欣向荣，成活率达到百分之九十以上。

育苗基地旁边的山上，翠绿层叠环绕，像一座圆顶的巨大绿塔。层层环绕的垦殖罩上种植的大多是金花茶苗，有两千多棵，大多已长到五六十厘米高，葱绿秀气，长势喜人。金花茶之中，间种桂花树、胭脂树，这是为金花茶遮阳的乔木，长得比金花茶树高出许多，枝叶如撑开的小伞，此外，还种有茶油树、黄栀子、金银花、樱桃树、牛大力、人参果、夏威夷果、马来西亚菠萝等多种经济林木。在这北风呼呼的冬季，一山之中有开花的，也有结果的。那片半身高的油茶树，竞相绽开洁白的花朵，像雪花飘落枝头。有一种低矮植物，枝叶间缀满红黄白三色的花朵，花的形状像月季花，缤纷悦目，经禤总介绍才知道，这是"金银花"的一个新品种，四季开花，产量比野生的高。另一种叫黄栀子的常绿灌木，枝上挂满土黄色的果实，果子形状特别，长卵形，有六条翅状纵棱，顶端残存一小撮萼片，肖喇叭向上举，奇巧玲珑。在强大的绿色之中，有花果的点缀，活色生香，一山诗意，一山温馨。

这座山占地三十余亩，原来是长满芒萁茅草荆榛的荒山，经过开垦种植，现在变成了花果山、翡翠山。站在山巅，放目环顾四周，皆丘陵地带。禤总指着旁边的几座山岭说："这一带的山岭，规划为种植基地，合作社准备分期分批在山上种上金花茶等苗木。"我想，待到"金花"烂漫时，那将是何等辉煌壮观的景象！

我向禤总询问创业的经过。他说，他家兄弟姊妹多，过去家里生活十分困难，因交不起学费，他初中未毕业就辍学了，为了减轻家里的负担，十三岁就到防城跟着姑妈卖鱼汁，挑着两小罐鱼汁沿街叫卖；十八岁到东兴踩人力三轮车载客；半年之后，他改行做起码头搬运工；几个月后，他又改到海鲜档口帮人做工，主要是替主家养待出售的鱼、虾、蟹等海产。他头脑灵活，目光敏锐，边打工边学习经商的本领。两年后，他自己独立做起边贸海鲜生意。过了两三年，他就当起厂长和经理来。2000年和2001年，先后办起了"稳利塑料加工厂"和"联发金属塑料回收有限公司"，效益都很好。他在创业的道路上，不畏艰辛，一步一个脚印。天道酬勤，他在东兴拥有了一份殷实的产业，建起了一栋七百平方米左右的漂亮住宅楼，安居乐业，生活幸福。

今年开春的头一天，六用村支部书记专程到东兴找他，把村里五十二户贫困户的情况向他详细做了说明，恳请他回乡带领乡亲们致富脱贫。他一口答应了。他忘不了困难时期，父老乡亲给他家的帮助。有段时间，他母亲病了，没钱看病，只好硬撑着，病情越来越严重，乡亲们知道了，凑了些钱，送给他母亲治病。就是这些钱救了他母亲的命。乡情重如山！他心存感激，常思报答。"树高万丈须念根，人若辉煌莫忘本。"这是他写在手机微信里的寄语。现在，困难的父老乡亲需要他，责无旁贷。他二话没说，抛开东兴的生意和舒适的生活，卷起铺盖，回到故乡。

他采用"公司＋合作社＋贫困户"三位一体的农村致富新模式，公司的主要经营范围：水果、蔬菜、苗木培育、林木种植、水产养殖及销售，以及农产品的加工及销售等。合作社的业务范围：组织采购、供应社员种养所需的生产资料；组织收购销售社员种养的产品；引进种养新技术、新品种，开展种养技术培训、技术交流及信息咨询等服务。一切为了社员，他以一颗拳拳赤子之心，和乡亲们一起，开始新一轮的艰苦创业。

他挽起裤脚，重新戴起笠帽扛起锄头，铆足劲头带领乡亲们开路、开荒、育苗种植。不到一年的时间，育苗基地、种植基地已初现规模。计划种养相结合，发展林下养殖，养鸡、鹅、羊、黄牛等。靠近山溪低洼的坡地开塘，养鱼、养鸭。

如今，他更加充满信心，满怀豪情，和社员们同心协力，要把这里的山变成金山银山，把这里的土地变成聚宝盆，用智慧和汗水谱写出致富的新篇章。

2016 年 12 月

大山里绽放的一朵幼教奇葩

　　十万大山，有一段起伏挺拔的山脉，形状极似向上伸开的五指，故当地群众称其为"五指山"。山下南面是防城港市防城区那良镇北仑村。北仑村中六组，竹幽树茂山青，溪流淙淙，鸟语啁啾。村舍之中，有一栋漂亮的楼房，楼前是一个带铁艺围栏的宽阔场院，平展的水泥地面铺上嫩绿色的人造草坪，草坪西面立起一朵彩色旋转小蘑菇和两部色彩斑斓的滑梯。旋转小蘑菇底部圆形的转兜里有十二个座位，每个座位的外面都配有不同颜色的可爱的动植物图案，旋转起来像在奔跑，一定很有趣。滑梯大的那部有三个滑道，两个并排黄色斜线型，一个枣红色螺旋形；小的那部，有两个较短的绿色斜滑道。大门两旁靠墙的草坪边，整整齐齐地摆着两排五颜六色的小木马。这无疑是一所幼儿园，我大为惊讶，若在城里见到，不足为奇。可万万想不到，在这大山深处的偏僻山村也办起幼儿园来了。

　　这是一所正规的民办幼儿园，获防城港市防城区教育局颁发的"民办学校办学许可证"，名为"那良镇北仑幼儿看护点"，但当地群众习惯称它为"北仑幼儿园"。下面行文就采用这个称呼。园长林如雁今年三十出头，端庄秀丽，一言一行都合乎一个幼教老师的规范。她是园长，也是创办人。我利用采风的机会，参观了她的幼儿园。她热情陪同。

那天是周六，不上课，园里静悄悄的。全园有四个级四个班，分小、中、大、学前班。教室宽敞亮堂，皆设有多媒体教学、安装有电风扇，桌椅摆得井然有序。教室布置漂亮，墙上贴的图画，充满童趣。设有学习展示园地，上面贴满学生的优秀习作，小小智慧像星光闪烁。宿舍安装有空调，小宿舍一台，大宿舍两台，床摆放得整齐有序，被褥枕头叠放得像军营般整齐。整个教学楼，地面打扫得干干净净，桌面、楼梯、窗户擦抹得一尘不染。

厨房面积宽阔，有一张圆形的大餐桌，有冰箱、消毒碗柜、玻璃餐柜，还有一个玻璃配间，里面一张半身高的水泥长台上，摆放有盆、桶、瓢、勺等用具。地面干净，炊具用具卫生。墙上挂有防城港市防城区食品药品监督管理局发的"食品经营许可证"及《食品原料采购管理制度》《食品库房管理制度》《餐饮从业人员"五病"调离制度》《烹调加工管理制度》。林园长说："我们严格按照这些制度做，牢牢把住食品关，要求采购员，购买食品时一定要挑有'免疫证''合格证''食品生产许可证''食品流通许可证'的东西买，并有发票。我们始终把食品安全放在第一位。"

"北仑幼儿园一周食谱"公开挂在教学楼大门外墙上，一周五天，每天三餐，没有一餐吃的菜是重复的，精心搭配，营养丰富。我问："家长反响如何？"林园长说："我们征询过家长的意见，他们都很满意。"

这所幼儿园给我的第一印象，教学设备先进，活动设施多样，学习环境、吃住条件好，管理到位。能办出这样一所幼儿园，相当不错，我由衷地赞叹。林园长说："我们尽最大的努力，创造出一个较好的育人环境，让孩子们舒舒服服受到良好的学前教育。"在与林如雁园长的交谈中，我进一步了解到办园经过和教学情况。

她的故乡在港口区插排尾村，结婚后安家东兴镇。她毕业于广西师范大学学前教育专业，曾在港口区一小、港口区实验小学附属幼儿园工作，在学前教育领域显示了特别的才华，工作出色。后来，有一所公办民营学校以月薪六千多元，年终百分之十分红的优厚条件，聘请她做园长。她有自己办幼儿园的愿望，这正是一个锻炼的好机会，在准备接受聘任的那段时间，一天，她应邀去十万山区北仑村一位朋友家玩，在批蒙组参观北仑村抗日游击队武装起义地址时，村里的一群小孩看见有生人来，都跑过来围观，她对小孩特别喜爱，看到这群大大小小学龄前的孩子，她弯下腰，抚摸着他们的小脑袋，用儿童化的语气亲热地问："小朋友，你们读书了没有？"他们都摇摇头。她心里一震，要是在城里，他们已经坐在幼儿园的教室里了。她怜爱地与他们手拉手围成一圈，教他们唱《找朋友》的儿歌，边唱边跳，孩子们快乐无比。北仑村支书项光胜恰好住在这个村庄，他听到歌声，便朝他们走来，看到这个情景十分感动。了解到她是一位幼儿园教师和她的工作情况后，便诚恳地对她说："我们北仑村现在还没有一所幼儿园，村里的幼儿，大多是留守孩子，去镇上读，太远，去不了。我们不能让他们输在起跑线上，你可愿意来我们这里办一所幼儿园？现在先别急着回答，回去想好后，再告诉我。我们希望你能来。"她感到事情来得突然，真的要回去好好想一想。她走时，孩子们拉住她的手，依依不舍。

回到家，她把这件事告诉丈夫，征求他的意见。丈夫说："山区条件艰苦，比不上城里，在城里工作能照顾家庭、孩子。到那里自己办学，样样事得操心，劳累、责任大。不过，我只是说说自己的看法，去不去还是由你自己定吧。"她总忘不了那群天真烂漫的孩子，忘不了他们依依惜别的眼神。忘不了那些在抗日战争、解放战争中英勇奋战为国捐躯的英烈，忘不了支书的话。若谢绝不去，心里有一种挥之不去的歉疚。再苦再累，比起那些革命前辈，又算得了什么。现在那里需要我，责无旁贷。她下定决心到十万山革命老区去，为那里的孩子，为学前教育贡献自己的力量。

2014年，她放弃了城里的工作，来到北仑村，在村委会的大力支持和帮助下，租屋办起了这所幼儿园，投资逾十三万元。

这所幼儿园，每学期均有一百二十多名学生。现在员工共有七人，六名教员，一个厨工。教员都是从本地聘请的初高中毕业生，工作前，林园长先对她们进行了一段时间的专业培训，让她们能承担工作。在工作中她处处以身作则，传、帮、带，如唱歌、跳舞，聘请的几位老师起初不大会，林园长教她们一些乐理知识，让她们认识简谱，找来一些歌曲、舞蹈碟带、视频让她们跟着学，她们勤学苦练。假期，林园长还带她们去东兴、防城、南宁、桂林等地培训学习，不断提高她们的业务水平和工作能力。林园长带出了一支有水平、团结协作、责任心强、工作认真、关爱孩子、细心照顾、一心扑在孩子们的身上的教师队伍。林园长更是爱生如子，对贫困生学费减半，对特困的单亲生、残疾生学费全免，直到他们三年学前教育毕业。几年来减免学费的贫困生就有十多个。

课程设置科学规范，根据不同的年龄段，不同的班级，分别开设相应的课程。小、中班：唱歌、跳舞、画画、游戏、手工、背《三字经》。教学内容简单易学，如游戏——吹泡泡、找朋友、抛接球、开小火车等；唱歌——《手指歌》《快乐歌》《我爱幼儿园》《上学歌》等，并根据这些歌曲编排简单的舞蹈。大班：认读数字、写简单的数字、算数、背唐诗、唱歌、跳舞。课外作业：每天回家为爷爷奶奶爸爸妈妈捶背。学前班：特色拼音、手脑速算、舞蹈音乐、体能训练等。课外作业：每天回家为爷爷奶奶爸爸妈妈捶背、洗脚，扫地、拖地、洗碗。除了这些基础课程之外，还开设有生活自理能力课、安全教育课。园里的教学教育工作，皆以孝、敬为理念，以德、智、体、美、劳为培养目标。

除常规教学外，他们还开展许多有意义的活动，每个节日，都举行节庆活动，有文艺汇演，有亲子活动，有手工制作活动，每逢佳节，村支委领导和师生一起慰问残疾人、五保户，孩子们向五保老人问好，并拥抱他们，给他按摩捶背，给他们扫地擦窗搞卫生，唱歌跳舞给他们看。通过这些丰富多彩的节庆和慰问活动，让小朋友知道这些节日的来历和意义，从小就懂得热爱祖国、敬老爱老。除了节庆活动，他们还举行"快乐宝宝生日会"、期末汇报演出暨亲子活动、毕业典礼等活动。为了给小朋友更多的机会展示风采，扩大见识，北仑幼儿园曾参加那良镇政府和文化站举办的"元宵文艺晚会"演出，获得好评。参加东兴"优贝思模特走秀大赛"幼儿组比赛，获得优秀奖。参加"防城区首届幼儿舞蹈大赛"荣获三等奖，载誉而归。北仑幼儿园文化活动搞得有声有色，引起了人们的注意和有关部门的重视。

2015年，广西示范性幼儿园评估指导专家、广西学前教育专家滕国凤老师、武汉理工大学教育科学研究院周天松博士来到北仑幼儿园考察，北仑幼儿园得到了他们的高度好评和热情指导。他们了解到这里的留守儿童多，被林如雁的精神感动，对幼儿园给予很大的支持和帮助，赠送表演服装，图书、教本、幼儿读本等等。

家长对北仑幼儿园交口称赞。他们说："孩子们在幼儿园里，学到很多东西，人也懂事多了。想不到我们山里的孩子，现在也像城里的孩子一样，从小就能受到良好的学前教育，多亏林园长啊!"

　　离开时,林园长送我到大门口,挥手间,晚霞映照在她灿烂的笑脸上,映照在她身后的草坪上,映照在草坪周围高高低低的玩具上,一片绚丽,像万绿丛中绽放的一朵奇葩,异常美丽。

2017 年 11 月

大山深处"芙蓉"艳

"芙蓉山庄",一个女性化的名字。它位于那良镇滩散村八连农场。虽然深藏在十万大山南麓的崇山峻岭之中,却以独特的魅力吸引了无数游客。

阳春三月,我走近它,风韵姿色入目来。

山庄坐落在山间的一个盆地里,面积八十余亩。中央为一个大花园,杜鹃花竞相绽放,粉红、玫瑰红、火红,色彩缤纷,争奇斗艳。草地如茵,其中点缀一些造型各异的石头,若柱、若塔、若峰、若笋、若兔、若龟、若鹿……千姿百态,全是艺术化的组合。在花园的周边,各种风景树披绿吐翠,有劲干直立枝叶稠密的高大乔木,也有株不盈尽的矮小灌木。有的枝头上绽出簇簇金黄色的花朵,有的结出一嘟噜一嘟噜的青果,有的才初见嫩绿。各显风姿妙趣,生机勃勃。

花园的南面,是一片参天伴云的单竹林,遮空蔽日。林下餐厅、烧烤场分布其间,清幽静谧。品尝当地泉水佳酿和可口的原生态菜,让人称心惬意。文人墨客,心中自有诗意袭来。

花园的北面,是一个时尚的大舞台,台面和周边铺贴有美丽的瓷砖,盖顶,配有灯光、音响,舞台后墙正中挂有一个大荧屏的电视机，可做节目配景，平时可供聚会的客人唱卡拉OK。舞台后侧有一间宽敞的房子，可供演员化妆、更衣、休息，可放音响、乐器、道具等。舞台前面是一个宽阔的大看场，一边与大花园相连，可容纳数百人。我们在这里观看了一场当地民间演出队独具地域风情的精彩表演，乐声、歌声、掌声在山间回响。

舞台左边靠山的地方，两池碧蓝的泉水夺人心魄，那是成人游泳池和儿童游泳池。两根高高架设在山头的水管，把从山那边引来的泉水分别源源不断地往两个游泳池注，水声哗哗。水涨到一定的位置，便从壁孔里排出，往旁边的一条山沟里流。游泳池活水长流，非常卫生。池水清澈如鉴，池畔热烈开放着繁盛的鲜红三角梅，绿树野花，天空的蓝天白云，展翅的山雀，全都摄入水里，活灵活现。

花园的东面，两个宽长的绿色水泥阶梯并排而现，它们中间隔着一道绿化带，种有花草和几棵木瓜树，其中一棵较大的，靠近叶子的一段枝干上缀满大大小小的木瓜，它们拥挤着亲亲密密地聚在一起，甚是可爱。众多相机的镜头对准它，嚓嚓响个不停。沿着阶梯拾级而上，一大片除开杂草的平地展现眼前，这里又出现一片新景观。

花园的西面，几条房子，一线排列，门朝花园，皆钢筋混凝土结构，屋顶设有隔热层，房子外墙和屋顶全漆成深蓝色。我参观了其中一间，进去乍一看，像一间小会议室，配有一长四短五组沙发，长沙发前，摆着一张长茶几，上面有电茶壶、茶托、茶杯等煮茶用具。短沙发之间各配一小茶几。正面墙上，挂有一个大荧屏的壁式电视机。另一面墙上装有空调。"这个会议室很有档次。"我脱口而赞。领着我参观的那位女同志笑着说："不是会议室，是客房，这是厅室。卫生间、房间在里面，厨房在厅室隔壁。"房间里，摆着两张床，被褥洁白，装有空调，配有电视机、衣柜、床头柜。床、沙发、电视柜皆是红木做的。厨房配有冰箱、消毒碗柜、煤气灶等，厨具器皿一应俱全。哇！我惊呆了。"这么完备高档的配置一套得花多少钱？"她说五万左右。在与她的交谈中得知，山庄现有客房十五间，花园旁边的这排房子全是，后面还有一栋。三套一房一厅一厨房，两套一厅一房，一间大房，可住十六个人，其余是单间。客房内设置基本相同。有这么多高档客房的山庄，我前所未见。

住宿的客人很多，多为外地游客，钦州、南宁、广州、香港、澳门等地皆有。今年春节后的第一天，来了几位外地游客，他们被这方山水和清新的空气所吸引，流连忘返，整整住了六天。通常要住宿的客人都得预订房间。

这排房子后面的山坡上种着一排排嫩绿的梅花树苗，大概二十余亩。待到岁寒梅花发，半天云霞映山红，那是怎样地令人惊艳。

山庄所有景点和设施，皆由水泥道相通，道中穿过好几处绿色的百香果长廊，皆为钢管搭建。廊顶爬满藤蔓，绿叶繁荫，细瞧，发现藤叶间藏着许多灯笼形小辣椒般大的果子，它们悄悄地窥视来往过客。到果实成熟时，廊顶挂满红灯笼，芳香扑鼻，怎一个"醉"字了得。

一条山溪自东北往西南再向东南绕了一个大弯，然后转身直朝南流去。这条山溪名叫芙蓉沟。听说村子东面有座大山，由数座参差错落的山峰组成，太阳喷薄的时候，诸峰朝霞映染，形状好像一朵盛开的芙蓉花，艳丽无比。故称这座山为芙蓉山，溪水源自此山，因此叫芙蓉沟，山庄也以其冠名。

亭台楼阁房舍大多傍水而建，流水淙淙，歌唱不息。山溪给山庄带来灵气，滋养秀色。

山庄的开发、景点的设置、房屋的布局等，皆彰显了庄主的眼光、智慧和能力。

　　防城港市的山庄我到过几个，庄主都是男的。想不到此山庄的主人竟是两位大嫂，看上去四十多岁，穿着普通，朴实憨厚，一个叫苏胜平，一个叫朱维媚。她们都是本村人，是一对好朋友、好姐妹。十几年来她们结伴一起学经商，最初卖菜卖果，后来开过肥料店、日常用品店、小食店，做过边贸生意等等，不辞艰辛，踏踏实实，边干边学边积累经验。几年前，她们从网上知道农村很多地方建旅游山庄，我们防城港市也有好多个，她们到过一些山庄参观，受到启发。觉得家乡山环水绕，环境宜人，且靠近沿边公路，适合建山庄。但地是别人的，她们试着去找其主人商量合作办山庄，开始遭到他的拒绝。她们不灰心，多次耐心向他说明办山庄的好处，精诚所至，金石为开。他终于同意合作，提出以土地入股的形式，按时间、比例收取利润。商定后，她们经过精心规划和准备，于2013年春破土动工，由小到大，逐步发展起来。短短三年时间，就具有这样的规模，集休闲观光、文化娱乐、运动健身、住宿饮食于一体。建有大型的水果、蔬菜种植基地，有家禽养殖场和山泉水鱼塘。目前累计投资将近千万元，年游客量将近四万人次。想必效益一定不错。

　　这对姐妹真是大山里的花木兰，巾帼不让须眉，值得敬佩！

2017 年 3 月

田心村女共产党员的风采

扶隆镇田心村有七名女共产党员。她们虽是十万大山中普普通通的劳动妇女,却在默默奉献中绽放出美丽的精神光华。

她们大多是结婚有了孩子之后才申请入党的。初闻,我感到很诧异。一般来说,政治上追求进步,多为有理想有抱负朝气蓬勃劲头十足的年轻人。对于有家室的山村妇女来说,实在不多见。她们对党的事业无比忠诚,对共产主义理想信仰坚定。

田心是十万大山革命老区,在抗日战争和解放战争中,村民热情支持革命,青年人踊跃参加游击队,有些在战斗中壮烈牺牲,何上武、项世秀等烈士的英雄故事至今流传。这片土地,有光荣的革命传统和红色的基因,是她们成为共产党员的精神动力。

何汉香,年龄大概三十出头,2013年入党,党龄五年。她入党是受到家庭的影响。她爷爷何佳兴十五岁时,就和十七岁的哥哥担任游击队的通信员,冒着生命危险,及时为游击队送信。一次何佳兴与哥哥送信的途中,被国民党兵发现,哥哥为了掩护弟弟送信,向另一个方向飞跑,把敌人引开,跑到田心的一处山沟里被国民党兵追上开枪打中,壮烈牺牲。新中国成立后,她爷爷在村里做了医生（中医），悬壶济世，常为乡邻免费治病，口碑载道。她爷爷常教育她们兄弟姊妹热爱共产党，听党的话，创造条件加入党组织。结婚后，她的公公许绍连是共产党员，做了十几年村干部，为群众办了很多实事，得到村民的敬重。她被他们的嘉德懿行所感染，也想成为像他们那样的人。她热心村里的事情，乐于助人，逢年过节，不忘慰问村里的五保户、残疾人员，给他们送米、送粮油、送慰问金。他们打心眼里把她当作自己的好闺女。每次发现村庄附近有山火，她和丈夫总是跑在最前面，不怕危险，为大伙开路救火，得到村里群众的交口称赞。她做的好事，群众记在心里，村党支部看在眼里。一天，一位支委来到她家，动员她写入党申请书，并教她怎样写。入党是她多年的愿望，但总觉得自己条件还不够，不敢写申请。想不到党组织一直在关注她，听了支委的话，她感动得热泪盈眶，欣然动笔，把心声向党倾吐。

她成为共产党员之后，按党员的标准严格要求自己。她勤劳致富，与家人同心协力，办了养猪场，建起一千平方米的猪舍，每年养猪一千头。还养了二十多头水牛。现在，她在田心市场开了个日杂百货店，有正规的营业执照、食品流通证、食品安全许可证等。她心地好，厚道诚信，生意很好。她家庭生活幸福，不忘回馈社会。为了减轻政府的负担，她主动承担村里五户扶贫对象相关工作，支持、帮助、指导、带领他们脱贫致富。

许志娟，生长于田心村田心组，后嫁到本村何屋组。她在本村妇女中学历较高，有一副热心肠，尊老爱幼。她常为组里的孤寡老人做些力所能及的事情。那些父母出外打工的留守儿童，回家做作业时遇到疑难问题，他们的爷爷或奶奶，都会领着小孩来请教她，她不管劳作多忙，立即放下手头的工作，热心接待，悉心辅导，那些孩子都亲热而又尊敬地叫她许老师。乡亲们对她交口称赞。经何屋组老党员何宗政介绍，2012年她被吸收进党组织。

2017年9月份，村干部换届选举，她被支部推荐为候选人之一参加竞选，经全村十六个生产组、二十四个屯投票选举，她被选为村干部，担任村委会文书工作。起初她不大熟悉电脑，上级领导给了她两本电脑书，她下苦功自学、摸索、钻研、反复练习，逐步掌握有关操作技术，很快就胜任工作了。

她关心教育。村委会为了丰富小学生的课外活动，办了一个"儿童之家"，有多种儿童读物，有象棋、军棋、木马车、塑胶车，有呼啦圈、羽毛球、乒乓球等健身器物，一般周六、周日开放。她负责管理，却不局限于这两天，有时放晚学也开放。她也不只是简单地开门、关门，她常和儿童一起活动，讲故事给他们听，指导他们看书，引导、培养他们课外阅读的兴趣和团结友爱的集体主义精神，寓教于乐，乐中有获。

她关爱残疾儿童和留守儿童。她常代表村委会和"甜心幼儿园"园长、老师慰问村里的残疾儿童，给他们送去水果、牛奶、图书、作业簿、笔等慰问品，把温暖带给他们。

她多次参加"甜心幼儿园"举办的"关爱留守儿童健康成长集体生日会"，买生日蛋糕、水彩笔、铅笔送给他们，和他们一起唱歌跳舞，共同庆祝他们的生日。

她每次参加慰问活动，都是自己掏钱献爱心，不要公家一分钱。

许华梅，曾做过三届村干部，担任妇女主任兼村医，在防病治病、救死扶伤方面做出了很大的贡献。她从1993年开始当村医，哪里有人生病，随叫随到，晚上很少能睡个囫囵觉。二十五年来，足迹踏遍田心村的每个组屯。她接生过的孩子难计其数。一次，她给一个产妇接生，婴儿生出来时，哭不出声，憋得满脸通红，危在旦夕，产妇全家人慌了神。根据经验，她意识到，婴儿的喉咙一定是被黏液阻塞了，她当机立断，口对口把婴儿喉咙里的黏液吸了出来，"哇、哇"，婴儿哭起来了，这哭声简直是天籁，产妇及家人愁云骤散，喜笑颜开，夸赞她是观音菩萨，感激不尽。还有一次凌晨一点多钟，她家响起了"笃笃笃"的敲门声，一听到敲门声，她条件反射般弹起来，打开门一看，一个壮年男子背着一位八十来岁的老大爷站在门外。他说："父亲突然肚子痛，许医生您给看看。"她立即迎进来，帮扶老大爷躺到一张床上，那老大爷弓着腰，双手抱着肚子，疼得龇牙咧嘴，面色惨白，身子痉挛。经检查，觉得问题严重，她采取了一些应急措施之后，马上请车送去扶隆镇医院，那位老大爷得到及时救治，不久就康复了。村里有重病患者，需要立即送往镇医院的，她都随病人家属一起护送，以防途中出现什么紧急情况。她一心为病人着想，村里群众都赞她医德高尚。

她除了治病救人，在防病保健方面也做了很多工作。如产后访视，下到生产组、屯打预防针、量血压、测血糖等。对一些慢性病每季度还得整理资料上报。她以一个共产党员的忠诚，热忱地工作。

黄宜越，虽然人到中年，穿起制服，依然英姿飒爽。她是田心村"隘脚小学"的校警，对本职工作具有高度的责任感，全力以赴做好学校的安全保卫工作，严格把好大门关，排除不安全因素。放学时，发现有家长未能按时来接的低年级学生，就让他们在校警室里边做作业边等，以慈母般的心关爱呵护学生。她是一位爱岗敬业的好校警、好党员，为师生家长称道。

许文林、许玉、郑贵梅，都有三四十年的党龄，现在年纪都有六七十岁了。她们几十年如一日，兢兢业业为党工作。现在年纪大了，依然不忘初心，尽己所能，支持村委会的工作，协助下乡的同志做好所在生产组的扶贫工作。

田心村的这七位女党员，老中青年龄不同，党龄长短不同，她们在各自的岗位，发挥出党员的先锋模范作用，绽放出异乎寻常的风采。

2018 年 5 月

驾三轮车的大嫂

　　我曾偶然遇到一位驾三轮车的大嫂。几年前的一天清晨，我骑着电动车去学校，没走不远，后面的轮子像泄尽气的皮球一动不动了。我意识到，车胎应是被什么东西刺穿了。距学校还有三分之二的路程，旁边没有电动车修理店，与这条街相交的另一条街的尽头才有，只能把车推到那里。可我这辆电动车，有摩托车般大，沉重难推，一步一步像蜗牛般移动，这样的速度，肯定来不及上课前赶到学校，怎么办？心里万分焦急。这时，看到一辆三轮车从前面开来，近了，车从路的那边转到我的旁边停下，车上没有乘客，驾车的是一位大嫂，看上去四十来岁，显得温和敦厚。

　　她下车来问："车坏了吧？我帮您运到修理店。"

　　我说："车抬不上去呀。"

　　"没关系，我来搬。"说罢，她就把三轮车推到电动车前面，蹲下来铆足劲，"嗨"一声发力，先把电动车一头搬上车厢，再抽起车尾，慢慢把车子推进去。我也帮着抽和推，但手臂酸软，出不了多少力，帮不上多大忙。她把电动车靠车厢的一边放，让我坐另一边。她问我去哪里上班，开到哪个修理店方便，我一一告

214

诉了她。在车上的谈话中得知她姓陈,是防城本地人,便称她为"陈嫂"。

修理店的店家还没有开门。我心想就是开门,也等不到把车修好,上课时间快到了,得赶快去学校。不管那么多了,暂且把车放在修理店的门旁,待中午放学后再叫店家修,我把这个决定告诉陈嫂。她把电动车搬下来,推到修理店门旁,支起车撑,叫我把车子前轮锁好。

陈嫂把我送到学校大门口,我拿出钱包刚想给她车费,她说声"不用",就把车开走了。我愣了一下,她开车的背影在拐弯处消失了。

中午放学,我朝放车的那个修理店走去,边走边想,我与陈嫂素昧平生,她为何这样帮助我?陡然担心起来,车子会不会被盗?才买不久,挺新的。不由得加快脚步,急急往前赶。走到那里一看,我的车已经修好停在那里。

修车师傅说:"我早上刚开门,就见一位大嫂等在门旁,她叫我先把你的车修好。车后轮被碎玻璃扎破了,我给补好胎,充足气了。"

我问他:"你今天几点开门?"他说八点。听后不禁心一震,我早上七点上班,陈嫂是守着我的车等了将近一个小时,还是待开门时间差不多才来告诉他的?不管怎样,她是一位好心人,我为刚才的担心而愧疚,盼望能再次遇到她,好好感谢她。

此后很长一段时间,走在街上,有三轮车从身旁开过,我都下意识地瞥上一眼,看看是不是陈嫂。防城虽不大,可"众里寻她千百度",却难见她的身影。

一大傍晚,下班回到半路,一阵大风吹过,雨点噼啪响起来,幸好车后厢备有雨衣。走了一会儿,透过雨幕看到前面街边停着一辆三轮车,女车主打着伞把一老一小先后送上一栋楼房的屋檐下，转身走到车旁时，回头朝他们挥挥手，她的笑脸在我眼前一晃，啊！认出来了，她就是陈嫂。我加快车速，想跟她打招呼，给她一点报答。眼看就靠近了，她却跨上车，把车开走了。好不容易见到，却又失之交臂，我感到很遗憾。无意中往旁边一瞥，那一老一小还站在原地，老人注视着陈嫂远去的车子，口里喃喃说着什么，我觉得奇怪，便停车，走近去问。老大娘热泪盈眶讲述搭车的经过。原来大娘去幼儿园接孙子，去时天气还好好的，所以也没带雨伞。想不到走出学校不远，天就变黑了，真是"六月天，孩子脸，说变就变"，只一会儿工夫，疏疏落落的雨点打在身上，旁边没有避雨的地方，她背起孙子想快些跑到前面的屋檐下，可年纪大了，手脚不灵便，眼看大雨就到了。这时，一辆三轮车来到，驾车的那位大嫂停车下来说："大娘快上车。"她一手拉着大娘，一手抱着小孩，把他们送上车，并一再叮嘱他们抓牢扶手坐稳。然后把他们送到家门口，大娘给车费，她不收。

大娘讲完了搭车的经过，连连感叹："好人啊，好人！"

两年过去了，我以为再见到她，已是一件很渺茫的事情。想不到，她蓦然出现在我的视线。那天，预备铃声响过，我来到四楼教室门口，以往这个时间学生已全部进入教室，今天怎么了，还有几位同学在走廊趴着栏杆往下看。我走近朝下一瞥，登时惊呆了，是陈嫂，她正扶着我班的李骏同学往校医室走去，李骏走路右脚一拐一颠的，是不是被车碰伤脚了？但愿肇事者不是她。我心忐忑不安，为那两个人担心，恨不能立即冲下楼去。但上课铃声响了，我对身旁的同学说："进去上课吧，下课再去看他。"

下课，我匆匆走进校医室，医生正在给李骏治脚，不见陈嫂。我向医生询问李骏的伤情，医生说："不要紧，不是骨折，擦几天药就好。"我绷紧的心随即放松了。我问李骏："脚为何伤着？"他告诉我，自行车半路坏了，放在街边一个车摊修理，跑步来学校上课，由于跑得急，踩着一块小砖头，右脚一歪，崴了。一下子跌坐在地，疼得龇牙咧嘴。此时，刚好有一辆三轮车来到旁边，开车的大嫂好心，下来扶他上车，说把他送去医院。他怕耽误学习，说送到学校就行，学校有校医室。车开到校门口，她就下来扶送他到这里。他给她车费，她不要。原来是这样。我的另一半担心顿时烟消云散，但我又一次与陈嫂擦肩而过。

几年后，我从学校宿舍搬进自己建的新居，万万想不到，竟有这么凑巧的事，陈嫂与我同住一条街，而且门对门。也许应了"有缘千里来相会"这句古话吧，我们自然成了好朋友。一次与她闲谈中，我问起当年为我修车在修理店门口等多久。她说："送你到学校，我就赶紧回来，你的车新簇簇的，我怕被偷。若被偷了，我也说不清。"我眼眶发热，喉咙哽塞，一声"谢谢"显得多么苍白，无法表达我对她的满腔感激之情。后来我又问她："你以驾车载客为业，可你有时为何不收车费？"她说："人说不定什么时候会遇到难处，需要帮助。不是干什么都只为了钱。我出于帮助别人的，绝不收钱。"我明白了，她不只是我的好朋友，也是我的一面雪亮的镜子，照彻心灵。

2017 年 3 月

我们舞蹈队的黄叔

我们这个舞蹈队，是防城区众多群众广场舞蹈队中的一支，成立已有五六年时间，基本稳定的队员有二三十个，老中青皆有，绝大多数是女性，只有极少的几位男同志。我们跳的多为民族舞、形体舞，以锻炼健身为主，天气晴好的晚上，集中到广场锻炼，每次一般练两个多小时。

前年年底，有个男同志加入我们舞蹈队。起初，我们对他没有多少印象，原因是舞蹈队出出进进的人常有。他初来乍到，是个新手，总是站在最后一排跟着学，更加引不起注意。

我们队用的那台播放机，有两天不知怎的电量总不够用，跳不到一小时就没电了，音乐一停，大家无奈而散。第三天晚上，队长说："今晚大家放心跳吧，黄叔赞助买了一个充电器，以后不怕播放机的电不够用了。""哪个黄叔？"大家异口同声地问。"呶！"她用手指着那位新来不久的男同志说。此时，我们才知道他姓黄，大家不约而同地鼓起掌来，以热烈的掌声感谢他。后来我们想，这是集体的事情，不能让他一个人出资。我们凑了些钱还给他，可他坚决不收，并诚恳地说："集体就像一个大家庭，为队里做点事情，不用分得这么清。"此后，我们便亲热地称他为黄叔。

他刚退休，便加入我们舞蹈队。退休前，是本区一名机关干部。

我们女队员，来跳舞时都带一个袋子，装水瓶、雨伞、跳舞道具什么的，原来没地方挂，都就地堆放在音箱旁边，不卫生，也不雅观。一晚，忽然看到竖在我们队跳舞区域正面旁边的两根水泥大灯柱上，大约距地面一米高的地方，各扎着一圈带数个钩子粗大结实的铁线。太好了，我们有地方挂袋子。那天晚上，我到得比较早，先把袋子挂上去。心想，这两圈铁钩子是谁这么好心绑扎上去的呢？看到距离这根灯柱几步远的地方停放着一辆摩托车。我刚转身，瞥见黄叔从广场另一边走来，将近，我故意喊："黄叔，这个钩子不稳。"他快步走来，从他放在灯柱旁边的摩托车后备厢里拿出一把钳子和一截铁线，抱歉地说："刚才扎不牢。"我明白了，笑笑说："黄叔，非常感谢您。铁钩没问题。"后来队友们陆续来了，看到都甚为感动。

黄叔到我们队没多久，我们去参加本地的一个节庆演出。那是隆冬时节，演出场地为一处露天的园林式小广场，换了演出服等待出场的那段时间，外面还得穿上厚厚的大衣。快轮到我们的节目了，我们想找个地方放袋子和大衣，演出队员和观众很多，舞台旁边没地方放，放远一点，没人看管，一时不知如何是好。正在为难之时，黄叔来到了，他说："你们把袋子和大衣都交给我吧，我替你们拿着。""黄叔，您真是及时雨呀！"我们惊喜地感叹。黄叔为了不让袋子和衣服弄脏，两肩挂满袋子，胸前揽着一大抱衣服，像一个活衣架一样站着，令我们心生敬意。

去年，我们队为参加本区"庆祝中国共产党成立96周年"文艺联欢，排练两支新舞蹈，其中有一支是扇舞，队里从网上买回了一批新的大扇子，给跳扇舞的队员每人发一把。排练了一段时间，有些队员的扇子出现了问题，有绸布粘不牢，松脱的；有扇骨螺丝帽松掉了，扇骨散开的。大家心里都很焦急，这种大扇子，本地没有卖，在网上买已来不及，联欢的时间快到了，怎么办？黄叔知道了这些情况，主动买来一瓶万能胶水和一些带六角螺丝帽的螺丝，把有问题的扇子一一修好，给队里解决了一大难题，使排练和演出顺利进行。

有段时间，我们队跳舞锻炼的场地有几处地砖坏了，坑坑洼洼的，站在坏砖旁边的队员，小心翼翼，生怕一不小心崴了脚，时不时得留意脚下，不能集中精神锻炼。一天清晨，我去广场边等车外出，远远看到一个蹲着的人影在忙碌，谁这么早在干什么？走近才认出来，竟是黄叔，正在我们队锻炼的位置上修补那些坑坑洼洼。他一手拿着个盛着混凝土的灰桶，一手拿着把灰刀，往一个个坑洼里填上混凝土，用灰刀来来回回抹平，然后再在上面抹一层水泥浆，把坑洼修补得平平展展。场地上，还有用蛇皮袋垫着的一小堆搅拌好的混凝土。后来还听说，他修补好，并搞好清洁，还守了好长时间，怕水泥未固被别人踩坏。中午还来淋水，以防烈日下水泥收缩爆裂。大家对他心存感激。

黄叔，别看他是一个老实巴交的退休老同志，学舞进步很快。我们跳的舞蹈，多为女性化，且有一定的难度。我们进队的时间都比他长，基础比他好。但他虚心好学，勤问苦练，大家都乐于帮助他，并让他站到前排，靠近教练，看清动作，容易学。两三个月之后，他就可以和我们一起上台演出了。记得他第一次上台的情景，我们跳的那支舞，需要两位男同志，他是其中之一。舞蹈中队形变化，两位男同志舞到最前面时，台下响起了暴风雨般的掌声。掌声是对他们的肯定和表扬，也有鼓励。群众性自由组合的健身舞队，参加跳民族舞、形体舞的男同志毕竟寥若晨星。这两位男同志的亮相，给观众带来惊讶和震撼。我们为他俩高兴，并夸黄叔旗开得胜，马到成功。

平时锻炼，黄叔必到，从未缺席过。突然，一连几晚不见他来，是什么原因呢？"家里有事吧？""可能去旅游。""也许病了？""也有可能就近参加别的队了。""若他真的不来我们队，太可惜了。"……大家猜测着，挂念着。过了一周，黄叔来了，那晚，看到他来，大家都很高兴，像久别重逢，拥上去关切地询问何事这么久不来。他说和家人旅游去了。大家放心了。有个伙伴半开玩笑高举右手说："热烈欢迎黄叔旅游归来！"大家欢笑着随即鼓起掌来，气氛和乐。

黄叔有一副助人为乐的热心肠，我们对他甚为钦佩和敬重。

2018 年 3 月

诗教伴着梦想飞

春回大地，万象更新。在"三八"妇女节这个美丽喜庆的日子，我有幸得到王权才老副市长的邀请，参加防城区召开的"诗教座谈会"。座谈会上，听了张培茜、李银花两位女教师介绍诗教经验，感觉如一阵惠风扑面，异常清新快意，眼前一亮。她们就像绽放在诗教园地两朵鲜艳夺目的报春花。

张培茜是市五中语文教师，我很熟悉她。过去，我曾在此校（原名附城二中）与其父同事多年，是看着她长大的。她是一个文静有礼貌、勤奋好学的好孩子。我虽然没有教过她，但看过她初中写的作文，当时就觉得她是一棵写作的好苗子。果不其然，现在，她在文学创作上已有一定的收获，成果尤其显著的是诗词。她能学以致用，利用网络平台教诗词爱好者学习古诗词，这更是难能可贵的。

让我们看看她是如何利用网络进行诗教的。

2014年，月皎风清的一个秋夜，她备完课，打开电脑，浏览一下网页，一个新派作文交流群吸引了她的视线，里面正进行打油诗接龙活动，广西大约有两千名中小学语文老师参加，诗意甚浓。这是一个难得的学习提高的机会，她兴奋不已，即刻加入。

后来在交流中，她发现许多老师诗词基础薄弱，连押韵都不懂，更遑论律诗、填词了。一种想帮助他们的不可抑制的义务感油然而生，她便热心地给他们指导、点拨。先让他们知道诗歌的一些基础知识，懂得押韵，看平仄表，了解绝句、律诗及各种词牌的体例、格式。之后，逐步引入绝句、律诗、填词的创作学习，在各个阶段的练习中，她主要采用发图片、布置作业、及时修改点评、及时展示的方式进行引导。她发的图片有各种花草、景点和一些生活剪影，每天发一两幅，她率先带头创作，让他们跟着完成作业。有作业发来了，无论什么时候，不管多忙，她都挤出时间给予点评。有时凌晨一两点钟，还被嘀嘀嘀的 QQ 提示音吵醒，她立即披衣起床，坐在电脑前给予点评。因为她深知初学者的那种迫切盼望指点的心情。有些要面子的，还私下发到她的个人邮箱求修改，她修改完了，帮他们把作品在群里展示出来，并给以点赞，让他们树立信心。在她的满胸热情、诲人不倦、以身作则的品格感染下，他们学诗的兴趣被激发起来。经过两年的学习，他们的诗词写作水平有了很大提高，有相当一部分老师写得已有一定水准，防城的李银花老师就是其中之一。

她觉得网络是最便捷有效的学习交流平台。2015 年，她创建了一个诗词创作 QQ 群，叫"山海雅韵"，发动本市青年爱好者参加，也有一些学生参加，引导他们进行古诗词创作。她觉得仅凭自己的力量还不够，还邀请了市文联江天主席和曾解校长两位德高望重的专家进群指导。

她不只在网络上进行诗教，平时上课，在古诗词的教学中也十分重视培养学生的诗心诗情诗兴。

她为何对古诗词的创作和教学如此热心？她最初学习古体诗词创作，在一个叫"平凡人生"的文学论坛古体诗词专栏发表作品，得到诗友们和导师的及时点评与鼓励，他们素昧平生，至今不曾谋面，几年来却给予她无私的帮助，坚定了她创作的信心。后来加入防城港市诗词学会，得到王权才、江天、陆汉松、曾解、黄仕雄等学会领导的关怀和支持，以及本地一些知名前辈导师的言传身教，有了更多学习和展示的平台。她在"中华诗词之市"这方沃土一步步成长起来。她说："导师们多年来对我的支持与鼓励，感激之情无以回报，只能努力多出好作品，学习导师们承传中华优秀传统文化的精神，尽我所能去带动、帮助一些诗词爱好者学习古诗词创作，提升他们的精神情操。我相信，只要努力，以一传十、十传百的发展趋势，中华诗词之花一定能在我们防城港市遍地开花。"赤诚的感恩之心，阔达的胸怀！

李银花是防城区第三小学的语文老师。她曾在"新派作文"群里得到张培茜老师的耐心指导和发自内心的鼓励，使她在"打油诗"创作上学有所成。她说："张培茜老师是我学诗中遇到的第一个诗词贵人。"感激之情溢于言表。她是一个军嫂，性格开朗，精神蓬勃，说起话来面带微笑，自有一种令人愉快的亲切感，难怪孩子们这么喜欢她。

她是一个智慧型的老师，善于运用自己的学识、阅历、经验去教书育人。她在"打油诗"的学习和创作中感到非常快乐，有时仿佛回到了童年，重现和小伙伴们编唱顺口溜的情景：一群孩子在水塘里洗完澡，站在场坪上边晒太阳边拍着手唱，"晒、晒、晒麻秆，你的不干我的干。"吃过晚饭招呼伙伴们出来玩，"快快快，星星月亮已登台。谁家的孩子不出来，拎起尾巴撂出来。"早晨上学路上看到初升的太阳，小伙们兴高采烈地说："太阳早起涂胭脂，脸儿红红好鲜姿。"有次玩起比赛编顺口溜的游戏，结果把村里每户人家的名字都编成了顺口溜，大家跳着唱着，乐不可支，在回味童趣中忽有所悟。哦，对了，孩子们最喜欢儿歌、童谣。兴趣是最好的老师。顺口溜是打油诗的雏形，何不把打油诗融进教学教育工作中？

她用打油诗帮助学生理解课文，化解难点。课本里的人物众多，学生学过后容易忘掉，她就编成顺口溜，让学生记住各个人物的特点。如上完《英雄小雨来》一文，她如是总结："雨来似泥鳅，常在水里游。强敌无所惧，智救李大叔。"几句妙趣横生的顺口溜生动地描述出小英雄雨来的可爱形象。对小学生来说，学习转述句是个难点，她总结出口诀："改转述，并不难，提示语，不用变。冒号引号全去掉，逗号句号功劳建。遇见你，换成我，第一人称该第三。语气词，若现身，记得一定消灭完。几句口诀牢牢记，转述大山变泥丸。"这样一来，化难为易，学生唱着顺口溜，轻轻松松就记住了。

她用打油诗激发学生的写作兴趣。学生大多害怕写作文，但对打油诗特别感兴趣，是在课堂上受她耳濡目染的缘故。乘着他们的兴致，她就试着引导他们写打油诗，先用网上一位三年级学生发表的一首有趣的打油诗切入，学生兴趣勃勃，跃跃欲试。第一次让学生在日记中写首打油诗，全班七十九人，破天荒第一次交齐日记。有位同学在日记中写道："老师让写打油诗，写不出去拉屎，拉完还要去写诗，胡乱凑出一张纸。"李老师给他改了最末一句"免得别人说白痴"。这虽然不怎么像诗，但懂得押韵，念起来也顺口，有生活，有实感。她热情给予鼓励、点赞。这位学生，现在老师让他写一首，他能写五首，成了班里的小诗人。李老师带的班，有十几位学生的作品发表在防城港诗歌刊物上，大大刺激了学生写诗的积极性，同时提高了作文写作水平。

她用打油诗鼓励、教育学生。一次她在课堂上看到一位同学作业写得又快又好，她就用打油诗表扬她，"×× 小妞不一般，动作迅速如闪电。大家都向她学习，何惧作业三两篇。"发现有同学上课走神，不专心学习，她就用打油诗教育，"人勤地长苗，人懒地生草。专心勤思考，个个争三好。"寓教于乐，她的课堂诗意盎然，学生在快乐中健康成长。

张培茜、李银花两位老师，以诗育人，用自己的行动弘扬中华传统文化，在诗教中放飞理想之帆。

2016 年 3 月

山庄飘香，农家传奇

百果香山庄位于马路镇南端冲榄村。马路镇地处山区，层峦叠嶂，群峰巍峨峥嵘。我们的车子在崇山峻岭中走了个把小时，眼前豁然开朗，迎面是一个广阔的停车场，场中已停了许多车子。我们走下车，不约而同驻足放目，停车场大概有三千平方米，铺着彩色地砖，漂亮气派。"农家山庄，我也去过几处，未曾看到如此大的停车场。"我由衷地赞叹。一位建筑工人从旁边走过，"这还不算大呢，足球场比这还大。"他指指对面的一座山说。"还有足球场呀？"我们惊讶得瞪大了眼睛。看看去。

我们沿着一条较宽的水泥道，登上了山腰，哇！把半座山削去了，出现了数千平方的水泥场地，场地的周围已种上两排高大的棕榈树，靠路的一面山坡已植上草坪。听在场的建设工人说，要把这里建成漂亮的足球场、篮球场、排球场和羽毛球场。足球场铺上人造草，其余球场铺塑胶。那是多么时尚壮观的综合运动场啊！我仿佛看到生龙活虎、你追我赶、热火朝天的比赛场面，听到震耳欲聋的鼓劲声、喝彩声和欢呼声。

我感到了这个山庄非同一般的气势。

高大雄伟的山庄门楼巍然屹立，尚未竣工，还在装饰。大门左边立着一块巨石，上面红色的石刻文字鲜亮夺目，"联合国开发计划署广西少数民族旅游示范区"。山庄名气很大，令人震撼。

大门的右边竖着一块百果香山庄景区提升工程效果图，图中的景色美得惊人。

走进大门，一条平坦宽阔的水泥道向前延伸，右边是一个漂亮的儿童游泳池，池底和四周池壁、池沿皆用白底蓝花点的瓷砖铺贴，好像翡翠般的水珠洒落到白玉上，美赛瑶池。池内安装有一座红黄绿紫相间的螺旋形滑梯。池水清澈见底，水不深，五六岁的孩子可以直起身子站立，安全系数很高。正值周日，一群大大小小的孩子在戏水、游乐，有些较小的，在大人的保护下，套着救生圈或坐在充气小艇里拍水咯咯地笑；有些像鱼儿自由来去，快乐无比；有些登上梯子，鱼贯溜滑梯，溅起簇簇水花，清脆的笑声伴着珠玉飞。

儿童游泳池对面是一个巨大的荷花池，大约八九亩。荷花池中在建的文化长廊和民俗演艺舞台已成规模，木质结构，造型别致，古朴典雅。因建设施工，荷塘还未蓄水。可荷叶却等不及了，纷纷顶出翠绿的小伞。待工程竣工，风车扬珠，水碧荷艳，锦鳞戏波，鸳鸯缠绵，白鹭翩跹，景随水生。晚上舞台彩灯映照，五彩斑斓，美若仙景。乐声、歌声与自然之音共鸣，舞姿与风荷同婀娜，赏心乐事，不知能迷醉多少人。

荷塘的西南面，一池波光闪动，那是成人游泳池。池中一群游客劈波斩浪，蛙泳、蝶泳、侧泳、仰泳、潜泳，姿态各异，变化多端，游得舒心惬意，游得自由欢畅。

荷塘的西北面，一方碧水，山光云影共徘徊。一个带栏杆的台子，伸到水中央。一群游客，散开坐着矮凳子手握长竿垂钓，气闲神定。鱼塘大概六亩，三面靠山，只有一条堤坝，泉水从山谷流出，聚积成塘，肥大了千万尾纯洁优质的鱼儿。

亭台楼阁，餐厅馆舍，皆傍水而建，有江南水乡的韵味。这里的水都是从深谷里引来的山泉水，清亮透明，一尘不染。各处建筑和景点有水泥道连通。山庄内，绿树繁荫，树种多样，龙眼、荔枝、菠萝、黄皮等果树，有的开花，有的挂果，有的果小如星，有的大如拳头，有的青嫩，有的成熟飘香。许多名贵的树木秀逸其中，罗沙松、黄花梨、秋枫木、山铁、杪椤等等，令人大饱眼福。

山庄的周围山高林密，充满负氧离子，是得天独厚的森林氧吧。

水的灵秀与山的清新，构成了这个山庄异常优美的环境。

来到山区，是要登登山的。我们在一座山脚下沿着水泥道步步向上。到达山巅，乍看，以为到了天堂，五颜六色的宫殿成排成片，佳木花卉香草环绕。定睛细瞧，原来是帐篷宿营区。馥郁的异香扑鼻而来，感到奇怪，问管理员，他说："这是香茅、驱蚊草、夜来香发出的香气，是用来防蛇防虫防蚊的，山庄房子旁边都种有。"难怪在山庄转悠了半天，未被一个蚊子叮咬。

这座山，是这一带最高的山。站在山巅，举目远眺，千山万岭连绵起伏，如大海的波涛汹涌澎湃，磅礴气势。眼界胸襟顿然开阔起来，精神和心灵同时增大了容量。若夜宿于此，聆听山鸟呓语、清风吟唱，与像举手可触的月亮星星眉目传情……天堂？人间？真的弄不清了。

从山上下来，已是正午，饭厅坐满了客人，人气很旺。我们从一处棚式的餐厅旁边走过，听到了一些啧啧的赞扬声："这些菜真好吃，真正的绿色食物。""这是养生长寿菜，我要多吃些，回去不用吃晚饭了。""哈哈哈"。一阵笑声响起。

中心餐厅的大门旁和厅内的墙壁上挂着数块牌子，从中惊悉，百果香山庄 2014 年被评为"广西壮族自治区四星级农家乐"，2015 年成为"中国农业大学研究就业实践基地""防城港市青年创业示范基地""联合国开发计划署广西少数民族旅游示范区"，并被评为"中国乡村旅游金牌农家乐"和"中国乡村旅游模范户"。山庄老总黄风冰荣获"中国乡村旅游致富带头人"荣誉称号。此山庄曾上过央视二台和四台的节目，扬名神州。了不起的山庄，了不起的创业人。

黄风冰还很年轻，三十出头，是名退伍军人。他中学毕业应征入伍，2003年从南海舰队复员回乡，当年只有二十岁。他的家乡山多田少，他出生时，村里已分完了责任田地，他成了一个没田没地的人。家里一共十四口人，生活困窘，他不能再像读书时靠家里供养。回到家，背包未解。翌日早晨，就去东兴市打工。他做过码头搬运工、商场保安、当过公司老板司机等等。打工两年后，他用省吃俭用攒下的钱买了一台二手小货车，跑单干，到边贸市场为别人拉货。后来，开过音响店，成立过贸易公司等。一路走来，艰苦创业，彰显出军人坚韧无畏的品质。

一天，他跟朋友去本市江那农家乐玩，受到启发，想到自己的家乡山清水秀，百果飘香，山中有许多珍贵的自然特产，玉桂、八角、糯米茶、金花茶、牛大力、沙糖橘、石斛、香茅、金银花等，都是具有极高养生价值的长寿之物。马路镇就是著名的长寿之乡。依托地处"长寿之乡"的自然生态之源和饮食养生等文化特质，如果在家乡建起一个融休闲、观光、娱乐、运动、养生、餐饮为一体的原生态乡村旅游山庄，只要办出特色，酒香不怕巷子深，不愁没客人。老家的自留山和田地都是父母兄姐的，没他的份儿。想用家里的地建山庄，必须征得家人的同意才行。

当天晚上回到家，他把这个想法向家人说了，以土地入股的形式，用家里的地建一个旅游山庄，得到全家人的支持。说干就干，雷厉风行，军人的作风不变。先修路、引水、开塘、种花草风景树，接着建一些简易的凉亭、餐厅、烧烤场……山庄从小到大，逐步发展到现在的规模，占地三百余亩。自2009年建设以来，已累计投入资金一千万元，山庄种植风景树一万两千多棵，建有大型的绿色蔬菜种植和家禽养殖基地，年接待游客近四万人次。

山庄的发展，解决了本村许多人的就业问题，父老乡亲非常感激他。他还和市旅游局去上思县和马路镇几个扶贫村吸收一些青年来山庄工作。他之所以给山庄取名为"百果香"，意为让百家参与，共同致富，百果飘香。

黄风冰在创业中，得到了当地各级政府和有关部门的鼓励和支持，多次到外地参观学习，管理水平和能力不断提高，目光更远大。他计划将山庄逐步向更高级形态提升，建立"农民合作社"，通过土地综合整治和流转、合作经营、入股分成等方式，将餐饮原材料供给逐步向山庄外部转移，由周边村民进行农作物种植与畜产品养殖，山庄做好源头监控，保证原材料质量安全。

他规划五年内建采摘果园，私人定制农场；打造人工河流及人工瀑布景观，在人工河畔，建古典茶艺室、西式咖啡屋（亭）、山泉水中药沐浴室；建设欧式木屋别墅、露天婚庆广场等项目，朝着 A 级景区迈进，步伐铿锵，一往无前。

百果香山庄将越做越强大，越变越美丽，为周边农民就业、增收、致富开辟更宽广的道路。

2016 年 5 月

脱下军装，依然是最可爱的人

"八一"建军节已过了十几天，但那嘹亮的歌声，依然激荡在耳际，那感人的场面仍旧鲜活在眼前，令我难以忘怀。

那天，东兴市马路镇百果香山庄充满节日的喜庆气氛，大门上五星红旗和"八一"军旗高高飘扬，山庄内外彩旗招展。荷塘中的舞台和文化长廊上面飘动着一大片红色的旗帜，那是五星红旗与"八一"军旗相间排列的旗帜长廊，鲜艳夺目。远看那靠山的水上文化长廊，宛若一艘停泊港湾的军舰，一百余名头戴中国海军帽、身着崭新蓝白条纹海魂衫和深蓝色裤子的南海舰队退伍军人欢聚一堂，共庆佳节。他们来自防城港市各地，大多是1992年、2002年、2003年入伍的，年龄三十至四十余岁，英气勃勃，依然是铁血男儿。

舞台居于文化长廊的正前方，距离很近，有木桥相连。舞台墙上拉着一条鲜红的横幅，上书"战友情深，我们永远的节日"。横幅下面挂着一大块红布，上面签满字体各异的名字。在这个背景前面，摄影师的镜头对准队列整齐，军姿威严的方阵，动情地按下快门，将这美好的时刻留住。

拍完合影，他们列队回到文化长廊落座。战友相聚，有说不完的千言万语，有回忆不尽的战友情，喜洋洋、乐融融。

"起立！"话筒里发出一声洪亮有力的口令，刷地，全体挺胸而立。音箱响起了《人民海军向前进》的过门乐曲。一位战友跳上一张椅子站着起音，挥动有力的手臂指挥，顿时雄壮的歌声响起：

> 红旗飘舞随风扬，
> 我们的歌声多嘹亮，
> 人民的海军向前进，
> 保卫祖国海洋信心强。
> 爱护军舰像爱护自己的眼睛一样，
> 保卫和平保海防，
> 我们有毛主席英明领导，
> 谁敢来侵犯就叫它灭亡。

唱完此首歌，接着唱《我爱这蓝色的海洋》《团结就是力量》等歌曲，歌声充满自豪，充满骄傲，充满信心和力量，充满对部队对祖国的爱，震撼人心，气壮山河，感天动地。

我们几位应邀而来的文友和军嫂，坐在一起，激动地为他们鼓掌。一位女文友代表我们走上前去，唱了一首《为了谁》，以表达我们对他们的无限敬意。他们回报了雷鸣般的掌声，大多感动得眼眶发红。也许他们想起了从军的峥嵘岁月，想起军民携手守海防的鱼水深情。

他们的军龄长短不等，大约两至六年。但他们同在部队这个大熔炉里经受锻炼，坚强了意志和毅力，树立起崇高的人生观和价值观。

他们退伍不褪色，军人的本质不变。他们绝大部分是农村兵，复员后没有工作安排，脱下军装，就是农民。但不管生活条件如何艰难，他们始终无怨无悔。用自己握过枪的双手，拿出训练攻坚百折不挠的韧劲，艰苦创业，开拓生活的新天地，许多成为自己家乡的致富带头人。百果香山庄老总黄风冰就是他们其中的一员，从2003年复员到家的那天起，经过六年的摸爬滚打，艰苦奋斗，汗水浸满创业的脚印，经验才智在艰难的探索中日渐积累丰富。2009年，他以敏锐的眼光和胆识在家乡建起了这个融休闲、观光、娱乐、运动、养生、餐饮为一体的原生态乡村旅游山庄。山庄从小到大，逐步发展到现在的规模，占地三百余亩，累计投入资金一千多万元，建有大型时尚的停车场和运动场（包括足球、篮球、排球、羽毛球等球场在内），还建有纤尘不染清澈见底的儿童、成人游泳池。荷塘叶碧花艳，水中和岸畔的建筑古朴典雅，美若蓬莱。天堂般的山顶帐篷宿营区，令人心灵飞翔。旅游设施多种多样，景点目不暇接。山清水秀，绿树成荫，风景如画。山庄年接待游客四万余人次。

山庄建有大型的绿色蔬菜、水果种植和家禽养殖基地。通过土地综合整治和流转、合作经营、入股分成等方式，让村民参与农作物种植与畜产品养殖。

山庄的发展，解决了本村许多人的就业问题。他还和市旅游局去上思县和马路镇几个扶贫村吸收一些青年来山庄工作。他之所以给山庄取名为"百果香"，意为让百家参与，共同致富，百果飘香。他深得当地群众和有关领导的赞扬支持。

被家乡父老视为骄子的龙先胜，原来是有工作单位的，这是令多少人羡慕的事情。一天，他做出了一个惊人之举，把好端端的一份工作给辞了，回家当农民。许多人不理解，放着每月几千元的工资不要，偏要自找苦吃，认为他太傻了。

他是防城区江山镇潭西村万松组人，高中学历。1991年12月参军入伍，成为南海舰队廉江工程技术大队的一名战士，新兵训练一结束，他就被派到广州一所军校学习，学制为一年。主要是学习工程车辆驾驶及工程机械维修技术。他聪明好学，成绩很好。毕业回到部队，被分到机械连驾驶车辆。一年后，担任训练队的教官。1994 年 12 月复员。

复员后，他被安排到防城港务局工作，在机械大队开机械。一年之后，他被提升为机械队值班管理员，在这个岗位上一直做到 2010 年辞职。辞职前每月工资四千多元。这个工资水平，在当时，已是颇高的了。

他辞职是为了父老乡亲。那时村里大多数人生活一般，有些还是困难户。过去，他家里生活困窘，曾得到过乡亲们的帮助。滴水之恩，当涌泉相报。他舍小家而为大家，回村带领父老乡亲一起致富奔小康。他利用本村靠山面海的地理优势和发展经济的有利资源，办起农民种养专业合作社，经济发展的方式：立体化养殖，原生态种养。短短几年时间，搞围池海水对虾养殖三十亩，淡水立体化养鱼八百多亩，鱼的品种多样，有青鱼、草鱼、鲢鱼、鲤鱼、鳙鱼、鲮鱼、罗非鱼等，水里是一片欢腾的世界。养猪存栏两百多头，养鸡、养鸭等家禽存栏三千多只。种植果树八十多亩，有龙眼、荔枝、菠萝、柑橘、甜杨桃等十多个品种，果林四季飘香。种植桉树六百多亩，林海绿涛涌天边。他边干边学，认真学习和钻研有关科普书籍，掌握科学的种养方法，以确保丰收。多少个暴风骤雨的晚上，他彻夜不眠，打着手电筒巡视鱼塘虾塘，及时排除安全隐患。多少个酷暑烈日下，他在塘边来来去去测试水温，防患于未然。他为集体的事情默默操劳，无私奉献。在他的带领下，合作社步步向前，丰收连连，每年人均收入五万多元，生活水平逐步提高。父老乡亲非常感激他，说他不愧是部队培养出来的好孩子，是他们的主心骨和福星。

现在他正在投资建设一个以"游山观海，尝果品鱼"为主题，别具一格的"龙湖休闲生态园",带领父老乡亲在致富的道路上马不停蹄朝前奔。

像黄风冰和龙先胜这样的致富带头人,还有许许多多,因篇幅有限,无法一一叙述。但从他俩身上可以充分看到军人敢问路在何方的勇敢无畏的创业精神。

他们心连心,战友情深。这些复员军人,他们入伍时间不同,即使相同,也很少有在同一个连队的。他们大多原来不认识,出于对部队的热爱,对军旅生涯的怀念,凝聚一起,增进战友的情谊。他们互相鼓励,互相支持,在新的征途上携手并肩,向前奋进。1995年,他们成立了"战友会",并同时成立了"战友基金会",涵盖困难、助学、大病资助等项目。他们中的一位战友热泪盈眶地给我讲起了战友们对他的帮助。

他叫唐兵,家在防城区大菉镇那批村,1991年12月入伍,1995年12月复员,在家务农四年,1998年底安排到防城区广播电视台工作,2004年因病内退。2007年底检查出尿毒症,起初,每周要透析一次,每次要花五百多元,不到一年,本就不富裕的家庭更加困难,他想不治了,听天由命吧。战友会组委知道了,每年都去看望他,给他送慰问品、慰问金,战友们的无私援助和鼓励,让他坚定了与疾病做斗争的勇气。"战友真是亲如兄弟啊!"他说完,拉着身旁一位战友的手对我说,"他就是我们的会长黄健。"

黄健肤色黧黑,体格健壮,敦厚淳朴。他是港口区冲孔村人,与唐兵同年入伍同年退伍,但不在同一个连队。他在南海舰队工程技术大队,负责岛礁建设。美济礁,就是他们建设项目之一。海上建设,任务非常艰巨,锻造了他吃大苦耐大劳坚忍不拔的意志。复员没有工作安排,他务农、捕鱼、维修、抽沙、淘矿、做建筑,三百六十行,他几乎都做过,备尝艰辛,但没有什么困难能把他打倒。现在市中心金湾农贸市场开个鱼摊，凭诚实守信、以人为本的宗旨经营，他的鱼不放任何化学保鲜剂，用纯净的海水打氧保鲜，原生态，安全，生意不错。他的生活现在还不算很富裕。但他每年都投钱进战友基金会，尽自己的一份力量帮助战友。他对战友会的工作非常热心，常为战友的事情奔忙，乐此不疲。他知道战友唐兵的病情越来越严重，现在每周要透析三次，医生建议唐兵换肾，但肾源和手术费得需要十几万，这对唐兵来说无疑是一个巨大的天文数字。他说战友们会想方设法帮助唐兵，如果基金会钱不够，准备扩大规模为唐兵募捐，不能眼看战友无钱治病。战友之情，令人动容。

他们脱下军装，依然是最可爱的人，"八一"军旗永远在他们的心中飘扬！

2016 年 8 月

重教助学的廖氏武威慈善协会

防城港市廖氏武威慈善协会成立的宗旨是济贫、助学、奖学。此协会的发起人是防城区滩营乡石合村抗日老兵廖章的儿子廖志环。

廖志环秉承良好的家风家教，是一个仁厚充满爱心的人。他勤劳致富，怀抱感恩之情，逢年过节，忘不了村里的五保户，给他们送钱送物。他曾资助村里的孤儿和贫困户的孩子上学，给村里的小学捐献一批新桌椅，更新一些教学设备。常在"六一"和教师节到当地学校慰问学生、老师，尊师、爱生、重教。五年前，他就萌生了一个想法：济贫助学，个人的力量是有限的，众人拾柴火焰高，何不组织个慈善协会，让生活条件好的宗亲一起献爱心，更大范围地帮助那些需要帮助的困难家庭，奖励更多的优秀学子。主意一定，他就不辞辛劳联系、走访、发动，他的这个想法得到了许多廖氏宗亲的认同、支持，济贫助学奖学，于国于家于子孙后代都是一件功德无量的事情，何乐而不为？

经过一段时间的组织筹备，"防城港市廖氏武威慈善协会"终于在2013年12月正式成立。协会在组建阶段，廖志环首先捐了不小的一笔款子，作为协会的流动资金。协会成立后，他还每年捐资。廖氏宗亲踊跃加入协会，现在已有三百多名会员，并设有大箓分会。

协会有完备规范化的组织机构，设有会长、副会长、秘书长、出纳、会计等职务。廖志环被选举为终身会长。

2013年至2017年，会员捐资共计一百多万元，捐资的会员有本市的，有钦州、南宁、重庆等外地的，有港澳台地区的，有越南、马来西亚、加拿大等国外的华侨。协会的收入支出公开透明。五年来捐资一万元以上的就有十七人，四万元以上的有七人，廖志环会长捐资逾十七万元、廖锦明执行会长捐资逾十四万元。2014年至2017年，协会资助、奖励学生三百多人，还对五保户、困难户进行资助。对病重无钱医治者，设应急平台，给予救援，让重症病危宗亲得到及时救治，其中有八人从死神手里被抢救了回来。他们感激不已，说"是武威慈善协会给了我们第二次生命"。

协会从成立至今年，共举行了五届"高考优秀武威学子金榜题名表彰大会"，每年一届。今年是第五届，我有幸被邀请参加。

表彰大会于8月26日十时在防城区南城大酒店举行。那日，天空湛蓝，阳光灿烂，熏风阵阵，天气特别好。南城大酒店门前锣鼓喧天，雄狮起舞，爆竹震耳欲聋。大堂门楣上拉着一条醒目的红色大横额，上书：热烈庆祝2017年防城港市廖氏第五届高考优秀武威学子金榜题名表彰大会隆重举行。大门两边的高楼墙壁上，挂满了红色的长长条幅，红了半边天，鲜艳夺目，这是武威慈善协会写给每位金榜题名的学子的贺幅，上面写有学子的姓名和录取的院校名称。许多人站在条幅前昂首仰望，大多是来开会的学生和家长。他们神情激动，好些眼中泪光闪烁。来到南城大酒店门前，就感觉到一派热烈、隆重、喜庆、感人的气氛。

走进二楼的会场大厅，铺着红地毯的舞台上面墙壁挂有一大块电子显示屏，正在播放前四届的表彰大会的盛况，电子显示屏上方和正对后面的墙上均拉着红色的表彰横幅。学生、家长、宗亲喜气洋洋欢聚一堂，谈笑风生。几张圆桌面上由里到外层层摆放着红色的奖状和荣誉证书，乍看，像绽放的硕大艳丽花朵，赏心悦目。这些奖状和荣誉证书是准备颁发给高考优秀学子和捐资赞助的宗亲的。

此届考上本科的防城港市廖氏学子共二十四人，其中六人考上一本，两人被"提前批"录取，十四人考上二本。录取的院校有对外经济贸易大学、浙江工商大学、昆明大学、广西师范大学、广西民族师范大学、广西财经大学、广西科技大学、铁道警察学院、右江医学院等等。录取的专业有德语、英语、音乐、法学、金融学、自动化、电子信息工程、通信工程、软件工程、临床医学、汉语言文字等。这些廖氏学子来自上思、大菉、平旺、滩营等村镇，多是农家子弟。他们分别是从我市防城中学、实验中学、市高级中学、上思中学毕业。他们不仅是廖氏武威的优秀学子，也是防城港市这几所中学培养出来的优秀学生。我作为一名从事多年高中教学的教师，懂得考上大学是多么不易，对学生有着特别的情结，由衷地为他们高兴。

表彰大会在武威廖氏醒狮队舞狮闹场庆贺后拉开了序幕。大会由廖桂喜秘书长主持，廖志环会长讲话。他眉开眼笑，打心底里祝贺这些考上大学的武威学子，赞扬他们勤奋好学，金榜题名，为防城港、为廖氏争光，勉励他们百尺竿头，更上一层楼，希望他们上大学后，再接再厉，继续勇攀高峰，学好本领，将来更好地为人民、为祖国做贡献。他讲话结束，掌声雷动，经久不息。接着是学生代表廖树海讲话，他是本届武威学子文科高考状元，以 633 分的成绩被"提前批"重点大学对外经济贸易大学录取。他在讲话中，对武威慈善协会的关怀和帮助深为感激，"协会举办的几届高考表彰会，给我们极大的鼓舞，更加激发了我们学习的积极性，成为我们争当优秀学子，为武威争光的动力。今天我们能考上大学，能站上这个领奖台，与协会这个温暖的大家庭的呵护支持是分不开的。我们一定继续努力学习，以优异的成绩报答父母、报答老师、报答武威。"他的话代表了此届学子的心声。继之，廖氏的老牌大学生、家长、宗亲等几位代表发言。之后，表彰会进入高潮，举行隆重的颁奖仪式，二十四位学子满怀喜悦走上领奖台，从颁奖的协会领导手中接过奖状、奖金。那是一个多么欢欣鼓舞激动人心的场面！家长大多眼含热泪，我也感觉眼中水雾迷蒙。

"敬教劝学，建国之大本，兴贤育才，为政之先务。"重教助学励学，是中华民族优秀传统文化美德，廖氏武威慈善协会在传承这一文化传统中做出了巨大的贡献。

"一个篱笆三个桩，一个好汉三个帮。"文化的兴旺发达，同样离不开大家的共同努力。从一个家庭、一个家族、一个宗族层层重教励学，推而广之，势必蔚然成风，大气磅礴，书香长盛不衰，人才辈出，栋梁之材生生不息。

2017 年 9 月

第四辑　心海涟漪

歌声飘过三十年

今天，整理书橱时，随手拿起一本旧笔记簿翻了翻，登时眼睛一亮。那是一本厚厚的乐理笔记簿，字迹整洁，图形美观，足见当时书写认真。我无限爱惜地一页页翻看，美妙的旋律在心底悠悠而起，一个可亲可敬的身影在记忆深处渐渐清晰起来。

在钦州师范读书的那年，第一节音乐课预备铃声刚响，几十双眼睛迫不及待地聚焦教室门口，以兴奋的心情等待着。听说上我们音乐课的潘承全老师，在广西音乐界是很有名气的。不久，一位戴着近视眼镜中等个子的中年男老师，右手拿着一本讲义夹，迈着矫健的步子神采奕奕走进了教室。师生端立互相问好后，他把讲义夹轻轻放在讲台上，拿起一支粉笔，转过身去，一阵挥动，黑板上立即出现一行漂亮的谱子，谱子前面标出"2/4"。他指着"2/4"问："这个叫什么？"大多数同学不敢回答，只有几个胆大的说是"四分之二"。他笑笑道："这只是数学中分数的读法。音乐中叫'拍号'，表示以四分音符为一拍，每小节有两拍。简称四二拍。"他接着让我们唱唱这行谱子，结果唱得一塌糊涂，音高低不分，节奏快慢不懂，杂乱无章，啼笑皆非。我想，老师对我们一定很失望。但出乎意料，他听后却和蔼地说："看来你们的音乐基础还很薄弱。唱歌，得先唱谱，唱谱得懂乐理。学好乐理，就水到渠成，自然会唱歌了。以前不懂乐理没关系，现在我们从头来。只要努力学习，一定能学会唱歌。"

对于我来说，音乐基础岂止薄弱，简直是一窍不通。小学、初中虽然开设有音乐课，基本是每周一节，作为不用考试的次要科目，不被重视，一直没有音乐课本，老师上课只是教唱唱歌，预先用毛笔把歌曲抄到一张白纸上，上课挂到黑板上面墙壁正中的地方。老师教唱歌，很少教唱谱，学生也不愿唱谱，只想唱歌词，老师教一句，学生唱一句，鹦鹉学舌。老师教过的歌才会唱，没教过的，就不会唱了。

因唱歌，我曾经历过一次刻骨铭心的尴尬。高中毕业回乡务农，生产队叫我做政治夜校辅导员，主要任务是读报教唱歌。开始不以为意，老师教会的歌多着哩，有得教。我在夜校教的，都是自己熟稔的歌曲，可谓得心应手。一个夏天，我们生产队来了几位支农的解放军同志，分一个住到我家。他姓刘，是部队的文化教员，连队的文艺骨干。一日，他拿出一本新歌曲集给我，叫我给夜校教几首新歌。我翻开一看，都是陌生的歌。"这些歌我不会唱。"红着脸，不好意思地把歌书还给他。"不会唱，可先唱熟再教呀。"他没接歌书。"我不会识谱，学不会。"他一脸愕然。我感到非常难堪。这件事，让我产生了学习音乐的强烈渴望，并暗下决心，若有机会，一定把唱歌的本领学到手。

现在机会来了，我以昂奋的精神和高涨的热情投入学习。

潘老师引领我们真正走进音乐之门，他有计划有步骤由浅入深地对我们进行乐理教学，从音高、节奏到音阶、音程、变音、转调等逐步推进。当时上课，依然没有音乐课本，那是文化遭受浩劫百废待兴的时期，课本还不齐全。他上课，尽量多板书，叫我们做好笔记。练习大多是印发的。每节课，我边听边学边做笔记，老师上课的内容，我基本记下来。课后，再把笔记整理誊到一本漂亮的硬皮笔记本上，也就是现在看到的这本。潘老师教学责任心强，对学生要求非常严格，测验考试不及格，一定要补考，考到及格为止。他常对我们说："你们出去是做老师的，一定要踏踏实实把本领学到家。"我们既尊敬他，又害怕他，这就是敬畏吧。他严中有爱，爱在严中。常利用课余时间，对一些学习感到困难的同学进行精心辅导。他的教学宗旨是：严要求，高质量，不能让一个学生掉队。

音乐考试，我们感到最难的一次是听音记谱，老师用手风琴拉出旋律节奏不同的数段曲子，每段拉两遍，要迅速把谱子写出来。那次考试全班五十人，只有寥寥几个同学过关，我庆幸是其中之一。这次考试从整体看，是惨重的失败，潘老师大为震惊，心情沉重地反思，是自己的教学有问题，抑或别的什么原因呢？他深入班级了解情况，同学们普遍反映：用手风琴拉曲子听不太清楚，"附点音符"尤为难辨，风琴开合有一种气流声干扰。"啊，原来是这样。"他松了一口气。

第二天上课，潘老师叫人把自己心爱的贵重钢琴搬到教室，那时学校没有钢琴。他用钢琴弹了几段曲子，声音清亮悦耳。弹毕，问我们听清楚了没有。"听清楚了。"同学们异口同声地回答。"好，每段曲子我再弹两遍，你们试着把曲子记下来。"下课时，叫我们把记下的谱子交上去。翌日，他喜笑颜开地告诉我们，第二次听音记谱考试全部通过。"啊！"教室欢声雷动。他让我们在不知不觉没有紧张和压力的情况下，轻松愉快地完成了一场考试。潘老师用心良苦。

经过半年时间的刻苦学习和训练，我们从简谱到五线谱，从声乐到指挥，系统地学完了音乐课程。经过一次次严格的笔试和打拍视唱考试，我们闯过了一道道难关，最后全部通过。我们终于真正学会了唱歌，感谢潘老师这位"授人以渔"的好老师。

结束音乐课的第二天，潘老师抱着一大摞油印的歌曲走进教室，欣悦地说："该到你们向学校汇报的时候了。我想在下个月的校庆晚会上，由我们班和七二班共同演唱《黄河大合唱》，整部作品，由八个乐章组成。我把印好的歌曲发给你们，你们自己先唱熟，两周后集中排练。你们有信心唱好吗？""有！"我们齐声响亮地回答。

那两周的课余饭后，校园里随处可以看到拿着歌曲哼唱的身影。第一次集中排练，我们已能把整部歌曲较熟练地唱出来。指挥、独唱、对唱、朗诵全由学生担当。在排练中，潘老师只做些艺术性的指导。

演出的那天晚上，我们的节目排在最后，当一百人的歌声响起，宛如澎湃滔天的黄河波涛，激越雄壮，气势磅礴，震天动地，场下响起阵阵急风暴雨般的掌声。潘老师听得泪水莹莹。

这歌声，已飘过了三十多年，至今还在我的耳际回响。潘老师早已离开了我们，但他的音容笑貌依然鲜活在我们的记忆里，他的教学方法，我们一直在承传。

2016 年 9 月

暖心的日子

"旭日东方红似火，熏风南国暖于绵。"今晨，确感气象如诗，心情特别舒畅。"丁零零"，一阵悦耳的电话铃声响起，拿起话筒，听到了一个亲切而熟悉的声音，惊喜异常。今天确是个好日子，一早贵客临门。我一溜小跑噔噔噔下楼去开门，我所在的防城中学刘永清校长和冯芳、梁德文两位主任，笑容满面，出现在我的面前。我激动不已，连忙把他们迎进屋。

坐下后，刘校长说明了来意，"'七一'期间，我们代表学校来慰问退休党员老师，实际是与老同事、老朋友聚一聚。"顿时，我心中一股暖流涌起。她关切地问了我退休后的生活和身体等情况。我感到心里热乎乎的，眼眶潮热。

是的，他们既是可敬的领导，也是可亲的同事、朋友。最难忘的是，我们曾几度携手并肩，同心协力奋战在教学第一线。苦乐时光，最凝情。现在欢聚一起，丝毫没有局促和拘谨，谈笑自然，充满亲切感，就像过去工作时一样，没因我退休时过几年而显出半点生分。

朋友登门，不亦乐乎？许多难忘的往事一下子在记忆的屏幕上清晰回放。

承担高三的课程，就是承担一份重托，一份厚望，压力大，任务重，工作繁忙。为了不负使命，我们挺起脊梁，共同肩起重任，同心勠力，不畏辛劳，经常早到晚归，加班加点。办公室里，大家总是默默埋头于案牍，有时静得只听到窸窣的翻书声和沙沙的笔声。一次赶着改预考试卷，中午大家忘记了下班时间。刘校长（当时是副校长，兼管高三级的工作）和我们一起忙着。其间，她好像悄悄地出去了一会儿。不久，有人送来了香喷喷热腾腾的快餐。"吃饭！吃饭！"刘副校长热情招呼大家，是她解囊招待大家的，我们深受感动。吃完饭，谁也不回家，大家继续工作。领导的关怀，变成了巨大的工作动力。

晚自修，高三住校生比其他年级多上一节课，十点二十分才下课。一晚下自修后，我骑电动车刚出校门，镇上突然停电了，那是一个月黑风高的寒夜，街巷寂静，漆黑一片。家离学校较远，心生惶恐，下车呆立门旁，一时不知所措。少顷，身后响起了一个清亮的声音："禤姐姐，我顺路送你回去吧。"梁德文书记（当时他是团委书记，现在是学校办公室主任）骑着摩托来到门口。"好的。"我像遇到了救星。他让我走前面，并关心地说："别急，慢慢开，路暗。"我骑车本来就不快，他这一叮咛，速度放得更慢。他在后面像伴小孩学骑车那样缓缓跟着。他一直把我送到家门口。我问他家住哪里，他告诉我地址。啊，他并不顺路，为了送我回家，而绕了一个大弯。我怔住了，有说不出的感动。

"禤姐姐，您退休后，我们常想起你风趣的语言，曾给我们带来的欢乐。您还记得吗？那次体育比赛前您的一句话，成了兴奋剂。""是的，那次比赛有你的一份功劳。"刘校长和梁主任立即附和冯芳主任的话，他们会心一笑。我的耳际旋即回响着一片开心的哄然笑声。

在高考备考的紧张阶段，学校党支部为了让师生放松身心，适当地组织了一些体育活动。

一次，学校利用放晚学后的时间，以年级为单位开展教工短跑接力赛。那天，比赛前，年级主任在办公室宣布参赛名单，我瞥见邻桌一位性格开朗，平时爱开玩笑的年轻男同事，仰首专心致志竖起耳朵听，我想逗逗他，让大家乐一乐。听到自己的名字时，我笑笑说："哎呀，我风烛残年，体衰力薄，哪能参赛呀。何老师气壮如牛，勇如猛兽（我故意把最后一个"虎"字偷换了），你不叫他，叫我？"话音未落，轰然爆出一片笑声。"哈，哈，勇如猛兽。"刘副校长笑弯了腰。那位老师也跟大伙笑得流眼泪。"别急，别急，都参加，都参加。"年级主任笑得上气不接下气。

我们带着愉快的心情参加比赛，大家互相鼓励，共同拼搏，终于摘取这次比赛的桂冠。

在教学上我们也具有敢打、敢拼、不服输的精神。领导老师团结一致，同心同德，拧成一股绳，年年高考获佳绩。

现在回想起一起工作的日子，酸甜苦辣皆是情，丝丝缕缕萦绕心间。

哦，我猛然想起今年高考的成绩该出来了，急切地问："今年高考，我们防中考得怎么样？"刘校长说："我们学校出了一个文科状元，唐国森同学以 629 分成绩名列防城港市第一。"啊，我欣喜若狂。母校的成绩总是那么骄人，那么令人惊讶。想想师生之间、领导与老师之间，那种融洽和谐的关系，那种上下一致共同奋斗的精神，出成绩是必然的。我为母校而骄傲！

相聚恨短，他们要告辞回校了，许多工作等着他们去忙碌。我把他们送出门外，看着他们的午子缓缓离开。

此刻，我才真正体会到，过去那些退休老师回校参加支部活动时，言谈举止中对学校表露出的那种深厚感情。

现在，我已在退休的行列里，有了切身的感受。我们虽然退休了，离开了讲台，离开了学校，有着诸多的不舍和眷恋。但不寂寞，始终是防中这个集体里的一员，因为学校常关怀着我们，记挂着我们，心温暖着哩。我为能成为防中的老师而感到无比满足和自豪！

我在门外伫立良久，阳光灿灿的照在身上，心里暖融融的。

2015 年 7 月

情结与思念

昨天，一位街坊好友给我家送来一碟木鳖子粑。她说："从老家那良带回的，拿几个给你们尝尝，不知道你们喜不喜欢吃。"我说："喜欢！喜欢！"并连声道谢。

我第一次认识木鳖子，吃上木鳖子粑，是在童年。20世纪60年代中期，一日，大哥去村外很远的山上砍竹子修猪舍，他扛着一大捆竹子回来，竹头上缠着的一段青藤上晃荡着几个橙黄色香瓜般大的果子，我看到，跑上去问大哥："这是什么果？""木鳖子。""是种的吗？""野生的。""能吃吗？""能。"一听到能吃，我高兴得一蹦三尺高。大哥把木鳖子解下来，递给我。我即刻转身跑进屋告诉妈妈，妈妈接过木鳖子，放到桌子上，说："前几天你大姐带几斤糯米来，待会舂米粉做木鳖子粑给你们吃。"听了妈妈的话，我更加乐不可支。在那个物质匮乏常饿肚子的年代，以往能吃上糯米糕粑，只有在大年时，今天简直是喜从天降。

我坐在桌子旁边，细看那些木鳖子，藤上的叶子像丝瓜叶，果的表皮散布着小小的凸点，有点像木菠萝皮。果已熟透，散发出幽幽香气，我低头，凑近鼻子，深深吸着。

午饭后，妈妈就忙开了，先把糯米加工成粉（单是舂米粉，就用去了两个多小时），再将木鳖子洗净切开，去核，取出橙黄色的果瓤，放进一个大瓦盆里，与米粉搅拌均匀，米粉便变成了粉黄色。逐次舀进少量开水，用力反反复复揉搓，把粉搓透、搓熟、搓柔、搓韧、搓软。把搓成的一大团粉，放到一个事先洗晒干净洒进一些白生粉（以防做粑时黏滞）的簸箕里，从这一大团粉里，依次一小团一小团取下来，捏成圆状的薄片，放进一些预先炒熟捣碎拌好的花生芝麻馅，包起来，捏牢封口，再翻转过来把封口在簸箕上轻轻一按，就成为漂亮的扁圆形的粑。整个过程复杂烦琐，全是妈妈一个人干。哥哥姐姐都各有事做，帮不上妈妈。我跟着妈妈转，力所能及地帮一些小忙。妈妈包出的第一个粑，就让我先尝，问好不好吃，我狼吞虎咽，顾不上回答，只是连连点头。晚饭时，妈妈捧出了一小簸箕木鳖子粑，一家人吃得津津有味，啧啧说好吃。吃完木鳖子粑后，妈妈端给我一碗饭，上面还放着两个鸡蛋，妈妈和哥哥姐姐们都吃粥、吃咸菜。我拿一个鸡蛋给妈妈，她硬是不肯要，哥哥姐姐也没一个肯要，大家都叫我吃。我很诧异，今天为何得到这么多特别的优待？

晚上睡觉前，妈妈对我说："今天是你的生日，你大哥碰巧摘到了几个木鳖子。"我恍然大悟，这是我最难忘的一次生日。那一晚，我搂着妈妈睡，倍感温暖，做了一个甜甜的梦，梦中我长大了，妈妈的生日，我舂木鳖子做粑为她祝寿。

从此"木鳖子"便刻进了我的记忆里。

我的家乡属丘陵地带，遇到木鳖子这样大而好吃的野果实属偶然。后来，我们大队有几个生产队相继建起砖瓦窑，收购大量柴草烧窑，我们村子的山岭日渐光秃，树林也日逐萧疏瘦削，再也见不到木鳖子的影儿了。

我工作之后，每到妈妈的生日，我都特意到菜市看看有没有木鳖子果或木鳖子粑卖，连续看了几年都没有，只好作罢。看来我儿时那天晚上做的梦是无法实现了。

事有凑巧，翌年的一个周日，早上，家里来了一位在山区工作的同学，她说："我来防城办点事，顺便来看看你，带几个野果给你尝尝鲜，我知道你一定喜欢。""什么果？"我有点惊讶。"你猜。"她故意把袋子举得高高的，袋是布质的，看不透，猜不出。一会儿，她把袋子递给我，打开一看，黄澄澄的木鳖子果闯入眼帘。"啊，木鳖子！"我惊喜异常，搂着她说，"老同学呀，你让我实现了一个多年的梦想。""什么梦想？"她莫名其妙地问。"暂时保密。"我给她一个神秘的笑靥。"哦，你怎么知道我喜欢木鳖子？"我诧异地问。她笑道："去年，我在市场碰到你的那次，你正在干什么？"我沉思了一下，想起来了，那时我正向人打听，哪里有木鳖子果卖。想不到她这么上心，我感动地说："知我者莫如老同学你呀！"送走她后，我即刻带上木鳖子骑上自行车转到市场，买一些糯米、花生、芝麻、糖、鱼、肉等东西。然后满面春风直往故乡奔，把个车子踩得像风火轮。

回到故乡村道，妈妈远远看见我，走出家门站在田埂上迎候。我是妈妈最小的孩子，得到她的爱特别多。看到妈妈佝偻的身影，顿时眼眶潮热。走到妈妈的面前，我深情地说："妈妈生日快乐！""我女儿好记性啊！"她噙着泪水，哽着声说。她要帮我拿些东西，我怎么能让年迈的老母亲拿呢。大哥刚从屋里出来，看到了，快步走来帮我推车。

回到家，我告诉妈妈："今天我舂糯米做木鳖子粑。"乍听，妈妈感觉突然，睁大眼睛问："哪来的木鳖子？一定费了不少周折吧。"我带着儿分调皮说："'踏破铁鞋无觅处，得来全不费工夫。'妈妈您放心吧！"说罢，我立即动手干起来，先洗晒簸箕，清洁"脚踏臼"及其周边的卫生。妈妈几次想给我帮忙，我坚决不让。不一会儿，在地里劳作的嫂子回来了，和我一起干，我踩"脚踏臼",她筛粉;我准备馅,她开木鳖子;我烧开水,她揉搓粉……干得不亦乐乎。最后一道工序我们共同将搓好的糯米粉团,变成一个个小巧玲珑的粑子。我把自己包出的第一个粑子,拿到妈妈的面前,双手递给她,"妈妈,您尝尝,看看是否比得上您当年做的味道。"她拉着我的手眼中闪着泪光说:"好女儿呀,你是想报答妈妈啊!未吃,我心就甜透了。"母爱如水!"谁言寸草心,报得三春晖。"

这是我陪妈妈过的最后一个生日。翌年,她就永远离开了我们,再也无法报答她了。

过去,我们这个地方木鳖子难寻。现在,交通方便,物品流通快,物质丰富,人们生活越来越好,饮食文化也相应发展变化,绿色食物,原生态食物愈来愈受欢迎,市场上常见有应季的野菜野果卖,有时也见到有木鳖子粑卖,每次碰到,我都忍不住买上几个,回家拿上一个坐下慢慢品。这是一种情结,是对母爱的追忆,是对妈妈的怀念,是对生活的感恩,已超乎物质本身。

2018 年 1 月

厚德载物

何燕获游泳冠军，消息传来，像一声春雷，在班上炸开了。"啊！我们胜利了。""何燕真伟大！"同学们欢呼雀跃，欣喜若狂。几位女生情不自禁把何燕抬起来，连连向空中高高抛举。

在这片欢乐的海洋里，看着这位被同学们视为英雄的女孩，我心潮翻滚，感慨万千。两个月前，学校接到区体委"举行全区中学生游泳比赛"通知时，要求班主任先让学生自动报名，然后由学校集中测试，挑选男女各十名参赛。乍听，教师们面面相觑，摊手摇头，大有不堪使命的样子。近年来，由于一些地方出现了学生溺死事件，因噎废食，为了安全起见，游泳几乎成了禁止的运动。夏天，每到周末或节假日，班主任都得遵照学校的指示，加强安全防范教育，特别强调，不准下海下河下水库游泳。学生几乎成了赤壁之战中曹操之兵。体育课没有游泳项目，平时又不准学生下水，连近年本地的龙舟赛，放学都不许学生去观看。有些学校甚至紧锁校门，龙舟赛不结束不放学，真到了谈水色变的程度。一说安全教育，就恨不能把学生全锁进保险箱里。"平时不烧香，临时抱佛脚"，现在一下子要找游泳选手，谈何容易，难道还能从天上掉下来不成？

我抱着无望的心情，到班上只管说一声，敷衍一下算了。果然，不待我把话说完，同学们就唉声叹气地揶揄："老师呀，我们成了笼中之鸟，翅膀耷拉像煮熟的面条，哪里会游泳，弃权吧。"突然有一只小手举了起来，我定睛一看，十分惊讶，竟然是沉默寡言、恬静清秀的何燕。"她能行吗？"我不禁在心里打了一个大问号。但看她自告奋勇，态度坚决，又是独一无二的应战者，姑且把她的名字报上去，也比弃权强些。现在她一鸣惊人，真出乎意料啊！

她何时练就一副好身手？是什么力量使文静的她劈波斩浪，过关斩将，勇冠群雄？难道是生于水上人家，天生承袭好水性？为了寻找答案，我重新翻阅她的履历表。天哪，她竟是来自十万大山腹地的一个小村庄。都说山里姑娘爬树钻山巧如猴，没有听说过大山女儿会游泳的。真不可思议，她太特别了。

不久，奖状发下来了，为了表彰她，也为了进一步了解她，我在班上召开了一个隆重的颁奖会。会上，我让她上台介绍夺冠情形和游泳经历。在暴风雨般的掌声中，她红着脸说："讲起游泳，我得感谢我阿妈。我家在大山里，开门见山，出门爬山。没有大海，也没有江河，只有山间泉水叮咚。但我外婆家是在河边的，我阿妈从小在水中泡大，游起泳来，就像鱼儿在水中一样自由自在。一年暑假，她把我带回外婆家，站在河边对我说：'你不小了，该学游泳了，人生在世，还是多学些本领好。你知道吗？十几年前，就在这条河里，一次我们摸螺回来，有个不会游泳的小姑娘险些被淹没，幸好被我眼疾发现了。多学一种本领，就多一种用处。'""慢，你外婆的村庄在哪里？叫什么来着？"我迫不及待地打断她的话。"本区水寨村。"一听到这个名字，我登时惊呆了。刹那间，那条潮水狂涨暗绿色的可怕河流朝着我汹涌而来，生命险遭吞噬的情景又一次惊心动魄地呈现：九岁那年，一天早晨，邻居一个小伙伴邀我去摸螺，我们穿过几条村庄，来到河边，看见河中的沙洲上已有一群女孩在弯腰弓背拾取不停，其中有人看见了我们，便招了招手。小伙伴是男孩，比我大些，他害羞不敢加入女儿群，只好在岸边溜达。我说声"等我"，便兴冲冲踏着水花向她们奔去。螺很多，手插进软绵绵的沙子里，抓起来就是一把，不一会儿，篮子就装得厚厚的。我们越摸越高兴，乐此不疲。虽然我与她们彼此不相识，却其乐融融。

不知不觉，水已淹没了沙洲。"快跑，涨潮了！"不知谁大喊一声，大家急忙拿起篮子，仓皇而逃。此时抬头一看，江水茫茫，已找不到归路，可把我这个旱鸭子给吓坏了，惊慌失措追着人群蹒跚而行，越走河水越深，由脚踝淹到膝盖，淹到大腿，淹到肚子，身上的吃水线越来越深。越走越吃力，呼吸越来越困难。水深幽幽的看不见底，这时大伙陆续游了起来，一会儿，全都游到前面去了。瞬时我如离群的孤雁，更加胆战心惊，哆哆嗦嗦，摇摇晃晃，身子如筛糠。水很快淹到胸口，淹到脖子，脚旋即轻飘飘浮了起来。完了，我闭上眼睛，想哭喊已来不及。就在这千钧一发之际，有一只手猛地拉住了我，随即感到水疾速地撞击身子，汩汩从耳畔掠过。"到岸了，你自己走吧！"我呆立着，惊魂未定，木木地望着离我而去的背影。许久，才能迈动脚步。

二十多年了，我一直不知道救我的那位少女是谁，无法报答她的救命之恩，连一句感谢的话也不曾说。但那双温暖的手，那个飘动着两条齐腰长辫的苗条背影，已深深地镌刻在我的心里，让我懂得了生命的珍贵，懂得如何去创造生命的价值，懂得如何去热爱、去呵护更多的生命。

厚德载物。今天，她的女儿灿然地站在我的面前，那光彩有着她精神的折射。

热烈的掌声把我从沉思中唤醒，我迎着走下来的何燕，激动万分地握着她的手，颤声说："好孩子，谢谢你。"接着，我热泪盈眶地给同学们讲述了那个河中的故事……

生活中有许多意料不到的艰难险阻，常常不期而至，考验我们的意志和能力。教育的任务不仅使学生"学会求知"，而且要使学生"学会生存"。给孩子们一双坚硬的翅膀吧，让他们去搏击人生的风风雨雨。

2015 年 4 月

心存感动

在时间的河流里,许多美好的瞬间倏忽而过。可它们却深深地感动你,在你的心灵深处储存、积淀、蕴藉、滋润、催发,使你日渐丰富起来,精神注满光辉,对生活充满感恩和热爱。

有些事情,回忆起来,就像春风中闻到了醉人的馨香。

一

大队部碾米机房,马达带动长长的宽皮带,隆隆轰鸣。碾米机纳谷出米。机旁排队待机谷的长列慢慢移动,轮到我了,我摇摇晃晃地扛起半框谷子举向与脖子平高的漏斗,手一软,箩筐差点跌落,一双有力的大手迅疾托起,把谷子顺利地倒了进去。"哎呀,不好了!"机手大叫一声,机器立即停止轰鸣。"出什么事了?"我惊惶四顾,这时才看清站在我身旁的是大队的团支书,他的一条裤腿被皮带打烂了,里面殷红斑斑,我惊呆了,一句话也说不出,愣愣地看着他移开自己的箩筐,看着他吃力朝卫生员的村庄走去的背影。

等待机谷的队伍骚动起来,排在后面的不知道情况,急向前面问。"地方太窄，机斗旁只能站一人，为帮那小妹子托箩筐，裤脚碰着了皮带，好险啊！"人们惊悸地传递着，议论着这一意外事件。

他为我而受伤，我却连一句感谢的话也说不出，心里像充塞着什么，感到非常难受。

不久，听说他被招工进城了。以后我再没有见过他。但我记住了那一瞬：1976 年 7 月 15 日 9 时 15 分。当时，我惊骇环顾中瞥见了墙上的挂钟，那一刻，就电光火石般烙进脑子里了。

此后，遇到谁需要帮助的时候，我都毫不犹豫地伸出双手。

二

我家里珍藏着一份墨宝，那是手抄的几本文科高考复习提纲。

1977 年夏，"文革"后恢复高考的一声春雷，震撼神州大地。久违考场的莘莘学子，欣喜若狂，跃跃欲试。

我既高兴又害怕。多年来梦寐以求的机会终于到来了，考大学是我唯一的出路。但回乡五年，艰苦的劳作，磨厚了手茧，磨钝了脑子，学业荒废了。我手忙脚乱从弃之墙角的书堆中，灰头土脸的翻找出初高中的课本。几十本变得陌生的书高高地堆上案头，望而生畏。离高考只有两个月，时间紧迫，如何复习？茫无头绪，若拉大网般从头看起，恐怕还未看到一半，就开考了。听说母校印了一些复习资料，我跑了数次，都说没有了。无奈，只能面对浩瀚的书海，闭起眼睛，一个猛子扎下去，是死是活，听天由命吧。

半个月后，我突然收到一个沉甸甸的包裹，一看封面，是我叔叔从桂林全州"五七"干校寄来的。是什么东西呢？急急打开，啊，语文、数学、政治、地理、历史五本手抄的高考复习提纲在我颤抖的手中展现，我紧紧地抱在怀里，眼眶发热，呆立了许久。

　　这工工整整，洋洋数万字的复习提纲，一笔一画，都是出自一双在戎马倥偬战火硝烟中握过枪，在轰轰烈烈的生产中握过锄的坚硬的大手。很难想象，年过半百，戴着老花眼镜的叔叔，在这么短的时间，这么炎热的夏天，那么艰苦的环境，每天完成繁重的工作后，在局促如蒸笼的陋室里，是怎样挥汗如雨，挑灯疾书？他送走多少个夜晚，迎来多少个黎明？在解放战争中受过伤的右手臂能吃得消吗？字里行间，凝聚着叔叔的多少心血，多少关爱，多少期望，字字千钧啊！

　　叔叔寄回的复习资料，如雪中送炭，燃旺了我的斗志。我终于一举成功，榜上有名。

　　收到大学录取通知书，我刻不容缓跑到邮局拍了加急电报，在第一时间把这一巨大的喜讯告诉叔叔。

　　入学时，我把叔叔抄写的几本复习提纲小心地放进一个坚固的木匣子里，当宝物一样珍惜。从此，不管到何方，它都一直跟随着我。它是我"学而不厌，诲人不倦"的精神动力！

三

　　夜里十点半，公共汽车到站，在街上与同学失散的我，一个人提心吊胆地走下来，面对着一条路灯昏暗、树影斑驳、空寂无人的幽深长巷，背脊发凉，不寒而栗。急忙脱下鞋子，拿在手上，以五十米冲刺的劲头，拼命奔跑。起跑的一瞬间，仿佛身后响起刹车声。跑出一截，"姑娘，不要怕，我们和你同路。"慈母般的声音从后面传来。我放慢速度，回头一瞥，一对老夫妇微笑着朝我走来。心里的一块巨石落了地，我长长地吐了一口气，心情轻松了起来。待他们走近，咦？这不是刚才坐在我身旁说还有两站路的那对老夫妇吗？车不是开走了吗？怎么又下来了？不容我多想，他们走到身旁，就关切地问我住什么地方，为何一个人上街。我一一告诉他们。他俩陪我一直走到学院。我站在学院大门口，看着他们朝原路返回公共汽车站的背影，终于明白了，他们不是真的与我同路，是为送我而下车的。我感动得热泪盈眶，久久伫立，目送他们远去，直到他们的身影从视线中消失。

我不知道他们是谁，但那慈爱的声音，那和蔼可亲的面容，那佝偻的背影，一辈子也难以忘怀。

生活中感动我的时刻很多很多，就像粒粒熠熠发光的珍珠，缀满我人生的道路，值得我回味一辈子，温馨一辈子，感恩一辈子。

不是吗？谁没有感动的时刻？好好保存它，这是心灵的矿藏，成就你，也成就别人。

2016 年 7 月

情动第一课

　　"当——当——！"预备上课的钟声敲响了，我完全没有初上讲台的那种新奇、兴奋和紧张的心情，只是懒散地拿起课本和昨晚草草而就的教案，步履迟缓地向教室走去。

　　脚一迈进教室，就被几十道专注的目光迎送上讲台。门口离讲台不过几步之遥，可那肃静、庄严的气氛，那齐刷刷的注目礼，那端立的姿势，几乎令我手足失措。迈好第一步，不要出洋相。我精神一振，昂首挺胸，蓦然而生一种神圣感。

　　站在砖垒泥抹的讲台上，望着一张张纯朴、散发着青春气息的脸庞，我不禁心头一热，响亮地自我介绍："我是刚毕业分配来的，我姓禤。"随即，教室里响起了一阵持久、热烈的掌声。

　　那来自心灵深处的诚挚的掌声，像一阵和煦的春风，吹拂着我这颗冷漠的心。我的声音不觉温柔起来，"同学们，现在开始上课。"哎呀，该死！怎么把导语给忘了，那番极富艺术性和感染力的导语是怎么写的，真后悔昨晚在烦躁之中没有很好地把它背下来。教案就在眼前，想动手翻看一下，但在众目睽睽之下，真不好意思。怎么办？下面接着讲什么？突然脑子里电光火石般掠过一句"温故而知新"，对，且按孔老夫子说的去做，先考考学生，暂作缓兵之计。主意拿定后，我从瞬间的慌乱中很快镇定下来，从容自若地说："我们在初中学过姚鼐的《登泰山记》，请同学们回忆一下，作者是什么时候登泰山的？登山的路线怎样走？写了哪些景物？冬季泰山的景色有何特点？同学们可以先讨论，然后举手回答。"这篇课文的内容是我熟知的，我泰然自若地等待学生的回答。同学们经过一阵小声讨论，然后举手把问题一一回答了。真不赖呢！我原来没把这些多见山林树木，少见人烟世界的孩子当一回事，备课时认真不起来，总认为自己是一个堂堂的本科毕业生，屈尊来到这个鬼地方，还怕这些愚拙的孩子不成？现在看来，不能小瞧他们，我由衷地表扬了他们一番。学生们更加兴奋，眼睛闪烁着光彩，脸上喜气洋洋，更加全神贯注。听说过，越是边远，越是穷困闭塞的地方，越尊师重教，这些话在他们的身上真的得到了证实。

我被他们的学习精神感染了，责任感油然而生，无论如何得上好这节课，不能让他们失望。我激动地板书课题"雨中登泰山"，下面如何进行新课？看来他们很喜欢思考、讨论、发言，对，抓住有利战机，引导他们阅读、思考、讨论、探求。反正我已记不得教案上写的子丑寅卯了，索性不管它，和学生一起融进课文，一起登山览胜。我用颇富诱惑力的语气说："刚才我们重温了冬季泰山的景致。现在让我们同作者李健吾一起冒雨再登泰山。登山过程中请同学们注意观察：什么时候出发？登山路线是怎样走的？沿途看到了哪些景物？雨中的泰山景色有何特点？泰山的雨景与冬景有什么不同？登完山让我们大家一起来谈谈感受好吗？""好！"同学们兴致勃勃，急不可待，马上进入探求状态。顿时，教室里鸦雀无声，只听到窸窸窣窣翻书的声音。不多时，同学们陆续举手，各抒己见，气氛可热烈了，很快就把课文的内容弄懂了。我还叫学生画出登山线路图，标出景点，朗诵精彩片段。同学们孜孜以求的精神深深地感动了我，使我的感情越来越投入。由"读""议"想到"写"，我突发游兴，充满感情地说："泰山景色令人流连忘返，我们的家乡也有许多风光旖旎的大山，哪个山景最漂亮？请同学们告诉老师，我们利用星期天去登一登，回来也写一篇游记，看姚鼐、李健吾笔下的泰山景色秀丽，还是我们笔下的山色迷人？同学们愿意吗？""愿意！""好！"同学们欣喜若狂地拍手欢呼起来。"当！当！当！"不知不觉下课的钟声敲响了。

走出教室，一股清风扑面而来，我感到好惬意，好爽快。"老师，您的课上得真好！""老师，是这个星期天去登山吗？""老师，您能留下来带我们到毕业吗？"一群学生嚷嚷着从身后簇拥过来。此时，刚好校长从身旁走过，我朝他来的方向一瞥，才发现这间教室紧挨着一间宿舍，我心里咯噔一跳。

刚回到办公室，科组长就对我说："校长叫你到他办公室。"不好了，肯定要挨批了。我面红耳赤，忐忑不安地走进校长办公室。看到我进来，校长微笑着说："坐吧，我在隔壁的宿舍听了你一节课，气氛活跃，教法新颖，点拨得法，发挥了学生的主动性。山区的教育迫切需要新生力量，外地分配来的老师都不肯久留。希望你能安下心来，好好干，这里也大有作为。你是一块当老师的好料子，将来一定能干得很出色。"

我呆住了，万万想不到，第一节课就得到这样高的评价，真是愧不敢当。我没有认真备课，要说好的话，是学生的热情激发了我的灵感和责任心。校长为什么不公开到教室听课而是悄悄地在隔壁听呢？哦！我明白了，是怕给我压力，怕我怯场。他是在暗中关注我，及时给我打气鼓劲啊！

想到自己心怀两意，苟且而来，我脸上感到阵阵发烧，不胜羞愧。

2015 年 1 月

心中的图腾

我们回到了百浪岭。

眼前这片凋敝、荒芜、冷清的地方，就是我们二十六年来魂牵梦萦的母校——钦州师范的旧址。

我们总是在母校寂寞的时候出现。当年，我们是她沉寂十年后招来的第一批学子，少、青、壮，年龄差距很大，但我们相处异常融洽，学习十分刻苦，珍惜每一分每一秒，因为我们深深知道，这机会来得不容易。母校把十年积蓄的爱一下子倾泻到我们的身上，我们又是十分荣幸的。从此，便与母校结下了难分难解的情结。二十六年了，母校培养的学子无以数计，但当年我们的班主任林杰明老师一眼便认出我们，并一一叫出名字。这是怎样的一种情感！

在我们毕业后几年，母校便搬迁到钦州城区，校园美观气派，英姿勃发，更令莘莘学子向往和景仰。现在这里成了一个人烟很少的农场。

我们踩着杂草没膝的小径，朝那排断墙残垣的教室走去，跨进了东头第一间。"按座号，各就各位！"老班长突然发出了命令。一阵杂乱的脚步声响过后，八列四部分三间道，井然有序地站立着。"哈哈，大家的记性还真好，考试全部通过，解散！"大家像没有听到班长的话，依然默默地站立着，仿若聚精会神听老师讲课。现在身份虽然变了，有老师、校长、局长、经理、律师……不管地位多高，年龄多大，在老师的面前，永远是一个恭恭敬敬的孩子。

我看看静立身旁的同桌，当年活泼得像叽叽喳喳的小鸟，现在眼角的皱纹像葵扇。对了，背后那位憨厚、勤奋的小伙子，现在怎么样了呢？我不禁回眸偷觑，他头上夹杂的霜雪分明可鉴，一脸庄重，目视前方，像盯住黑板，那神情非常熟悉。过去的一幕，忽然在眼前闪现。在临近毕业考试的紧张复习期间，一天晚饭后，我们几位女同学早到教室，看了一会儿书，累了，到黑板上练字。有个爱开玩笑的同学说："不如我们抄一板复习提纲，你们信不信？一会儿肯定有人照抄不误。"为了寻趣，乐一乐，我们便同意了。不一会儿，黑板上就工工整整出现了三十多道历史复习提纲。抄好后，我们便回到座位，一本正经地边看书边动笔，眼睛不时瞄一瞄门口。不久，第一个跨进教室的，就是坐在我背后的那位同学。他一落座，看到黑板上的复习提纲，以为是老师出的，立即拿出笔记簿，认认真真地抄了起来。我回头瞥了一眼，忍俊不禁，捂着嘴跑出了教室，那几位同伙也随之跑了出来，大家笑作一团。想到这里，我不禁扑哧一声笑起来。大家莫名其妙地看着我，我把以上的一幕说了出来，教室里顿时充满了笑声。

从教室出来，我们来到了还算完整的两层水泥结构的办公楼前，里面寂然无人，看不到老师们忙碌的身影，听不到楼顶发出的洪亮的钟声。楼前我们种的一排棕榈树，现已长成参天大树。我抚摸着粗壮的树干，仰望撑天的巨伞，一串清亮的音符在心弦跳动。夕阳下，我们曾在树底练习拉手风琴，站在身后的老师，就像一棵大树。我们的心胸盈满绿意，激情在指间流淌，美丽的旋律伴着晚风荡漾。

办公楼前面是运动场，现已变成一片枝繁叶茂的桑田。风吹桑叶沙沙响，仿佛热烈的掌声，眼前出现了激烈的竞赛场面。我们班的女篮最厉害，篮球比赛常获冠军。那个打右边锋的，是女生中最漂亮、最娇柔、年纪最小的一个，她左手投篮，出其不意，常弄得对方措手不及；她机智灵活，令人防不胜防。在比赛中她获得的掌声和喝彩声最多。她那鲜红的"5号"球衣不断闪动。"陈丽！"我忘情地叫起来。"嗯？"她刚好站在我的后面。听到她的应声，我才回过神来，瞧她现在胖多了。我指着桑田说："这是你曾经耀武扬威的地方。"话音未落，爆起了一片笑声。

运动场右上方是舞台，毕业晚会上，我们两个班，一百多人演唱冼星海的《黄河大合唱》，演唱结束，暴风雨般的掌声，经久不息。今天，我们踏上了这个杂草丛生的舞台，心潮翻滚，若黄河波涛。

我们寻寻觅觅，走遍了校园的每一个角落，重温那段珍贵的岁月，再次体会母亲怀抱的温馨。

以后，此地不管发生怎样的变化，母校当年的形象，已成了我们心中的图腾。大爱在胸，我们会始终激情满怀地报效社会。

2015 年 8 月

青青河畔草

　　去茅岭崇军村采风途中，忽见前面长长的一段路中央整整齐齐铺着一排厚厚的水葱（本地俗称为"关草"），翠生生的，想必是刚割下。摆在路中，是让过往的车辆碾轧吧。还不时看到路边有用板车拉、有用拖拉机运的干水葱。这个地方哪来这么多水葱呢？

　　往车窗右边看，一条闪烁着阳光碎钻的河流傍着村道，绕着青山绿野静静流淌，对面河畔挺立着一大片繁密葱茏的水葱，像一方巨大的翡翠镶嵌在水边，远处一弯黛山环拥，把它映衬得更加秀色可餐。这条河为崇军河，也称崇军江。

　　水葱为多年生宿根浅水草本植物，株高一两米，茎秆高挺笔直，中空，呈圆柱状，酷肖北方食用的大葱，只是茎秆比食用的大葱高大，但不能食用。常生长在河边、湖畔、浅水塘、沼泽、湿地中。水葱可用作造纸、编织草席、草包，插花线条等材料，具有较高的实用价值和经济价值。水葱还具有一定的药用价值，据有关医学专家考证，它的地上部分可入药，具有利尿消肿之功效。

　　水葱我并不陌生，童年的时候就见过，但不是在产地，是在我家乡生产队的大晒场上。那些年，每年秋季，生产队就派一些青壮年男子，带上镰刀、竹篾，乘上本队的一艘风帆渔船到很远的江边割水葱，装满船运回来。船停泊的河埠头距我们村还得走约半个小时的山路，船回了，队长便领着全队社员去挑运。挑回放到生产队的大晒场上，由内到外整齐有序地摆成两个大圆，接着每个大圈分别由几个男社员，牵赶着几条拖着横卧圆柱形大碌碡的水牛反复碾轧数遍，把圆管形的水葱轧扁。然后晒上几天太阳，增加韧性。晒干，收进仓库，以作一年春夏两季绑扎秧苗之用。由于用的数量大，去农贸市场买，要花不少钱，不如自力更生。当地乡村，每年种两茬水稻，春种夏收，夏种秋收，称为早稻、晚稻。那时，我们村种水稻基本是插秧，插秧产量高，极少撒种。插秧前得提前播种育秧，待秧苗长到一定的高度，把苗拔起。拔秧时，每人腰后部扎着一大束扁形的干水葱，把拔起的秧苗绑扎成一个个有瓣有形的秧束，方便插秧时一小把一小把地取下。秧苗隔三四天拔一次，插完一批再拔下一批。秧苗下田前，还得先把整批"秧束"放进有机肥粪坑里浸染一两天，然后一个个拎起放进秧筐挑到田边，移放到秧盆，最后才插进田里。干水葱柔软，韧性强，不伤秧苗，耐磨耐浸，是绑扎秧苗的极好材料。

　　每年晚稻插种完之后，若有剩余的水葱，生产队便每户分一些。水葱各有所用，多数人家在端午节用来绑扎糯米羊角小粽子。有些也用来编织小扇子。我们家就有几把漂亮的水葱小扇子，皆是我大哥的杰作，他把水葱头尾大小做巧妙的安排穿插，花纹图案跃然而出。这几把小扇子，有心形的，有桃子形的，有芭蕉叶状的，在炎热的夏天，给全家带来清凉。这些扇子柔软耐用，粗糙刺手的葵扇、易破的纸扇都远远比不上它。大哥还会用水葱来编织席子和草帽。

　　那年，五哥小学毕业考上初中，暑假结束就要到镇上中学读书了。假期将近结束的一天，天气晴朗，大哥一早就把我们家的小晒场打扫得干干净净，我们以为大哥要晒东西呢。出乎意料，大哥把近两年生产队分的积攒下来的水葱抱了出来，一根根井然有序地摆开来，然后再用一根上上下下穿来穿去，纵横交错，相互吻合，自成花样图案。用了大半天时间，精心编织出一张漂亮结实的席子。邻居们围着观看，交口称赞大哥聪明手艺好。这张席子，是给五哥读初中住校用的。

一个秋收后的清晨，村里有位大叔手拿一大束干水葱，上门找我大哥，跟我大哥小声说了一阵话，大哥连连点头，并从他的手中接过葱草。大哥吃完早餐，搬出一截木头放到门前场院里，一阵噼噼嘭嘭的刀斧斫削声过后，做成了一个像人头般圆圆的模型，然后拿出那束水葱，就着这个模型编织起来。大半天过后，大哥的手中出现了一顶漂亮的草帽。晚饭前，那位大叔来取草帽，对大哥连声道谢，赞不绝口。这顶草帽是给他儿子明天去相亲时戴的。他认为大哥的编织手艺是村里首屈一指的，所以郑重其事地请大哥帮忙。这顶草帽给他儿子增添了帅气，成就了一桩好姻缘。

水葱曾给我们的生活带来很大的作用，给我们留下温馨的记忆。

进城工作后，许多年没有见过水葱了。几年前，一次外出旅游，在一个公园里，看到一个人工湖畔，长着一圈密集的墨绿水葱，绿色的围屏，把一湖碧水映衬得动人心魄，吸引了众多游客的脚步，无数张笑脸对着它绽放，无数镜头对着它咔咔响着，这里无疑是拍照的极佳背景。水葱在这里，显示出另一种不同的价值，那是夺人眼目的观赏价值。这是我第一次看到生长着的水葱。

水葱在生活中，人们根据各自所需，有不同的价值取向，有不同的用途。现在，随着生活水平的提高、物质的丰富，电风扇、空调代替了手摇扇，席梦思床配上三件套代替了凉席，水葱使用越来越少，我的故乡已完全城市化了，水葱早就退出了生活的舞台。但水葱的情感依然萦绕心间。

眼前，崇军河畔的这方水葱，是我看到的规模最大的一片，可没有新割的痕迹，道上铺开的水葱，车辆拉的干水葱从何而来？做何用？我走下车，询问一位拉车经过的大嫂，她热情地告诉我缘由。这条河源远流长，河边很多地方都长有水葱，有自然生长的，有人工种植的，不全是为了卖，也为了净化水环境。水葱能吸收水底淤泥中的氮、磷等营养元素，改善水的富营养化，从而达到净化水体的作用。此地的群众具有自觉的环保意识，目光看得长远。这个地方的干水葱，有公司来收购，主要是出售给渔民作绑扎螃蟹销售之用，当然还有其他用途。

我想，即使有一天，水葱完全失去了经济价值，它依然是河水的保护神，默默地为人类做着贡献。这样的贡献，无法用经济来衡量。

青青河畔草，悠悠水长流。

2018 年 9 月

第五辑

生活感悟

惜时如金，勤学不辍

我是一个教师，天天与书打交道，却不知厌倦。业余时间，一有空便开卷阅读。对书的痴情，年深日久。

小时候，兄弟姊妹多，家里生活窘迫，因交不起学费，哥哥姐姐大多小学未毕业就辍学了，回家劳动，挣工分，买口粮。我在家里排行第七，是最小的一个。当初，家里送我读书，只是想让我开蒙识几个字，不做睁眼瞎罢了。

读二年级的时候，父亲在东兴（县城）工作。一天，我突然想写信给爸爸，便搬来一张高凳放到门口，门口光线亮。再搬来一张矮凳，从布袋书包里拿出铅笔，从一本作业簿上撕下两页纸，把纸铺开放在高凳面，坐在矮凳上，郑重其事地拿起铅笔写起来。那时还不知道写信的格式，不知道分段，叫声爸爸就一直写下去，内容是：告诉爸爸我读几年级，学些什么课程，教我的老师他们叫什么名字，学习成绩怎样，上学前放学后都给家里做些什么事情；问爸爸那里离家（防城）远不远，工作累不累，身体好不好；说很想爸爸。整封信每行都对得整整齐齐，结尾不知道落款。后来上初中的五哥教我补上去，并帮我把信寄出。很快，我就收到爸爸的回信，他在信中欣慰地夸赞我，鼓励我。这是我人生写的第一封信，想不到竟是决定我命运的一封信。我工作之后，父亲才告诉我："当时看到你给我的第一封信，我就下决心，无论多么困难，都要供你读书。"但父亲的这个决定，以前我却全然不知。

我喜欢读书，越读越想读，越读越怕不能读。村里与我同时入学的孩子，读到三四年级不时有人辍学，我担心家里突然叫我停学，随之产生了紧迫感，像无形中有条鞭子在驱赶，想争分夺秒，多学些知识。

我读小学四年级前，早晚帮家里烧火煮饭，那时烧的是芒萁，火燃得快，要坐在灶门前一把一把不断地往灶里送，直到把饭煮熟为止。有一次，烧火煮红薯，看书背书入了迷，忘记添芒萁。家人收工回来吃早餐，母亲掀开锅盖一看，一锅红薯半生不熟，"唉！"她叹了一声，摇摇头，哭笑不得。一个星期天的上午，我在一片草坪里放小鹅，看书分了神，被路过的一头水牛踩死了两个，这还了得。中午回到家，被脾气暴躁的大哥发现了，这六个小鹅是他从镇上买回来的，那时一分钱都是来之不易的。他勃然大怒："叫你看书！叫你看书！"边骂边随手拿起一根棍子朝我脚上猛打过来，我害怕得朝屋后跑，躲进不远处的小树林。我在林子里心惊胆战站了半天，不敢出来。到点灯吃晚饭的时候，家里才发现少了我，他们大呼小叫，急得到处找，大哥更是心慌。后来听到妈妈的哭喊声，我才战战兢兢从林子里走出来。

长到十一岁，就要参加生产队的劳动。那时，我们大队学校上午九点上课，下午四点半放学。每天早晚得出工。看书做作业只能留待晚上。每逢冬夏稻谷收获季节，白天收割，晚上脱粒归仓，常常干到深夜。但不管劳动多累，收工多晚，我都坚持天天完成作业和复习预习好功课。天道酬勤，每个学期，我都能以优秀的成绩向家里汇报。

我在怕失学的忧患中，努力读书，想不到家里没人叫我辍学。

后来才明白，原因是那封信，赢得了父亲的支持。艰难困苦，锻造了我坚忍的求学品格，养成了勤学爱读的习惯。

高中毕业，赶上"知识青年上山下乡，接受贫下中农再教育"的时代潮流。上大学或进城工作，必须务农两年以上，再由贫下中农推荐。我收拾书包，告别学校，回到了家乡。

劳作之余，坚持读书。家里能找到的书，我都读完了，没书可读，就拿出高中时买的一本成语小词典来背。偶尔借到书，爱不释手，边读边做笔记，有一本书我把它全部工工整整地抄了下来，那是《写作指导》，当时那是一本极难得的书，是找我的一位小学语文老师借的。记得抄这本书的时候，正值炎夏。房子没有窗户，晚上关起门来，闷热异常。伴着如豆的灯火，汗流浃背，蚊子成群，嗡嗡乱飞，咬得手脚奇痒，一巴掌拍下去，满掌是血。抄着心爱的文字，听着沙沙的笔声，心里却充满快乐。一本书，一百多页，连续抄了十来个晚上，天天抄到更深人静，终于把它抄完。这本书激发了我写作的兴趣，我拿起笔来学写通讯报道。最初，抱着试试看的心情，把稿子寄给公社广播站。想不到，稿子寄出的第三天，黄昏，我挑水从挂着队里大喇叭的柱子旁走过，那时村村户户通有线广播。啊！公社广播站女播音员那清亮悦耳的声音正在播送我的文稿。霎时间，我脚底像生了根，立在那里，一动不动，凝神屏息，如听天籁，心怦怦狂跳，像有头小鹿在撒欢。当时狂喜的心情无法用语言形容。后来在公社、县广播站播出的稿子渐渐多了起来。

刻苦读书，自觉磨砺，让我的命运发生了重大的改变。回乡的第五个年头，恢复高考，我得益于平时的勤学苦练，一举成功。在大学里，我深知机会难得，读书不易，不敢浪费一分一秒，不敢有丝毫的懈怠。知识如大海，浩瀚无边，取之不尽。工作后，业余时间，我一直孜孜以求，勤学不辍，以丰富知识，提高业务能力。一天不看书，心里就感到空落落的，若有所失。"书卷多情似故人，晨昏忧乐每相亲"，厚积薄发，多有文章散见于各级刊物，我的书橱里也有了自己写的几本书。"但使书种多，会有岁稔时。"

在艰难困苦的岁月，有书相伴，虽苦犹乐。条件好了，我更加惜时如金，莫让光阴虚度，努力提升自己的人生价值。

2015 年 8 月

擦亮心灵的风景

春节前后，有半个月没去广场锻炼了。昨晚是我们舞蹈队新年的第一晚开练，来的人不多，十来个。我才跳两三个舞，手脚便渐渐沉重起来，寻常跳两个小时也不成问题，原因是节前搞卫生的疲倦感还没有完全消去。不到半小时，陆续有人离队到旁边的树底护栏墙下歇息，我也是她们其中之一，笑问原因，皆和我一样。

春节，是中华民族举国同庆，最隆重、最热闹、最重要的传统节日，在春节前扫尘搞卫生，是我国人民素有的风俗习惯。"腊月二十四，掸尘扫房子。"据《吕氏春秋》记载，我国在尧舜时代就有春节扫尘的风俗。周书《秘奥造宅经》中有曰："沟渠通浚，屋宇洁净，无秽气，不生瘟疫"。每年从农历腊月二十四日起到除夕止，民间把这段时间叫作"迎春日"，也叫"扫尘日"。因"尘"与"陈"谐音，有"除陈迎新"之含义。家家户户都要里里外外大搞环境卫生，打扫庭院，掸拂蛛网尘垢，疏浚水沟，擦拭门窗桌椅，清洗各种器具，拆洗被褥窗帘等等，到处洋溢着高高兴兴搞卫生，干干净净迎新春的欢乐气氛。

受这个传统民俗文化的影响，我从小就养成了扫尘过年的习惯，几十年来一直不变，根深蒂固。

童年，最盼望过年。春节，在外地工作的父亲回来了，全家欢聚一堂，喜气洋洋，其乐融融；还有糯米大粽子、大糖糕等许多平时难得一见的好东西呢。新年的头几天，出嫁的姐姐回来了，也有一些来访的亲戚，喜气盈门，可热闹温馨了。每到年底，家里搞大清洁的时候，我便惊喜地知道年快到了，心里像有头小鹿在撒欢。哥哥姐姐有的挑水，有的擦洗器物，有的扫屋，有的清洁鸡舍猪圈，忙得热火朝天。一次，我也兴高采烈地拿起扫帚，扫起门前的场院来，这是我和小伙伴们经常玩耍的地方，也是节日家里闲暇座谈的地方，我认认真真一点点打扫干净。扫完，喜滋滋地环顾四周，像欣赏自己的杰作。这是一次最自觉，最愉快的劳动。大人们的赞扬，更增添了我成功的喜悦。此后，年终大扫除，门前场院自然成了我童年的清洁区。

我是父母最小的孩子，排行第七，长到少年，哥哥姐姐大都结婚另立门户了，原来的大家变成了三个人的小家，母亲、我和六姐。母亲岁数大了，年终扫尘，落在我和姐姐两个人的身上。那时，搞卫生也不算太辛苦，两三间普通的瓦屋，扫扫地面，扫扫墙上的蜘蛛网，扫扫屋梁上的灰垢积尘。家具器物不多，除了装五谷杂粮和腌咸菜的几个大大小小的瓦缸瓦罐外，只有几张凳子，一张饭桌，一个粗陋的碗柜，简简单单，没有多少东西可擦洗的，半天时间就完成了。比较辛苦的是拆洗蚊帐被褥，要拿到离家不远的山塘洗，冬天水少，靠岸水浅且浊，要卷起裤脚涉到较深的水里洗，水寒彻骨，手脚针刺般痛，但心里像揣着火，热气腾腾的。难怪古人有诗曰："茅舍春回事事欢，屋尘收拾号除残。"

长大后，我们两姐妹先后进城工作。父母健在时，我们每年春节前，都满怀喜悦一同回家搞清洁，欢欢喜喜和父母、亲人一起同庆佳节。

父母走后，那个家就空了。后来我和姐姐先后成了家，春节就在城里自己的家过。婚后，许多年我都住在工作的学校，先住一间三十平方米的宿舍。几年后，搬进新建的教师宿舍楼，住上面积六十余平方米的套间。无论住房大小，春节洒扫我一个人包揽了，习惯成自然，乐此不疲。

住在学校，每年春节前一天，学校领导都组织住校教职工搞校园卫生，那天早晨，集合的哨子一响，拿扫帚的，扛锄头的，握铲的，挑畚箕的，纷纷朝操场走去，欢快地汇集。领导安排任务后，于是展开了一场如火如荼的大清洁，扫地的扫地，除草的除草，疏通水沟的疏通水沟，挑垃圾的挑垃圾。大家同心协力，很快校园就焕然一新。小家大家皆洁净，大家心情舒畅，脸上春风荡漾。

几年前，我们搬离了学校，住进自家建的一座四层楼房，面积虽然不算很大，但比以前住得宽敞多了。楼层多了，厅室多起来，相应的家具、电器也增多。住房改善了，搞卫生却增加了难度。平时清洁，我是分层分室打扫的，久不久扫一室，久不久扫一层，久不久扫一次楼梯。很难一次把整座楼清洁完。

但到"扫尘日"就不同了，按习俗，必须来一次彻彻底底的大清洁，得在春节前把整座楼的卫生搞完。几年来，我都是提前十天八天干的。若全家人一齐动手也不需要这么多天。但孩子们忙于工作，况且年底常要加班加点，到春节才能放假。我的那一半，做家务总是粗枝大叶。洒扫的事基本是我做，工作量自然大了，扫楼顶，扫天花板，扫瓷砖地脚，上上下下，床底桌下，彻底打扫；拖地面，擦抹十几扇门窗，还有楼梯、家具电器等等；拆洗数张窗帘和被褥，况且洗东西得看好天气，不提前十天八天是不行的。曾听几位朋友说，他们提前半月或一个月干，这不奇怪，楼大家大之缘故。连续奋战数天，累得腰酸背痛，疲惫不堪，有时吃饭，举箸手颤抖，不得不多次放下歇息。随着年岁的叠增，搞一次大清洁，十天半月还感到累。家人怕我累坏，曾多次提出请人打扫，我坚决不同意，不自己动手，不付出艰辛，就不能真正享受到除陈迎新的喜悦。能干还是自己干，这习惯是改变不了的，虽累犹乐。

每年春节前扫完卫生，就像完成了一项重大的任务，顿时轻松起来。看到窗明几净，气象一新，心也随之亮堂明丽起来，如阳光照彻，精神焕发。纯洁透明的心灵，也是擦拭濯洗出来的嘛！脑子里忽然蹦出"批评与自我批评""严于解剖自己""修身养性"这些词语。无可置疑，心灵也需自觉除尘保洁，坚持不懈，防微杜渐。

2017 年 2 月

"叶落花开"别样风景

　　仲春时节的一天，我和几位朋友乘车去东兴。途中，忽然满树烈焰般的花朵从车子两边掠过，大家惊叹不已。我的位置刚好在驾驶座旁边，视野较开阔，目不转睛盯住前面，很长一段路，两边每隔三四棵绿树，就出现一棵红彤彤的木棉树，像高高举起的一把把巨大的火炬，耀眼夺目。如此众多的灿烂木棉花，我是第一次看到。常言道，"绿叶护红花"。木棉树却别具一格，条条枝杈全是花，开得隆重而盛大，无拘无束，率性绽放，看不到一片叶子。是花的桀骜，还是叶的无情？引起了我的好奇，若能看到木棉树开花前后的整个过程，也许会明白些什么。

　　哦！我猛然想起，防城火车站广场旁边的园林有两棵木棉树，现在它们不知开花了没有，好长一段时间没去广场了，回家一定去好好看看。

　　翌日傍晚，我去广场锻炼，一到，就把目光投向那两棵木棉树。一棵满树红艳，如丹霞绯云，灼灼燃烧，视线立马被吸引。我走近细观，硕大的花，朵朵俱有碗口那么大，花瓣肉质厚实，倒卵状长圆形。五片曲线优美的花瓣，包围着一束杯状绵密细丝的淡黄色花蕊。花托坚实，花柄粗壮，稳稳托起大红花朵，难怪

285

有诗赞曰："浓须大面好英雄，壮气高冠何落落。"木棉花绽满枝条，树上也是看不到一片叶子。大概是经冬叶子掉光了，还来不及长出。花性子急，抢先一步占领了阵地。另一棵，树叶尚密，虽然青黄斑驳。可是静悄悄的，未见有花影。几天之后，渐有叶片掉落，光出的枝头，亮出点点红星，树叶掉得越多，红星出现愈多，两者成了反比。过了十来天，树叶全部脱落，没有任何羁绊，花便迅速繁盛起来，灿然开放，如火如荼。"落叶开花飞火凤，参天擎日舞丹龙。"绚丽壮观，令人惊艳。

这两棵树开花期不同，让我看到了开花前后的整个过程。木棉花不是赶在叶子冬眠未醒时抢占春光，而是叶子自动脱落，让花朵有充分的空间尽情绽放生命的光彩。我骤然感到，"绿叶护红花"是叶对花呵护式的爱；"叶落花开"是叶对花放手式的爱，更理性，更睿智，更有远见。育人何尝不是这样，该放手时就放手，就如教小孩走路，没有人老是扶着不放手的。

趁木棉花未谢之时，我赶快邀女儿来观赏，希望她从中受到启迪。观后，我问她，"感觉如何？"她颇有感触地说："看来得好好考虑如何培养孩子了。"她爱孩子，一心想把他培养成才。

如今的父母，个个希望儿女成龙成凤，从幼儿园开始，就不断让他们参加各种兴趣班、培训班，担心自己的孩子输在"起跑线上"，我女儿也不例外。她的孩子从学走路开始，就让他学数数、背唐诗、《三字经》，四岁教他画画，六岁教他视谱弹琴，他边弹边哭，很委屈，很无奈。此后周六、周日、暑假、寒假带他去学这个，学那个的，参加这个兴趣班，那个兴趣班的，弄得大人小孩都辛苦，到底所学的东西是不是他感兴趣的？我曾问他最喜欢什么，他说："最想看一些故事书，但没时间看。"我愕然。

他上二年级的那年，暑假期间，他父母同时出差，他来跟我住了一周，不用去"兴趣班"学习，可高兴了。他来的第一天，我带他上书店，让他挑喜欢看的书，他挑了一本《童话故事》，两本《十万个为什么》，一本《成语故事》。路过一家玩具店，他怯怯地说："外婆，我想买个玩具行吗？""行！"我领他进店，叫他多挑几个，他不要现成的，挑了一大盒积木和几盒自行组装的零件。回到家，我和他商量订出一周的日程安排。每天上午从八点开始做两个小时假期作业，玩一个半小时。下午，两点半开始，做一个半小时作业之后，看课外书。晚上自由活动，可看书、看电视、可玩耍。他愉快自觉地按照这个安排去做。

他看了《成语故事》，我想试试他看得是否认真，便对他说："有几个成语，我想听听它们的故事，你能说给外婆听吗？""哪几个？"我说出了五个成语，他绘声绘色把它们的故事——说了出来。我欣喜地赞扬了他，他乐不可支。

他玩积木，除了能搭出图纸上的所有图样，还能搭构出一些图上没有的东西，有一次，他居然搭出个收费站来，令我们大为惊讶。那几盒组装零件，他都能按图示或加进自己的想象，组装出多种形状来，飞机、坦克、大炮、汽车、轮船、古城堡等，我觉得他在这方面颇有悟性。后来他外公常买这样的玩具给他。他九岁那年，做了一件让其父母意料不到的事情。一天，快递员送来一箱东西，这是他母亲从网上购买的落地式电风扇。他好奇，打开来看，全是零部件，需要组装。他特感兴趣，便拿起组装示意图来边看边动手组装起来，有些部件重，他一个人搬不动，叫奶奶来帮忙，不多时就把这台风扇装好了，令他奶奶十分惊喜。他父母下班回来，看到厅堂里立起一部崭新的风扇，旁边是拆开的包装箱，"是谁把风扇给装好了？"奶奶说，是你们的儿子。他父母惊诧得瞪大了眼睛。我想，偶然来自必然，这与他平时喜欢看图组装玩具有很大的关系。

但后来他父母怕他玩物丧志，把他的玩具全部没收了，他伤

287

心了很久。殊不知，这样做不但压抑了他的兴趣和童心，而且有可能扼杀他的一些可贵的天赋。

女儿观赏了木棉花，若有所悟，希望她能读懂"叶落花开"的意蕴。适当放手，有时会收到意料不到的惊喜。

"叶落花开"，放手的别样风景！

2017 年 4 月

阳光飘香

近来，老天像多愁善感的林黛玉，常常抽泣垂泪，空气储满水分，抓一把便可拧出水来，衣服被褥散发出霉味儿，瓷砖地板冒汗，玻璃窗流淌着条条小溪，桌椅摸着湿漉漉的。出门不是打雨伞，就是披雨衣，很不方便，且道路泥泞，鞋子裤腿总是沾满泥浆。整天雾雨笼罩，昏天暗地，令人生厌。

久雨不晴，没有阳光的日子，心情感到很烦恼，很压抑。想到大学毕业实习时，我们实习的那所中学由于住房紧张，我们三位女生被分配住进一栋老式木板楼西头的一个小房间，房顶南北两边呈坡形结构，抵坡的墙壁很矮，伸手可摸到鱼鳞般的瓦面。房里只有一个向西的窄小窗子，窗子刚好被教学楼一面高大的墙壁挡住，光线昏暗，正碰上梅雨季节，阴雨缠绵，天空难得开朗，室内白天也得点蜡烛，憋闷难耐，度日如年，天天屈指数着返校的日子。实习结束，返校的那天，正好阳光明媚。回到学院，回到明亮的宿舍，仿佛穿过漫漫黑夜，一下子走进了阳光地带，惠风从花园送来阵阵郁香，那是阳光酿制的蜜，馨香无比，闻之熏熏欲醉。过去对住宿条件的不满和抱怨全都烟消云散，代之而来的是亲切感、满足感，心花也在阳光下绽放。

今晨出门，依旧雨幕沉沉，来到办公室，脱下滴水的雨衣，坐到靠窗的办公桌前，就着灰蒙蒙的光，惆怅地拿起作业簿，闷头批改起来。忽然一束强光打到手背上，照亮作业簿上的字迹，射到桌面书堆上。我以为谁拧亮手电筒，往窗外一看，啊，太阳终于冲破雨云的顽固封锁，露出脸儿来了。也许它也闷慌了吧。我欣喜若狂，奔出走廊，伸腰展臂，触摸久违的阳光，做了几下深呼吸，心情豁然开朗。

"太阳出来了。"下课钟声一响，同学们欢叫着拥出教室，冲向阳光，像久别重逢的好友，张臂拥抱，有说不出的激动和狂喜。

一会儿，宿舍区的走廊、阳台、空地，晒满了五颜六色的衣服被褥。

中午放学，一回到家，我便立即把所有的窗户打开，让阳光充满每一个角落，把所有该晒的东西统统拿出来，暴露在阳光下。

晚上收回一大抱晒干的衣物，馥郁扑鼻，一种如咖啡的焦香味包围着我，习惯低头细嗅，贪婪地大口吸纳，爽透心脾。那是久违的阳光的气味，是任何芳香都无法比拟的。

我们家乡，有个传统节日叫"晒衣节"。每年农历六月六日，一早起来，人们就打扫庭院晒场，然后认真漱洗梳理拾掇一番，衣着整齐，走出门外，搬出一张小圆桌，摆上供品，一家人在桌前伫立，神情庄重，仰望东方，无限虔敬，迎接喷薄的太阳。太阳出来时，合掌竖在胸前，祈祷祭拜祝颂恩谢，祭拜完毕，便喜气洋洋走进屋里，把衣服被褥鞋袜，全部拿出来暴晒，连箱箧、床板也搬出来接收阳光。据说这天阳光特别好，特别香，特别能杀菌消毒，晒过的东西一年不霉不蛀，香气持久。对阳光越虔诚，阳光给你的东西就越多。晚上，人人沐浴更衣，以示对阳光的敬畏。孩提时，每到这一天，晚上洗完澡，穿上干爽的衣服，躺在床上，闻着蚊帐、被子、枕头、席子散发出的阳光味儿，听妈妈娓娓讲述好听的故事，心情无比快乐，像躺在太阳底下的安琪儿，再幸福再温馨不过了。那一晚，睡得特别香特别甜特别美，做梦也笑出声来。

阳光愈烈愈香，豆子花生谷子，晒足阳光，那种气味闻之更是销魂摄魄，刻骨铭心，一辈子忘不了。

过去，每逢收获季节，生产队的大晒场便弥散出五谷的香味。最宏大最浓郁最诱人的香气要数稻谷，数百平方的大晒场均匀地铺满金黄色的谷子，在阳光下闪闪发光，像一片光芒四射的金色地毯，蔚为壮观，赏心悦目，人见人爱。太阳像播撒香精，使整个村子的上空弥漫着稻谷的香味，人人精神振奋。夕阳西下，霞光像水彩，把晒场点染得五彩缤纷，人们在光彩中忙碌穿梭，把谷子收好，不久晒场中央便矗立起一座巍巍高山，飘散出浓郁的酥香味。人们围在谷堆旁，深深地呼吸，久久地凝望，脸上洋溢着喜悦，有的说，阳光把谷子晒得好香呀；有的说，阳光的味道真好闻。大家美滋滋地饱尝一番，品味一番。孩子们欢蹦乱跳，绕着谷堆跑，有时亮开嗓子，大声高唱：月亮在白莲花般的云朵里穿行，晚风吹来一阵阵快乐的歌声，我们坐在高高的谷堆旁边，听妈妈讲那过去的故事……清亮脆嫩的歌声，和着爽怡的阳光味儿，香透心田，令人沉醉。

阳光味儿，着实令人陶醉，令人振奋。自然万物，在阳光下绽放芬芳。人的心灵也离不开阳光，常受阳光的熏陶，不会发霉变质。心灵充满阳光，胸怀宽广，视野开阔，品德馨香，不知不觉人也会变得阳光起来。

2015 年 7 月

做个红尘中人

在没乘坐过飞机以前，风和日丽的晴天，有时情不自禁仰望天空，云淡天蓝，苍茫如海，邈远深邃，奥妙莫测。从空中往下看，将是怎样的一番景象呢？

2011年6月的一天，终于梦想成真，登上了南宁至青岛的ZH3587航班，位置恰好在舷窗旁。在激动、兴奋、期盼中，"叮"的一声铃响后，听到了播音空姐亲切甜美的声音，按她的要求，谨慎做好起飞前的一切事情。广播刚停，飞机启动了，经过一阵由慢到快的滑翔，一会儿便升上了云端。我目不转睛地凝眸窗外，有时大片烟云掠过，有时雪涛银浪滔天，有时满眼奇葩绽放，雪莲、白荷、玉兰、百合粉雕玉琢，千娇百媚，有时素鸽、仙鹤、玉兔、绵羊、白马、银象嬉戏追逐，四处撒欢，有时白绢、棉絮、羽毛漫天飞舞，有时玉山、冰峰、高大的白蘑菇、偌大的蒙古包赫然矗立，有时雪原千里凝然岑寂，有时无数冰块漂浮在缓缓解冻的春江之上，有时琼楼玉宇、城堡宫阙如海市蜃楼般扑朔迷离，有时大海澄澈银鱼穿梭，远处有几处浅灰色的礁石和岩壁……看着看着，迷迷糊糊弄不清是在天上还是在人间，一时竟忘记了身之所在。

是空中花园？是天上美术博物馆？是人间仙境？谁是创造者？是阿波罗？是缪斯？是织女？是嫦娥？毋庸置疑，全是云之杰作。

坐着飞机遨游长空，云在脚下，尽阅云之千姿百态，飘飘然有如孙行者驾云而飞，逍遥自在。感谢莱特兄弟为人类发明的航天之具。

我忽然想起儿时的一群伙伴，我们常在地坪上一起仰望天空，寻找牛郎织女，寻找月亮上的嫦娥。白天偶然也看到飞机，一个疾速飞驰的亮点，拖着一条长长的雪白尾巴，我们盯着那个亮点看，直到消失在天边。有时看到云雀飞翔，雄鹰展翅，我们多么希望自己也能长出翅膀，但谁也不敢想象自己能坐上飞机，一群生长在穷乡僻壤衣衫褴褛吃不饱肚子的农家孩子，又怎么能有这种奢望呢。现在飞机划过长空，还有孩子在地下仰望吗？也许时代不同了，现在的孩子见识多了，已不足为奇。不像我们少小时候那样孤陋寡闻，能看到飞机从天上飞过，那简直是天大的惊喜。坐飞机的事情，更是闻所未闻，只听说过一个与飞机有关的人。

20世纪60年代末，我们大队下放来一位军人，人们叫他"飞机邓"，他原来是在某空军部队任职的，大家觉得他非同一般，但谁也不敢接近他，只能"敬而远之"。几年后，听说他被落实政策返回部队了。那时，他的名字，在我们大队是妇孺皆知的，因他与飞机有关。对于日出而作日落而息、面朝泥土背朝天、连飞机是什么样子也不知道的村民来说，那是一件多么稀奇的事情。后来大家非常后悔，没有问问他有关飞机的情况。

那时，我对飞机的印象只是一个拖着长长雪带犁过蓝天的白色亮点，是一个可望而不可即的天上奇观。

过了十几年，到了80年代中期，我家的一位亲戚从大洋彼岸飞回祖国，抵家的那天，父老乡亲济济一堂，畅叙久别重聚之情，年轻人由于好奇，最想知道坐飞机看到的情景，那位亲戚说："飞机升上高空，看到的全是云山云海，不过，天上看到的多是白云，比在地上看到的漂亮多了，什么形状都有。"天上看到的云与地上看到的为什么不同？那时，我还不甚明了。现在坐在飞机上看到的云，确如她所说，难怪有"百闻不如一见"之说。云白，是因为阳光没有阻碍直接照射的缘故。阳光照彻的云朵是白的，照不透的一面是黑的，乌云完全遮住太阳，地面就暴雨倾泻了。但云海之上，仍然是一片艳阳天，天上地下是不一样的。这时，高高在上，超然物外，优越感顿生，不禁沾沾自喜起来，乐陶陶忘乎所以。

飞机在九千六百米的高空飞行，有时碧空如洗，阳光透明，俯瞰下面，看到了一幅幅硕大无朋的平面地图，只是没有图例，分不清那些纵横交错蜿蜒迤逦斗折蛇行的线条，哪些是河流，哪些是道路；分不清那些星罗棋布的点块，哪些是田野，哪些是山岳，哪些是城市，哪些是乡村。只觉得视野开阔，祖国大地幅员辽阔。居高临下，有几分"君临天下"洋洋自得之感。

我仰望飞机上空，苍天无际，如果飞机升上数万米数百万米的高空，看到的又是什么呢？是不是像庄子描述鲲鹏在九万里高空所见所感的那样，"天之苍苍，其正色邪？其远而无所至极耶？其视下也，亦若是则已矣。"若是如此，那就是"青冥浩荡不见底了"，岂不太过单调乏味？又有什么值得居高自傲、自命不凡呢？

飞机飞到了齐鲁上空，稍稍降低了高度，掠过城市上空时，看到下面的楼宇，像无数积木摆放在一个巨大的棋盘里，公路街道像丝线。有的时候，地面呈现出恢宏壮观的五彩缤纷的板块，像整整齐齐铺着的杂色木地板，奇怪，那是什么呢？询问周围的同事，谁也猜不出。

后来，乘坐旅游车，在齐鲁大地上奔驰的时候，我才恍然大悟，在飞机上看到的黄色板块是一畦畦成熟的黄澄澄的小麦；绿色的板块是一垄垄绿油油的花生苗；红色的板块是一方方缀满彤红果子的樱桃林；蓝色的板块，是一条条盖着蓝顶的蔬菜大棚；紫色的板块是一片片紫花盛开的马铃薯……这些作物及设施，从天上俯瞰，是静态的板块，从地上近看，才清清楚楚地知道它们是什么，才看到它们蓬勃旺盛的生机和流光溢彩的丰硕果实，还能看到其中辛勤耕作的劳动者。

人处于高空，目光是有限的，除了虚无缥缈的云海，实实在在的东西又能看清什么呢？要想真正领略人间美景，还得降落到地面，脚踏实地亲近自然，亲近生活，老老实实做个红尘中人。

2015 年 6 月

漩涡上的彩虹

虎跳峡，据说是世界上最深的峡谷之一，我们慕名而来。它位于云南丽江古城六十多公里外的金沙江上游。金沙江，这条彪炳史册的光辉河流，我们终于看到了它的雄姿。它像一条巨龙，逶迤蜿蜒腾挪跌宕于丛山叠峰之中。

车子溯江而上，山势越来越高峻，道路越来越狭窄曲折，盘山绕壁，九曲十八弯，人坐在车上，牢牢抓住扶手，还左右倾斜。路的一边危岩壁立，怪石突兀，一边山坡陡峭，深谷下江水奔腾。稍稍向下看一眼，就吓得心惊胆战。司机若有一丝不慎，后果不堪设想。我们提心吊胆，惶惶如坐针毡。大家精神高度紧张，恨不能下车步行。

好不容易到达虎跳峡。虎跳峡全长十八公里，最宽不足一百米，最窄处仅三十米左右。我们到达的是它的最窄那一段。我们从半山腰的停车场下车，沿着狭陡的栈道走下去，开头一段道旁长有疏疏落落的杂树，老枝新柯横逸斜伸，撩发拂脸。中途依山傍石修有两个观景台，台面都是突兀的岩石，挤在观景台上照相的人很多，站在不同层面的观景台上看到的景象都不一样，远近形貌各具特色。上一个，目光看得远些，往上游观之，江水奔涌，裂山排闼而来，滔滔不绝，如蛟龙出海。下一个，焦距近些，峡谷中的景物放大些，看得稍微清楚些，江水湍急，浪涛相搏，乱成一锅粥。这两个观景台距谷底还很远。走着走着，渐闻水声，越近响声越大，像千军万马呐喊冲杀，像虎啸龙吟，"飞湍鸣金石，激流鼓雷风。"临江修有一个较大的伸向江中的长方形观景台，站在上面，只见狂涛怒卷，雪浪飞进，玉屑腾空，散坠如雨下，凉气侵肌。由于山崖断层坍塌，江中礁石林立，犬牙交错，形成无数石梁岩坎。激流中有一块岿然雄踞的巨石，又叫虎跳石，传说有猛虎从它的上面跳跃而过，故名虎跳峡。水击巨石，轰鸣如天崩地裂，震耳欲聋，惊心动魄。谷中险滩密布，漩涡相套，险浪相逐，跳跃奔突，穿鸣于乱石间，瞬息万变，其险万状。我们站立的观景台旁，就是一个咆哮的大旋涡，浪涛汹涌翻滚如煮沸，我们就像站在一锅沸水边上。我们这群人，没有一个敢靠近伸向江中的那头栏杆拍照的。起初，我战战兢兢，小心翼翼，脚步一点点移动，想往前挪近些，但还走不到台子的三分之二，就怕得两腿发软，走不动了。在大自然的面前，我感到了渺小和脆弱。

虎跳峡两旁，高山巍峨，气势磅礴。山上绿意森森，到处长满溢碧滴翠的冷杉、云杉、松柏。奇峰对峙，峻拔险怪，高耸入云。岩石嶙岣峥嵘，峭壁林立，千仞危崖，如刀砍斧削直指苍穹。东面有海拔五千五百九十六米的玉龙雪山，仰头遥望可以看到它那银光闪烁，玉洁冰晶的雪峰。西面有海拔五千三百六十九米雪光耀天的哈巴雪山。站在海拔仅一千七百米、相对高差达二千九百多米的虎跳峡仰望天空，只见窄窄的一条蓝带。山高峡深，急流怒号，"涛似连山喷雪来"，跌宕回旋，险象环生，因而构成了这个令人惊叹的世界罕见的大峡谷。江流两侧，露出的尽是巨石岩壁，它们被江水濯洗得很洁净。对岸一块巨大的岩壁上有层层波浪形的纹路，像刀刻斧凿般醒目，无可置疑这是水力击撞冲蚀的杰作，可见水势之强悍迅疾。我想暴雨过后，暴涨的江水定像桀骜不驯的野马，脱缰嘶鸣一路狂奔而去，挟泥带沙，卷风裹雷，势不可当。要不，怎能把坚硬的岩石冲刷出如此深刻的痕迹？我被大自然的力量深深地震撼着。

从山上下来还不觉得十分吃力，小心些，抓牢栏杆，不要踩空摔倒就是了。从下往上爬就困难多了，尤其是靠近谷底那长长的一大段栈道，垂直壁立，如爬天梯，我爬不了几级就气喘吁吁，扶住栏杆，停下歇息。依依不舍回眸一瞥，异常惊诧，只见刚才我们站立的观景台旁的那个漩涡，中间闪烁着一圈五彩光环，斑驳陆离，如诗如画，如梦如幻，妙不可言。我以为是天空的彩虹倒映，迅即抬头看天，天空蓝得透明，未曾遭遇风雨，怎会有彩虹呢？我确信，那是漩涡上的彩虹。以往我一直认为，彩虹只有天上才有，它是最美丽的，无与伦比的，独一无二的。常在暴风骤雨后迫不及待地跑出门外，仰望天空，寻找那道弯弯的跨临大地绚丽斑斓的彩桥，放飞如虹般的梦想。万万想不到激流漩涡也会出奇彩，大自然太神奇太玄奥了！我庆幸这回眸一瞥，若懒于回首，就与这奇景失之交臂，那将是莫大的遗憾。

在人生的道路上，常回首瞥瞥，也会发现许多意想不到的宝贝，许多令你震撼令你感奋的风景。

2017 年 8 月

第六辑

游踪履痕

愉快的旅途，友好的欧洲人

笑声在蓝天上飞扬

第一次出国，去欧洲旅行。头一回坐长达十五个小时的飞机，真担心身体受不了。

在香港国际机场，踏上开往法国巴黎航班的登机口。这一拨乘客，我走在最前面，与后面拉开一些距离。走近机舱口，"您好！欢迎您！"一位蓝眼睛、棕色头发的漂亮空姐，亭亭玉立，笑容可掬热情洋溢地用汉语向我问好致意。我十分惊讶，以为她开口英语，想不到她也会讲汉语，虽然说得不太标准，但语气非常诚挚亲切。听到外国人说我们的国语，欣喜和自豪感油然而生。我点点头，真诚礼貌地谢了她一句。

在飞机上，送饮料和餐点的空姐，遇到不懂英语的中国人，她们尽量用汉语交流，虽然她们懂得的汉语不多，有时说得别扭，甚至滑稽可笑，如"开水"说成"开嘴"，"果汁"说成"果子"，"面包"说成"棉袍"等，但没有人笑话她们，而为她们热诚的服务精神所动容。

最有趣的是，一位空姐，在工作的间隙，和我们聊得很开心。长时间飞行，坐累了，在飞机处于平稳状态的情况下，我想找个地方站一站，看到机舱餐饮工作间旁边较宽的通道空间，站着两三位团友，我便朝她们走去。我们站着稍微活动活动筋骨。一会儿，一位空姐走进来，年龄三十来岁，她微笑着用英语向我们问好，简单的礼貌用语，我们还能听懂一些，也用生涩的英语向她问好，她非常高兴，和我们聊起来。她落落大方，开朗风趣。她身材高大健美，身高一米七几。我身高一米六三，和她背靠背试比一下，才及她的肩头。我们夸她像时装模特一样漂亮，她也跟着我们学说"模特""漂亮""中国朋友"几句简单的汉语。她站着和我们聊了一会儿，转身拉出餐柜的一个抽屉，从里面拿出一盒饼干分与我们。刚分毕，我们团的一位中年男同志走进来，她逗趣地说："您要吗？"接着指指自己的脸，"您先亲我一下，我才给您吃。"我们是通过她的神情手势，才明白她的意思的。这也许是她家乡社交的一种礼节，就像我们握手一样。那位男同志憨憨的，呆立傻笑。我们竭力怂恿，他终于鼓起勇气，踮起脚跟，昂首伸长脖子，努起嘴唇，在她的一边脸颊上轻轻亲了一下。我们捧腹大笑，空姐乐呵呵的，双手掩着脸颊做出调皮的羞赧状，之后转身拿出一小盒饼干给了他。我们就像一群熟悉的好朋友，无拘无束地开着玩笑，愉快的笑声在蓝天上飞扬。

滑铁卢愉快的晚餐

滑铁卢是比利时的一个小镇，坐落于首都布鲁塞尔南郊十八公里处。1815 年 6 月 18 日，举世闻名的滑铁卢战役在小镇南面五公里外的田野里展开，拿破仑率领的法军与反法联军进行决战，双方浴血鏖战一天，结局拿破仑遭到覆灭性的惨败。从此，滑铁卢与拿破仑的名字便一起载入了史册。

我们来到滑铁卢，已是晚上八点多钟。进入下榻的宾馆放好行李，立即往街上去找吃的。在车上，导游早就告诉我们，这个地方晚上九点钟店铺就关门，叫我们抓紧时间到附近的一个超市买些东西自行解决晚饭。我们脚步匆匆，顾不上浏览这座历史名城，肚子正在闹革命，填饱了再说。赶到那个超市，进去不到两分钟，就听到关门的铃声。什么也来不及买，懊丧地退了出来。

抱着侥幸的心理，继续在周围寻找食店。蓦然看到不远处有间亮着灯光的店铺，走近看清招牌，是个饮食店，门开着，还未打烊。我们喜出望外地走了进去。一位男性青年服务生恭恭敬敬迎接我们，他听不懂汉语，歉意地转身让一个女同事来接待我们，这位女子非常年轻，一双圆圆的大眼睛扑闪闪的，长得结实健康，笑脸明丽，带着少女的天真活泼，十分可爱。她用汉语说了两句欢迎的话，领我们来到一张长方形桌子旁，请我们入座。我们四个人分两边相对坐下。她离开一会儿，很快返回，拿来一本有彩图的食谱，里面全是各式各样的面制品和冷饮。我们原以为她会说汉语，点东西时，她却一句也听不懂，她会说的汉语不多，只是极有限的两句招呼语。我们英汉夹杂，南腔北调，比比画画了说了许久，她才明白，舒了一口气，快乐地朝厨房走去。少顷，她拿着食谱又折了回来，说我们点的比萨小的没有了，只有大的。我们说："那么就要两个大的吧。"她说："OK。"这之间双方少不得再用手势比说了一番。

不大工夫，她就乐颠颠地捧来了两个大比萨，每个足有两斤重。接着端来四大杯果汁，用了一个"请"的手势。我们两人吃一个，正吃得津津有味，抬首间，她又端来了两大个，我们不约而同地笑起来，用手势助蹩脚的英语告诉她："如果我们吃了四个，肚子就撑得像猪八戒。"她嘻嘻地笑起来，端着比萨在旁边站了一会儿，脸上露出不知如何是好的窘迫。我们知道这是她听不太懂我们的话而弄错的。东西做出来了，看来不要是不行的，也不能难为这位小姑娘呀。"滑铁卢"真是个倒霉的地方，一到就败财，认了吧，待会打包回去分给团友们吃算了。我们刚想叫她放下，她却轻轻转身端走了。

过了一会儿，她领着一个魁梧的中年男子走来，我们吃惊地看着那男子，心想定是兴师问罪来的。那男子微微弯下腰，神情凝重，边说边打着手势，意思是说："我是店主，对不起，因我们工作失误，多送东西，打扰了你们用餐，请原谅。"我们很感动，但还是不放心，比画着手势说："没关系。请不要责备那姑娘。"他笑着摇摇手说："不会，请你们放心。"看到那位姑娘，一脸鸟语花香，我们也就释然了。

吃完饭，店主和小姑娘一同把我们送出店门，"Good bye！"双方挥手道别。返回宾馆的路上，我们心情异常舒畅，月色皎洁，小镇宁静祥和，"滑铁卢战役"激烈恐怖的枪炮声已经湮灭在历史的长河里。

让道静候绅士风度

"绅士风度"这个词语在欧洲十八九世纪的文学作品里常看到，过去片面理解为西装革履，风度翩翩，言谈举止高雅的上流社会男子。后来了解到"绅士风度"还包含有对妇女儿童礼让、尊重等好品德。现在欧洲，还有没有这种风度呢？

漫步卢森堡宪法广场，观看了为纪念第一次世界大战牺牲的将士而建的英雄纪念碑，走下车道想穿过去看另一景点，刚走出两步，看到一辆小车开过来，我急忙退回路边。出乎意料，这辆车子在我的近前停了下来，随即车门推开，走下一位青年男子，他微微弯腰，恭恭敬敬地做出请的手势，意思是请我先过。我十分感动，谢过他后，迈动了脚步。等我走过了车道，他车子才往前开。

遇到如此谦恭礼让的人，也许是偶然的事情。后来在不同的国度，不同的城市，我们过没有红绿灯的街道时，也几次得到如此的礼让，感觉这绝非偶然。

那天，我们在瑞士游览琉森湖，此湖是瑞士中部第一度假胜地。卡佩尔大桥横跨水面，这是欧洲最古老的木制廊桥，结构独特，工艺精湛，装饰美观，有"水塔花桥"之美称。我站在桥上，靠近廊沿，纵目而游，湖光山色，尽收眼底。这是观湖最佳处。桥上人来人往，游客很多。一位带着个四五岁孩子的团友，走近我，叫我帮她母子俩照张相。"好！"我爽快地接过她递给的相机，瞅准游人稍稀的间隙，走到桥中央，赶快取景、调焦，还未完成，就瞥见一群人将至，我想，拍不成了，得再等一等了。此时，人群突然停了下来，我惊讶地扭头朝他们看去，走在前面的是几个本地青年，像中午放学回家的高中生。他们率先驻足，并伸开手臂，示意后面的人暂停。我明白了，立即将镜头对准她母子，迅速按动快门，向让道的人们真诚地作一鞠躬礼以致谢，然后赶快返回桥边。

我们又一次受到真诚的礼让，有一种被尊重的感动。这种尊重来得自然而然，不期而遇。这大概是绅士的传统遗风吧。被尊重的感觉真好！愿全世界人民和平友好地久天长。

捷克好小伙路卡斯

路卡斯，是负责接送我们这个旅游团的大巴司机，整个旅游期间，天天和我们相处。他是一位很帅的捷克小伙子，身材挺拔，高鼻梁，白皮肤，脑后垂着一束马尾状的黑发，不知是不是他头发的原色，现在欧洲很多人以染黑发为时髦。因语言不通，他沉默寡言，脸上却春光和煦。

他对工作认真负责，对人非常真诚热忱。每次接送我们，都提前守候在车旁，看到我们来了，就立即打开车底层行李舱，接过我们手中的行李箱，弯腰提到舱上，一个个端端正正摆整齐。晚上到达住宿的宾馆，他首先跳下车，将行李一件件地拿出来，省去了我们许多劳顿。

唯有一次，在阿姆斯特丹，我们游完了最后一个景点，他从停车场开车来接我们，途中因堵车，耽误了一些时间，未能按时到达。我们上车时，他非常抱歉地对我们连声说："Sorry！Sorry！"

有件事情，我们觉得奇怪，午餐和晚餐他都不和我们在一起吃，皆是导游给他打包的。问导游才知道，他为我们看守行李和车上的物品，并打扫擦抹车内外的卫生，保持车辆明亮洁净。我们吃的是热饭，他吃的已是半凉了。一路上小心谨慎地保护我们的安全和给予优质的服务，多好的小伙子啊！

起初大家对他不大在意，后来渐渐重视他，喜欢他，离别的时候把热烈的掌声送给他，以表达我们对他真挚的谢意。导游用英语把我们的意思告诉他，他笑得泪光闪烁。

下车走向机场时，我突然想拍他一张相片，可看不到他。我走走停停，不时回头看。他从车的另一边转过来刚想跳上车，"路卡斯！"我急得大叫一声，直呼他的名字，不知道这句英语是否蒙对了，他是否能听懂。非常庆幸他听懂了，即刻转身微笑着向我挥手，我把他定格在相机里。

团友们听到我的叫声，都回头向他挥手。再见路卡斯！再见欧洲！

2016 年 4 月

最美的广场

在比利时首都布鲁塞尔市民阶层聚居的城区，有一个长方形的广场，普通而平常，周围全是房屋，没有任何花草树木的点缀，但游人如织，南腔北调，肤色种种。想不到，它竟是大名鼎鼎的布鲁塞尔大广场，曾被法国大作家雨果赞为"世界上最美丽的广场"，1998年联合国教科文组织将其作为文化遗产列入《世界遗产目录》。

城市广场，一般位于市中心或最显眼交通最方便的地方，作为城市的门面，建得美丽而壮观。欧洲城市的广场，旁边大多建有雄伟显赫的教堂，引人注目，老远就能看到。而布鲁塞尔大广场却被周围的民房所遮挡，只有六条小巷连通，低调，含而不露。

布鲁塞尔大广场建于公元十二世纪，地面用花岗岩石铺设，风格简约，朴实无华，长一百一十米、宽六十八米。广场其实并不大，倒像一个四合院中的大天井。我想它的"大"，它的名气和价值并不在于形状规模。

我在广场中漫步徜徉，细细地观看、品味、思考。

广场四周矗立着高度大致相同、风格迥异的四十多座建筑，北面的市政厅是广场最醒目的建筑。它是一座典型的弗兰德哥特式建筑，风格独特，雄伟恢宏。它上面有带尖顶的塔式钟楼，高达九十六米，塔顶塑有一尊高五米的布鲁塞尔城的守护神圣米歇尔的雕像。市政厅大楼始建于1402年，整栋建筑建于三个不同的时期，经一再扩建增修，才达到目前的规模。市政厅对面同样带有尖顶的大楼曾归西班牙国王所有，被称为"国王之家"，因西班牙曾经统治过布鲁塞尔。现为国家博物馆。环绕广场的其他建筑多为十七世纪各种职业行会会所。行会建筑中，布拉班特公爵大厦最为壮观，这是由六栋大楼组成的建筑群，建于1698年，是磨坊主、木匠、船夫等行会所在地。每个行会建筑的门楣上都雕塑有本行会崇敬的人物或图腾。广场旁边还有公爵官邸、中世纪的石质建筑、路易十四的行宫等。广场周围的建筑物，由于修建的时间不同，显现出哥特式、巴洛克式、文艺复兴式、路易十四式等多种多样的风格。

市政厅左侧，在一座五层楼的建筑前，游客众多，皆肃立仰望，我走近细瞧，看到底层门头上饰有一只振翅欲飞的白天鹅，墙壁上装饰有说明文字，大为震撼。这就是著名的天鹅咖啡馆，现在也叫天鹅餐厅，伟大的《共产党宣言》就是在此诞生的。1845年2月和4月，马克思和恩格斯先后从法国巴黎迁居布鲁塞尔。此后，天鹅咖啡馆就成为他们共同创建共产主义通讯委员会和德意志工人协会的重要场所。1847年11月，共产主义者同盟第二次代表大会委托马克思和恩格斯起草一个周详的理论和实践的党纲，一部历史性的巨著由此诞生。《共产党宣言》是国际共产主义第一个纲领性文献，标志着马克思主义的诞生。我仰望那两间半卷窗帘曾是马克思、恩格斯住过的房子，肃然起敬，顿觉这个广场无与伦比的伟大。

布鲁塞尔大广场，大作家雨果也曾寓居此。其间，他先后发表了长篇小说《悲惨世界》《海上劳工》《笑面人》等旷世之作。天鹅咖啡馆的左侧，二楼那个带红色玻璃的房子，就是他的寓所。他曾站在窗前，以睿智的目光观察这个广场，发现了它超乎寻常之处，情不自禁地发出"世界上最美丽的广场"之赞叹。

布鲁塞尔第一市民于连的铜像就立在市政厅与天鹅咖啡馆之间的那条街上。于连是个五岁的小男孩，穿一套黑色的燕尾服，白衬衫打底，脖子上挂着一条红色的长围巾，头发微卷，圆脸蛋，翘鼻子，嘴唇微抿。站在一个约两米高的大理石雕花的台座上，一手叉腰，一手端着"小东西"，身子稍往后，肚子略往前，双腿微弯，一双大眼睛往下看着那道弯弯的小水流，天真、神气，无拘无束地撒着尿。这尊铜像，也叫撒尿小孩。小于连这一泡尿，非同寻常，救了一座城，一个国家。

传说古代西班牙入侵布鲁塞尔，被击退后恼羞成怒，欲用炸药炸毁这座城市。在一个万籁俱寂的黑夜，他们悄悄潜到城边，安放炸药，点燃了导火线。就在这千钧一发之际，被一个从屋里跑出来准备撒尿的小男孩发现，他对着呲呲冒烟的导火线撒了一泡尿，将火浇灭了。跑回家，他把这件事告诉了父母。全城的人旋即起来保卫这座城市。这个小男孩就是于连，市长亲自授予他"第一市民"奖章。为了纪念小于连救城之举，1619 年，比利时雕刻家捷罗姆·杜克思诺制作了他的铜像。人们把这尊铜像竖立在当年浇灭导火线的那条街上。

铜像中的小于连原来是光着身子的，后来许多国际友人纷纷赠送衣服给他。中国也赠送了两套，其中有一套是汉族对襟小裤褂，每逢 10 月 1 日，小于连就穿上此装，一副活泼可爱的样子。各国送给小于连的衣服皆收藏在布鲁塞尔大广场中的国家博物馆里。

布鲁塞尔大广场，表面虽然普通平常，不显山露水，却意蕴丰富，令人瞩目景仰。"大音希声，大象无形"，平凡中往往有许多出乎意料的惊奇。

2016 年 6 月

风车转呀转

　　平畴绿野，碧盈盈的小河沟渠纵横交织，融会贯通。玲珑精致的小木桥，现出不同的风姿神态，这里像一弯蛾眉临照，那里如出水的半轮新月；左边若一弦彩虹饮水，右边像拉开一支满满的弓；有笔直的，有曲折的，有梯形的，还有立着高高大门框架的迎宾廊桥。不由分说，纷纷扑进眼帘。

　　一片色彩缤纷的耸脊坡顶小木屋，错落有致地分布在这片绿野的东北面。房子的线条极为简单，长方形，屋顶为八字形，长长的一撇一捺几乎把两边的墙壁遮住，窗口方形。房檐和窗口大多用白漆勾边，也有少量用绿漆勾边的，鲜亮夺目。房顶和外墙有全是黑色的，有黑墙橘红顶的，有绿墙土黄顶的，有黑墙蓝顶的。从房子的两头看去，像竖着无数五颜六色的锐角三形，恍若童话世界。这些房子中，有面包房、奶酪和乳制品作坊，香气氤氲；有木鞋制造厂，库房一排排木架子上，摆满花样款式不同的木底鞋子，这种鞋子适用于沼泽地区；有一百多年的杂货店，商品林林总总。这些都是十七、十八世纪的古老建筑和传统的生活方式，走进这条村子，就像走进了中世纪。

　　这个古朴典雅、宁静秀美的村子，就是闻名世界的荷兰桑斯安斯风车村，位于阿姆斯特丹北面十五公里的桑河地区。它是一个开放式的保留区和博物馆。

碧波浩荡的桑河从村子东边流过，河畔几座大风车，拉开一定距离依次高高地架在各种磨坊上，叶片棕黑色，数米长，十字形，迎风旋转。这些风车叶片的形状恰巧与我们童年玩的风车叶片形状相同，但我们的风车是用从旧作业本撕下的纸页或修削过的鲁古（木本植物）叶片编结成的，把折好的风车中心插进竹柄的一截短横轴上，风一吹，便自然转动。我们一群小伙伴，常拿着风车，聚集到生产队的大晒场，然后一字儿排开，迎风而立，一个负责发口令"一、二、三，跑"，大家听到"跑"，就一齐奔跑，比赛谁的风车转得快。跑得快的、风车大的旋转速度就快。

风车给我们的童年带来创造性的喜悦和许多欢乐。

眼前桑河畔的这些大风车可气派了。它们保留着中世纪特色，有着奇怪的名字和不同的作用，如"猫"是矿物磨坊的风车，它为染色和绘画行业生产各种原材料。"追随者"和"人员混杂"是两座榨油坊的风车，这两座风车现在仍在运行使用。"居家的男人"是一座小芥末磨坊的风车，此风车也还在使用。还有锯木风车、排水风车。这些风车作坊只有三个定期向游人开放，遗憾我们去不逢时，只看到风车外形，未能进作坊观看它们的工作情况。

村前那片沟渠、茵草、芦苇交织相连的旷野里，看到许多被废弃的破旧风车，歪歪斜斜地搁置在水边。它们仿佛在思忆"锦瑟年华"和煌煌祖业。

荷兰濒临大西洋，由于地势低洼，荷兰人居住在古老的湖床上，为了让湖底保持干燥，几百年前就创造了风车，用它们来排水除涝，使国土免遭沉沦。后来逐渐把风车的风力变成动力，用于工业生产、榨油、锯木、碾磨、压滚毛呢毛毡、造纸等等。18世纪末，荷兰全国的风车约有一万两千架，每架有六千匹马力，成了世界闻名的风车王国。二百五十年前，在桑河这片土地上，就矗立着八百多座风车，成排成阵，旋转不息，它们承担着生活及各种工业任务，使桑斯安斯成为世界上最早的工业区。这个地区在几个世纪中曾生产出世界最优质的纸张，1776 年，美国的《独立宣言》就是写在由桑河地区生产的羊皮纸上。据说西班牙著名作家塞万提斯曾到过风车村，从阵势宏大洋洋壮观的风车中获得灵感，在创作伟大现实主义名著《堂吉诃德》时，写上了主人公与旋转风车搏斗的滑稽可笑的情节。

20 世纪以来，由于蒸汽机、内燃机、涡轮机、电动机等动力机械相继问世，这些风车逐渐被淘汰。

风车作为动力源替代人力、畜力，对生产力的发展发挥过重要的作用。现在它虽然式微，但没有完全从人们的视野里消失。在欧洲原野上奔驰，不时能看到一排排像高高电线杆那样立起的针叶形风车在转动，这是风力发电。这种风车我并不陌生，我国西部地区也有。据悉现在地球上的许多地方，风车依然在转动。地下资源不是取之不尽用之不竭的，节能、环保已成了现代世界面对的一个重要课题。

风能是一种可再生、无辐射、无污染、无耗尽之虞、环保的自然能，它的作用一定会引起人们的重新重视。

2016 年 6 月

登上铁力士山

铁力士山海拔三千二百三十八米，是阿尔卑斯山脉享有盛名的一座山峰，位于瑞士琉森湖南面的英格堡，以终年不化的冰川和积雪闻名世界。

来到铁力士山脚下，刚下车，抬首间，一幅经典雅致的画面像强力磁场，牢牢地吸引了我们的视线。山坡上，春草盎然，纵横绵延若绿毯铺展开去，漫过山坳、树隙，从山腰往下直到谷底溪畔。白色的绵羊悠闲自在，散食于野，像众多的雪球缓缓移动。塔状的雪松、挺拔的云杉林，宛若镶在草场上面的鲜亮墨绿的饰带。稍远的一些灰色的石山上，石窝、石臼、石缝、石隙等裂缝和低陷处，藏着少量厚薄不一的积雪，银光闪烁。草坡溪畔分布着一些精致玲珑的小屋，这些房屋大多为坡顶黑瓦粉墙，古朴雅致。一条碧蓝清澈的小溪从村中潺潺流过。有人惊叹"此景只应天上有"。面对如此静谧、恬适、优美如画的人间仙境，人们不由自主陶醉得物我两忘，不知身在何处。

我们在铁力士山脚下的缆车站，乘上四人座的透明密封小缆车，开始了登峰造极的刺激性旅程。外面的山景如电影镜头不断切入眼帘，茵茵草坡，葱茏杂木林，两道山梁之间的侧凹处有条雪带，如划出的白色界线。树林逐渐变疏变稀，树叶越来越少，最后只剩下光秃秃的枝丫，雪带却渐渐增大变宽，山梁、山脊、树根披纱盖银。人在升，景在变。

缆车升到海拔一千八百米的特里布湖站，换乘缆车巴士，该缆车可乘坐八至十人。沿途基本没植被，草甸变成了雪屯，岩石裸体，多半被积雪掩埋，冷得变成了灰黑色。陡峭的雪坡上，不时有勇敢的滑雪者风驰电掣飞闪而过。我们乘坐的这台缆车恰巧有两个自带滑雪工具的青年滑雪爱好者，不知是哪个国家的。他们要到山顶，从上往下滑，挑战最长最险的滑雪道。听说山顶有数条超长的滑雪斜道，其中还包括直达山谷的十二公里坡道，落差达两千米，这是滑雪高手和单板运动员大显身手的好地方。他们是玩雪的，我们是赏雪的，各有所好，各得其乐，互为风景。

缆车上升到海拔两千四百二十八米的史坦德站，换乘高空旋转缆车。这是世界上首架三百六十度旋转缆车，无座透明密封，可承载八十人，自动悠然旋转上升，可三百六十度无死角欣赏周围的景色。峻峭挺拔的山峰、峥嵘嶙峋的岩石，粉妆玉琢，抹平了棱角，填充了裂缝罅隙，线条柔和，失去了雄性的凌厉锋芒，变得丰满柔顺，几乎全都女性化了。一段垂直壁立的山崖中隐隐约约现出梯子的形状，我感到奇怪，"这是什么？"问站在身边的导游。他说："这是铁道式攀岩路线，为终极登山者准备的。"毋庸置疑，这是一条极具挑战性的勇者之路。冰川、雪谷像银龙蜿蜒、盘桓……眼睛只要盯住一处玻璃看，胜景接连不断显现，让你目不暇接。

缆车旋转五分钟，就到达海拔三千零二十米的山顶缆车站。山顶缆车站有五层楼，各层有电梯连通。第一层有个冰洞，此洞是在千年不化的冰川之下二十米处凿出来的，洞长一百五十米，位于海拔三千米的高点。走近洞口，陡然一股寒气袭来，猛然打了一个激灵。冰洞发出蓝幽幽的冷光，难怪它又名"蓝洞"。洞里打着蓝色的彩灯，冰洞被渲染成深蓝色，使得气氛更加奇幻神秘。人在里面，脸色也变得蓝蓝的，像在梦幻中，更像幽灵般来去。沿洞有许多冰雕作品，千姿百态，栩栩如生，像置身于一个晶莹剔透的水晶雕塑艺展龙宫。越往里走，越感到寒冷彻骨，手脚生疼。

乘电梯上到五楼，走出暖气房，雪光刺目，睁不开眼，赶快戴上太阳镜。白雪皑皑的顶峰就在眼前，脚下全是积雪。暖气房前是一个较大的平台，来自不同国度的许多游人在观景照相。在外面待的时间长了，冷得受不住，可返回暖气房驱驱寒。我登峰巅之前，进去坐了许久，热身后一鼓作气向山巅冲刺。雪峰左边是较平的地带，右边向上隆起，对着平台的那面山坡现出一道道深深的沟痕，初看不知其因。后来看到一些游人坐在大轮胎上，被绳索拉上坡顶，又有从坡顶顺道滑下来的，才恍然大悟。左边平地距峰顶大约十米。坡度不算太陡，但雪滑难登，得步步小心谨慎。前不久，我的左脚崴伤，还没好利索，有点担心滑倒，但为了登上巅峰，宏观阿尔卑斯山这座欧洲最雄伟高大的山脉，管不了那么多了。山顶上矗立着一座气象台，它是山顶最大最高最具特色的标志物。站在山巅，头顶不时有滑雪升降机轰鸣掠过，往下俯瞰，一些滑雪者从山顶斜道相继飞速而下，像飘飘仙者落九天。千年不化的冰川和冰川裂缝奇异壮观。纵目远眺，阿尔卑斯山的千岳万峰银装素裹，像大海的雪浪汹涌澎湃，磅礴云天。远处变成了一片苍茫的云海，分不清哪是山哪是云，白茫茫浑然一体，视野异常宽广。我想，再狭隘的心胸此时也会开阔起来，再短浅的目光也会放长远。站在山顶上，就像站在云端，有一种壮志凌云的感觉，任由想象的翅膀，腾云驾雾壮游阿尔卑斯山，做一次超尘脱俗的"逍遥游"。

2016 年 7 月

冰雪松花江

　　未识哈尔滨，松花江的名字早已在心中熟稔。我最早知道它的名字，是源自一首歌。读小学的时候，音乐老师教我们唱一首叫《松花江上》的歌："我的家在东北松花江上，那里有森林煤矿，还有那满山遍野的大豆高粱……"这是 1935 年张寒晖创作的一首抗日歌曲，反映了"九一八"事变后东北人民不屈的心声，旋律沉缓悲愤，如泣如诉，曾被誉为"流亡三部曲"之一，风靡中华大地。老师被歌曲的情绪所感染，红着眼眶教我们唱。这首歌给我留下很深的印象。后来又在一些抗日电影中看到这首歌曲反应的情景。松花江的名字便扎根在脑子里。

　　松花江是黑龙江的最大支流，东北地区的大动脉，由源于白头山天池的第二松花江和源于小兴安岭的嫩江两条主要支流在扶余县汇合而成，全长一千九百公里，流域面积为五十四万平方公里。1682 年康熙皇帝到松花江检阅吉林水师，乘龙舟顺流直下，碧波浩瀚，沧浪滔滔，帆樯如林，旌旗映水，军威雄壮。他激情勃发，御笔一挥，写下了闻名天下的《松花江放船歌》。我曾读过这首诗，其中的几句"浪花叠锦绣觳明""苍岩翠壁两岸横""乘流直下蛟龙惊""旌旄映水翻朱缨""浩浩瀚瀚冲波行""云霞万里开澄泓"像图画般展现松花江的壮美景色，使人难忘。这是松花江给我的最初印象。

松花江，一条气韵如歌的河流。

我终于来到了哈尔滨，怀着狂喜的心情奔向神往已久的松花江。忘记了严寒的季节，沉浸在想象的波光船影里。不知不觉来到了松花江南岸，这是一条园林式的沿江风景线，树木花草都穿着毛茸茸的裘衣，晶莹洁白，粉妆玉琢。一幢造型别致的俄式建筑吸引了我的视线，几间红蓝色坡顶的玲珑房子有机地结合在一起，墙壁门窗亭台栏杆装饰得五彩缤纷。蓝色倒"V"型的高高尖顶门楼上，"江畔餐厅"几个红色的大字鲜亮醒目。听导游介绍，这个"江畔餐厅"坐落的位置，就是当年中东铁路松花江站晚期的站舍。1896 年 6 月 3 日，沙俄和清政府签订了《中俄密约》，夺取了在中国东北修筑铁路的特权，经勘测决定修一条从俄赤塔进入中国境内，经满洲里、海拉尔，穿过大兴安岭，取道昂昂溪至哈尔滨，再经阿什河至牡丹江，从绥芬河出国境，与俄乌苏里铁路的双城子站相接。1898 年 6 月 9 日，中东铁路正式动工，工程局将中东铁路枢纽站设在哈尔滨江段。当时的松花江南岸布满铁路线，铁路边有一排排高大的仓库和货位，松花江站成为中俄最大的物资集散口岸。松花江成了一条黄金水道，樯桅穿梭，百舸争流。岸上人声鼎沸，卸货装货。轰鸣的火车声和轮船的汽笛声响成一片，好一派热闹繁忙的景象。哈尔滨商贾云集，洋楼如雨后春笋，日趋繁华。

1903 年，中东铁路全线通车，原靠水路运输的货物，绝大多数改为铁路运输，松花江站运营逐渐萧条。1912 年至 1937 年，中东铁路局逐渐拆除铁轨，修缮堤面，绿化美化江岸，建起餐厅、冷饮厅、凉亭、俱乐部等。1938 年辟为"江畔公园"。"江畔餐厅"建于 1930 年，设计师为日本人大谷周造。现在，"江畔餐厅"和其东侧同一设计师设计建于 1928 年的"冷饮厅",两幢建筑均为哈尔滨市一类文物保护单位。

松花江,一条历史悠久的河流。

我来到松花江码头,站在高高的台阶上,纵目远眺,冰雪茫茫,一片银白色的世界,俨然一望无际的大雪原,时有汽车拖拉机摩托来往。看不到一点江的影子。

码头入口两边砌有围墙,墙上像盖着厚厚的棉絮,墙根像堆垒着团团棉花。靠近码头左边与之平行的是一条又陡又长的滑冰道,道口旁排着一长列手拿滑冰圈的游人,道中冰圈飞旋,像仙子坐轮台络绎而下。

我沿着像铺垫着白色地毯的台阶走下去,踏进这皑皑雪原,尽情领略冰雪之风情。

一个场子,周围站着许多人,干什么的呢?我朝那里走去。哦,是一个溜冰场,一如纯粹天然的青玉碧莹透明,引人入胜。滑冰器具为铁制冰椅,带扶手,椅子脚底为两块两头向上翘的铁板。每把冰椅,配有两条一头尖尖的划冰棍,也是铁铸的。这种滑冰器具比较安全,就是生手,也危险不到哪里去。适应的年龄段较为宽松。坐到椅子上,撑动铁棍子,椅子就向前进了。熟练的,自由来去。手生的,在原地打转许久。场上,像无数小船在琼波中滑行、穿流、旋转。我第一次来到这北国雪域,也想体验一下滑雪的乐趣,便撑起一叶小舟,驶向这片欢乐的海洋。

我陶醉在这冰雪游乐场里,飘飘然不知身在何处。偶然昂首朝西望去,一条凌空飞架剪刀状的大桥蓦然闯入眼帘,如一把玉剪,置于素绢玉帛之上。这就是松花江大桥,建于 1983 年 5 月 10 日,1986 年 8 月 30 日竣工,全长一千五百六十五米,当时为全国公路桥之最。看到大桥,我才猛然意识到正处于松花江面。没有江水的河面,是很容易使人产生陆地的错觉,心中不免有点遗憾。

恰巧导游此时摇旗吹哨子，我们迅速朝她聚拢，她说领我们去参观游泳表演，我心中大喜。我们朝离岸较远些的一处围有蓝色板墙的地方走去。进入大门，看到一个巨大的游泳池，水青碧碧蓝幽幽，深不见底，水边漂着一些细碎的冰块，这是凿冰开出的。我看到了松花江水，江的实感随之而至，心中充盈满足的快意。松花江，滚滚滔滔冰下流，这是多么强大的生命脉搏。

在游泳池中，五六个俄罗斯运动员在劈波斩浪，不时变换出蛙泳、蝶泳、仰泳、侧泳、潜泳等各种姿势，像鱼儿戏水般自由自在，悠然自得。我原以为运动员都是年轻健壮的，想不到这些运动员均是五六十岁的老者，在气温零下三十摄氏度的严寒里，他们能击水自如，真是不可思议。是不是冬寒水暖？我拉下棉手套，蹲下想伸手试试池里的水温，但隔着铁栏杆，手够不着。只几秒钟时间，手就冷得像针刺般痛，立即缩回戴上手套。即使够得着，也不敢试了。游泳池畔，有几个穿着吊带短裙的俄罗斯老太婆在激情舞蹈，翩翩如蝶，更加令人惊叹。我全身穿得像熊似的，还觉得寒气侵肌。这些老运动员的游泳表演，无疑是松花江上的一道奇观。松花江给他们提供了一个舒展体能的平台。

松花江，一条冰封雪盖奔流不息的河流。

待到来年春风起，坚冰绽放满河花，松花江的美更加动人心魄。

2016 年 1 月

在上海骑免费自行车

　　这次去上海，发现了一个特别的现象，许多街道旁边，人行道的树荫下，不时看到整整齐齐摆放着一排排自行车。开始，我以为是私人的，在这个经济发达交通便利的大都会，怎么还会有这么多人骑自行车？就是我们那个地处南国边陲的小城镇，骑自行车的人已极少见，一般都坐摩托车或电动车，私家小轿车也日益多起来。莫不是上海人对自行车情有独钟？后经询问当地人才知道，这全是政府提供的免费公共自行车。谁想用，只要用手机扫一扫车上的二维码，就可自动开锁。不用了，放在哪条街边都行，锁好就是。有时暂放一放，办完事返回，不见你原来骑的那辆，旁边若有免费自行车，都可打开任何一辆骑。它们的标志是车上均有二维码。这无疑是一项利民便民、环保、低碳、健身的好举措，对赶路奔忙的外来人员来说，犹如雪中送炭。去年去欧洲，在一些国家，一些繁华的城市，虽然也看到不少骑自行车的人，但未发现有免费公共自行车。

　　我第一次看到如此多的免费自行车，甚为惊讶，感慨万千。

　　我猛然产生了骑自行车看风景的兴趣。但很久没骑过自行车了，不知道还会不会骑。我打开其中一辆，初坐上去，踩动脚踏，感觉很吃力，要动不动的，车头把不正，摇摇晃晃，身子歪歪斜斜，像刚学骑自行车的样子。

我初学自行车，大概是在 20 世纪 60 年代末，一日，家里来了一位不速之客，他头戴白色通帽，骑着一辆自行车来，面孔陌生，我从未见过。听母亲说，他是八叔。他侨居越南多年，此次回国探亲，前几天才到，住在距我们十几公里的爷爷家，今天来看望我们。少小离家，阔别多年的叔叔归来，一家人甚为高兴。我和姐姐对那辆停在门前庭院的自行车特感兴趣，这是我们第一次看到的自行车，觉得很新奇。我们忍不住走近绕着车子来回看，这是一款大小适中崭新漂亮的银灰色自行车，是八叔从越南买回的。我们很想试着学骑，但不敢开口说。八叔看出了我们姐妹俩的心思，和蔼亲切地说："想学车吗？推到晒场上学吧。""多谢八叔！"我们异口同声地道谢了一句。便兴致勃勃，一个在前面推一个在后面扶，同心协力，趔趄踉跄着把车子推过弯弯曲曲的田埂小道，来到生产队的大晒场。姐姐让我先学，她扶牢车子，我坐了上去，脚踏不听使唤，老是滑离脚底，车子不是左倾就是右斜，像喝醉酒，站不正。我的身子也随之偏仄，样子滑稽可笑。姐姐呢，车子侧向那边，她就用力往另一边扳正过来，车子往前，她跑着紧跟其后，寸步不离。不一会儿就汗流浃背，扶车比学车更吃力。我们姐妹俩轮流品尝这两种感觉，虽累犹乐。

晒场陆续有人来，不久，晒场旁边围了一大圈，大多是小孩。那时，我们村还没有一辆自行车，不啻为一件新鲜的事儿，大家看得津津有味，好像看杂技。我们姐妹俩蹩脚别扭的骑车姿势，引起阵阵笑声，好不热闹。

我们学了大半天，终于勉强可骑，高兴的心情简直无法形容。学了自行车，却没车骑。八叔走了，车也走了。不知什么时候家里才能有辆自行车，我们痴想，渴望。

几年后，村里第一个拥有自行车的人，是我大哥。那是一辆黑色永久牌自行车，这种车质量好，坚固耐用，是当时的名牌车。这是他北海市的岳父岳母送给他的。那时，一辆自行车相当于现在一台宝马那么宝贵，令人羡慕。大哥平时不怎么舍得骑，去镇上赶集或出远门时，才偶尔骑一次。每骑一次，回家都用一条旧毛巾认真仔细把车子擦抹干净，然后搬进他的房间放好，谁也不让动。

有次他居然慷慨地借给别人。一天深夜，"笃笃笃"的敲门声伴着急切叫喊大哥名字声，把我们一家人惊醒。大哥急忙起床，打开门，原来是大队中心小学的一位男老师，学校离我们村不远，只隔一个田垌。他的孩子得了急病，高烧不退，要立即送去镇医院看。镇医院距我们这里有七八公里，走路怕来不及，实在没办法，来问我大哥借自行车。大哥二话没说，即刻搬出自行车，叫他赶快把孩子送医院。那位老师感动得热泪盈眶。

十年后，我工作的第二年，攒钱买了一辆自行车，才真正拥有属于自己的车子。骑着这辆红色的凤凰牌女式车，心情异常舒畅，上下班、买菜、出行方便多了，自然也把它视为宝贝。但有学生来借，我还是能忍痛割爱的，毕竟人比车重要。

后来摩托车、电动车相继风靡起来，速度快，不费力，比自行车更先进。我买了一台电动车，初开去学校，有位同事乍见，跟我开玩笑说："哟嗬，鸟枪换炮了。"我笑得一脸甜蜜。

从那时至现在，有十多年没骑自行车了，难怪车技返生。幸好尚存一点底子，歪歪扭扭了一会儿，终于能握稳把手往前进了。

我骑着自行车，穿大街过小巷，观光览胜、探古访幽。到外滩细赏风格迥异的"万国建筑群"，观看对面陆家嘴形状各异霓虹变幻五光十色的摩天高楼，俯瞰色彩斑斓满河灯辉的黄浦江。往一些幽静的街区，参观了宋庆龄、黄兴、巴金、柯灵、张乐平等名人故居。走进"夜上海""田子坊"等古典、精致的小弄堂。

自行车，助我看到了许多意料不到的人文景观，心中盈满喜悦和难以言喻的感激，唤起我对自行车蛰伏的深厚感情和全新的感觉。对人有用的东西，是不会过时的，总能适时显风采。

熏风扑面，舒心惬意，车悠悠，情悠悠。一路风景，一路歌。

2017 年 7 月

走进巴金故居

来到上海武康路，只见两边高大粗壮的法国梧桐枝叶交织成荫，筛落的阳光碎银点点，来往车辆稀少，环境幽静。文坛巨匠巴金的故居就坐落在武康路 113 号。

我怀着无限敬仰的心情走了进去。这是一座带有欧式风格的花园式别墅，占地一千四百平方米，整体建筑由主楼和南北两侧配楼组成。主楼假三层，细卵石灰黄色墙面。南立面底层为敞廊，上为跌檐式山墙；北立面入口设带券心石的半圆形拱券。配楼为两层小楼，灰黑色。洋房正面是一方颇大的水泥平地，周边草地种有红枫、银杏等树，郁郁葱葱。后面是一个大花园。

这座花园洋房建于 1923 年，曾为苏联商务代表处。1955 年 9 月，巴金一家从淮海中路 927 号弄堂搬迁到这里租住，那年他五十一岁。这是巴金在上海最后的寓所，居住时间最长，在这里生活、写作长达半个世纪，写出了许多有深远影响的巨作，其中《随想录》被誉为"二十世纪中国文学的良心"。

巴金去世后，2012 年年底，武康路 113 号经修缮后作为巴金故居和纪念馆向社会开放。

主楼底层展厅有巴金生平简介和一些不同年代的生活照，有著名画家黄永玉给他画的像，有俄罗斯雕塑家谢里汉诺夫为他雕刻的塑像，他的音容笑貌宛若鲜活在眼前。四周沿墙的玻璃橱窗里陈列有他获得国内外大奖的奖状、奖章、绶带，其中有意大利"但丁国际奖"，日本福冈"亚洲文化奖特别奖"，"上海文学艺术奖"的"杰出贡献奖"等。我继续缓步环行细观，有他的一些名著和译著，有他用过的笔、手稿，有他观看过的《关汉卿》《祥林嫂》《娜拉》的戏票，也有"批臭无产阶级专政的死敌——巴金"批斗大会的通知，有他妻子萧珊译稿被禁止出版的协议，有他为重病的妻子向上级部门写的申请入院治疗补助金的报告等。从这些展品中可以感觉到，巴金既是蜚声中外的大作家，也是一个普普通通的人，生活中有笑也有泪，有喜也有悲。酸甜苦辣皆化作一首跌宕起伏荡气回肠的生命之歌。

底层南面原来是敞廊，后装上玻璃，成了房子，被称为"阳光间"。里面有书柜，有一张用缝纫机改成的书桌，一把轮椅上放置一块用来写字的木板。这是晚年的巴金在阳光间写作用的桌子。他一直坚持写到九十五岁。难以想象，一个年迈且体弱多病的老者，是什么让他具有如此超乎常人的写作意志和毅力？我猛然想起他向读者坦陈心迹的话，"自从我执笔以来，我就没有停止过对我的敌人的攻击。我的敌人是什么？一切旧的传统观念，一切阻隔社会进化和人性发展的不合理的制度，一切摧残爱的势力，它们都是我的最大的敌人，我永远忠实地守住我的营垒，并没有作过片刻的妥协。""我写作，不是我有才华，而是对我的祖国和同胞有无限的爱，我用作品表达我的感情。"我明白了，这无疑是他写作能量的源泉。他以宽阔的襟怀和一个作家的社会责任感，怀着对祖国和人民的挚爱深情，勤奋笔耕。鲁迅曾这样评价他："巴金是一个有热情的有进步思想的作家，在屈指可数的好作家之列的好作家。"这位活到一百零二岁的老人，跨越两个时代，见证一个世纪的沧桑巨变，他紧握手中的笔，书写历史变迁，反映社会的呼唤、人民的心声、时代前进的脚步。2003年11月18日，国务院授予他"人民作家"荣誉称号。

二楼为书房、客厅、卧室。书房里，摆有几个大书柜，全部装满书。靠楼梯口左边的第一个，全是外文书籍。最引人注目的是他使用过的许多工具书，《大英辞典》《牛津辞典》《汉法词典》《俄汉成语小词典》《现代瑞典语辞典》《世界语分析语法》《德语动词》《日本姓名词典》《袖珍音乐小辞典》《标准歌剧》和《音乐会手册》，等等。他通晓多国文字，博学多才。他不只是个大名鼎鼎的作家，也是个影响力非常的大翻译家，翻译了大量外国名著，如《高尔基短篇小说集》，屠格涅夫《父与子》《处女地》，赫尔岑《家庭的戏剧》《往事与深思》，克鲁泡特金的《伦理学》《我的自传》等。他的译著达六十多部。客厅中央放着一个大茶几，四周摆着长短沙发。巴金曾在这里与来访的亲朋好友、中外宾客愉快畅谈，充满欢声笑语。但也有"门前冷落车马稀"，甚至门可罗雀空无一人的凄清时候。客厅还放有一张书桌，靠门的那头墙壁旁，立着个高大的书柜，里面装有巴金的全部作品。我曾看过他的"革命三部曲""爱情三部曲""激流三部曲"等作品，现在看到书架上的这些书，就像见到老朋友一样，倍感亲切。他是一个高产作家，出版著作一百多部，有《巴金全集》二十多卷，为文学事业做出了巨大贡献。他虽然仙逝了，却为我们留下一笔宝贵丰厚的文学遗产。卧室，有两张床，大床是巴金用的，小床是他的小外孙女用过的。巴金的妻子萧珊于1972年因肝癌去世。爱妻的离去，巴金肝肠寸断，给他心中留下了永远的痛。他深情地将萧珊的骨灰盒一直放在床头柜上，与她相伴到生命的最后。

三楼是个阁楼，称为"假三层"，是他的书库，现在还未开放。据说巴金的藏书近八万册，阅读量大得惊人。这是一个作家成长的雄厚基础。学问才华，是从学中积累、增长、绽放的。巴金学到老、写到老，从不懈怠。难怪他取得这么大的令人瞩目景仰的文学成就！

步出主楼，走往后院，漫步花园小径，草坪绿草如茵，夏花艳丽。草坪周边白玉兰、樱花、水杉、蜡梅等花木，枝繁叶茂挺拔苍劲。这些花木，多为主人当年亲手种植。花园的步道上曾留下巴金的身影和足迹。他不曾远离，他在读者的心中。

2017 年 7 月

参观中共"一大"会址

　　上海市兴业路 76 号（原法租界望志路 106 号），建于 1920 年秋，是上海典型民居风格的两层石库门楼房，青砖黛瓦，黑漆大门上配有一对黄铜吊环，门框为米黄色石条构成，拱形的门楣上部有矾红色雕塑花饰。别看它普普通通，中国共产党第一次全国代表大会就在此召开，这是中国共产党的诞生地，具有重大的历史意义。

　　1952 年后，"一大"会址成为纪念馆，按当年外貌原状修复。纪念馆陈列室面积四百六十平方米，分上下两层。馆藏革命历史文物、实物、报刊、书籍和照片等，共有藏品十万余件，珍贵文物两万余件，其中国家一级文物四百一十六件。

　　7 月 6 日，风清日艳，我怀着无比崇敬的心情走进了"一大"会址。进入底层大厅，正面墙上为"一大"代表半身塑像，右边墙上是一面鲜红的党旗，火焰般绽放出耀眼的光芒，顿时，神圣、庄严感油然而生。参观的人很多，但个个神情庄重、肃穆、专注。中国共产党第一次全国代表大会就是在这层的一间十八平方米的客堂内秘密召开，室内中央放着一张颇大的长方桌，旁边四周摆放着圆形的四脚高凳和椅子，桌面上有喝水的杯子。这间普普通通的客堂，见证了大会的过程和其中出现的惊险时刻。1921 年 7 月 23 日，来自各地共产党早期组织的代表李达、李汉俊、董必武、陈潭秋、毛泽东、何叔衡、王尽美、邓恩铭、张国焘、刘仁群、陈公博、周佛海、包惠僧共十三人，共产国际的两名代表荷兰人马林和俄国人尼柯尔斯基，他们几经周折来此参加大会。大会经过七次会议，7 月 30 日，第六次会议开始不久，会场突然闯入一个穿长衫的中年男子。会议立即休会，变为朋友相聚饮茶聊天，一会儿，代表们借故分批撤离，李汉俊、陈公博两人留守。十几分钟后，法租界巡捕包围和搜查会场，但查无所获，布下暗探，随后离开。代表们以谨慎机智沉着镇定化险为夷，显示出大无畏和不可战胜的非凡气魄。大会最后一天，代表分批转移到浙江嘉兴，在南湖的一艘游船上，召开第七次会议，讨论并通过了党的纲领和决议，选举产生了党的领导机构，宣告中国共产党正式成立。这是中华民族发展史上一件开天辟地的大事，是一道划破漫漫黑夜惊天动地的曙光。从此，中国出现了全新的以马克思主义为行动指南，以实现社会主义和共产主义为奋斗目标的集中统一的无产阶级政党，领导中国人民踏上了争取民族独立和解放、实现国家富强和人民幸福的革命征程。

在二楼陈列室，看到了许多珍贵的历史资料、照片和文物，有"新文化运动"中宣传马克思主义、传播各种新思想的一部分具有较大影响力的报刊：《青年杂志》创刊号和《新青年》第二卷第 1 号（《青年杂志》为陈独秀于 1915 年 9 月在上海创办，1916 年更名为《新青年》）；毛泽东主编的《湘江评论》；郑振铎主编的《新社会》；朱执信、廖仲恺主编的《建设》等，有 1920 年 8 月第一版和 9 月第二版的《共产党宣言》，有五卅烈士墓残碑，有汪寿华、郑覆他、王孝和等烈士的日记、遗书和遗物，有秋瑾烈士遗墨《光复军军制稿》，有解放战争时期欢送上海人民呼吁和平人京请愿代表团大会场景照片；有上海学生抗议驻华美军暴行联合会宣言；有革命战争时期的许多战况图片，等等。我在一件件展品中缓步细看，用心体会思考。抬首间，走进了一个会场，心里一震，定睛凝眸，恍然大悟，那是仿"一大"开会场面的蜡像，栩栩如生地展示出当时开会的情景：毛泽东气宇轩昂，正在慷慨陈词，紧挨着坐在他右边的董必武侧耳倾听，坐在他对面的李达颔首会心微笑，其他代表皆望着他，目光专注，聚精会神，认真地听。那伟大的历史时刻在这里定格。

我在这蜡像前久久伫立，思绪万千，重温这一伟大时刻到来的艰难历程。自1840年鸦片战争以来，西方列强的入侵和掠夺，给中华民族带来巨大的屈辱和深重的灾难，使我国逐步演变为半殖民地半封建社会，为了挽救国家和民族的危亡，中国人民进行了不屈不挠的抗争和艰苦的探索，太平天国运动、洋务运动、维新变法运动、义和团运动、辛亥革命，这些探索和斗争虽然在一定程度上推动了中国社会的进步，但都未能从根本上改变社会的性质和人民的悲惨命运。1917年，俄国十月革命的胜利，给中国带来了新的希望，以陈独秀、李大钊等为代表的一批先进知识分了，积极宣传马克思主义，努力促进马克思主义同中国工人运动相结合，在共产国际的关注和推动下，上海、北京等地相继组建共产党早期组织，开展革命活动，为共产党的成立奠定了基础。中国共产党的成立，使中国无产阶级具有坚强的领导核心，共产党人责无旁贷地肩负起领导全国人民争取民族独立民族解放，实现中华民族伟大复兴的历史使命。

如今，中国共产党已走过了九十六年的光辉历程，经过二十八年不屈不挠，艰苦卓绝的斗争，取得了抗日战争和解放战争的胜利，建立了中华人民共和国。在社会主义建设中，特别是改革开放四十年来，我们的祖国一步步走向繁荣富强，综合国力不断增强，人民生活如芝麻开花节节高。"没有共产党，就没有新中国"，这是人民的心声，颠扑不破的真理。

综观整个陈列室，中国共产党创建历史陈列分为三大部分：第一部分为"前赴后继，救亡图存"；第二部分为"风云际会，相约建党"；第三部分为"群英汇聚，开天辟地"。每部分又分为好几个单元，展出内容丰富。每部分都有大量的历史资料和图片。通过这次参观，我对党的历史和对党的认识更加深刻，更加热爱党，热爱祖国。

我是一名共产党员，要时刻以共产党员的标准来严格要求自己，尽自己的绵薄之力，努力为党做贡献，以实际行动迎接"十九大"的召开。

2017 年 8 月

向阳上林

只因被网上一幅山水照片所吸引，我和防城港市 QQ 群旅游团来到上林一个叫"三里洋渡"的地方游览。此地以河命名。想不到这里恰巧是当年徐霞客缠绵流连之处，令我惊讶不已。

徐霞客是明代著名的地理学家、旅行家和文学家。他于 1637 年冬天进入上林考察，路过此地，被"三里洋渡"一带的奇山秀水所吸引，在此缱绻盘桓，共逗留了五十四天之久。在一个小地方，逗留这么长的时间，在他的游历中是少有的。他在上林畅游山水、岩洞、亭阁，考察地理形势、人文景观、建筑与历史，写下了一万四千字的游记，其中有不少"三里洋渡"的内容。他如是描述"三里洋渡"的概貌："三里周围石峰，中当土山尽处，风气含和，独盛于此：土膏腴懿，生物苗壮，非他处可及。""三里洋渡"以独特的风姿载入了他不朽的篇章。

"三里洋渡"全长十多公里，如青龙蜿蜒逶迤。在徐霞客古渡口，坐上游船，缓缓而行，无限风光尽收眼底。河水清澈，透明如镜，水草茂盛，青嫩翠绿，葱茏如林，幽深奥妙。船过处，随波摇摆，娇柔秀气，似乎伸手可触。船上的两三个小孩喜不自胜，卧伏船边，从护栏下伸手出去，想触摸水草，却够不着。河水如镜子，水草离水面还有一段距离呢。他们来不及失望，即刻被水下的景象吸引：鱼儿在青青水草间嬉戏欢闹，时而像玩"捉迷藏"般钻进水草深处，探头露尾，时隐时现，相互悄悄偷窥伙伴的动静；时而你追我逐，打情骂俏；时而悠然游弋，上下翱翔……这是一个真真切切奇妙无比的河底童话世界。他们看入了迷，俯伏了许久。我痴痴地望着水下，心里盈满绿意。河畔杨柳依依，婀娜多姿，风情万种。翠竹丛丛，凤尾摇曳，像凤凰群舞，姿势妙曼。岸上田野平旷，冬种作物碧绿如染，时有花影闪现，许是菜花吧。绿树丛中，村舍隐藏其间。田园周围，山峦环抱，石峰挺立，峰峦不甚高大，却玲珑奇崛，有的像骆驼，有的像骏马，有的像大象，有的像仙鹤，有的像女子玉立……最有趣的是，有两座靠得很近的山峰，相对而立，酷肖一对情侣，他们执手相对，含情脉脉，卿卿我我，窃窃私语，互诉衷情，爱意缠绵。果不其然，人道是情侣峰。船过处，忽见一峰兀立于田畴间，与桂林的独秀峰出奇相似。徐霞客对此峰有过描述："有一峰当坞起平涛中，四旁无依，极似桂林之独秀、向武之瑞岩，更小而峭秀。"蓝天、白云、青峰、绿树、翠竹倒影在河中，一幅幅精妙绝伦的水墨丹青自然天成，在船头上缓缓展开，勾魂摄魄，令人陶醉痴迷，真有漓江之神韵，不愧有"小桂林"之称。

　　船在一个翠竹摇曳的小埠头靠岸，我们沿着一条小石道拾级而上。走上最后一级，抬首间，一派辉煌展现在眼前，那是葵花燃烧的大海，波澜壮阔，金光夺目。人们惊喜若狂，争先恐后奔进它的怀抱。我却一下子愣住了，不敢相信眼前的情景，万万想不到，在这草木摇落的寒冷时节，还有如此强势的阵容。

　　我从小就喜欢葵花，觉得它花形硕大色泽鲜艳，且向阳而开，没有哪种花能比得上它，很想一睹花的真容。但我们这个地方，没听说过哪里有葵花。我曾几次买回生的葵花籽，撒进花盆里，

333

却未曾见过它的影子。也许我们这里的水土气候不适宜向日葵生长吧。

后来从一幅画里，我仿佛看到了真的向日葵。那浓烈的色彩，那蓬勃燃烧的热情，充满着旺盛的生命张力。那是梵高的油画《向日葵》，他把向日葵给画活了。

如今，我实实在在置身于这片金黄色的海洋，触摸到它律动的脉搏和太阳般的热度。高高的茎枝上绽放着硕大的花朵，花瓣若菊，花盘像蜂巢，开得如火如荼，开得激情澎湃，开得动人心魄。张张笑脸被映照得金光灿烂。头戴花环的姑娘笑靥如花，若花仙子。一对青年恋人在花中徜徉，女子趁着男子不注意，悄悄躲进一丛浓密的花枝下，捂着嘴窃笑。那男子发现心爱的人不见了，急得四处张望。突然，眼睛被从后面伸出的一双温暖的纤纤小手轻轻掩住了，他们俩便开心地笑起来。人们缱绻缠绵陶醉在花海中，心花伴着葵花怒放。

向日葵属菊科，原称丈菊、西番菊，原产美洲，15 世纪传入欧洲，随后传入中国。它的名字，是瑞典的自然学家卡洛拉斯根据它随太阳的东升西落而膜拜的物性而命定的。我留心观察，看它是不是真的随日转动。有时伸出手，故意拉住大大的花盘，不让它看太阳。不管拉多久，一松手，它立即昂头转向太阳。我们从中午到太阳落山一直待在葵花海里，我们和它一起面向太阳转。"最怜一点丹忱在，不为斜阳影便移。"这是一种多么忠诚、专注、坚定、执着的精神！太阳被感动了，回报给它最昂扬的生命力和最辉煌的色彩。我们也被染得一身金黄，但愿人人的心中，都有一轮永驻的太阳。

徐霞客当年若看到这片葵花海，不知还会逗留多久呢？

2015 年 5 月

山水映农家，诗画小都百

  喀斯特地貌石峰参差连绵，道路逶迤曲折，颠簸了好长一段时间，大巴车转过一个弯，眼前豁然开朗，山明水秀，楼房漂亮。我以为来到了一个城镇，下车才知道，这就是我们此次马山之游的第一个景区——古零镇乔老村小都百。

  乔老村小都百屯位于马山至上林二级公路旁，西距县城十公里，东距古零镇政府所在地七公里。全屯共有七十二户二百九十多人。一条河流从屯中蜿蜒流过。此河名为乔老河，全长约四点五公里，横穿乔老村十个自然屯。乔老河水澄明清澈，修竹摇曳，茂树弄姿，繁花妖娆，错落有致的观光亭台玲珑典雅，河畔的景物，不用抬头，在河中都能清晰看到。景色虚实相生，如真如幻，着实令人迷醉。众多棕褐色水车在不停地转动，像转动不休的唱碟，纵情地为河中的画面和两岸的风景播放欢乐的田园曲。乔老河，是大石山区的水车之河，过去，用水车引水灌溉庄稼和引来生活用水，水车多达四百多架。后来，先进的灌溉和引水技术替代了水车。现在这段河中的水车，是为发展旅游而刻意打造的。除了河中的，岸上还有好几处水车造型。"水车之乡"是小都百屯的响亮名片。

村中有河，必然有桥。小都百河段，连接两岸的，就有三座桥：一座是木桥，一座是风雨桥，一座是钢筋混凝土大桥。木桥桥面铺着平整的米黄色木板，两边栏杆皆是原木带根造型，根络的结构奇巧多姿，像精妙绝伦的根雕展廊，绽放出强大的艺术磁场。风雨桥，酷肖一条横跨河面的房子，房顶灰黑色，八字坡形，里层为木板，外层为黛瓦。横梁、桁桥、桷子、长长短短的柱子，均为木质架构。两排合抱粗的原木大柱子分列在桥面两边，两排厚实的木板条凳分别镶嵌在它们之间，凳上坐着许多游客，背靠栏杆，神情悠然自得。檐下大红灯笼迎风摇动，古朴中透出吉祥喜庆。桥头正门黑底青字的匾额对联引人注目，匾额为"都百桥"，对联为"今日不虚诗苑客，何时再做画屏人"。伫立桥上凭栏眺望上游下游，山光水色美如画。坐在桥边的凳上小憩，带着水气的清风徐徐吹来，湿润凉爽，暑气顿消，舒心惬意。钢筋混凝土大桥，现代、新潮、气派，是进出村子的交通要道。

河两岸建有亲水平台、垂钓亭、观景亭、休闲旅游步道、环河自行车道。休闲步道中有一段枣红色木质带顶的长廊，两边顶缘挂满红灯笼，人从下面走过，被映照得满面红光，神采飞扬。亭台上充满欢声笑语，垂钓的、观景的、拍照的、坐着小憩聊谈的，各得其乐。

小都百屯，村宅别致典雅，一座座别墅式的楼房，白墙灰瓦，外墙有水车、壮锦等别具壮乡特色的图案装饰。窗框、窗楣雕刻有祥云流水、浪花飞卷的花纹，氤氲浓郁的民族文化和水乡文化气息。家家户户都有宽敞的庭院。楼前小桥流水，花红柳绿；楼后山青林密，竹木茂盛，野花繁发。环境幽静，风光旖旎。"山水映农家，诗画小都百。"大石山区呈现出一派江南水乡的风貌。

村中有中凯农舍书画院、农家乐餐馆、农家旅馆、农家客栈，建有篮球场、羽毛球场、登山健身步道等运动健身设施。村中地面处处清洁干净。正如当地的一首民歌所言："乔老河畔是吾家，君若闲时来喝茶。白墙灰瓦青石板，门前一株辣椒花。"

在河畔一排农家乐长廊的前面，有钢架大棚蔬菜种植园，面积大概有七八十亩。棚架上爬满翠叶藤蔓，茂叶下面青瓜、冬瓜、丝瓜、苦瓜、豆角等瓜豆林立悬挂。地里种有一畦畦的生姜、辣椒、茄子、西红柿、菜心、芥菜等矮枝的多种多样的蔬菜。还种有百香果、圣女果、木瓜等四季水果。瓜果飘香、蔬菜青葱翠绿。这是小都百无公害种植基地之一，深受游客青睐。此时，棚中就有不少游客在乐滋滋地采摘，感受田园风光和收获的愉悦。

过去，小都百是一个贫穷落后的小山村，村民的生活主要靠极其有限的农业收入。2013 年 10 月，南宁市委市政府将小都百屯确定为南宁市第一批综合示范村建设村屯，这是把贫困村作为综合示范村整村推进扶贫开发工作的重要项目。同年 12 月 31 日，小都百屯综合示范村开工建设，坚持"社区即景区、乡村即旅游"的发展理念，因地制宜，利用小都百屯固有的天然山水资源，打造成为以"水车之乡"为特色的乡村旅游景点。该项目于 2014 年年底建成，现在的小都百屯已成为集度假、美食、观光、休闲旅游、购物于一体的新型农村，并成为环"弄拉"生态旅游区一站式亮丽迷人的风景区。

2017 年 9 月

姹紫嫣红满园春

今年春节期间，难得好天气，阳光明媚，山明水秀，春暖花开，最是赏花好时节。

年初三，我们一家人兴致勃勃出游观花去。走进南宁青秀山公园的郁金香园，蓦然惊呆了。远望，眼前似有巨大的彩色云块织成的壮锦，镶缀在绿毯般的宽广草坪周围，红橙黄绿黑白紫，异彩纷呈，艳丽夺目。

郁金香，属百合科草本植物，株高盈尺，叶片长椭圆状披针形或卵状披针形，长十到二十一厘米，宽一到六厘米，叶质肥嫩，翠绿欲滴，似乎一碰就会流出液汁来。每棵有叶三至五片，水鲜水亮。淡青色的花茎从基部伸出，高六到十厘米，昂然挺立。花单朵生于茎端，每朵六瓣，有单瓣也有重瓣，有清秀，也有华丽，朵朵向上，气宇轩昂，高雅脱俗，别具风骨，透出一种刚毅昂扬的精神。

园中的花，分不同色系排列，就是同一系列的，也按不同层次布阵。红色的有鲜红、玫瑰红、枣红、橙红、紫红、粉红等；黄色的有鲜黄、金黄、土黄、柠檬黄等；紫色的有深紫、浅紫、紫黑等。还有在各种本色之中杂有其他颜色的，皆分类入圃。郁

338

金香家族庞大，子孙繁庶，色彩缤纷，令人目不暇接。

各色郁金香在这里雅集汇秀，斑斓如画，气势磅礴，姿态万千，美不可言。有几处花阵花蕾半开，像高举着不同颜色的精美的高脚酒杯。它们的旁边均有一片烛光闪烁，那是群芳丹唇微启，露出点点鲜红，像点燃支支蜡烛。这里仿佛正在举行盛大的烛光酒会，玉液琼浆，芳香扑鼻，四方来客，任由品尝。围绕花前的人们，个个熏熏欲醉。我像一下子跌进了醴河，沉醉其中。

一大片红光强烈地冲进视野，宛若烈火在熊熊燃烧，光焰耀目。形如牡丹的鲜红色花朵，花瓣层层张开，尽情绽放，开得如火如荼，豪情万丈，把围观者映照得满脸绯红。一个小孩，伸出小手，摸摸抱着他的缀满皱纹的奶奶的脸颊，稚声稚气地说："奶奶您好漂亮，花儿给你涂上了胭脂。"小孩的话，引发了一片笑声，催开一片向阳花。我感到身上被这通红的火焰灼得暖洋洋的，热血沸腾，激情澎湃，仿佛青春回归，充满旺盛的活力。

与红色花阵相邻的那片金黄色花圃，也不服输，荷花似的花朵花瓣尽展，开得堂堂皇皇，开得热火朝天，开得恣意豪放，强大的生命张力势不可当，金光喷薄，灿烂夺目，渲染得人们一身辉煌，皆欣欣然，脸呈自豪之色，如有王者之气。一对鹤发金婚老者，温柔敦厚，携手相依，伫立花前，神情专注，若有所思。也许他们是触景生情，回忆一起走过的流金岁月。我从他们的身旁走过，忽然想起"爱、慈祥、永恒"几个形容郁金香花语的词，心里默默为他们祝福。

黄色花圃的前面，乍看"疑是经冬雪未消"。前不久，我们十万山区好些地方卜了雪，这里也下过吧。定睛而视才知道，那是一片白色的芳菲，如冰如雪，如星如月，光华四射。花质冰清玉洁，晶莹剔透，纯洁如水。静立花前，像沐浴皎月清辉，像圣水灌顶，心灵也随之透明起来，柔软起来。

一方彩色绣球惊艳动人，那是花仙子的化身。每朵三片鲜红色的花被裂开缝隙，隐约现出中间抱卷着镶着金边的乳白色花瓣，形状酷肖绣球。难道花也有情？她们也要学壮家姑娘抛绣球给情郎哥哥？但她们的爱意更为坦率，那是爱的告白，爱的宣言，令许多少男少女逗留多时，不忍离去。他们的心中定然充满着美好的憧憬。

　　红光紫气迎面来。那片红得发紫的郁金香，紫黑色饱满的花蕾微微张开，显得格外端庄、高贵、典雅、神秘，而又清新隽永，散发出一种异乎寻常的魅力，让人倾倒。哦，记起来了，曾在网上看到过照片和介绍，那是昔日法国作家大仲马赞美过的"艳丽得叫人睁不开眼睛，完美得令人透不过气来"的那种称为"黑寡妇"的郁金香，曾被花迷们视为稀世奇珍。今天能一睹她的芳容，实为幸事。

　　说起郁金香的芳名，我觉得很有趣，大多取得很洋气，很浪漫，有些还与王朝王室有关，如道琼斯、玛格丽特、格丽特沃克、克里斯蒂娜、王朝、罗马帝国、法国之光、小黑人、夜皇后、紫小姐、羞美人、净水、雄鹅狂想、白日梦、叙事曲、橙色达尔文等等。这些名字都是有来由的。郁金香原产于土耳其和中亚细亚一带，早在 17 世纪奥斯曼帝国的御花园中，曾专门种给皇室贵族观赏。16 世纪末，荷兰从土耳其引进种植，由于郁金香姿态刚劲挺立、高贵典雅，色彩艳丽，缤纷悦目，气势非凡，令人喜爱，很快就风行起来。到了 17 世纪，成了荷兰投机商们竞相追逐的目标，一场"郁金香热"席卷荷兰全国以至整个欧洲，被欧洲人称为"魔幻之花"。荷兰成为出口郁金香的大国。后来，郁金香成为荷兰、新西兰、伊朗、土耳其、匈牙利、土库曼斯坦等国的国花。故郁金香的名字大多带有产地的色彩。当今，郁金香已是风行全球的一代名花，世界各地均有种植。经过园艺家长期的杂交栽培，目前世界已拥有八千多个品种，被誉为"世界花后"。

现在，青秀山郁金香园种植的就有近四十个品种，花型有杯型、碗型、球型、钟型、流斗型、火炬型、百合花型、荷花型等。有含羞半开的，有含苞做梦的，有笑颜尽展的，有热烈燃烧的，有丹唇微启的……姹紫嫣红，千姿百态，美不胜收。蜜蜂嘤嘤地飞来飞去，欢快地在花间忙开了。蝴蝶却销声匿迹，似羞愧地躲了起来。人们缱绻缠绵，意乱情迷，流连忘返，脸上春意荡漾。

在这乍暖还寒的早春时节，郁金香绽放出多彩绚丽的生命亮色，热烈、隆重而又深情地迎接春天，装点春天，报答春天。我忽然有所悟，美丽的春天靠万物装扮，美好的生活不也需要人们共同创造吗？

2016 年月 2 月

风采卓然的那考河湿地公园

那考河湿地公园位于南宁市金川路附近，它是广西人的骄傲。这里留有习近平总书记的足迹。今年 4 月 20 日，习总书记专程考察了那考河生态综合整治项目。新闻播出后，壮乡人民欢欣鼓舞，纷纷慕名而来，一睹公园的风采。"五一"期间，我随防城港市旅游团欣然前往。

站在公园入口美丽的"金桂广场"上放目纵览，那考河像一条亮蓝的长龙，在阳光下悠然蜿蜒。河两岸，五彩斑斓流光溢彩。园内到处是熙熙攘攘的人群，热闹非凡。

此岸斜坡，是绿树红花组成的层层"梯田"，各种花卉植物，渲染出大片缤纷悦目的颜色。那如火如荼、灼灼燃烧、鲜艳耀目的，是朱槿花或红叶石楠组成的阵营；那千万把撑开橙色小伞的，是龙船花的花阵；那片金黄似锦缎的，是黄蝉花的家族；那高举无数紫色小喇叭的，是一种不知名的紫花合奏的大方阵；那片片分布花中的翠绿，是海桐、芦竹、肾蕨、鸢尾等植物的地盘。还有萱草、菖蒲、芦获、千屈菜、雨久花等花卉植物组成的不同色块。赤橙黄绿青蓝紫，五彩纷呈，蔚为大观，美不胜收。

这些梯田名为"净水梯田"，包括"曲水流花""旱溪"和"植草沟"等层次，各层种植适宜的花卉植物。"净水梯田"是根据场地现状地形地势打造的，它不仅美景如画，更重要的是能过滤净化污水，吸纳、蓄渗、缓释初期雨水，是重构和谐生态环境的"海绵体"。

踏着梯田阶梯石级往下，走上滨水栈道，迎面立着一架大水车，我猛然想起过去故乡河边那一架飞珠溅玉日夜吱吱嘎嘎歌唱不息的水车，田园的亲切感油然而生。

水车周遭，花繁草茂，水鲜水亮。美人蕉、梭鱼草密密环拥，竞相绽放，争奇斗艳。

河中，一条古色古香的木桥横跨水面，桥面铺着厚实的木板，平整宽阔。两边为几何形格子式护栏，简约美观。整座桥给人的感觉厚实坚固典雅。桥上游人穿梭往来，络绎不绝。

桥底层层叠叠错落有致的巨石，清凌凌的河水从石面潺潺流过，形成了姿态各异的小型瀑布，有的如琼浆玉液从高高低低的碟子里托盘里滑流，有的像大大小小的雪帘垂挂，别有韵致。这是人工打造的小型瀑布。

站在桥中，凭栏远眺那考河的上下游，河道两边，列兵式似的挺立着望不到头的桂花树，"叶密千层绿""天香云外飘"；婆娑着大量繁花艳红的朱槿，真可谓"万米桂花溪谷，千株朱槿水岸"。花田旁，绿茵茵的草坪顺着河岸延伸开去，一直绵延到天边。河水碧蓝，透明如鉴。天光云影，绿树红花，游人的笑脸，清晰地在水中显现。河水又若高像素的摄像机，摄进了一个多彩灵动的世界。虚实相生，相得益彰，如梦如幻，如诗如画。

过了桥，就是美人蕉园区，百亩花田，灿烂花海，磅礴壮观，动人心魄。美人蕉形似芭蕉，根茎肥大，株高可达一点五米，花茎可达二十厘米，叶大，阔椭圆形，叶互生数层，茎端开花，色彩丰富。有诗赞曰："芭蕉叶叶扬瑶空，丹萼高攀映日红。一似美人春睡起，绛唇翠袖舞东风。"

放眼望去，这里是一片嫩黄的娇容，花开万朵黄，那里是一派粉红的丽颜，若九天仙子下凡尘；这边是一方热情的火焰，"叶满丛深殷似火，不唯烧眼更烧心"，那边是一片红黄相间复色花点的奇葩，若万千彩蝶戏枝头。美人蕉花色绚丽多彩，斑斓悦目，芳香弥漫。

人们在花海徜徉，有些不时驻足凝视，有些偶尔伫立举目展望，大小相机、录像机，镜头闪个不停，有独照，有合照，有团体照，有风景照，但不管镜头对向哪里，背景都少不了人。你入我的视野，我入你的镜头。特别是那些少男少女、热恋中人，简直是拍大片，站在不同的角度，摆出不同的姿势，做出不同的表情，兴致勃勃，拍个不停。男女老幼，个个神情愉悦，喜笑颜开，如醉如痴。

整个公园，步步是景，处处动人。绿树繁花中，东盟和壮乡风情的凉亭、雕塑等点缀其间，人文景观与优美的环境共同绘成了一幅充满诗意的城市田园生态画卷。游客交口称赞，乐在其中。

谁能想到，如此美丽的湿地公园，过去竟是一条臭气熏天的纳污沟，泛着黑水，苍蝇蚊蚋成群。那考河植物园段河道位于南湖至竹排江水系的上游，河道沿岸有多达四十个污水直排口，严重影响下游的水质。且行洪不畅，经常造成上游内涝。2015 年 4 月，南宁市获全国首批"海绵城市"建设试点城市，那考河生态综合整治项目成为建设重点。该项目于 2015 年 3 月底动工，治理的河道南起茅桥湖东湖，沿线经过湘桂铁路、长堽路、厢竹大道、广西药用植物园、昆仑大道，北至环城高速路，全长六点三五公里，总投资十一点九亿元。采取"渗、滞、蓄、净、用、排"等海绵化技术，设置大量下沉式绿地、雨水湿地、植草沟等

"海绵体"，经过近两年的整治建设，昔日的臭水沟，现在变成了水清树绿、鸟语花香、蜂飞蝶舞的公园，成为南宁市"海绵城市"建设的样板。

那考河湿地公园风景入心，难以忘怀。

2017 年 5 月

扬美古风

扬美，远远望去，酷肖一幅雅致清丽的水墨丹青，左江如练，蜿蜒逶迤，芭蕉林浩瀚，绿浪漫涌。渌水碧林，环拥着龙飞凤舞的青砖瓦舍。扬美始建于宋代，原名"白花村"，后改为"扬美村"，位于南宁市西郊。明清时期由于独占水路交通优势，成为左右江下游特产集散地，繁华一时，四面八方的人来此经商，许多外地人做生意发了财，就建屋在此定居，缘此，扬美镇的姓氏很多，有刘、罗、骆、李、杜、梁等。至今，许多明清建筑还保留完好，成为古镇一道令人瞩目的风景。

扬美过去最繁华的街道是"临江街"，也叫"清代一条街"。此街建于清道光十四年（1834 年），依着左江的走势，从江畔一直铺到村外。街长约三百米、宽三点八米，全用规格不一、形状各异的青石板铺成，平整美观。铺街的青石板，全部从太平府崇善县（今崇左市）用船只由水路运来。资金投入全是村民自发集资，采石装运、设计铺砌也全是村民动手，折射出当时村民经济的富足和凝聚力、创造力。这条街历经世纪风雨沧桑，走过一代又一代，路面被千千万万双脚板摩擦得光滑锃亮，现在虽然有些地方凹凸不平，有些地方已显深浅不一的裂纹，但依然坚固如昨，走在上面，有一种沉雄厚实的感觉，听着鞋底叩击石板发出的"得得得"声，心头弥漫起浓浓古意。

临江街的房屋，几乎都是砖木结构，木门石阶，许多典型的明清古屋分布在这里。导游领我们来到一座明代古屋前。引起我注目的是，从大门前直到里屋，两边平行立着七根红漆剥落的原木大柱子，当地人称为"七柱屋"。七柱的各柱用方木开榫头连成屋架，四周用大块青砖砌成光滑的墙壁。这种七柱屋，设计颇具科学性，即使墙体倒塌，还有木架撑住，屋顶不至于随着坍塌下来，危及生命。结构功能类似于现代的灌柱水泥屋，用现在的话来说，就是防震防危安全系数高。这种房屋，高大宽敞，简洁大方，冬暖夏凉，环保舒适。屋里有位老奶奶，已届九十高龄，但耳聪目明，口齿清楚，精神矍铄，行走自如。导游说，像这样健康的老人，镇上还有很多。这许是与居住环境有关吧，镇古人长寿。

此屋建于明万历年间，距今已有四百多年的历史。听说这样的古屋，镇上还有二十多座，散于各街。

清代古屋，外观最气派的是"五叠堂"，五进青砖大瓦房，次递排列，恢宏壮观。屋脊如群龙腾飞，屋檐瓦当蝴蝶翩翩，那是用金色砖铜钱状的瓦片精制组合而成。庭院深深，幽邃似海，底蕴深沉，气势非凡。

五叠堂建于清嘉庆年间，至今已有二百多年的历史。传说此户人家善于做豆豉，做出的豆豉又黑又爽又香，名闻遐迩。主人为人厚道，心地善良，卖东西从不缺斤少两，遇到贫穷的买者还多加一些，商业道德为人传扬，生意越做越人，豆豉远销各地，成了扬美一个独特的品牌，历久不衰。今天，扬美豆豉已成为扬美传统的一大特产，享誉四方。"货真价实，笃诚守信"也成了扬美人代代相传的商业美德。

离开五叠堂，我们走进了一个大庄园，名曰"黄氏庄园"。此庄园建于清代乾隆年间，主人黄厚龙，原为江西镇兴贤村黄公坡人，后迁居扬美，经商发迹后才建此庄园，至今已有二百多年的历史。庄园总面积为九百多平方米，有三进各自独立的庭院。第一进，朱红大门，高高的门槛两旁有两个刻有鲤鱼跳龙门的蟹青色大理石墩，称为"古代一把锁"。石墩上雕刻的图案，意为官运亨通富贵有余，这是官宦富贵人家的标志，平民百姓的石锁只刻鲤鱼。大门的右边，有一个紫檀木质大窗户，装有两层竖条式百叶窗扇，开前面一扇，里面可以看见外面，但外面却看不见里面，是为谨慎辨认晚上来访者而设的，起到安全防范作用。走进大门，发现屋中央还有一道门槛。此进有两层门锁，是防盗用的，显示了主人丰厚的财富。

第二进是正堂，在对着大门的正面墙上安有高高的神楼，楼面刻有麒麟、龙凤图案，楼座摆放有檀香、蜡烛、水果等各种供品。这是祭祠先祖的地方了，充满肃穆庄重的气氛。

我们在第三进的一间厢房里，看到了一个奇特的花窗，每个图案都是福、禄、寿三字组合，用糯米、黄糖、石灰、黄泥凝固而成，精妙绝伦。站在旁边，我仿佛闻到了黄糖、糯米散发出来的芳香。

庄园各进屋檐都有装饰画，或万古青松，或木棉树，或兰花，或牡丹花，缤纷悦目，细腻精巧，栩栩如生。青苔衍生的天井，有翠绿明艳的花木盆景，环境清幽淡雅。屋脊上塑有天狗，意为守财。庭深户对，环环照应，深藏玄机，自成风格。

这座雕梁画栋古色古香的大庄园，记录了屋主筚路蓝缕，艰辛创业，奋斗成功的历史。

杨美不但是一个商业古镇，而且是一个文化古镇，历史上出现过十一个举人，三个进士。我们参观了一处举人屋，大门上挂着显眼的红漆"举人"牌匾，旁边挂有两个大灯笼。此屋建于清代道光年间，距今已有一百七十多年，屋主第十五代后嗣杜元春，于道光八年（1828年）登壬午科"中举"，被朝廷赐予"举人"牌匾，悬于大门之上，因此称为"举人屋"。两进青砖大瓦房，前进影壁上刻有一个大大的古体"寿"字。此字非常独特，上部是一顶官帽，下部左边是一枚铜钱，右边是个"举"字。意为读书"中举"，获高官厚禄。正厅名曰"树德堂"，门旁竖着两根大柱子，底部呈圆印状，象征当官掌印。厅堂右边摆放三张棕黑色宽大太师椅，每张椅背各刻有两个字，依次为"荣华""富贵""岁丰"。后院附建三层厚实的防火墙，说是防火墙，实是防盗墙。

"举人屋"檐下墙头雕饰匠心独运，有喜鹊迎梅、燕子闹窝，意为"科举高中，喜报连连"。临街的那面墙壁，雕饰最令人惊奇，硕大的牡丹花绽放在屋脊檐头上，有几个蝙蝠探头出墙。问导游，方知意为"福满了，散些给人"，即是飞黄腾达升官发财不忘乡邻，要行善济贫之意。想不到古人也知道和谐共处的道理。

"举人屋"具有独特的文化意蕴，透露出"学而优则仕"的儒学理念。

这些具有代表性的明清古屋都历经百年甚至几百年的风雨雷霆，仍岿然不动，像仙风道骨的老者，述说着几百年来扬美人沧桑奋斗铸造辉煌的历史，其中蕴含着极其宝贵的精神气魄。在它们的面前会不由自主地生出一种敬仰之情。

扬美由于保存有这么多完好的明清古建筑，大受影视界的青睐，成了广西影视基地。电影《杜鹃声声》，电视剧《石达开》《三相亲》《血溅鸳鸯镯》《邓小平在广西》《豪门寡妇》《红七军》等都曾在这里拍摄。

我们穿过方柱圆拱的临江古闸门，来到了古埠头，这里巨树参天，青竹拔翠，奇石诡谲。这些大大小小疏疏密密千姿百态的异石，有的肖人，有的肖物，有似是提篮挑担的，有似是或立或坐做买卖的，越看越像一个人声鼎沸热闹的商市场面。当年徐霞客路过此地时说："自南宁来，过右江口，岸上始露石，至扬美江，石始奇……余谓阳朔山峭临江，无沿岸之石，建溪激石，无此石奇。"

古埠有两条小道直通江边，左上右落，起货出货各走一边，井然有序。埠口深深往里凹，像个巨大的聚宝盆，与盆的底边接壤的是一片宽阔的草地。想当年，此处必是樯桅如林，商贾云集，热闹非凡。

我眺望江流，波光粼粼，帆影点点，天空湛蓝，山峦如黛。上游远处一个树木苍郁的高山之巅，有座宋代"烽火台"，千年以来默默地俯瞰着这片江天，看云卷云舒，潮起潮落，世代更替，薪火相传。它曾是扬美的守护神，也是扬美最资深的历史见证者。

2015 年 9 月

山城奇观

没到重庆之前，早闻其山城之名，山城到底有多少山？没有具体印象。百闻不如一见，亲临其景，便被它别具一格的风姿神魂所迷醉。

重庆市地理位置独特，长江、嘉陵江在此交汇，城区沿两边江畔依形走势傍山而建，层递向上，街上有街，站在河边往上看，车辆像在层层楼顶上行驶。上街与下街之间，有许多很高很长的阶梯，供人行走。有些阶梯有数层楼之高。那天，我们几个人从下榻的宾馆走路去观看"重庆解放碑"，边走边问路，问到一位从我们身边走过的青年女士，她热情地说："我上班的单位正在那条街上，你们跟我走吧。"我们跟着她走了一会儿，来到一条又陡又长的阶梯前，我驻足向上仰望，数不清的台阶层层叠叠看不到尽头，不禁望而生畏，惊叹嘘唏。她指指左边一间敞着门的房子说，里面有电梯，你们若不想爬台阶，可乘电梯上去。我和女儿决定去乘电梯。其余两个朋友跟着那位青年女同志一起登阶梯。我们乘电梯到顶时，我瞥了一眼电梯标示的楼层数字，惊悉原来那条人行阶梯竟有八层楼高。我们走出电梯房，经过门前一个小广场，来到大街阶梯口旁边站着等她们。过了大约四五分钟，看到了那位领路的女同志，双方笑脸相会。她真诚地说："你们的那两位朋友，走得慢，得再等等。我上班时间快到了，不能和你们一起走了。对不起，很抱歉！"接着朝大街一头的方向指了指，告诉我们"解放碑"的大概位置和行走路线。我们连声道谢，与她依依握别。我们站在原地，又过了七八分钟，才看到那两位朋友满头大汗，如拉风箱般大口喘气，疲惫不堪地来到我们的跟前，良久才缓过气来，深深感慨道："想不到这条阶梯这么高这么陡，太难爬了，真后悔没跟你们一起乘电梯。"重庆人爬台阶，不管多高多陡，他们都显得很轻松，很自如，健步向上。这是习惯成自然吧。

我在重庆数天，没有看到过骑自行车和坐摩托车的人，街上走路的人很多。据当地人说，在重庆骑车，人骑车少，车骑人多，没人那么傻。

重庆市区交通，有公共汽车、出租车、轻轨列车。一日，我和女儿乘坐轻轨2号线前往"TESTBED2贰厂文创公园"参观，乘车前听说此路车途中有一处穿楼而过，我们为即将亲身体验到这一奇观而兴奋。我们从临江门站上车，经过黄花园、大溪沟、曾家岩、上清寺桥头、牛角沱立交、李子坝六个站，至佛图关站下车。在车上，窗外的什么景致也看不到，我们坐在这列车中间的一节车厢，两边条椅坐满了人，过道中也站着许多人，除了人看人，偶尔看到车厢两头靠近车顶的电子小屏幕跳出的站名。

走出佛图关站，我们皆扼腕叹息，不知在什么时候什么地方轻轨列车穿楼而过，我们毫无觉察，没能一饱眼福，深感遗憾。

"贰厂文创公园"没有轻轨列车直达，佛图关站距之还有大约两公里路。我们沿着一条傍山的水泥道前行。道中靠外的一边，修有几处供游客观景拍照的小平台。我们边走边看，站在一处平台往下俯瞰，2号线轨道沿着嘉陵江从山腰往两头延伸，过山越壑，一列返程的轻轨车，正风驰电掣从眼下飞过。突然听到女儿大叫，

"妈，快来看，列车穿楼了。"我迅速向她那头靠近，朝她手指的方向望去，靠山而建的一栋数层高的楼房，一列轻轨车正从中间的一层楼穿过，急忙举起相机，把这奇特的瞬间留住。我们十分庆幸无意中看到了这神奇的一幕，想不到原来身处其中没感觉，置之其外才有惊喜的发现。也许是"不识庐山真面目，只缘身在此山中"之缘故。

从佛图关站出来大约走了一公里，来到巴香苑。这像是一片建在山上的村居，我们沿着一条曲折向上的水泥阶梯向上登，道中所见的房子，俱是依山傍势而建，大多是钢筋混凝土楼房，也有一部分是砖瓦木结构的老房子。房前屋后，草木繁盛，鸟语啁啾，环境清幽静谧。道旁一间屋顶长树的老房子，把我的脚步牢牢吸住。这间房子门口朝梯道，宽有四五米，长八九米。靠山的一旁，几棵枝繁叶茂的大树从屋顶长出，挺拔秀逸，飒飒风姿。更令人惊奇的是，门口靠山一边的墙上，从里面长出一大丛树根，大小不一，若桨橹龙蛇铁轩鹰爪钢针，大大小小的根须相互交织纠缠，一起穿过墙壁扎进地下，房子却安然无恙，不歪不倒，四平八稳，甚为奇特。也许树根既穿墙又护墙吧。我沉思，是房子靠树而建，还是建后树才长出？很想进去看看，无奈房门已锁，主人不在，无法寻找答案。但不管孰先孰后，都充满奇趣。

登上百多级台阶，到达巴香苑山巅平台。"贰厂文创公园"还在距这里四五百米的鹅岭山上，真是山外有山呀。

入夜的重庆，更是色彩炫目的世界，座座桥梁像彩虹横跨长江嘉陵江上，桥下流光溢彩。山上山下高高低低鳞次栉比参差错落的楼房灯光，五光十色构成立体梦幻的人间仙境。有一处灯光格外璀璨夺目，那是 AAAA 级旅游风景区、国家文化产业示范基地、重庆市最亮丽的名片——洪崖洞。

洪崖洞是在高达七十五米的崖壁上建起的一座悬崖城。位于重庆市中央商务区解放碑沧白路长江嘉陵江交汇的滨江地带中，与江北重庆大剧院、世界第一拱的朝天门大桥隔岸相望，与古渝雄关、水上门户的朝天门码头毗邻。

洪崖洞原名为"洪崖门"，是老重庆"九开八闭"十七门中的闭门，也是古代巴国至明清时期的军事要塞和最早开发的通商口岸。随着时代的变迁，到上世纪末，这里已经成为一片危旧棚户区。2006年重新修建了这座悬崖城，那是悬崖上的半山街市，共有四条街，街名为"纸盐河酒吧街""天成巷巴渝风情街""盛宴美食街""异域风情城市阳台"。街上的建筑为吊脚楼、悬挑梁、木垂花，楼廊雕刻上各种图案，门旁挂着古牌坊，街为青石板铺设，通道立体交织。街市中央的一处绿翠环绕的崖壁，一股山泉从崖洞里涌出，源源不断往下倾注，远看像一条白练垂挂，晶莹闪亮。下面承托它的，是个带护栏的半月形水池，此泉叫"洪崖滴翠"，是悬崖城的点睛之笔。整座城，既绽放出巴渝文化的独特神韵与民俗风貌，又揉进现代元素，既传统又前卫。建筑设计精妙绝伦，建筑技术精湛无比，是一座壮美瑰丽的奇城。

夜幕下的洪崖洞，五彩缤纷绚丽辉煌，把崖前的江水映照得五彩斑斓，游船往来，如在画中。城中城前，游客来往穿梭，摩肩接踵，身披光彩，徜徉缱绻，如梦如幻，如醉如痴。当地有诗赞曰："名城危踞层岩上，鹰瞵鹗视雄三巴。"

重庆山城之奇观，看不尽，品不够，底蕴深厚。天然的地理形势、山川风物与现代建筑、繁华都市相融相衬，风采独特，魅力非常。

2018 年 11 月

后　记

　　前年，第三本散文集出版后，家人说："你该歇一歇了，别累垮自己。业余爱好，不要太较劲。"的确，写作是一件非常辛苦的事情，耗时费精力，且要静心，耐得住寂寞。我也想搁笔不写了，逍遥自在轻轻松松地生活。可是没几天，不知不觉又拿起了笔，这爱好成了自然而然的习惯，痴心难改。

　　以前读中小学，作文是为了完成作业，完全是被动应付式的。后来爱上写作，自觉自愿欣然动笔，始于20世纪70年代。1973年，我高中毕业，正赶上知识青年上山下乡的时代大潮，无奈收拾书包，卷起铺盖回家务农。回乡的头两年，我还满怀上大学的梦想，天天早起读英语，晚上复习高中的功课。后来听说，上大学不用考试，由生产队、大队、公社三级推荐就行了，我才把课本抛开。劳作之余，感到寂寞，便翻箱倒柜找书看，找到塞进床底下的一个盖满灰尘的粗糙木箱子，拖出来，打开看，是满满的一箱子书，那是中专毕业当工人的哥哥留下的。里面有中专的课本，有哥哥写的两本厚厚的日记簿，有《唐诗三百首》，还有《林海雪原》《青春之歌》《三国演义》《水浒传》等好几部小说，我如获至宝，如饥似渴大快朵颐。读完了小说，读《唐诗三百首》，读中专语文课本，这些都读完了。便看哥哥的日记簿，哥哥的日记很特别，不是记流水账，篇篇都写成内容不同的记叙文或散文或诗歌，生活气息浓厚，中心思想阳光，富有文采。看完了这箱子书，便无书可看，当时农村是无书可借的。寂寞了，拿起笔来随便涂鸦，也学哥哥写日记。有时被身边的人和事感动了，便情不自禁地写下来。后来，一位从县里下乡的女干部住进我家，看到我写的东西，便拿去了两篇，不几天，县广播站就播出了。第一次听到自己写的文章一字一句由声音悦耳的女播音员的口中播出，狂喜的心情无法用语言形容。

当时在县城工作的父亲，从广播里听到了我的文章，在最困难的时候，毅然每天少吃一餐，为我订了一份《南方日报》和一份《广西文艺》，且一订就是五年。如此的殷殷父爱，我怎能辜负？以后我的文章在公社广播站、县广播站播出渐渐多了起来。当时还不知道什么叫文学创作，只是写写通讯报道练练笔。回乡的第五年恢复高考，我一举中榜，那年侨大的防城公社考取的女性仅我一人。想想，我不是特别地聪慧过人，完全得益于平时的练笔，笨鸟先飞而已。为此，我非常感激我的哥哥、我的父亲，还有那位下乡的女干部。

大学毕业后当起了中学教师，年轻教师是要做出一些成绩的。我把全部精力投入到教学工作中去。后来成了家，有了孩子，家务事多了，常忙得晕头转向，更无暇动笔作文了。

时间久了，尽管日子天天被事务填得满满的，但心里总感到有点空虚。自己读的是中文专业，教的是语文，要求学生周周写作文。自己写不出几篇东西发表，岂不愧为人师？1997年以来，我又萌发了写作的欲望。后来陆续有散文诗歌散见于市、省、国家级报刊。

业余写作不是轻松的事情，做老师天天要备课改作业，晚上还得上自修开会学习什么的，写作只能在深更半夜或节假日，有时真是苦不堪言。记得写《情动第一课》的情形，那天上午上完一二节课，我便偷偷跑到学校电教楼的电脑室敲打，那时刚学会打字，家里没有电脑。中午放学，管理员在楼下把铁门锁了，我在楼上待了大半天，饥肠辘辘。下午开门时，又得上课了，饿了一天。后来这篇文章在《中学语文周报》发表了，也算皇天不负有心人吧。

写文章苦中也有乐。在写作中，不断发现新风景、新气象、新亮点，被之吸引、震撼、感奋，令我不能止步，不由自主为之倾情放歌，乐此不疲。踏歌行文，一路走来，稿子日积月累，又到整理成集的时候了。

此书收集的主要是我近两三年来发表的文章，内容有对故乡、亲人的眷恋，有对以往岁月的追忆，有对防城港边山海自然景观、人文风情、建设发展的描绘等，字字句句皆是心血情感之结晶。

藉此书出版之际，对热情关心、支持、帮助我的文学师长、文友、编辑老师和出版社的同志，致以深深的谢意。

作者

2018 年 7 月 20 日于防城

图书在版编目（CIP）数据

壮家女儿情 / 禤佩娟著 .—北京：作家出版社，2020.1

ISBN 978-7-5212-0347-9

Ⅰ.①壮… Ⅱ.①禤… Ⅲ.①散文集－中国－当代

Ⅳ.① I267

中国版本图书馆 CIP 数据核字（2019）第 011685 号

壮家女儿情

作　　者：禤佩娟
责任编辑：张　平
装帧设计：意匠文化·丁奔亮
出版发行：作家出版社有限公司
社　　址：北京农展馆南里 10 号　　　邮　　编：100125
电话传真：86-10-65067186（发行中心及邮购部）
　　　　　86-10-65004079（总编室）
E-mail:zuojia @ zuojia.net.cn
http://www.zuojiachubanshe.com
印　　刷：三河市北燕印装有限公司
成品尺寸：142×210
字　　数：270 千
印　　张：11.625
版　　次：2020 年 1 月第 1 版
印　　次：2020 年 1 月第 1 次印刷
ISBN 978-7-5212-0347-9
定　　价：45.00 元